U0929817

魅丽文化
飞言情工作室

微雨千城

冰冰七月 著
BINGBINGQIYUE WORKS

江苏凤凰文艺出版社
JIANGSU PHOENIX LITERATURE AND ART PUBLISHING, LTD

图书在版编目（CIP）数据

微雨千城 / 冰冰七月著. — 南京 : 江苏凤凰文艺出版社，2017.6

ISBN 978-7-5594-0174-8

Ⅰ. ①微… Ⅱ. ①冰… Ⅲ. ①长篇小说－中国－当代 Ⅳ. ①I247.5

中国版本图书馆CIP数据核字(2017)第073112号

书　　名	微雨千城
作　　者	冰冰七月
出版统筹	黄小初　邹立勋
选题策划	飞言情工作室
责任编辑	胡小河　姚　丽
文字编辑	何　进
责任监制	刘　巍　江伟明
出版发行	江苏凤凰文艺出版社
出版社地址	南京市中央路165号，邮编：210009
出版社网址	http://www.jswenyi.com
印　　刷	湖南凌宇纸品有限公司
开　　本	880mm×1230mm 1/32
字　　数	297千字
印　　张	10
版　　次	2017年6月第1版，2017年6月第1次印刷
标准书号	ISBN 978-7-5594-0174-8
定　　价	32.00元

目录

CONTENTS

目录

C O N T E N T S

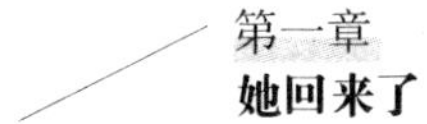

第一章 她回来了

屋子里没有开灯，陆雨桐静静地站在窗前。

从外面透进的灯光照在她苍白的脸上，将她纤细的身影在地板上拉出一道模糊的影子。

冬日的夜风，冰冷刺骨，但她似乎毫不在意，定定地凝视着天空。身后传来开门的声音，她知道，宋子迁回来了。

一室黑暗。

宋子迁锐利的眼立刻捕捉到窗前的女人，他不悦地抿唇，将灯打开。

突如其来的灯光亮得有些刺眼，陆雨桐微微皱眉，转身时，脸上所有的情绪归为了平静。她迎上他，一如从前，安静地为他摆好拖鞋，接过公文包，再为他脱下西装外套，挂在衣架上。

忙完，她站在三步之外毕恭毕敬地问："需要现在放洗澡水吗？"

他目不转睛地盯着她，吐出一句毫不相干的回答："明天，她要回来了。"

陆雨桐眸底有抹暗淡一闪而逝："恭喜。三年，你终于等到了她。"不知不觉，她竟也在他身边待了三年。

宋子迁点头："你愿意的话，可以继续住在这里，我之前的承诺不会变。不过，你得保证，我们之间的关系永远不让第三个人知道。"

"不用了，我会搬出去。"

没想到她会拒绝，宋子迁走近，锁住那双清澈无波的眼："青桐呢？你想好怎么跟他解释了？"

"我……"

"你打算让你的宝贝弟弟连周末也待在学校，还是你已经另外找好了房子？"

陆雨桐垂眸，无言以对。

"如果没有，你最好不要拒绝。"

迟疑了几秒，她低声道：“好。”心中却已决定要尽快搬离此处。至于青桐，虽然把宋子迁当作英雄般崇拜，但姐姐的话他从不会反对。

听见满意的回答，宋子迁脸上浮起一抹轻笑，边解开纽扣，边走向沙发。

陆雨桐注视着他宽阔的背，恢复了冷静：“明天几点去接她？”

宋子迁动作一顿，回头注视她。她的表情跟语调一样，仿佛戴着一张完美的面具。他突然觉得烦躁，用力扯下领带，嗓音冷下来：“我以为你会介意。”

陆雨桐嘴角轻扯，难得的浅笑：“怎么会？我跟你一样，期待她早日回来。”

“陆雨桐，你果然很清醒！”宋子迁毫无预警地低头吻住她，拥着她大步朝卧房走去。

她一愣，背刚碰到柔软的床铺，立刻一个灵巧的翻身，从另一侧稳稳站定。

宋子迁生出一股说不清的恼怒，一改以往的温柔，发了狠似的将她按住，非逼她臣服不可。陆雨桐双手紧握，指甲几乎要戳进掌心。在他要俯下来时，她陡然睁大眼，像只负伤的小兽用力咬住他的肩。

宋子迁吃痛，却笑了，慢条斯理地放开了她。

一时间，房间里静得吓人。

陆雨桐定定地凝望他，不得不承认这个男人长得真好看，五官俊朗，剑眉深目，薄唇经常习惯性微抿，给人一种超乎年龄的沉稳与严酷。在公司里，他是高高在上的少总，处事果断，手腕精明，脸上极少表现出喜怒哀乐；在家里，倘若这里也能称之为“家”的话，他大多时候也是冷淡的，只不过她敏感地察觉——至少，这张紧绷的脸背后，状态是放松的。

可惜，刚才她好像惹怒了他。见他眼眸慢慢眯起，她不敢多看，迅速退后。这个时候，该为他准备热水沐浴，然后回到自己的房间不再打扰。准备转身，他的大手却及时扣住了她，冷静的话语传来。

“明天下午，五点。”

“嗯？”过了几秒，陆雨桐才反应过来，“好。”

“接到她，直接送去云天大酒店，我专门为她准备了晚宴。”

“知道了。”她没有回头，进入浴室，很快传出水流声。

宋子迁望着空荡荡的门口，目光深不可测。

他与她该算是什么关系？他从没费心想过，总之，两人认识那年，她才刚满十八岁，没有父母的庇护，却有十二岁的弟弟需要照顾。她在大学里半工半读，像个拼命三娘。他看中她身上的那股拼劲，略施小计，便让她感恩戴德地投入了他的羽翼下。他倾力栽培她，让她学习对女孩子来说十分枯燥的经济股票、地产乃至武术。陆家的孩子接受能力似乎天生强过常人，七年时间，她唯独学不会的是社交。

除了在她那个被称为“少年天才”的弟弟面前，对待其他人，她都尽量保持沉默。

三年前大学毕业，她正式留在了他的身边。在工作上她是他最得力的助手，在家里便是他最贴心的管家。至于两人之间发生的亲密关系，最初是因为他喝醉了酒，有些失控。有了第一次，后来便有第二次……

他之所以要她，理由很简单。他是单身男人，婚前不需要为谁守身，而她是个美丽且方便的女人。是的，每天她都待在他看得见的地方，用起来很方便，最重要的是她绝不像别的女人那样恃宠而骄。于公于私，她都能将每件事情处理得妥当完美，一次也不曾给他招惹过麻烦。

他十分满意这样的生活。

飞机晚点了。

五点半才徐徐降落。

人潮中，陆雨桐一眼就认出了她——凌夏集团千金，本市头号地产大亨的宝贝女儿夏雪彤。她站在人来人往的出闸口旁，穿着粉色羊绒连衣裙，手腕上搭着一件镶着狐毛的白色长斗篷，皮肤白皙，秀发简单地盘成韩式发髻，并无特别装扮，却无端散发出一种夺人眼球的华丽与高贵。

陆雨桐忙跑过去：“夏小姐，不好意思，让您久等了。”说着接过行李箱，在前面带路。

夏雪彤跟上她的脚步，嘴角扬起：“我以为子迁会安排孙秘书或者司机过来，没想到是位年轻的小姐。”

陆雨桐不卑不亢地解释：“少总本想亲自过来接您，但下午临时有个重要客户过来，实在无法抽身。不过，他已准备好晚宴，会当面向夏小姐赔礼道歉。”

“什么客户比我还重要啊！”夏雪彤掩不住失望，“算了，我早知道他是工作狂，日理万机，我不会怪他的。”

陆雨桐不禁多看了她几眼。夏雪彤出身富贵，却不见骄纵，委实难得，怪不得宋子迁一心守候。

而夏雪彤也在打量陆雨桐。陆雨桐只是一身简单的工作套装，长发及肩，不施脂粉，看上去清清冷冷，却有一种别样的气质。

“不知道怎么称呼你呢？”

“陆雨桐。”

“陆小姐，你很漂亮。”

陆雨桐脚步微顿，淡笑：“谢谢。夏小姐才是真正的美人，本人比照片上更漂亮。”

“真的？你看过我照片？”

“嗯……少总办公桌上有一张。”

“我知道了，一定是那张站在树下被风吹得一头乱发的照片，难看死了！我早跟他说了一百遍，赶紧扔掉，别摆在那里丢人现眼啦！”

陆雨桐看向她精致小巧的面庞，真诚道：“少总舍不得扔。”

夏雪彤道：“改天，我要拉他一起拍张合照，以后就不用再放那张了。”

这次，陆雨桐没接话。

两人走出机场大门口。外面夜幕降临，冷风飕飕，夏雪彤缩了缩脖子。

陆雨桐瞥向她腕上的斗篷，叮嘱道：“凌江夜晚温度低，请夏小姐穿上它，以免着凉。我去开车过来，您在这里等一下。”

很快，她将黑色轿车开过来，体贴地为夏雪彤拉开车门：“夏小姐，请。”

突然，耳边响起摩托车的呼啸声，夹杂着冷冽狂风刮过脸颊。摩托车上的人朝着夏雪彤直冲过去。危险发生得太快，夏雪彤吓得愣在当场。

“小心！”陆雨桐脸色骤变，本能地飞身扑过去。那人本已抓住夏雪彤的小包，没料到会杀出一个人来，顿时恼怒地改变目标，一把揪住陆雨桐的手臂，猛力拉扯。

细微的咔嚓声从身体里传来，陆雨桐闷痛出声，咬紧牙关，立刻反击。她一脚过去，准确地攻向摩托车把手。那人显然没料到一个纤细的女人会如此勇猛，摩托车一歪，重重摔倒在地上。

“快走！”陆雨桐迅速拉着夏雪彤钻进车里。车子快速驶出，陆雨桐顾不得左臂的疼痛，紧握方向盘：“夏小姐，您有没有事？要不要先去医院？”

夏雪彤脸上毫无血色，听到她关心的问候才回神：“不要……我没事，谢谢你。”

“这是我的职责。”听到她说没事，陆雨桐稍微松了口气，苍白的脸依然紧绷，左手轻轻一颤，摸出电话，准备报警。

夏雪彤察觉到她的想法，飞快阻止：“陆小姐，刚才只是普通的抢劫罢了，希望你不要告诉其他人，也不要报警，我不想……才回来第一天，就闹出新闻，更不想我父母还有子迁他们担心。”

陆雨桐迟疑了片刻，点头，准备收回手，电话却响了，是宋子迁。

“接到她了？”他的嗓音低沉冷静，以她对他的了解，还是从中听出了隐隐的激动。

她平静地回答：“是。”

“让她听电话。”

陆雨桐侧头，把手机递给旁边的女孩。夏雪彤惊讶地看着她。

“少总要跟您说话。”

夏雪彤的脸蛋蓦地升上一抹红晕，欣喜而激动：“喂？子迁……我好想你。”

“我也想你。”

陆雨桐模糊地听到这样的回答。

云天酒店，宴厅里烛光浪漫，小提琴正奏着夏雪彤最爱的曲子。九十九朵红玫瑰娇艳欲滴，每一朵都绽放出最美的姿态。

宋子迁一身铁灰色高定西装，衬得人尊贵挺拔。他含笑侧立在餐桌旁，听见一声娇柔的呼喊后，缓缓转身。

“迁，我想死你了！”夏雪彤拎起裙摆，飞奔过来。

他拥住她：“想我却三年都不回来一次？”

夏雪彤轻捶他的胸口：“人家是怕一见到你，就舍不得走了。”

“真的？”

“真的！你看，我回来连爸爸都没告诉，就直接过来见你。可惜你为了工作，没有亲自来接人家。”

“生气了？”宋子迁细细打量她，眼前的女孩甜美依旧。

夏雪彤假意埋怨：“当然生气啦！像你说的，都三年没见了……还有啊，也不先给人家一点儿时间泡个澡，打扮打扮再见面。看我一身风尘仆仆，难看死了。”

“不会，你永远是我心目中最美的小公主。”宋子迁微笑着吻吻她的额头。

陆雨桐站在门口，脸上的暗淡一闪而逝。

宋子迁似乎没留意到她的存在，没有朝她看过一眼。

她收回视线，默默转身，不料差点儿撞进一个人怀里。

“不好意思。”

“没关系。”回答她的是一个好听的男人的声音。

陆雨桐低着头，挪动脚步走向侧方。可是，她往左，对方也往左，不偏不倚挡住了去路。她往右，对方也往右。这一次，有种故意阻挡的意味。她不得不抬起头来：“先生，麻烦请让一下。”

一位休闲装扮的年轻男子，眉宇间透着骄傲与贵气，正目不转睛地打量她：“我想跟小姐交个朋友，不知道这位美丽的小姐……”

“谢谢，我没兴趣。”陆雨桐向来清冷，对陌生人尤其如此。

男子轻笑起来：“该说谢谢的是我，因为陆小姐刚才保护了雪彤。”

陆雨桐疑惑道：“你是谁？”

“雪彤的大哥——夏允风。”夏允风深眸狭长，眼底流露出些许自负，“现在陆小姐可否给个机会，让我好好表达谢意？”

陆雨桐想起来了。怪不得感觉眼熟，这位大少爷常年在国外打理夏家产业，在国内露面不多，只是偶有几则相关报道。据闻他玩世不恭，行事乖张，是个让人捉摸不透的角色。她多了份谨慎：“原来是夏少爷。我只是遵照老板的吩咐将夏小姐送过来，不必客气。”

“那怎么行？刚才如果没有陆小姐拼力保护，说不定受伤的就是雪彤那丫头。”

他竟然知道？陆雨桐下意识摸了摸脱臼的手臂，此刻伤处正火辣辣地疼，需要尽快去医院。

“说实话，打从机场门口起，我就一直跟着你们。”夏允风伸手朝她的肩膀揽过来，“走吧，我送你去医院。”

“不劳烦夏少爷，我自己会去。”

“呵，怎么会劳烦呢？或许，我可以亲自动手，为陆小姐接回这条胳膊。”夏允风挑高浓眉，半真半假地握住她的手臂。

陆雨桐飞快推开他：“多谢好意。只是保护夏小姐是我的职责，夏少爷无须感谢。再见！”宴厅大门打开着，隐约能听见宋子迁的笑声，她脸色白了白，头也不回地离开了。

夏允风盯着她近乎仓促的背影，大声道："陆小姐，以后工作悠着点儿，不要太拼了！你那条胳膊可得休息几天……"他摸摸下巴，眼底闪动着兴趣。

夜已深。

陆雨桐推门进屋，愣住。宋子迁笔直地站在窗前，正是她昨晚所站的地方。他夹着一根烟，白雾轻渺。听到开门声，他没有回头，话语却带着明显的质问。

"去哪里了？"

"随便走走。"

"一个人？"

"嗯。"

陆雨桐换鞋，低着头走到他身后。她以为他今晚不会过来了，毕竟夏雪彤已经回来了。

两人一前一后默立了许久，宋子迁才转身，审视她："你什么时候认识了夏允风？"

陆雨桐意外地望着他，张张嘴想解释，终是忍住："不认识。"

"有人看到你们在一起！"

陆雨桐更意外，她以为当时他跟夏雪彤久别重逢，浓情蜜意，没有心思理会其他。不过他既然问了，她只好硬着头皮回答："云天酒店吗？我离开时，夏少爷刚好过来，说他是夏小姐的哥哥。"

"他为什么专程找你？"

"没有专程，而且，他只是代夏小姐表达谢意。"

"感谢什么？"

"感谢我去接机。"

"他何时也懂得礼数了！"宋子迁冷嗤，忽然沉下嗓音，"是不是路上发生了事情？"

陆雨桐一惊，矢口否认："没有……"

"陆雨桐，你根本不擅长说谎！何况，雪彤一晚上都心不在焉的，明显有事瞒着我。"

他严厉的口吻让她心头发凉，不敢再有隐瞒，小声汇报："对不起，是我没保护好夏小姐。在机场门口差点儿遭遇飞车党的抢劫，让她受到了惊吓。"

宋子迁看着她被长发半覆的苍白脸颊，浓眉慢慢皱紧："你确定她只是受了惊吓？”

“是，她没有受伤。”

“你呢？”

没料到话题会转移到自己身上，陆雨桐顿了一下，摇头：“也没有。”宋子迁不再说话，转身走到茶几前，将烟蒂摁灭。她无奈地叹气，果然什么事都瞒不了他……

“以后看到他，离远一点儿！”宋子迁突然回头警告。

陆雨桐没反应过来：“什么？”

“夏允风！”

“哦……好。”夏允风那人，她本来就不希望再跟他有交集。

宋子迁靠在沙发上，双腿交叠，朝后面招招手：“过来。”陆雨桐走到他身前。

“一个人随便走走，去了哪里？”这一次，不再是冰冷的质问，而是藏有一种淡淡的关心。陆雨桐回想，自己离开酒店后，开着车漫无目的地在街上转。不愿立刻回到这空荡荡的屋子，也不知道该去哪里，只是开着车经过一条又一条街道，最后去了凌江大桥。

“……去了凌江大桥。”

“去那里做什么？”他皱眉，凌江大桥距离此处至少半小时的车程，冬夜天寒地冻，江边风大，怪不得她的手指如此冰冷。陆雨桐忍住受伤的胳膊余留的疼痛，强自镇定地道：“都说凌江大桥的夜景最美，我突然想去看看。”

宋子迁将她拉到身边坐下，宽厚的大掌包裹住她，嘴角勾出一丝若有若无的笑：“那里的夜景是很美，但不适合冬天观赏。”

“哦……是吗？”她低下头，呆呆地看着被他握住的手。

“我好像答应过你，夏天会带你和青桐一起去江边吃晚餐？”

闻言，她轻瑟了一下，站直了身：“谢谢少总的好意，但是不必了。夏小姐已经回来了，你以后不能再说这样的话。”

“呵，陆雨桐，你是不是太紧张了？我只是说要带你和青桐过去吃饭而已。”

“那也不需要。”

“还有，我说过除非工作时间，我不想听见你一口一句‘少总’，我允许你叫我子迁。”

陆雨桐忍住酸涩，问出一句打进门就盘桓于心的疑惑：“今晚，你怎么还过来？”

宋子迁挑眉：“你好像不欢迎？别忘了，这里是我的房子，我有权利任何时候进出！”他也记不清究竟从哪天开始，习惯在一天忙碌过后，来到这里。有时候跟她一起继续白天未完的工作，有时候只是安静地喝上几杯酒，再将她压在床上索求一番……

陆雨桐眼里闪过犹豫：“你是有权利，但是你不怕被她知道吗？”

“陆雨桐，三年时间，我们的秘密一直保守得很好。”

“以前没人知道，不代表……”

“难道你会说出去？”

她当然不会！陆雨桐无言以对。宋子迁起身，握住她的下巴：“你说得对，她回来了，我不敢保证什么时候还会来这里，或许明天就不会再踏进这里半步。”

陆雨桐呼吸一窒，心口闷闷地发痛。她故作冷静地抬起脸：“其实今晚你就不该再来……”可是话没说完，领口的纽扣已被他扯开。

她深吸一口气：“请你不要这样。”

“你该珍惜机会，毕竟这可能是我们的最后一次！”

“宋子迁……”她极少喊他的名字，哪怕如此连名带姓生疏地喊。宋子迁听在耳里，竟有种莫名的激动，不理会她的抗拒，一把抱起她大步走向浴室。

陆雨桐挣扎起来，他一时抱不住，松开了手。陆雨桐退后，浑身防备：“宋子迁，别强迫我，我不想……”

强迫？不想？宋子迁的脸色阴沉下去，大手用力一扯，纽扣顿时脆弱地崩落了好几颗。陆雨桐握紧拳头，忍着内心的抗拒。

“陆雨桐，想不到你也会反抗！”宋子迁轻笑，一把将她按在浴室的门板上。陆雨桐抽了口凉气，受过伤的胳膊被按得好痛。

“怎么回事？”察觉到异样，宋子迁的目光骤然凌厉起来。陆雨桐不敢看他的眼睛。印象里，他不喜欢她受伤，哪怕是一根手指也不行，他会生气。而她知道，受伤是代表自己的无能，他不需要一个无能的人在身边。

“说！怎么回事？”宋子迁抬起她的手臂，眸中跳动着危险的火焰。

“之前有点儿脱臼……”陆雨桐挺直背，尽量轻描淡写地道，“去过医院，现在已经没事了。”

“脱臼？夏允风陪你去的？”

“不是。”

“陆雨桐，你别跟我说谎！”

陆雨桐望着他，无奈地叹气：“信不信，随你。”

宋子迁冷冷锁住她的眼，而后将她扯入怀中，警告似的呢喃：“你受伤，我会心疼。你可以不告诉我，可以自己去医院，但万万不该让夏允风那种家伙靠近你！”

她望着他冷酷中带着几分戾气的面容，眼前一点点模糊起来。他放开她，头也不回地离开。

此后一个星期，宋子迁没再来过。

陆雨桐不得不服从他的命令，去医院重新治疗，然后开始了工作以来首次大休假。幸好青桐周末有科技比赛，没有回家，否则发现异样，他肯定会追问。

五天时间里，她从不刻意去想与宋子迁之间的关系，但这些年，他的一言一行强烈地改变着她。他说，她学什么都快，唯独学不会社交和大笑。她不是不会，而是不喜欢。孤独冷淡惯了，除非必要，她不愿屈就自己去迎合那些人。

陆雨桐随意地转换着电视频道，突然，她屏住了呼吸。

世兴旗下的一家百货商场门前，记者们的镜头纷纷对准宋子迁。

陆雨桐注视着这张无比熟悉的脸，总有一种直觉，他的笑意背后正隐藏着极不耐烦。

镜头中，一位记者挤上前：“宋先生，您正式接手集团时不过二十五岁，当时一定遭遇了许多阻力和质疑，请问您是怎样证明自己的？”

宋子迁面不改色，抛出一句话：“脚踏实地做事，拿业绩说话！”

这时，有女记者高声发问：“宋先生，听说您将与凌夏千金联姻，请问夏小姐不在国内的几年里，你身边可曾出现让你动心的女子？”

问题一出，周围顿时哗然。陆雨桐紧盯电视机，悄然屏住了呼吸。她比任何一个记者都想听到答案，虽然，她心中早已十分确定他会怎么回答。

不出所料，宋子迁神态自若地对着镜头，毫无迟疑地否认：“没有。”

女记者追问：“真的没有吗？”

宋子迁面带微笑，字字铿锵有力：“我喜欢的女子从来只有一个，各位应该早就知道。”

台下更是哗然，继续争先恐后地提问。

“有消息说夏雪彤小姐已经秘密回来，是否代表宋夏两家很快会有好消息传出？”

“宋先生打算什么时候向夏小姐求婚？”

“宋夏两家联姻以后，世兴集团在经营项目上会有何新的动作？”

“……”

陆雨桐摁下遥控器，关闭电视机。她倒了杯红酒，一口气灌下，而后站在窗前久久未动。

世兴集团总裁办公室。

宋子迁刚参加完股东会议回来，靠在黑皮大椅上，轻轻扯开领带。

孙秘书递上一杯茶，道：“恭喜少总。我在公司二十年，第一次听到会议室里如此热烈的掌声。呵呵，从今以后，所有股东对您都不会有任何异议了。”

宋子迁喝下茶水，舒适地伸长腿，嘴唇却微微抿起。七年了，七年前父亲车祸身亡，他不得不丢下美国的学业，立刻赶回来接手公司。当时，股东们都当他是初出茅庐的小子，没有能力掌控这么大的企业，各种质疑和刁难不断。但父亲毕竟是集团创始人，拥有最多的股份，大家不得不屈服于这位年轻的继承人。

事实证明，虎父无犬子，宋子迁的表现让所有人刮目相看。最能证明他实力的莫过于公司突飞猛涨的业绩，莫怪乎刚才股东们离开前，纷纷对他交口称赞。

孙秘书笑得合不拢嘴地道：“只要想到年底的分红，那些股东恐怕都要欢喜得睡不着觉了。”

“孙秘书也辛苦了，不会少了你那一份。”

“呵呵，托少总的福，要不是您顶住众议，公司也不会有今日的辉煌成就。”这也是孙秘书最心服之处，少总刚接手公司时按兵不动，一年后坚定地排除众议，大刀阔斧地进行改革，其魄力比他父亲更出色。

宋子迁双眸微闭，道：“没事的话，你先出去吧。”

孙秘书迟疑了一下，道：“少总，已经五天没看到小桐了。”

宋子迁缓缓睁眼，直视他，道：“怎么，少了她，你一个人做不来？”

“也不是……小桐向来敬业，第一次休这么长的假，有点儿奇怪。我这两天打她的电话，一通都没接，不知道是不是出了什么事？”

“她没事。”

“少总这么肯定？”孙秘书偷瞄他的脸色。

宋子迁不悦地反问："员工请假，你认为老板会不清楚理由，随意批准？"

"呵呵，听少总这样说，我就放心啦！不过，平日基本每天都能见面，小桐突然不来上班，还真有点儿想念呢！"

宋子迁的脸色骤然变冷，他不喜欢其他男人将"想念"这个词用在陆雨桐的身上，哪怕对方是个年近五十的已婚男人。

"少总，虽说小桐只是秘书，但是您一点儿都不想她吗？"

"孙秘书！"

"哦哦，我先出去了。"孙秘书哪能听不出他话里的警告意味，干笑着退到门口，忽又转身，"对了，少总，夏小姐下午来过电话。"

"你竟然现在才说！"

"少总别生气。我这把年纪吧，记性不如以前了。夏小姐打来时，您正在会上做报告，不便打扰，所以我跟她说少总开完会再回复。"

宋子迁顺手抓起办公桌上的电话，见孙秘书还杵在门边："你还有话？"

"呵呵，我想说还是小桐在的时候比较好，大事小事妥妥当当，绝不会错漏。真希望她明天就能回来。"孙秘书说完，赶紧识时务地离开。

宋子迁盯着座机号码，手指自有意识地按下一串熟悉的数字。那晚离开前，他说会给她足够的时间休息，多久都可以。到现在已有五天，差不多了。

陆雨桐听到铃响，心脏抽了几下。知道家里座机号码的只有他和青桐，青桐这个时间应该在上课，那么来电的别无他人。说真的，如果可以，她不想接。

"陆秘书，明天起，恢复上班。"宋子迁的语气冷静、公式化，不带一丝感情。

"好。"陆雨桐轻声应答，他二话不说果断地挂断电话。她抚摸自己的左臂，已经好得差不多了。这几天夜里睡得不安稳，有时梦里突然看见他冷着脸，毫不留情地故意用力按压她的伤处，她就会痛苦地惊醒。

那夜，她本以为他会送自己去医院，也许是在他身边待得太久，领受过他的关心，以至于差点儿忘记了，他需要的是一个无坚不摧的助手，而不是一个让他费神的女人。他用温柔的嗓音说着残酷的话语："陆雨桐，你一只手开车从机场到酒店，那么坚强，家里到附近医院不过十几分钟，你可以的！"

是的！我可以。

她忍着剧痛，迅速戴上冷静淡然的面具。此后，这张面具不会再对他轻易摘下。

第二章
想我吗

第二天早上，陆雨桐准时抵达公司。

她依然尽职尽责地扮演宋子迁的完美秘书，与他之间的对话不多，每一句都只是关于工作。许是习惯了隐藏，旁人从未察觉。当然，那些旁人中，并不包括孙秘书。

孙秘书曾协助宋子迁的父母打江山，亲眼见证世兴集团从当年的一家小超市，一步步发展成如今拥有超过六百家分店的连锁百货公司。

孙秘书身为元老级人物，可谓是看着宋子迁长大的。这位年轻的少总让他由衷佩服，无论是商业手腕，还是用人眼光，宋子迁似乎从未失误过。

陆雨桐便是一个最好的例子。她完全属于空降人员，一来就坐上了总裁办副秘书的位子。当时，包括孙秘书在内，几乎所有高层都一致反对，唯独宋子迁一手拍在会议桌上，掷地有声地承诺：三个月实习期，若陆雨桐不能让各位满意，我这个少总也任凭处置！

总裁秘书的职务，关系到公司的许多机密，若非最信任的人，不可能担任。大家在背后忍不住纷纷猜测，他们年轻气盛的少总，是不是喜欢那个陆雨桐。

“请你们注意自己的言行，陆雨桐在我眼里，是个绝无仅有的人才！身为公司的管理者，要懂得唯才是用，我不想浪费人才，仅此而已！她是否有资格留在世兴，请各位拭目以待！”结果可想而知，陆雨桐如宋子迁所言，简直是个奇迹般的存在。

她才二十二岁，未曾有过工作经验，却能迅速适应公司高强度的运转。尤其是她似乎什么都懂，不懂的也是一学就会，每件事情完成得一丝不苟，细致周全，根本不需要三个月，便成功收服了所有反对的人。如今三年已过，她依然如当年初来乍到般，不声不响，不骄不躁，跟同事保持一定的距离，但也礼貌谦逊得让人无可挑剔。

同样的，大家之前对她与宋子迁之间的关系各种猜测，这两人也从未刻意解释，三年后谣言不攻自破，她只是他重用和信任的“人才”罢了。如今，宋子迁唯一向外界承认喜欢的夏家千金已经归来，该有番新景象了。

此刻，宋子迁正在开视频会议，已经开了一个小时，还在继续。

孙秘书抬头，看向对面的陆雨桐：“小桐，说真的，这几天你不在，最想念你的肯定是我这个老头子。”

“不好意思，这几天让孙秘书辛苦了。”陆雨桐淡声回答，哪怕亲近如孙秘书，她也习惯冷淡以对。

“呵呵，我不是那个意思。我就是想说，你难得休假，也难得少总批了假，应该多休息几天才回来。”

陆雨桐不由自主地朝玻璃门看了一眼，自嘲地扬扬嘴角。超过五天，她没问题，但里面那个喜怒无常的老板不可能批准。

孙秘书眯着一双精明的老眼，若有所思地观察她。如今，公司没人再揣测她与少总有何特别关系，按正常推断也该如此，男女性格互补才会相互吸引嘛，冷漠霸气的少总与娇美可人的夏雪彤论家世、样貌和性格，都简直是天造地设的一对。而少总与陆雨桐，分明来自同一个世界，皆是冷静理智，不喜多言，生人勿近，实在难以想象这两人相爱的情景。

不，不！尽管夏小姐回来了，尽管这五天，陆雨桐不在，少总表现无异，但他还是坚定地认为其中另有隐情。少总一心等待夏雪彤，说不好只是因为老董事长生前的心愿呢。但少总对陆雨桐的刮目相看可以追溯到七年前，其中必有一种特殊的情愫。只是他们掩饰得太好，他暂时没找到证据而已。

这边，陆雨桐正在专心工作，对着电脑噼里啪啦地打出一段市场调查分析，突然感到一阵眩晕，密密麻麻的黑色字符在眼前跳跃，怎么都看不清。她停下，抚着额头轻轻按揉。

孙秘书关心道：“小桐，是不是生病还没康复？”

“没有。”

“可是你的脸色很难看。这样，你现在赶紧去医院，回头我帮你跟少总请假。”

“谢谢孙秘书，真的不用了。”

“你这孩子，就是太实诚。以前拼着命工作，从没见你请过半天假，可是人哪有不生病的？尤其是女孩子，不舒服千万别勉强。”

内线电话突然响起，宋子迁沉声命令：“把市场调查分析表打印好，送进来。”

“好的。”陆雨桐迅速提神，睁着虚晃的眼又核对了一遍，然后打印，装订，推开总裁室的门。

两人五天未见，互相注视对方，眼眸都是平静无波。

“少总，您要的资料。”陆雨桐递上文件，同时附上另一份装订整齐的表格，“这是公司明年的项目计划报表，我也一并整理了。请少总过目。”

又是这样，每次布置一项工作，她多少能猜到他下一步的思路和计划，顺带提前完成。以前，他对她不可多得的办事能力十分满意，可现在，他只有说不出的厌烦。宋子迁接过文件，手指忽地捏紧，视线变得冷厉：“陆秘书。”

“是。”

“谁让你自作主张？”

“……”她诧异不解。

“我何时说要明年的项目报表了？”

“我以为下周举办的年终董事会议会需要。”

“你以为？董事会的事情，何时轮得到你来以为了？”宋子迁将文件甩在桌上，盯着她的脸，“不要以为自己有几分本事，就妄图猜测老板的心思。你该做的是先将眼前的任务做好！”

陆雨桐愣怔，他的火气来得突然，有些莫名其妙。以前不都是这样吗？她处处为他考虑，为他分担沉重的工作压力。可今天，他似乎连情绪都没控制好，难道她不在的五天里，发生了什么事？

“陆秘书，还愣着做什么？”

“对不起，是我自作主张了。”陆雨桐上前收回桌上的文件，再恭敬地退到几步之外，“少总不需要，当我没做过。”

宋子迁却伸出手：“拿来。”

“……”

“既然做了，怎么可能当作没做过？”

陆雨桐一直觉得他的心深不可测，但头一次发现他还是如此善变的男人。她抿抿唇，将项目表重新递上。

办公桌上摆放着两份文件，宋子迁先拿起市场调查分析表，翻开第一页。陆雨桐欠欠身，准备退出去。他抬起头，不轻不重地说道：“让你出去了吗？”

“少总还有什么吩咐？”

“等。我看完再说。”

于是，她定定地杵在原地，面无表情地垂着头，视线落在地面上。他查看着分析表，看得比任何时候都仔细。

时间变得格外漫长，陆雨桐忍不住悄悄看向他。在公司里，他向来西装笔挺，利落的发型显得精神饱满。不说话时，他的薄唇微抿，眉宇间隐约有道褶皱，神色严肃而专注。他常说她不爱笑，可他又何尝不是？有个问题她疑惑了许久。虽然父母白手起家，将宋氏一步步打造成商业帝国，但他也算是含着金汤匙出生，自小养尊处优，不知疾苦。如今事业、爱情两得意，他为何每天还如此严肃呢？

宋子迁突然抬头，直勾勾地看着她的眼睛。

陆雨桐吓了一跳，立刻挺直脊背。

“陆秘书，我收回刚才的话。”

刚才他说了好多话，是哪句？

“原本认为你有几分本事，现在看来，是我高估你了！”

“少总有话直说。”陆雨桐的脸色白了白，之前的眩晕感再次袭来。她强自抬起头，直面他的批判。

“不过过了五天时间，你就退步这么大！连一份简单的文件都错误连篇，还敢提前做明年的报表！”

“错误连篇？”她迅速捕捉到关键字眼，想起刚才屏幕上一个个跳动的字符，不敢多辩，“我马上回去重做。”

“如果每个人都像你这样，公司还要不要发展了？”

“对不起……”

“我不需要听到这三个没用的字！”

陆雨桐只能闭嘴。从前事事完美，宋子迁虽吝于夸赞，但她心中有数。如今第一次听他说出严苛之辞，她只觉得呼吸困难，很是难堪。她不说话，脸色更为苍白。不过，她很快整理了情绪，勇敢面对：“请少总原谅，以后不会了！”

宋子迁盯着她纤瘦的身子，皱眉：“过来！”

陆雨桐不懂他的意思。

“到我身边来！”宋子迁见她迟疑，不悦地扬了扬手中的文件，“你不想知道自己究竟错在哪里？”这话一语双关，不过她未听出来。

她绕过宽大的办公桌，来到他身侧。

“弯腰。”他命令道。

陆雨桐微微弯下腰，目光落在他翻开的那页文字上。

“离那么远，能看清？”

“我的视力很好。”她再把身子弯低一点儿，头会更加晕。

她的回答让宋子迁脸色一沉，他屈起指关节敲在文件上：“视力好不代表看得清楚。你告诉我，这一堆乱七八糟的东西是什么？”

陆雨桐定睛查看他所指的地方，顿时哑口无言。上面的一段文字竟然重复了两遍，其中数字部分还夹杂着乱码。她低头道：“对不起，是我错了。”

“不许再有下次！”

“是。”她伸手去取文件，宋子迁忽然握住她的手腕。心剧烈地跳了一拍，她飞快地缩手。他稍微用力，牢牢握住不放。

“少总，这里是办公室。”

“不劳你提醒。”他勾起嘴角，侧头凝视她的容颜。两人相隔很近，他能闻到她身上熟悉的清香，她眼里的紧张也看得一清二楚。他故意轻抚她柔嫩的手背，温柔地问：“手臂上的伤都好了？”

陆雨桐的心脏一抽，想起那晚他施予的剧烈痛楚，手指下意识地握紧。宋子迁看着她握得发白的拳头，缓缓执起，放在唇边亲吻。她如遭电击，因眩晕而晃了一下。他立刻稳稳扶住她的纤腰，为她的惊慌失措而高兴。

“我知道，你会怪我无情。但是雨桐……”宋子迁停顿下来，很耐心地将她的手指一根一根扳开，“发生任何事情，你都应该第一个告诉我，否则我会生气！”

陆雨桐没说话，才被扳开的手指又握紧了。他生气的时候很可怕，所以一直以来她对他始终抱着一颗敬畏的心，从不敢招惹。这次遇到夏允风的事，可谓是无妄之灾。正想着，宋子迁大椅一转，结实的双臂从后面抱住她的腰。她脚步一虚，正好跌坐在他腿上。今日的他太过反常，简直是肆无忌惮。

宋子迁抱紧她，不许她动弹，贴在她耳边低声问：“五天没见，想我吗？”

陆雨桐咬牙，一言不发。

“说，想我吗？”

良久，她反问：“你呢？”

“呵，我跟你不同，我没时间。”

“你怎么知道，我就有时间？”腰上的力道蓦然加重，箍得陆雨桐快要透不过气来。她直视前方墙上挂着的名画，没有焦距。

宋子迁强行扭过她的脸，沉声再问：“说实话，一点儿都没想吗？”

陆雨桐忽然笑了：“你很在意答案？”没想到她会反问，宋子迁拧眉。

她的嘴角扬得更高，主动转过脸与他对视：“你想听到什么样的答案？希望我想你？”

宋子迁眼中闪过一道让人触目惊心的暗光，接着是深不见底的冰冷。他双手一推，冷眼看她：“出去！”

陆雨桐的心里犹如扎进了一根刺，她面无表情地整了整衣角，然后不慌不忙地捡起落在地上的文件，绕过办公桌，站在他正前方最适宜的位置。面具重回脸上，仿佛刚才不曾发生任何事，也不曾有过任何刺痛。眼里一派清冷，她道：“你怕我爱上你，是吗？少总请放心，我陆雨桐发誓，这辈子绝对不会爱上……”

“够了！”宋子迁不快地打断她，她竟然发誓，有些严重了。

“那么，就请少总答应一件事。”

“你说。”这些年，她要的，他都满足了，不在乎多答应一件。

“今时不同往日。夏小姐已经回来了，您应该好好珍惜……”

“我的事，用不着你插嘴！”他再次打断。

“但是，你刚才的行为很无耻！”陆雨桐忍不住提高了嗓音。

宋子迁惊异，嘲弄道：“你竟用‘无耻’二字？”

她别过脸，克制情绪，调整呼吸：“这些年，少总倾力帮助我和青桐，可以说，没有你，就没有我们姐弟的今天，所以我甘愿效犬马之劳。但是，撇开上司与秘书的关系，我们是平等的。我希望少总能够尊重我，也尊重夏小姐和你自己。”

难得她一口气说这么多话，宋子迁交叠的手指紧了紧，也露出难得的笑容：“好，我答应你。”

“谢谢。”陆雨桐不去看他迷惑人心的笑容，抱着文件转身。

“陆雨桐，”他直接喊她的名字，一字一字清晰地说，“你我之间什么关系，由我说了算。”陆雨桐的脚步慢了半拍，走向玻璃门，刚要拉开，宋子迁的电话响了。宋子迁看了门边的背影一眼，温柔出声：“彤，我正想你呢！”

陆雨桐脊背一僵，快步离开总裁室。

夏雪彤声音娇软，带着甜蜜的笑意：“迁，我已经回国一个星期了，爸爸准备举办晚宴，你要做我的男伴哦！”

“那是当然。”这表示两人的恋人关系正式公开。

“对了，那天陆秘书救了我，我专门准备了一份礼物，希望她能收下。”

“什么礼物？我看人家陆秘书未必领情。”

“一套我亲手设计的礼服，希望她能穿上参加我们的宴会。”

下午陡然降温，天气预报显示晚上可能会有小雪。尽管如此，云天酒店贵宾大厅里依然名流云集，一场为欢迎凌夏集团千金夏雪彤求学归来的盛宴正在举办，凌夏集团董事长夏国宾亲自出席，并邀请了多家媒体。

宋子迁玉树临风，体贴地陪伴在女主角身边，证实了凌夏与世兴两大集团即将联姻的传闻。夏雪彤的心情极好，每当被问起何时能参加二人的喜宴时，她便娇羞地依偎在宋子迁的怀中。

无须多言，两家好事已近。

夏雪彤接受着各种夸赞，不时向宴厅门口看去：“迁，你说陆秘书会来吗？”

宋子迁拥着她，也往门口看了一眼：“不知道。”其实他心中已有把握，陆雨桐向来懂得分寸，也不怕拒绝谁，这种场合她不会来。

“还有我大哥，不知道来不来？他要是来了，我可得介绍陆秘书给他认识。”

宋子迁目光深沉地问：“为什么要让他们认识？”

“呵呵，我大哥就像一匹脱缰的野马，玩世不恭。但不知道为什么，我有一种直觉，只有陆秘书这种冷若冰霜又赤诚的女子能拴住他。他们很相配，对不对？”

“不对！区区一个小秘书，怎么配得上凌夏集团的大少爷？”

“迁，我大哥是不在乎门第的……”

“不说了，我们跳舞去！”宋子迁突然拽着她进入舞池。夏雪彤看向被他握得有些疼的手腕，皱起了眉。

宴厅门外，陆雨桐抱着两个精美的大礼盒，思考着该怎样将礼物还给夏小姐。

“这不是陆秘书吗？怎么站在外面不进去？”

陆雨桐立刻听出来人的声音，转身，果然看见夏允风。夏允风将她从头到脚打量一番，目光落在她手上的礼盒上：“难道陆小姐过来，只是为了拒绝雪彤的好意？”

“很抱歉。这个……麻烦你帮我转交给夏小姐，可以吗？”

“我也只能说声抱歉了。呵呵，因为我正想邀请陆小姐做我的女伴呢。”

“谢谢夏少爷抬爱，你应该不难看出来，我没打算参加晚宴。”

“你是指礼服吗？这不是问题。”夏允风笑着靠近，不知从口袋里摸出了什么，忽然张开双臂抱住了她。陆雨桐双手不方便，只能挣扎着退后。他的手从她后背轻轻抚过，而后他脸上的笑容更迷人了。

陆雨桐一挣脱他的手臂，马上往长廊的另一头走去，可是没走几步，感觉后背有股凉意。她借旁边的玻璃门一照，惊得脸色发白。天啊！怎么回事？她的衬衣竟然裂开了，内衣的扣带毫无遮掩……

夏允风得意地走过去，指尖转动着一把薄薄的小刀。见陆雨桐的脸上怒火蔓延，他不慌不忙地脱下外套为她披上，笑眯眯地道：“陆小姐，我陪你去换套礼服吧？”

“夏允风！”

“嘘——这是宴厅门口，你想引来围观吗？”他握住她的手臂，不容拒绝地拉着她走向休息室。

宴厅内，优美的乐曲中，宋子迁拥着夏雪彤跳舞。突然，她惊喜地低呼：“迁，快看！门口那对俊男美女，我不是眼花了吧？”

宋子迁转身一看，脸色瞬间阴沉。原本，他笃定她绝不会出现，可她不仅来了，还跟他最讨厌的夏允风相携而来。

“呵呵，想不到我大哥跟陆秘书是认识的呢！”

宋子迁眯起了黑眸。其他宾客也纷纷看向门口，悄声议论。

“那位是凌夏集团的大少爷吧？”

“就是他，出了名的花花少爷，以前隔三岔五就要上个娱乐版头条，听说前两年还有个小明星跑到夏家闹过自杀。”

“好像就是因为这事儿，夏董便将儿子赶去了国外，来个眼不见为净。差不多两三年没见了吧，夏少爷一出场还是这样张扬率性，呵呵。”

“他身边的女子是谁？看起来很特别。”

……

宋子迁目不转睛地盯着陆雨桐，嘴角勾出冷笑。她脸上不施脂粉，表情是惯有的淡漠冷傲，但一袭深紫色单肩晚礼服，恰到好处地衬得她肌肤赛雪。再看夏允风，一身白色西服煞是抢眼，暗藏几分邪气的模样更是让少女们芳心乱跳。

这两人相携出现，一个清冷，一个狂妄，看上去真是该死的登对。

陆雨桐撞上宋子迁冰冷的视线，手悄悄地想从夏允风臂弯里抽出，却被夏允风一把按住。

夏雪彤拎着裙摆跑过来，欣喜道："哥，你骗人家说不来，要罚你哦！"

夏允风宠溺地摸摸她的头："好，被我家宝贝丫头罚，甘之如饴。"

"哼！回家再找你算账。"夏雪彤转向陆雨桐，展开笑颜，"陆秘书，我太高兴了！你不但来了，还跟我大哥一起来，呵呵。"

陆雨桐礼貌地打招呼："夏小姐，少总。"

"陆秘书，差点儿没认出你。"宋子迁的语气听不到丝毫感情。

"如果这是夸赞，谢谢。"

宋子迁笑了笑，朝夏允风伸出手："夏少爷，好久不见。"

夏允风与他简单地交握："士别三日，刮目相看。昔日的宋少爷如今已是赫赫有名的集团总裁了。"

"哪里，刚取得一点儿成绩，不足挂齿。倒是夏少爷，这两年将事业拓展到国外，投资也做得风生水起，值得学习。"宋子迁很清楚，夏允风虽然风流成性，但绝非外界传言的纨绔子弟，他二十三岁开始辅助他父亲缔造商业王国，近几年离开凌江，其实是为了拓展海外市场。如今凌夏集团开发的度假村，已在欧美华人区占有一席之地，夏允风功不可没。

夏允风高傲地挑起眉毛："呵呵，过奖，宋少爷很快就会成为我们夏家的女婿，以后就是我的妹夫，有的是机会取经。"

"届时希望夏少爷多多赐教。"

两个男人的寒暄中，暗藏针锋相对的意味。夏雪彤不满地道："好啦！你们都认识这么多年了，两个都是我最亲近的人，偏偏每次见面都这么生疏客套，听起来虚得很，别人不知道，还以为你俩在明争暗斗呢！"

"好妹妹，男人的相处之道，你不懂。"

"彤，我跟你哥若是对手，必然是旗鼓相当的劲敌。"

"宋少爷，我们有可能成为劲敌吗？"

"难说。"宋子迁似笑非笑，转向陆雨桐，"第一次看陆秘书穿裙子，难得。"

"夏小姐送的礼物，盛情难却。"陆雨桐不轻不重地顶回去。夏允风玩味十足地接过话："雨桐，宋少爷这是在夸你漂亮呢！"

宋子迁的笑意不达眼底。雨桐，他叫得倒是亲切！夏允风那张看似漫不经心的脸上，分明有种强烈的兴趣，那是男人对看中的猎物虎视眈眈的姿态，而陆雨桐竟然没有拒绝！夏雪彤附在他的耳边，悄声道："迁，你知道这件礼服最漂亮的地方在哪儿吗？呵，一会儿留意陆雨桐的后背就知道了。"

"我先请雨桐跳支舞。"夏允风朝陆雨桐发出邀请。陆雨桐刚将手放到夏允风的掌中，宋子迁忽然适时挡住，笑道："不好意思，夏少爷，我突然想到有件重要的事情要跟陆秘书交代。彤，你先去陪陪伯父，我一会儿回来找你。"

夏雪彤走到陆雨桐身侧，眨眨眼："估计迁又要布置工作了，他就是个工作狂，做他的秘书一定很辛苦吧？你要多多包涵哦！"

陆雨桐点头，硬着头皮跟随宋子迁走出宴厅。

这边，夏允风来到夏国宾面前，笑着请安："父亲即将多一位乘龙快婿，今晚一定很高兴吧？"

夏国宾却紧盯着陆雨桐的背影，若有所思："刚才跟你一起进来的女孩是谁？"

"怎么，您老人家也有兴趣？"夏允风轻佻地问。

夏国宾忍住责骂，神色怪异地吐出一个名字："金叶子。"

金叶子曾是上流社会最有名的交际花，周旋在众多商贾名流之间，如鱼得水。刚才那个女孩的身形样貌，跟当年的金叶子几乎一模一样。

夏允风大笑："父亲，说您老眼昏花还不承认？金叶子七年前就因车祸死了，就算她活着，借用现代先进的医学整容技术，也不可能如此年轻。这个女孩姓陆名雨桐，是你准女婿的得力秘书。"

夏国宾的脸上闪过复杂的光芒，他疑惑道："子迁的秘书？"

"父亲没听说过吗？宋少总近三年来能取得如此丰功伟绩，他手下这位十项全能的陆秘书功不可没。"

"是她！"夏国宾眯起锐利的眼睛。他对这位陆秘书有所耳闻，曾远远见过两次，每次见她，她都穿着一丝不苟的套装，披肩长发半遮着脸庞。他不认为一个年轻女孩能有多大的能耐，以至于没留意到她跟金叶子长得如此相似……

宴厅外，宋子迁脸色阴沉地盯了陆雨桐半晌，伸手去碰她的脸，却被她机敏地躲开。怒火瞬间席卷，宋子迁一把将她按在墙上，淡淡的酒气喷过来："你从不参加这些活动，今天为什么会来？"

"少总，您应该很清楚我来这儿的原因。"陆雨桐尽量保持冷静，不想招人注意。

“我不清楚！”就在刚才拐弯的时候，他终于明白雪彤所说，为什么礼服最漂亮的地方在后背。大胆镂空的设计让陆雨桐露出大片肌肤，身形若隐若现，散发着诱惑。他抓住她的肩：“你看看自己穿成什么鬼样子，是故意想丢公司的脸吗？”

陆雨桐气得想笑，他似乎忘了，这件丢脸的礼服是谁给她的：“少总放心，今晚我是夏少爷的女伴，就算丢人也只丢他的。”

他低头凶狠地道：“你承认了，你是为了姓夏的才来的！”

不可理喻！陆雨桐故意冷冷地回应：“是的！”如果不是因为夏雪彤再三邀请，她怎可能过来？不过来，又怎么会受夏允风那小人的胁迫？

宋子迁的眼睛快要喷出火焰，在黑暗中死死地盯住她。他突然扣住她的下巴，欺身压去。陆雨桐睁大眼睛，一颗心跳到了嗓子眼：“你……你想做什么？疯了吗？放开！”可是，他的手臂结实如铁，脸庞缓慢逼近，下一秒，冰冷的唇惩罚似的堵住她。

陆雨桐瞬间脑子空白，慌忙推他。宋子迁哪里肯放过她：“穿成这样，不就是这个意思吗？”说完吻得更深入。陆雨桐又惊又怒，他凶狠起来像头危险的野兽，让她无法逃脱。这花园虽然偏僻寒冷，但万一被人发现……

慌乱中，忽然听到夏雪彤的声音：“迁？子迁？”

陆雨桐一颤，差点儿惊呼出来，宋子迁立刻捂住她的嘴。

“迁，陆秘书，你们在这边吗？”脚步声越来越近，陆雨桐深亮的瞳孔急促紧缩。夏雪彤走到花园前，推开了挡风门，往里走来。宋子迁也不敢大意，扣住她的脑袋，紧按在胸口。她闭上双眸，听到他剧烈的心跳，脑海里浮现出各种画面。

“好冷……”夏雪彤缩了缩脖子。过了一会儿，四周才恢复寂静，陆雨桐感觉自己像是经历了一个世纪一样，身子僵硬得无法动弹。宋子迁陡然推开她，她猝不及防，踉跄地撞在墙上。

“宋子迁，你疯了！”陆雨桐忍不住咬牙低骂。他的语气跟夜风一样冰冷：“你似乎忘记了曾经的约定！”

约定……

冷风飕飕，空中飘起了雪花。陆雨桐冻得哆嗦，颤抖的手握紧被他扯裂的肩带。是的，约定。那也是一个下雪的日子，她失去最后一个可以依靠的亲人，带着年幼的青桐走投无路。他朝她伸出手，提出会助她完成学业，全力栽培她，也会给青桐最好的照顾，交换条件只有一个：未来十年，她必须无条件地服从他，绝不可以背叛他。

四年大学、三年工作，他不温柔，但不可否认，他给了她最周全的照顾，同时让她深刻地了解到他是个多么专制的暴君。

宋子迁漠视她的狼狈，慢条斯理地整理好衣服，最后说道："最近，你越来越不听话了！今晚只是提醒你，分清楚什么事该做，什么事不该做！"

陆雨桐扶着墙壁站稳，虚弱地说："我也记得，三年前你答应过，那个约定仅限于工作，至于私事……你我互不相干！"

互不相干，她说到做到，且执行得相当彻底。

这场晚宴她无须跟任何人交代，就那样独自离席。第二天在公司相见，她不带半丝感情，公事公办，与宋子迁绝不多说半句废话。当然，她也恢复了一流的工作效率，哪怕顶着加重的感冒，依然将每件事处理得尽善尽美。

若不用加班，她打算准时离开公司。用她的话说，私人时间独立自由，老板也无权过问。然而，最为苦恼的是礼服，据说这是对夏雪彤极有纪念意义的作品，人家诚心赠送，偏被宋子迁恶意地撕裂。

陆雨桐越想越恼火，寻思着一下班，就去趟裁缝店，看能否修复成原本的样子。不料，距下班只有十分钟时，花店的一位小姑娘送来了一大束玫瑰。她毫无欣喜，抱起花还给小姑娘："麻烦你，不管是谁送的，请帮我退回去。"

小姑娘从未遇到过这种情况，不知如何是好。倒是孙秘书笑眯眯地安慰："没事，没事，这花我喜欢，谢谢这位小妹妹了。不过，不知道是哪位帅哥想追我们陆秘书呢？"

小姑娘松了口气，露出笑容："那位很帅的哥哥说他姓夏。"

夏允风！陆雨桐气闷，昨天是被他胁迫才换上礼服参加晚宴，如果没有他恶行在先，也不会有宋子迁的那一出。她越发气不过，索性夺过玫瑰丢进了垃圾桶，看得孙秘书和小姑娘目瞪口呆。

宋子迁正好走出来，看到这一幕，阴沉了一天的脸上闪过笑意。

以为送花事件就此结束？那就太小看了夏允风的毅力了，就如陆雨桐与宋子迁之间的冷战一样，这也是一场持久战。第二天、第三天，娇艳欲滴的玫瑰依然准时送到，花店的小姑娘已经熟得能跟孙秘书开玩笑了。第四天，小姑娘又来了，笑嘻嘻地探出脑袋，这次手里的花束更大更夺目了，几乎将她半个身子遮住。

夏允风，真有本事，本人从不出现，甚至连一条短信都没有，却暗中铆足了劲似的，每天送来玫瑰，且数量一直在增加，弄得人心里七上八下。

“那位帅哥哥今天订的是九十九朵哦，全是他亲自挑选的。”

陆雨桐叹着气接过，额头隐隐作痛，这无聊的把戏要玩到什么时候？

宋子迁站在落地窗前，眺望远处，手上夹着一根香烟，不时吐出烟雾。他不是瘾君子，除非心情特别烦躁，才会抽上几口。昨晚陪雪彤去山顶餐厅吃饭，去以前经常玩的地方故地重游，加上公司业务蓬勃发展，频频报喜，于公于私都该心情愉悦才对，可外面小姑娘的声音，若有若无地飘进耳中，还有那束碍眼的娇艳玫瑰，都让他有种砸门的冲动。

“陆秘书！”宋子迁忽然拉开玻璃门。

“咳……少总有什么吩咐？”陆雨桐忍住咳嗽，抬头看他。

“人事部最新的招聘计划拟好了吗？下班前必须完成！”他阴沉地盯着她手里的花束，“还有这些垃圾，马上扔了它！”

陆雨桐原本打算扔掉，听到他不客气的命令，顿时改变了主意：“少总弄错了，这不是垃圾，是玫瑰。”孙秘书愕然，很快明白了什么，悄悄朝她递了个鼓励的眼神。

“孙秘书，昨天我好像看到你有个花瓶？”

“有啊有啊，这里。”孙秘书不怕死地从桌下捧出一个大花瓶。宋子迁的脸色由青转黑，这两人一唱一和，眼里哪有他这个上司？他踩着重重的步子返回了总裁室。

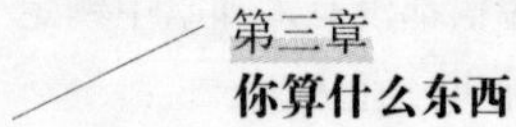

第三章 你算什么东西

接下来两日，陆雨桐对宋子迁除了公事，依然鲜少说话，办公室的气压濒临结冰。

下班后，她开着车漫无目的地在街上转悠，路过一家面包店，突然想起了弟弟青桐。他最喜欢面包，周末在家时，姐弟俩经常一起烤面包做早餐。说起来，他们已有半个多月没见了。

她戴上蓝牙耳机，准备给青桐打个电话，手机正巧响起。

宋子迁的语调平稳冷淡："Chenl 品牌总代理叫皮特，他下周回法国，我要陪雪彤，没时间，这个案子由你负责洽谈，明天就去。"

"哦……知道了。"陆雨桐咬了咬唇，他跟夏小姐即将订婚，确实很忙。

"陆雨桐，你最好有心理准备，那个 Chenl 代理不好应付。"

陆雨桐自嘲，坚定地道："少总请放心，无论如何，我保证成功就是！"

第二天，她与 Chenl 代理约好下午三点见。此番会见，她做了充分准备，将Chenl代理的性格、喜好全摸了个透，开出的合作条件，也是经过多方考察对比，相信签约不会太难。若此番不成，她还做了第二套方案备用，以防万一。

已经两点，陆雨桐看了看手表，收拾好东西，准备出发。

"陆秘书，有份奇怪的快递，只写了'总裁办签收'。"前台送来一封信。

陆雨桐接过，信封外连寄件人也没写，有些怪异。她疑惑地拆开，几张照片滑落到地上。她捡起一看，浑身震住，难以置信地盯着照片上的人影。

怎么可能……

宴会那晚，她跟宋子迁在空中花园，四周明明没有人，怎么会被人偷拍？画面虽然模糊，却分明是他把她按在墙上强吻的一幕。是谁拍的？谁寄来的快递？陆雨桐立刻拨打前台总机询问，前台说是快递公司送来的。

陆雨桐心中忐忑不安，匆忙将照片收进抽屉。不管怎样，先赶去跟 Chenl

代理见完面再处理。她开车驶出公司，刚要拐进街道，另一辆红色跑车嗖地窜出来，挡住去路。

夏允风跳下车，笑眯眯地敲她的车窗："雪彤想见你。"

"麻烦转告夏小姐，我现在要去见重要的客户，稍后会专程跟她赔礼道歉。"

夏允风不疾不徐地道："雪彤让我亲自来接你，想必有重要的事要说。呵呵，信不信，我有很多种法子让人乖乖听话，也能让你那位重要的客户在三分钟内永远将世兴列入黑名单。"

陆雨桐哑然，心中生出不祥的预感。

夏家豪宅里。

夏雪彤站在阳台上，冬日冷冽的寒风吹乱了她一头秀发。几张照片在指间被捏成一团，精致的五官微微扭曲，她居高临下地注视着跟着夏允风走进宅子的陆雨桐。

客厅如酒店大堂般奢华，陆雨桐无心打量，站在中央等待，寻思着夏雪彤找自己的原因。因为那些照片吗？正想着，夏雪彤一身居家白裙，从旋转楼梯上缓步走下。

"夏小姐。"陆雨桐颔首问候。

"哥，你可以先出去吗？"

"当然可以。你刚才出房间吹风了？"夏允风疼爱地为她理了理发丝便离开了。

水晶吊灯光芒璀璨，静静地照在她们的脸上。

"夏小姐，不知道您找我来有什么事？"

"你真的不知道？"

她尖锐的反问，让陆雨桐不敢随意接话，垂头道："夏小姐请明示。"

"好！"夏雪彤一个字，伴随狠狠的巴掌甩出。陆雨桐没防备，脸颊顿时热辣发疼。

"知道我为什么打你吗？"夏雪彤突然摸出几张照片，重重地扔在她的脸上，"我要你解释，你跟子迁之间……究竟是什么关系？究竟有多亲密？"

陆雨桐踉跄了一步，她能说什么？爱上一个人的痛，她懂。被深爱之人所伤的那种痛，她更懂。所以，她从不愿成为谁的第三者。夏雪彤一回来，她发誓自己只想躲得远远的。可是有些事情根本不由她掌控。

夏雪彤红着眼睛：“你爱子迁？还是子迁也爱你？我从小就打定主意要嫁给他，他也承诺过会娶我！而你……你陆雨桐算什么东西，敢趁我不在横插进来！”

夏雪彤恼怒她的沉默，掐住她的胳膊用力摇晃：“陆雨桐，你懂得羞耻吗？我诚心邀请你参加宴会，我敬重你是子迁的得力秘书，感激你保护过我，可到头来，你竟然如此虚伪！还有子迁……竟然背叛我，我也不会原谅他！”

声声指责，如利刃划过陆雨桐的心，听到最后一句，她忽然抬头，沉默变成了惊慌：“夏小姐……”

雪彤冷笑：“你终于肯说话了！”

“少总……是我勾引他的……”

“什么？你再说一遍！”

陆雨桐深吸一口气，压抑着胸口的痛：“一切都是我的错！多年来，我事事为少总着想，他却从来不看我一眼，我不服气，所以……勾引了他……”

“啪！”清脆的巴掌声再次响彻空荡荡的大厅。夏雪彤鄙夷地怒骂：“下贱！”

大门从外面推开，夏允风走进来。屋内紧绷的气氛，几乎让空气凝结。他一眼看到陆雨桐脸上明显的指印，吃惊道：“好妹妹……你不是吧？”

“哥……”夏雪彤脸上写满无辜与委屈，滚落两颗让人心疼的泪珠。

夏允风连忙为她擦去：“告诉大哥，怎么回事？”

“她……我们都错看她了！她竟然勾引子迁！”夏雪彤指了指地上的照片，双肩脆弱地颤抖。夏允风看了一眼，脸色铁青地盯向陆雨桐。

陆雨桐对上他犀利的眼眸，慢慢侧过脸，嘴角有抹悲哀的笑。或许，这两巴掌是自己活该承受的，不怪谁。墙上欧式的古典大钟忽然发出清脆声响，已经两点半了。她麻木的思绪顿时清醒——Chenl！

“夏小姐，如果没有其他事，我先走了。”她僵硬地转身。

“站住！”夏雪彤冲过去挡住她，“我要你离开他！我要你立刻辞职，离开子迁！”

“夏小姐请放心，少总除了你，不可能对其他女人动心的。”陆雨桐的指尖戳入掌心，说给她听，更是提醒自己，“而我……以后绝不再有非分之想。至于离开……我会的！”总会离开，只看宋子迁愿不愿意放人。

“你舍得离开？我不信！陆雨桐，我要你证明给我看！”

“你想让我怎样证明？”

“亲自把子迁送到我身边来！”

陆雨桐闭了闭眼睛，吐出一个字：“好。”

离开夏家，陆雨桐抛开混乱的心思，抛开夏允风最后那刀子似的目光，快速驱车赶往与皮特约定的地点。

谈生意最讲究守时守信，况且她早有耳闻，这位皮特先生行事保守刻板、一丝不苟，对待工作说一不二。如今首次与人约见就犯了大忌，合作还能谈下去吗？皮特的电话一直无法接通，陆雨桐咬咬牙，将油门一踩到底，气喘吁吁地跑进酒店时，包房里已经空无一人。服务生说，那位高大的外国老板独自等了十分钟，很生气地走了。

陆雨桐颓然地跌坐在沙发上：“不行，我答应过少总，只能成功！”她要马上赶去皮特下榻的酒店，无论如何，都得恳请他再给一次机会。

她重新发动车子，刚驶出酒店，手机发出了声响，是宋子迁。刚好三点半，他准时询问洽谈的情况，嗓音低沉平稳：“结果怎样？”

陆雨桐有些心虚：“对不起……临时发生了一点儿意外，我现在马上去找皮特先生。”

“听起来，你还没见到皮特？”

“对不起，是我的失误。请放心，我保证完成任务！”

宋子迁的口气陡然狠厉起来：“二十分钟内，立刻给我回来！”

“不！我要争取机会，一定会……”

“该死的，听不懂是不是？我让你立刻回来！”

“少总……”

“对于不守时的人，皮特先生根本不会再给机会！”宋子迁说完，砰地挂断电话。

回到公司，宋子迁坐在办公室里，似乎专门在等她。陆雨桐像个做错事的孩子，低头一声不吭地走到他面前。

宋子迁看她一脸黯然，冷声道：“说，怎么回事？为什么会迟到？”她的头更低了，照片的画面闪过脑海，要她如何告诉他实情？

“别装哑巴！我要听实话！”

“因为……一点儿私事……”

又是私事！宋子迁眼中几乎要喷出火焰，怒道：“你最好说清楚，什么私事能够让你连工作都弃之不顾！”她最近动不动就以私事为借口，一句“你我私事互不相干”，以为他真能放任不管？

陆雨桐垂下头，脸色变得苍白。

“陆雨桐，别挑战我的耐心！说！”

是祸躲不过，陆雨桐悄然握紧手指，尽力说得平淡：“是夏小姐找了我。她很爱你，希望多了解你一些，她……希望能成为你最完美的未婚妻。”

宋子迁眼里闪过意外，怪不得，下午雪彤一连打了几个电话来。

陆雨桐望着他依旧阴沉的眼睛，道：“对不起，少总。跟 Chenl 的合作，只要还有最后一线机会，我都不会放弃！我现在就去找皮特先生。”

“陆秘书，”宋子迁起身走到她面前，脸上露出一抹傲慢自信的笑，“我还没说，刚才你跟皮特约见迟到，我已经让孙秘书代为处理了。但是，你的失误必须亲自弥补和承担。皮特明天会丢失护照，暂时不能离开凌江。我会跟他重新约个时间见面。”

陆雨桐愕然，他常说兵不厌诈，商场如战场，要想成功，使一些手段实属必然。

下班时听孙秘书提了一句，少总已经在挑选吉日，准备早点儿跟夏小姐订婚。孙秘书还感叹地嘀咕，过去整整三年，少总都没去国外找过夏小姐，这会儿人家才回来没几天，就一副巴不得立刻娶进门的心急样。少总心中究竟埋着怎样的感情呢？

陆雨桐坐在床沿，闭上暗淡的眸子。宋子迁对夏雪彤爱或不爱，其实都跟自己无关，可为何心里如此难受？忙完 Chenl 的案子，她是该好好考虑何去何从了……

外面传来细微的开门的声音，她警觉地站起身，冲到客厅，望着门边高大挺拔的身影，难以置信：“你……怎么会来？”

宋子迁直直地注视她：“我来还需要提前打报告？”

陆雨桐恨不得咬掉舌头。他是宋子迁，在她的天地里，从来都是来去自由。但是，今时不同往日，他快订婚了。她必须提醒：“你是不需要打报告，但是除了夏小姐，其他女人的住处你都不应该出现。”

宋子迁的目光阴沉下来，他原本就不好相处，最近脾气似乎更糟糕，经常被她一句话惹得脸色难看。不需要她伺候，他兀自换了拖鞋，脱下外套，将领带扔在沙发上，才冷冷道：“该不该来，轮不到你做主！”

陆雨桐清楚跟他顶嘴没有意义，转身倒了杯温水递给他。宋子迁没有接，一把将她拖进怀里，低头便吻住。

“你……”温水泼在了两人的身上，陆雨桐张口想反抗，被他顺势吻得更深。那股熟悉的霸道气息让人难以抗拒，她无奈得想哭。每次都这样，最后只有她臣服的份。直到吻了个彻底，宋子迁才心满意足地放开她。胸前的衬衣被打湿，他皱眉：“帮我拿件干净的过来换。”

陆雨桐站在原地不动，气恼自己没能抵挡他。

“怎么？生气我不该来？”

“不是。”她挺直脊梁，清晰道，“你的衣服，我都已经清理掉了。”

“陆雨桐！”

陆雨桐抿紧唇，直视过去。以为他会发火，但他没有，而是坐在沙发上，点燃了一根烟。屋子里静默了几分钟，宋子迁吐出一口烟圈，终于出声：“她都问了些什么？”

“谁？”

“雪彤。”

这才是他今晚来这儿的目的吧。陆雨桐自嘲，难得地起了叛逆心：“问你的风流史。”

他笑得自负：“我没有风流史。”

“那么……”陆雨桐顿了顿，认真地直视他，“我算什么？”

笑容自他的嘴角迅速隐去。陆雨桐看得心如针刺，展露极少见的冷艳笑容：“你不用紧张，我只是随口问问。”室内，再度陷入了静寂。横在两人间的沉默，以及他深沉不定的注视，让陆雨桐很想落荒而逃。

“你，是我花了七年倾力栽培的助手，也是专属于我的女人！”宋子迁宣告答案后，坚定地将她压在沙发上……

从沙发到卧室，一路纠缠，汗水淌湿了两人的肌肤，分不清彼此。陆雨桐心中绞痛却十分贪恋，因为唯独此时，才能感受到一丝丝来自这个男人的热情……

大约最近耗神的事情太多，事后，陆雨桐筋疲力尽地在他怀中昏睡过去。

宋子迁轻拂她的长发，眼神复杂。其实下午两点四十，他打电话到与皮特约定的酒店，经理说陆小姐还未到。以他对她的了解，重要的约谈她一定会提前半小时过去等对方。可她两点离开公司，二十分钟的行程，四十分钟过去了还没到，只能推测是遭遇了意外。

她说被夏雪彤找去聊天，这点不至于说谎。但两个女人聊了什么，他确定她没有说实话。

不知不觉七年了，让陆雨桐接受他，依靠他，事事服从他，太不容易。

他费了这么多心思，怎么可能允许她脱离掌控呢？

叮咚——有短信。宋子迁敏锐地看了正在熟睡的女人一眼，轻轻地拿起手机。

上面只有一行简短的字：金蛇出逃，老地方见。

宋子迁迅速更衣，悄无声息地离开屋子。

“悦色”酒吧隐秘的包房里，周棣已在等候。

“什么时候的事？”宋子迁进入包房，劈头盖脸地质问。周棣起身，一派从容：“别紧张，已经没事了。”

“你耍我？”深夜把他叫出来，现在却说没事？

“哪敢？事实上，金蛇前面的确失踪了几天，今天晚上又自己回去了。不过她的精神状况时好时坏，拒绝记起过去，尤其不愿面对那张因车祸毁掉一半的脸。值班医生说，她逃出前一天好像看到了新闻，然后紧张地问了两句话。”

“什么话？”

“‘那个世兴少总姓宋吗？他要娶凌夏集团的大小姐吗’，这两句话说明，宋夏两家在她脑海里，印象深刻。我想，她曾经跟你父亲和夏家人都非常熟悉。”

宋子迁眼中迸发出恨意：“车祸时，她跟我父亲坐在同一辆车上，怎么可能不熟悉？”

周棣拍拍他：“放心吧，都七年了，金叶子我会继续帮你看着。陆雨桐呢？她现在在你心里，究竟是什么？”

宋子迁抓起酒杯喝了一大口，不屑地冷哼：“你很清楚我当初找上她的原因！”

当年发生意外时，金叶子跟父亲在一起，同时被送到医院。但是，那个号称凌江最美艳的交际花，昏迷半个月后，竟离奇消失了，警方找了几年都没找到，最后不得不将她列入失踪人口名单。而他生平最敬重的父亲醒来后，费尽力气挤出一句：“记住，不要轻信任何人！金叶子……”话没说完，便永远闭上了眼睛。

车祸绝非意外！

父亲为什么最后会喊那个女人的名字？且双目圆瞪，每个字都充满了恨意。是金叶子害死了父亲吗？他发誓不管花多长时间，都要查出真相。

也是那年，陆雨桐正好去过医院，他才留意到这个跟金叶子极为相似的少女。

于是他调查她，接近她，掌控她。他找到金叶子时，那女人已经时而痴傻时而疯癫，以至于过去这么久，车祸的调查毫无进展。

周棣是唯一清楚他计划的人，不止一次劝说："不管伯父的死是不是金叶子造成的，你这样对她的女儿，不公平！"

"就算她们不是母女，我这样栽培她，她为我效力，互取所需，有什么不公平？"宋子迁重重地放下酒杯，站起身来，"现在对我而言，陆雨桐就是一只被圈养的宠物。给她吃喝，她会听话；给点儿施舍，她会感恩戴德。呵呵，但是不要以为这样就能让宠物忠诚于你，当别人给予更好更多施舍时，它可能随时背叛你。"

"陆雨桐要是听到你这番话，一定会立刻离开。"

"离开？对于这只宠物，我会精心打造一条链子锁住她，给她适当的自由，也会经常抽一抽，让她感觉到痛，才不敢轻易背叛。即使背叛了，也会永远记得谁才是她真正的主人！"

"宋子迁，你太可怕了！"

"能说出来的都不算可怕，真正可怕的是什么都不说，却在背后突然给你致命的一刀。父亲的教训，我永远不会忘记！"他推开房门往外走，"总之下次有消息要及时告诉我。"

周棣追着大声问："喂！你还没说，决定订婚是为了商业联姻，还是为了报答夏国宾，又或者是因为真的爱夏雪彤？不过我看第三种可能性不用考虑了。"

宋子迁回头："为什么？"

"因为我实在看不出来，你哪里爱她。"

"你错了。雪彤一直是我心目中妻子的最佳人选。如果我爱上一个女人，对象只会是她。"

沙发上，陆雨桐抱着双膝发呆。一觉醒来，身边的人就不见了。

不知过了多久，耳边隐约听到开门声，她抬起头，看到一抹熟悉的身影，喉咙不由自主地哽住。她迅速起身，像一只灵敏的猫奔了过去。宋子迁讶异地愣在门口，望着扑进自己怀中的女人。他的外套上带着寒夜的湿气，她紧紧地抱着，却感觉说不出的温暖。

"去哪里了？"浓浓的鼻音自胸口传来，他真怀疑她是不是哭过。这是他认识的陆雨桐吗？一定是太疲惫产生的错觉。

陆雨桐放开他，重复问了一遍："你去哪里了？"这一次，他听得清楚，却没有回答。

陆雨桐放弃了追问，沉默地为他更衣。

"睡吧。"宋子迁说出回来后的第一句话。两人再次躺回床上时，陆雨桐一只手紧紧地抓住他的衣角。

"子迁……"

"你叫我什么？"许是夜晚的缘故，他的嗓音格外沙哑。

"子迁。"她抬头，黑暗中，看不清他的表情，"你说过，会带我和青桐去江边吃饭，看夜景。"

"嗯。"

"明晚……可以吗？"

"这么急？"

"突然想去了。青桐不在，带我一个人去，可以吗？"

宋子迁沉默，在她以为等不到回答时，他应了一个字："好。"

陆雨桐将脸蛋埋进他的颈窝，悄悄地环抱住他的腰。

这，可能是最后的温暖，她会永远记住。

冰雪融化，凌江波澜壮阔，在冬日的夜晚无声地流淌。

宋子迁亲自订了江边最有名的餐厅。

露天餐台仅有两人位，侍者早已摆好如装饰般美丽的灯塔，灯塔会自动散发淡淡的热气，让空气变得温暖。宋子迁独坐在餐桌旁，气定神闲，精神饱满。看看手表，她说下班后直接过来，这会儿时间差不多了。

她是他的宠物。圈养宠物需要耐心，甜头绝不能少。从大学到现在，七年，他早已深谙，关键不在对她有多好，而是每次的好，都要让她难忘。难得她主动开口，他怎么会吝啬？所以他特地为她准备了花束，甚至更大的惊喜……

宋子迁微笑着端过一杯红酒，眺望着凌江夜景。

餐厅大门前，一辆豪车停下，侍者迎过去。夏雪彤走出来，这样的季节，她里头只穿了一件复古领口的雪白真丝上衣和紧身短裙，外披一件过膝红色大衣，显得格外抢眼。

陆雨桐站在对面巨大的广告牌后，远远地看着她，掏出了手机。

夏雪彤接起电话："我到了。"

陆雨桐吸了口气，抬起下巴："他在三楼露天餐台。"

夏雪彤站在门口，四下看了看："你呢？在哪里？"

"我在哪里不重要。少总听说夏小姐很想念他，立刻从台湾赶回来，特意为你订了这里的位子，希望你喜欢。祝你们用餐愉快！"

"喂，陆雨桐……"

陆雨桐将手机放进包里，目送夏雪彤进入餐厅，才从广告牌后走出来。

还有一个月就过年了，街道旁挂满了喜庆的大红灯笼，酒店门前装点得富贵华丽，来往的人们无不喜气洋洋。但在路灯的映照下，陆雨桐面无血色，眼中流露出一丝不为人知的痛苦。

三楼。

"夏小姐，这边请。"侍者将夏雪彤领到露天餐台旁，退开。

宋子迁回眸，看见她，眼瞳骤然缩紧，手指用力地握住了酒杯。他确定自己没有眼花，来的女人不是自己正等的那位。

"迁，"夏雪彤笑着投入他的怀抱，"我可算知道什么叫一日不见，如隔三秋了。"

"早在三年前你就该知道。"宋子迁拥住她，锐利的黑眸却不动声色地察看四周，泛过寒意。该死的陆雨桐，人呢？竟敢算计他！

夏雪彤娇嗔："讨厌，跟人家翻旧账。我也要跟你算，明明说好回来第一个见我，可你先告诉了雨桐。"

"酸味这么浓？陆雨桐怎能跟你相提并论？她只是一个听从命令的秘书罢了。先告诉她，是因为需要她帮忙准备今晚的惊喜。"宋子迁解释详尽，笑指浪漫的烛光晚餐，"看看，喜欢吗？"

听他说起陆雨桐时口气冷淡，夏雪彤开心地搂住他的脖子："喜欢极了，这是给你的回报。"

宋子迁抱住她的腰。灯光下，两道身影亲密地化为一体。只是，他的眼眸被阴霾笼罩。

江边，冷风阵阵。烟花绚丽，如一朵朵巨大的雏菊，在夜空中尽情绽放。

陆雨桐仰望天空，看着烟花腾空升起，绽放，再陨落，嘴角露出清淡的苦笑。

宋子迁会生气吧？他习惯掌控一切，却被她摆了一道。不过，他兴许也会高兴，每天与夏雪彤在电话里倾诉衷肠，今晚终于可以一解相思之苦……

孙秘书冷得直搓手，从江边台阶跑上来，看到她，意外极了。

“小桐？你怎么也在这里？”

“孙秘书？”陆雨桐同样惊讶，脸上闪过慌张，“我随便走走。正准备回去。”

“呵呵，别紧张。我知道，一定是少总也给你安排了秘密任务。”孙秘书笑眯眯地凑过来，“刚才的烟花很漂亮吧？”

烟花？陆雨桐愕然，望着已经恢复平静的漆黑夜空，讷讷点头：“是啊，好美……”

“嘿，那可是我顶着严寒，特地跑到下面的江边观景台放的。”孙秘书笑得神秘，“少总说他今晚有重要约会，原来是想讨夏小姐欢心。”

陆雨桐更惊愕，隐隐激动：“少总交代的？”

他并不知夏雪彤会前来，那么，今晚的烟花岂不是为了……为了自己？可能吗？他会特意为自己准备烟花？

孙秘书点头，语气伴随叹息道：“除了工作，我还没见少总对谁这样用心。事到如今，我不得不承认少总对夏小姐是真心的。”他意有所指地观察陆雨桐。

陆雨桐的视线久久落在夜幕上，刚才绚烂多姿的烟花仿佛还在，美不胜收。她不禁微笑，眼角的湿润一点点蔓延。

原来他的心不论如何冷漠残酷，终究留着一份美丽，愿意为她独放……

为什么没早一点儿知道呢？

早一点儿知道，她兴许可以贪婪自私一点儿，去参加这场晚餐，与他一起欣赏夜空美景。然而此时此刻，此情此景，与他相携并立的是夏雪彤……

“小桐，你怎么一副想哭的样子？”

孙秘书的疑问迅速将她拉回现实，她吸吸鼻子：“烟花跟流星一样，稍纵即逝，但它毕竟曾经灿烂美丽过，拥有刹那光华也很好，对吧？”

“想不到你也有多愁善感的时候。不过，这样子才像个正常的小女孩呢。”

陆雨桐马上恢复了清冷：“我平时不正常吗？”

孙秘书尴尬地笑笑，又道：“小桐啊，你比我女儿大不了几岁，我是关心你。年轻的女孩子该笑时就大声笑，想哭时就痛快地哭，没必要委屈自己。平时没事，约好朋友喝喝茶，聊聊天……”

他逐渐停下话，印象里，她似乎没有朋友。

“咳！小桐，要不要帮你介绍男朋友？”

“谢谢，我不需要。”

“夏少爷还在追你？”

“这几天，办公室应该没再出现让人可惜的垃圾了。”

孙秘书不由得笑起来。

这晚，宋子迁没有回来，也没有打电话过来。

陆雨桐独自躺在柔软的被褥中，房间里暖气十足，却依然感觉手脚冰凉。以前一个人睡，能做到作息规律，心无杂念，可现在不过短短几夜，竟贪恋上了他的温暖。

没有他在的地方，世界如此冰冷、空寂……

她摸着枕头，把脸颊贴在他昨夜靠过的地方，似乎还能闻到他的气息。

她睁大眼睛，思绪纷乱。

他看到出现的人是夏雪彤时，是什么心情呢？他们共进晚餐、共赏烟花时，有没有一个瞬间想到自己呢？他是生气还是高兴？

“不，陆雨桐！你不该！”她惊坐起来，一把掀开被子，赤着脚奔到客厅的窗前，推开玻璃窗，冷风迎面吹来，吹得她瑟瑟发抖。

“就算他会想起你又如何？就算他为你准备了烟花又如何？他根本不爱你，更不可能与你相守一生！他只是有需要的时候，才会想起你而已……”

感情会让人脆弱，她害怕为情所困的自己，索性打开电脑，将所有精力投入到工作中。唯有工作，能让杂乱的思绪清醒，让她找到更多的意义。

不知不觉，曙光透进窗户，闹钟响了。

天亮了。

洗漱过后，她坐在梳妆台前望着自己的憔悴面容，愣怔失神。

他整晚都跟夏雪彤在一起吧？理所当然，他们相爱，即将订婚，发生亲密的关系再正常不过。可是，为什么只要想到他宽阔的胸膛上枕着夏雪彤，结实的手臂抱着夏雪彤，以及他热情的身躯占有着夏雪彤……

她就痛得无法呼吸？

她捂住心口，深深地喘气，不停地摇头。

不可以！

绝对不可以！

陆雨桐，你发过毒誓，你不可以为他心动，不可以爱上他！

她迅速打开抽屉，拿出极少使用的粉扑、腮红，细细地化妆，精心掩住憔悴与疲惫，最后抹上蜜色唇膏。昨日已成过去，不管今日再见是何局面，至少，她不想自己看起来太糟糕。

公司。

孙秘书赞赏地看向陆雨桐。春夏秋冬，她每天素面朝天，穿着一成不变的工作套装，今日难得化了妆，显得气色饱满，清淡雅致。

"呵呵，今天我们陆秘书很漂亮，看来心情不错。"

陆雨桐笑了笑，不着痕迹地瞟向总裁室的玻璃门。里面空无一人，他今天会来公司吗？

她立刻掐紧手指，将不该有的思绪狠狠压下。

孙秘书没察觉她的视线，泡咖啡时顺便帮她冲了杯奶茶，笑道："少总今天来上班，看到我们这么精神抖擞地迎接他，一定很开心。"

事实是，孙秘书想多了。

宋子迁很快踏入办公室，冷淡地扫过两人，言简意赅地命令："孙秘书，裕东收购企划案马上交来，我要过目。准备十点钟的会议，所有部门经理级以上的人全部参加。"

"是。"孙秘书忙放下咖啡，立刻整理资料。

宋子迁转头对上陆雨桐，注意到她不同以往的美丽妆容，微微皱眉，但俊美的面庞看不出喜怒哀乐，语气也极其平淡。

"陆秘书，十点钟的会议你不必参加。"

不只陆雨桐，连孙秘书都惊讶地抬起头。三年里，所有高层会议她都列位出席，突然不让她参加，顿觉有一种失宠的意味。

陆雨桐身子僵硬，低头，掩饰失落："好。"

宋子迁盯着她："你，进来。"

单独进入他的办公室，陆雨桐感觉局促不安。他的表情太过高深莫测，以至于完全摸不透他的想法。可是，指名将她排除在重要会议之外，已让人如履薄冰。

"少总……"

"看来你有话要说。"他走到角落的吧台，状似悠闲地倒了杯红酒。

"昨晚……对不起。"

"呵呵，你哪里对不起我了？"宋子迁轻声反问，每个字都让她强烈不安，

“昨晚你精心为我安排了一场惊喜，说起来，这么贴心懂事的好秘书，我应该好好感谢才对。”

陆雨桐将视线落在他微扬的嘴角上，不敢回应。

他此时的笑容比直接发怒更让人心惊，他怎么会知道，整整一个晚上，她无数次回想那场烟花，也无数次后悔为什么没有与他共度浪漫的夜晚……那样，至少又多了一些有他存在的美好回忆。

冰冷与沉默在办公室里蔓延，他的笑不达眼底。她被看得头皮发麻，鼓起勇气道：“昨晚的安排，很抱歉没有事先告诉你。但是我想，你见到夏小姐，一定很开心……”

“呵呵，陆雨桐，今天才发现，原来你这么在乎我的感受。”宋子迁踱步，俯身与她平视。

她瑟缩了一下，挺直腰杆：“是，少总开心，身为秘书的我也很开心。”

“够了！”宋子迁突然变脸，黑眸里风起云涌，笑容化作彻骨寒意。再说下去，他难保不会在这办公室里做出什么惊人之举。他无暇顾及孙秘书在外隔岸观火，从抽屉里取出一包东西，啪地甩过去。

那东西正好砸到陆雨桐的胸口，陆雨桐痛得退了一步，眼睁睁看着它震落在地。那是个牛皮纸袋，她捡起一看，里面装着皮特先生的护照和一些证件。

她抬头，霍然明白了什么。

他的声音极冷：“十点半，我帮你约了皮特先生。再失败，不要回来见我！”

原来自己不能参加高层会议，是为了这个。陆雨桐松了口气，今天这样的情形，不指望他还会跟自己同行，于是微微颔首，似对自己立誓：“我会成功！”

皮特是个身形高大、五十来岁、看上去很威严的男人。他只会说一点儿不大流利的中文，见面时，带了一名秘书翻译过来。听说陆雨桐带来了自己的失物，他十分高兴。

“是我们少总的功劳。他听闻皮特先生需要帮助，特地请人费心找到的。”陆雨桐直接用英语与他对话，将牛皮纸袋里的东西一一拿出，“皮特先生，请看看这些是不是您要找的？”

皮特惊喜地道：“Yes, good!”

“那就好，这些算是我们对皮特先生致歉的礼物，很感谢您愿意再给世兴一次机会。”陆雨桐取出文件夹，将公司的提案和合同一并递上。多了“拾金不昧”

这个筹码，她很有把握顺利签约。

皮特接过后仔细翻阅，不住地点头，笑着与秘书指点商议，看样子很满意。

陆雨桐不禁也跟着微笑起来。

突然，皮特的电话响起："抱歉，失陪一下。"他将资料交给秘书，走出门。

陆雨桐安心地等待，开始盘算年底早点儿结束手里的活儿，休假半个月，与青桐找个温暖的地方过春节，远离这座城市的喧嚣与繁杂。

门外，皮特听到一个陌生的声音，疑惑地问："你是谁？"

那人英文流利，笑声却有些狂妄："呵呵，我听说皮特先生前几日遇到了一点儿麻烦，丢失了贵重东西，现在找到了吧？"

"是的。"

"我还听说您打算跟世兴集团合作，在下正好送您一句话——做生意最讲究诚信，倘若有人贼喊捉贼，幕后使计来获取您的信任，不知您还愿意合作吗？"

皮特立刻生出戒备："你是说世兴……"

"嘘，皮特先生是聪明人，在下言尽于此，请您三思。呵呵。"

皮特脸色凝重地回来。

陆雨桐触及他的表情，突生不祥的预感。果然，皮特接下来的话语变得委婉却冷硬："抱歉，陆小姐，贵公司的实力和开出的条件确实都不错，但我们还需要好好考虑一下。"

"为什么，发生了什么事吗？"陆雨桐飞快地站起身，准备拿出预备方案。

"就这样吧。"皮特摆手，带着秘书头也不回地走了。

第四章
纵身一跳

陆雨桐反复思索，皮特先生明明打算签约了，接了个电话就改变主意，这个电话是谁打来的？前后两次洽谈，都阻碍重重，难道跟Chenl的合作注定要失败吗？她一路跟着皮特，追到他们下榻的酒店，再追到距离市区一个小时车程的山海边。

两辆汽车一前一后，在盘山公路上行驶。皮特从没见过这样执着的女人，催促司机加快速度。陆雨桐双手握紧方向盘，目光坚定。她知道，皮特订了晚上九点的机票离开本市，现在只剩半天，若不能成功，如何回去见宋子迁？

精诚所至，金石为开。无论最终结果如何，不到最后一刻，她绝不放弃！

突然，车子狠狠颠簸了几下，车尾嗤地冒出白烟，陡然卡住不动。

“不会吧？”陆雨桐暗叫糟糕，经验告诉她，车子好像抛锚了。

此处山路盘旋，人迹罕见，鲜少有车经过，她打了援助电话，却不知要等到何时。

她仰望天空，呼吸着山林间的新鲜空气，心头却一片沮丧，恍惚中，听到一声震耳的喇叭声。

“嗨，美女，需要帮忙吗？”夏允风一身帅气的皮装，坐在越野摩托上朝她招手。

看清来人，陆雨桐的惊喜瞬间收回，可是也只能咬咬牙，一把夺过后座的安全帽。

夏允风愉悦地吹了声口哨，发动引擎，摩托车啸鸣，朝前疾驰。

“喂！我的衣服快被你扯破了！你就不能抱紧点儿吗？”他不满她保持的距离感，趁着拐弯时，故意甩尾。

陆雨桐懊恼，不得不改为环住他的腰：“喂！你开慢一点儿！”

“放心，不会让你葬身山谷的。”夏允风得意地大笑。

终于来到山顶，陆雨桐跳下车，立刻沿山道快速跑上去，前面一块狭小的空地上，已有数十人聚在一起。跳台自悬崖边缘伸出，远看似是架在两岸绝壁之间，几个全身武装的蹦极爱好者正在扣安全带，伸展手脚跃跃欲试。

陆雨桐只在电视节目和杂志上了解过这种蹦极，亲眼看见还是第一次。前方峡谷深幽，她生来有些恐高，若非必要，绝对不会来这样的地方。

人群里，她很快发现了皮特的身影，让她震惊的是他旁边另外两个熟悉的人。怎么可能？他们怎么会先一步来此……

山顶风大，夏雪彤脖子上的米白色围巾被吹得乱舞飞扬，宋子迁环着她的腰，俨然一副避风港的姿态。他低头正对她说着什么，神情甚是温柔。

夏雪彤捂住快要掀起的帽子，余光突然瞥到陆雨桐，惊讶道："迁，是雨桐呢！"

宋子迁回头，正好对上陆雨桐的眼睛，脸色顿时复杂。

夏雪彤看见坡下刚停好车的夏允风，更是惊讶："我哥也来了，竟然跟雨桐一起来的，他们不会是在上次的宴会上看对眼了吧？"

宋子迁嘴角一抿，目光变得阴鸷。

陆雨桐很熟悉这种目光，凛冽刺骨，隐含让人心惊的怒气。她鼓起勇气走近："少总怎么会在这里？"

宋子迁讥诮地反问："你说呢？"

陆雨桐朝皮特看了一眼，心中有数，惭愧道："对不起，给少总添麻烦了。"

他的语气更加讥讽："说对不起有用？"

陆雨桐无言反驳。

雪彤在旁柔声安抚："迁，你不是一直很相信雨桐的吗？你身体不舒服，别生气了，雨桐那么聪明能干，一定可以说服皮特先生的。"

皮特正兴致勃勃地与蹦极运动员交流，听到自己的名字，转头，看到陆雨桐，很是不悦："又是你？我已经跟你们少总说得很清楚，我们绝对不会与缺乏诚信和道德的公司合作！"

"诚信？道德？"陆雨桐明白了什么，看向宋子迁。他的黑眸深幽却灼亮，一副势在必得的样子。

夏雪彤靠在宋子迁臂弯里，等着看好戏。她此番特意陪宋子迁过来，本想以凌夏集团千金的身份与皮特商谈，没想到这个法国人极有个性，压根儿不给面子，她心中正恼怒得很。

皮特不再理会他们，往更高的观望台方向走。

深渊近在眼前，陆雨桐克制着身不由己的胆战，追上前：“皮特先生，我知道现在谈公事不合时宜，也知道您是有原则守信之人，但是其中可能有些误会……”

“陆小姐，你烦不烦！”皮特板起脸孔时很骇人。

“皮特先生，拜托您再考虑……”

“不可能！不要再缠着我！”皮特厌恶地警告。

阳光躲进云层，天色灰蒙，陆雨桐的身影在一群男人之中，显得格外娇小。

宋子迁阴沉的视线紧紧跟随着她。

夏雪彤道：“迁，你对雨桐有信心吗？”

他当作没听见，摸摸她的脸颊：“看你，脸都冻红了，先回车里吧。”

“不，要不然我们一起回去，医生特别交代，你得好好休养。”

“听话，在车里等着，别让我担心，嗯？”

陆雨桐听得心口拧痛，突然大声喊：“皮特先生，您要怎样才会考虑我们的合作？只要您说，我就能做到！”

皮特褐色的眼眸闪出了怒焰，他的耐心已尽，不客气地道：“没见过这么麻烦的秘书！比你们老板还难缠！”

“秘书理应为老板分忧解难。可是，我很惭愧，对您这样尊贵的客户失约，还在背后使计妄想打动您……”她眼中有种甘愿承担一切的勇气，“是我个人的诚信和道德问题，连累了老板和公司，恳请您给我一个恕罪弥补的机会！”

“Stop!”皮特看向一名刚纵身跳下的冒险者，计上心头，“当真什么都能做到？”

“是！”她毫不犹豫。

皮特指向跳台，故意刁难：“如果你敢跳下去，我二话不说，立刻跟宋少总签约！”

这边，宋子迁深沉的面庞瞧不出情绪，夏雪彤却惊呼：“迁，你说皮特先生是不是在开玩笑？”

陆雨桐的手指握紧，僵硬地垂在身侧。恐高者总有本能的生理反应，哪怕站在这空地上，距离悬崖还有十几米远，她都不敢往下看……

“做不到吗？”皮特得意地冷笑，“宋少总也在这里，以后别说我没给你们机会！”

“皮特先生这是有意为难了。”宋子迁终于开口，后半句却话锋陡转，“不过，阁下恐怕要失望了，呵呵，因为我们陆秘书一定会让您刮目相看。”

陆雨桐的身子轻颤了一下，抬头对上宋子迁的眼睛。

他嘴角噙着笑意：“雨桐，你不会让我失望的，对不对？”

雨桐？他温柔含笑地喊她的名字。

你不会让我失望的——他的话语，化作一个个带着回音的字眼，敲入她的耳膜。可是，字字句句如山风冰冷无情，让她喉咙发紧，寒意自指尖蔓延到脚底。

皮特转向陆雨桐，见她呼吸急促，脸色惨白，忍不住大笑：“宋少总，开玩笑的是你吧！陆小姐这么柔弱，怎么可能……”

“不！”陆雨桐艰涩地开口，嗓音微弱却清晰，“我可以做到！”

皮特的笑硬生生停住，眼角抽搐：“陆小姐，你确定？”

“是，我确定！”

跳台旁的冒险者纷纷停下，扭头看她，有人朝她竖起大拇指。

宋子迁深幽的瞳孔迅速紧缩，英挺的浓眉微拧了一下，很快又舒展，露出复杂难解的神色。

夏雪彤难以置信：“迁……你们都在说笑吧？”跳崖这种极限运动，男人都不敢轻易尝试，更别说弱女子。谁知陆雨桐真的答应了，而宋子迁竟然没有反对。

风，吹开陆雨桐一头乌黑的长发，她抬起微微发颤的手指，将散乱的发丝绑住。她缓缓转身，对宋子迁露出一抹凄然绝美的笑：“少总，因为这是你想要的，所以我不会让你失望。”

世界突然安静下来，他眼中只有她的笑容。

她说，因为他想要，她才甘愿纵身一跳……

这些年，她因为欠他，才甘愿承受一切，才会毫无异议执行一切。她亲口说过不爱他，那么刚才这句话、这个笑容算什么？为何他感受到了一丝说不出的怪异情绪？

宋子迁死死地盯着她，喉头灼热，身上的每一块肌肉悄然紧绷。他也清楚地感觉到自己的笑容在扩大，说话的声音却极其沙哑：“陆雨桐，如果你改变主意，还来得及。”

陆雨桐笑着摇头，从包里掏出合同文件，递给皮特："我想皮特先生是个言而有信的人。"

皮特之前的愤怒与嘲弄已然消失，他接过合同，愣怔道："当然，你们中国人有句话叫作君子一言，驷马难追。"

"谢谢。"陆雨桐扫过宋子迁和雪彤，冲他们点头。

有人劝道："小姐，这项运动不适合你，很危险。"

"会死吗？"

"那倒不会，我们凌江这座桥梁跳台经过精心设计，目前为止还未出过任何事故。"

"那就行了！"她可不打算就这样死掉。心里镇定了一些，她学他们整理衣服。

宋子迁的双脚定住似的，站在原地。他一直知道，这个女人顽强而倔强，精心栽培她，要的不就是她这样奋不顾身地为他工作吗？可此时此刻，压在胸口沉沉的疼痛为何而来？

"迁，你担心吗？"夏雪彤轻声问。她虽怨恨陆雨桐，但此刻很不愿承认自己生出了一种佩服。拿性命做筹码，她自问没有这种勇气。

过了一会儿，才听到宋子迁低沉地回答："担心？是，我担心她会临阵退缩，功亏一篑！"

"她说因为你才去跳的，她对你……"

"别胡思乱想！"他严肃地打断她。

夏雪彤细看他的神色："雨桐喜欢你，你知道吗？"

宋子迁眼底有道不明的光一闪而逝，他忽然收紧手臂，俯首吻住她。夏雪彤一怔，顺势勾住他的脖子，惊喜地接受这突如其来的甜蜜。

"迁……为什么？"她不是迟钝的女子，感觉到他这一吻之中隐含着异样。

宋子迁扬起嘴角，目光闪烁："别多想。其他女人对我如何，都不会影响我对你的感情。"承诺的话语，说给怀中的雪彤听，也似说给自己听。

陆雨桐瞥过这亲密的两人，眼中蓦然冲上湿润的热气。她仓皇地背过身去，却忘记前方就是深不见底的悬崖，不经意看上一眼，心脏就难以控制地惊悸颤抖。

"陆小姐，你还可以改变主意。"工作人员在了解完她的身体状况后，再次提醒。

“谢谢。帮我扣安全带吧。”陆雨桐强忍酸涩，连做好几个深呼吸，稳定心神。

皮特万万没想到他的一句刁难会意外成真，不禁重新审视这位纤细的女孩。看得出来，她在极力克制恐惧，可是，她勇往直前的意志那样坚定，义无反顾。

再观世兴集团的少总，跟夏家千金你侬我侬，一副提前庆功的样子……

皮特惋惜地皱眉：“宋少总，我想说一句，像陆秘书这种人才，是贵公司最大的财富。”

“我知道。”宋子迁轻笑，看向一步步走近跳台的陆雨桐。公司里，她是不可再创的宝贵财富；私底下，也是他不可复制的宠物。

她的价值，他怎么会不清楚？

安全检查完毕，陆雨桐站在跳台边缘，山谷中白雾隐隐升腾，寒风彻骨。她的意志再强，也无法阻止本能的反应，手脚发软，冷汗涔涔，只能屏住呼吸，小心翼翼地往前。

顷刻间，她成了主角，成了众人注目的焦点。

宋子迁的目光落在她寸寸挪动却坚定的双脚上，脸色也随之变得深沉。

突然，夏允风不知从哪里窜了出来，疾步走过去，猛地握住陆雨桐的手腕。

她吓得惊喘：“夏允风……你做什么？”

他双臂如铁，没有迟疑地抱住她。刚才他一直在人群背后等待好戏，将前因后果尽收眼底。宋子迁有多无情？而这个女人又有多愚蠢？他本打定主意袖手旁观，可看她当真抖着双腿走上跳台时，竟觉被一只无形的手揪住心脏，按捺不住冲了出来。

“陆雨桐，是谁让你如此卖命？世兴集团，还是宋子迁？”

她有瞬间的僵硬：“我不懂你在说什么……”

“要我提醒你吗？你曾经发过誓，绝对不会爱上他！”

“不用你提醒！”她厌恨地推开他，“我就算众叛亲离，孤独终老，也与你无关！”

被夏允风如此一闹，陆雨桐反而将怒气化为勇气，步子大胆了许多。

宋子迁盯着两人，也踩着沉重的步子往前走，却被夏雪彤拉住了。

“迁，你不要过去。那边光是看看都感觉危险，我会担心的。”正说着，她忽然睁大眼，“我哥不会也想……天啊！哥——”

夏允风熟练利落地绑好安全带，咧嘴笑道：“妹夫要不要一起来试试？”

宋子迁眯眸，冷哼："你最好不要影响我的秘书工作！"

夏允风看看陆雨桐，半真半假地道："工作？呵呵，陆秘书在我眼里只是个柔弱的美人，我甘愿成为陪伴美人的骑士。"

夏雪彤知道多劝无益，担心地提醒："哥，你一定要小心点儿！"她抱着宋子迁的手臂往回拉。

夏允风潇洒地比了个手势，快步追上陆雨桐。陆雨桐背对大家，身子笔直，发丝飞扬。她已站到中央起跳位，短短数步走来，耗费了她生平最大的意志力。

她望向远处起伏的山峦，这是人们寻求刺激和挑战的地方，自己却为赌注而来。夏允风问，她如此卖命究竟为世兴集团，还是为宋子迁？

答案，可以欺骗任何人，唯独无法欺骗自己……

她吸气，回头，深深地看了那个男人一眼，他揽着心爱的女子，也注视着她，她的视线一点点变得模糊，苦涩地吐出几个字："我不会让你失望……"

按照工作人员的指示，她闭上眼睛，调整呼吸，忽然纵身一跃。

"陆雨桐，说了让你等我！"最后一秒，夏允风气急败坏地抓住她的手，两道身影几乎同时落下。

"哥……"夏雪彤捂着嘴，将脸埋在宋子迁胸前，不忍直视。

跳台上空荡荡的，宋子迁双手紧握，薄唇紧抿成一条线，生硬地将目光拉回。他转向皮特："现在，阁下可以履行承诺了吧？"

皮特盯着他冷峻的面孔，纠正道："宋少总确实是位做大事的商人。不过，今日是我跟陆秘书履行承诺，宋少总有如此下属，请务必珍惜。"

"谢谢，我会的。"宋子迁从胸前摸出一支钢笔递给他。

皮特唰唰地在合同尾页签上大名。

宋子迁扬起了笑，夏雪彤开心地亲吻他的脸颊："迁，恭喜你，终于得偿所愿了！"

而山谷中，陆雨桐牙根发颤，极速坠落感让她无法呼吸，无法思考，心跳接近停止，整个人仿佛直落地狱，风声如阎王殿里传出的哀号。

突然，腰上的一条安全绳松动。

"陆——雨——桐！"夏允风焦急的呼声回荡在山谷。

宋子迁刚准备签字的钢笔陡然滑落，笔尖戳在石块地板上，心脏传来一股剧痛。

医院，安静的特护病房，空气中弥漫着淡淡的药水味。

陆雨桐躺在床上，脸色跟床单一样雪白。她仿佛睡着了，平静，安详，纤细的手腕插着针头，药水顺着透明的管子缓缓注入。

已经过了半个月，她额头上的纱布已经拆掉，靠近发际处犹有一块不大不小的痂。

意外的发生，由于腰间的一条安全绳突然松动，她的身体失去平衡，飞向旁边石壁。要不是夏允风反应迅速，及时拉了她一把，结果绝不是撞到头部这么简单。幸好她被及时送到医院抢救，没有性命之忧，只是脑袋有个小血块，导致持续昏迷。

青桐坐在床前，脸上写满了无措："姐，马上就要过年了，你什么时候才能醒过来……"

记忆里，他和姐姐像没有父母的孩子，从小跟奶奶住在偏僻的郊区。奶奶是个哑巴，慈祥善良，尽心照顾他们，因为不能说话，他们也跟着变得安静。

一直以来姐姐就是他的保护伞，可是，突然有一天，她倒下了。

青桐握住病床上那只纤白的手："姐……我只剩你一个亲人，你要是有事，我该怎么办？"

"你已经是个大男人，应该学会对自己的人生负责！"宋子迁出现在病房，听到他的话语，很不赞同地皱眉。

青桐慌忙起身，孩子气地抹着眼泪："宋大哥……"

宋子迁十分严肃："你已经守了五天，该回学校了。"

"我放心不下。"

"你先做自己该做的事。她现在这样昏迷，你守着也没用。"

"我只是想多陪陪她……"青桐似怕惊到姐姐，把宋子迁拉到窗户前，清亮的眼眸中充斥着前所未有的勇气，"宋大哥，我拜托你，以后能不能别让我姐做这种危险的事情？！"

宋子迁脸上闪过讶异，青桐头一次敢用这种口吻跟他说话，语气中带着指责，让他忍不住勾起嘴角："青桐，这是你姐姐敬业的表现，我并没有逼她。"

青桐忍不住提高了声音："宋大哥，这些年，我们经历的每件事我都记得，也打心底敬重你，但是，我只有一个姐姐，她为了工作、为了你可以赌上性命！万一她有个三长两短，你能赔我吗？"

宋子迁厉声喝道："她不会有三长两短！医生说过，她随时会醒来！"

"我也问过医生，医生说姐姐也有可能永远醒不来……"

"陆青桐！"他的太阳穴隐隐跳动。

"好吧，宋大哥，这是病房，在姐姐面前我不想跟你辩驳。"青桐转身重回病床前，帮姐姐掖了掖被子，放柔了声音，"姐，早点儿醒过来，好不好？就算其他人都不在乎你，至少你还有弟弟啊，我每天都等着你醒来。"

宋子迁站在窗户前，窗外透进的灰蒙白光映在他的脸上。他下巴紧绷，眼神复杂，感觉自己看了七年的小男孩长大了。

青桐抬头看他，眼中有抹怨色："我说过，姐姐很喜欢你，你忘了吗？"

宋子迁微微震动，避开他的话题："好了，你先回去。我答应你，雨桐要是醒来，我第一个打电话告诉你。"

"就算你不喜欢姐姐，我也希望你不要对姐姐太残忍！"

"青桐，我跟你姐之间……"

房门忽然被推开，夏雪彤站在门口，看到青桐俊秀白净的脸，疑惑地打量。

青桐也看着她，而后回头转向病床，轻声道："姐，我先走了。"病床上，陆雨桐依旧一动不动地躺着，没有反应。

青桐离开了，夏雪彤看了陆雨桐一眼，上前挽住宋子迁："迁，再过十天就过年了，我爸请人重新挑了日子，将我们的婚礼定在正月十六，元宵节后一天。你觉得怎样？"

"好。"他没意见。

"你不会觉得太仓促了吗？"

宋子迁摸摸她的头："没事，你喜欢就好。"新年后凌夏集团计划上市，夏国宾想尽快与宋家联姻，并非没有理由。

夏雪彤思考着："要挑婚戒，拍婚纱照，还要布置婚房……可最近你经常往医院跑，一心挂念着雨桐，哪有时间准备婚礼？"

宋子迁皱眉道："又胡思乱想了？雨桐怎么受的伤，你很清楚。"

夏雪彤藏起嫉妒。怎能怪她胡思乱想呢？当日，在山崖上听到大哥惊喊"陆雨桐"的刹那，他立刻丢开手里的合同，飞奔到跳台旁，看那姿态，她差点儿以为他会不顾一切地跳下去寻找。而他千方百计想要签订的合同，被遗弃在地上，差点儿被山风吹走。

他当然不会承认自己对陆雨桐过于紧张，甚至不会表露出来。但是，因为她爱他，直觉比其他人都要敏锐，所以敢肯定宋子迁绝对是在乎陆雨桐的。而陆雨桐刚送到医院时，他不眠不休地守了一整夜，说陆秘书为公司而伤，身为老板，他绝不能弃之不管。

这半个月，宋子迁一有空就会来探望陆雨桐，她便也跟着来了。

夏雪彤走到病床前，俯身帮陆雨桐拉好被子，叹息道："迁，如果雨桐就此醒不过来了，你会怎么做？"

"她会醒来！"宋子迁肯定地说。

"是啊，我也希望雨桐快点儿醒来，到时候她就可以参加我们的婚礼了。"在未婚夫面前，她永远是温柔善良的好女孩，"说起来，幸好当时有我哥在她身边，否则雨桐现在已经……"

宋子迁的双手猛然握紧。

夏雪彤看了病床上的人一眼，望向宋子迁："迁，我问你一个问题，你如实回答我，好不好？"

"说吧。"

"你当真不喜欢雨桐吗？以男人看女人的眼光……"

"当然不喜欢。"他直接打断，将她拉到身侧，"彤，你不是多疑的女孩。"

"我只是好奇。雨桐漂亮又能干，在你身边三年，你不心动？"

他皱眉，沉声道："喜欢她的工作能力，不代表要喜欢这个人。依照男人的眼光，还是你这样柔情似水、甜美可人的女孩更有魅力。这样的回答，你满意吗？"

夏雪彤还要再说，他制止她："说好一个问题，你已经连问了好几个。正月十六订婚，新娘子还有什么不放心的？"

夏雪彤转为微笑："那就是说，雨桐在你心里，什么都不算了？"

宋子迁顿时沉静下来，看向陆雨桐。周棣曾问过他，这个女人在他心底算什么。在她义无反顾地跳崖前，他可以毫不犹豫地回答，她是他养的宠物，是他精心栽培的工作机器人。

可她不知哪里来的勇气，非要往死里拼，害他强健的心脏莫名其妙地跟着发紧，让他头一次尝到陌生的恐惧，而无法毫无芥蒂地说出"宠物"二字。

陆雨桐变成了一个会让他心痛和恐惧的女人。他讨厌失控的感觉，掌控不了她，难道连自己的心也掌控不了吗？这两天没来医院看她，他终于冷静地想明白了，所谓的心痛和恐惧感，不过是陆雨桐跳崖时带来的震撼，以及生命垂危带来的惭愧罢了。

看他的脸色变得难看，夏雪彤多少有些怯意：“迁，我是不是说错了？”

宋子迁将她的手按在自己胸口，十分严肃地说：“你没说错。从决定娶你的那一天起，我这里便没有其他女人的位置。陆雨桐确实什么都不算。以后不要再问这样的问题了，知道吗？”

“嗯，知道了。”

“不过，你既然问了，我就全部回答你……”宋子迁眯起黑眸，冷酷地说出自认为最客观理性的话语，“陆雨桐聪明能干，重要的是忠诚。我出钱雇她，她替我卖命，没有老板不喜欢卖命的下属。她存在的价值，仅此而已。”

病床上那人的眼皮轻轻动了一下。夏雪彤刚好瞥见，心里惊颤，立刻紧紧抱住宋子迁：“迁，我就知道你只爱我！以后，我会做你最好的未婚妻！”

陆雨桐挂着点滴的手指动了动，眼皮微微睁开一条缝。

在模糊的视线中，她隐约看到一对亲密的身影，心跳连同心痛一起复苏。

夜半，宋子迁突然从床上坐起，看了手表一眼，凌晨四点。

又是噩梦！

连续好几夜，都做了相同的噩梦。梦见她在悬崖边回头凄美决然地一笑，梦见她满脸是血地躺在地上，梦见她说“宋子迁，永别了”……

他拭去额头上的冷汗，进浴室冲了个澡，剧烈跳动的心脏才稍感缓和。是梦而已，陆雨桐明明已经醒了啊！那日在他和雪彤离开不到半个小时，医生就打电话来通知了。距她醒来已有三天，她很配合治疗，只是异常安静。

他和孙秘书去看她时，她用沙哑的嗓音说的第一句话是：“合同签了吗？”

孙秘书立刻为之动容，差点儿当面擦拭感动的泪。而宋子迁说不出为何，听到这句话，明明该高兴的，可他就是感到生气，非常生气，忍不住用尖锐讥讽的语气告诉她：“当然，陆秘书连性命都不顾换来的合同，当然会成功签下！”

她点点头，此后不再说话，最多点头，摇头，剩下的便是沉默。

起初，他怀疑她因撞伤头部留下了后遗症，仔细询问医生，医生说她依然思维敏捷，表达方面也完全没问题，除了血块一时半会儿难以取出，其他一切安好。

那么，陆雨桐的安静，单单只是刻意针对他吗？想到这里，宋子迁烦躁地抽出一根烟，点燃，狠狠地吸了一口。三年，这套曾经经常在此过夜的房子，没有她在，竟让他无比空寂。

他忽然摁灭烟蒂，火速换衣，顶着刺骨的寒风冲向医院。

病房里，微弱的橘黄色灯光化解了医院冰冷的气氛。

宋子迁的浓眉几乎打成死结。直到此刻真切地站在陆雨桐面前，他才感到心跳恢复正常，也同时意识到自己多么冲动，竟然深夜来探病，若被人发现，指不定会传出什么绯闻。好在，这家高级私人医院来往的都是名流贵族，医生、护士早已训练有素，懂得不管闲事，三缄其口。

他拉过椅子，坐在床前静静地凝视她。

不知道过了多久，陆雨桐渐渐开始不安，双手紧攥被子。

宋子迁目光深沉，一只手悄悄握住她的手，另一只手轻柔地拂过她冰凉的额头，拭去一层薄汗。看来，她也做噩梦了。

陆雨桐深陷梦境中——

“妈妈……”她含糊地低喊。梦里，妈妈的面容模糊，但身材苗条、打扮美艳，自己还是小时候的模样，跟在妈妈身后追着喊“妈妈，别走！妈妈，别丢下我们……”

妈妈停下了脚步，她惊喜地抹掉眼泪，张开双手准备扑进妈妈的怀抱。

谁知，妈妈的声音那样冷漠，背对着她：“不要过来！”

“妈妈……”

“你已经六岁，该懂事了！以后跟奶奶一起照顾弟弟青桐，要是做得很好很乖，妈妈以后才会回来看你们。”

“那是什么时候？”

“以后！”

美丽的身影在一团白雾中消失，陆雨桐失声大喊：“妈……不要走！”双手惊慌失措地在空中抓动，她猛然睁开眼睛。病房里昏暗寂静，陆雨桐呆呆地看着天花板，好一会儿才回神，却被床前幽灵般的身影吓了一跳。

他……他怎么在？

“醒了？”宋子迁嗓音沙哑，一只手正握着她的。

陆雨桐愣怔地望着，舔舔干涩的唇瓣，然后一点点抿紧。

宋子迁的脸色很快变得冷漠，因为，刚才亲耳听到她在叫妈妈。她的妈妈，是那个如美人蛇一般的狡猾女人，带着罪恶的可怕女人！他放开手，站了起来。

陆雨桐迅速将手缩回被子里，闭上眼睛别开脸，仍是一副不愿对他开口的模样。

宋子迁黑色的身影罩在她脸上，形成一股强大的压迫感。

“还不打算跟我说话吗？”

陆雨桐一动不动，置若罔闻。

“为什么不开口？”

为什么？陆雨桐在心底嘲笑自己。

宋子迁俯下身，双手捧住她的脸，执意扳正：“陆雨桐，你现在是在生气吗？怨恨吗？你别忘了，当初没人逼你跳下去，是你自己的选择！”

陆雨桐睁开眼睛，与他蕴藏恼怒的视线交缠，没有暖意，只有兵戎相见般的冰冷。她是倔强骄傲的人，克服心惊胆战的恐高症纵身跳下，没人可以让她犹豫。同样的，当她打定主意不想说话，也没人可以强迫她。

他们直直地看着对方，沉默散布整间病房。

宋子迁的视线下移，落在她苍白紧抿的唇上。该死的倔强，又该死的惹人心疼，让他心里又充满了那股酸痛的饱胀感，难以释怀。他无暇思考，倾身吻下去。结果，还没碰到，她突然推开他，扬手就是一巴掌。

宋子迁彻底愣住了。长这么大，他何曾被一个女人打过脸？她身体还虚弱，这一巴掌很轻，但举动实在太胆大妄为了。

“陆雨桐！”他强悍地按住她的手腕。她痛得皱眉，咬着唇不停地吸气。那模样……宋子迁只觉得心里被什么撞击了一下，慢慢放松了力道，语气仍是粗暴得吓人：“你这个女人！究竟在闹什么？别挑战我的忍耐力！”

手腕得到自由，陆雨桐立刻将被子拉高，把他当瘟疫一般全身戒备。

宋子迁懊恼极了，怒气无处可泄，抡起拳头重重落在她的枕侧。病床剧烈弹动，她的身子也跟着弹动了一下，瞳孔急速收紧。也不过是瞬间，她忽又睁大了眼睛，直直地看向他，不躲也不避，冷静得吓人。

宋子迁无奈地收紧拳头。谁来告诉他，女人这种生物为何如此难懂？尤其是眼前这个，直到今日，他才发现竟然一点儿都不了解她。青桐说她喜欢他，可他怎么丝毫感觉不到？女人的喜欢，不应该是雪彤那样柔情似水，娇俏可人，随时随地需要他一个拥吻安慰吗？她从来不找他，不缠他，不撒娇，连个笑容都吝啬。现在更好，全然当他是洪水猛兽，退避三舍。

他盯着她，挤出一句："陆雨桐，你要明白，一直是你欠我，我可从没欠你分毫！"

闻言，陆雨桐眼底流泻出少许痛苦。她缓缓移开视线，望向窗外幽幽的夜空，隐约的白光从外面透进，天快亮了吧？

他不走吗？还要继续说这些毫无意义的话吗？他是没欠她，是她自己傻罢了。清醒后，听到的是他冷酷无情的话语，看到的是他跟夏雪彤甜蜜恩爱的画面。是她自己情不自禁爱上他，明知是错，还义无反顾，用生命为他换来一纸合约，完成他的心愿。然而，早在他冷眼看着她双腿发软地走上跳台时，她就该悔悟——一个男人若连你的性命都不珍惜，你的爱还有什么意义？

她不奢望今生能得到一份美好的爱情，但是，既然爱上了，就希望自己的爱更有价值。宋子迁的确帮过她和青桐很多，可以说，没有他，就没有今天的陆雨桐和陆青桐。这份恩情，她会永远记得，但是爱……

不，这个男人，她爱不起，也不值得再为他付出了！

陆雨桐蠕动嘴唇，终于对他说出了醒来后的第二句话。

"宋子迁，放我离开吧！"

闻言，宋子迁的眼角剧烈抽搐了一下，几乎屏住呼吸："什么意思？"

"我想离职，不想继续待在世兴……"

"不可能！我绝不同意！"他断然拒绝。

她坚持把话说完："我不想继续在世兴工作。还有你，我不会再留在你身边……"

"陆雨桐，我说了休想！"宋子迁恶狠狠地加重语气。

陆雨桐笑了笑："可我，已经决定了！"说完她闭上眼睛，不再开口。

第五章
该离开了

那夜之后，宋子迁没再去医院。

距离过年只有一星期，宋夏两家因为联姻之事，忙得不亦乐乎。媒体也讨论得热火朝天，一方面积极关注这场盛大婚礼的筹备状况，另一方面大力报道由世兴代理的 Chenl 品牌入驻国内，以及凌夏新股即将上市的消息。

病房里有电视，陆雨桐打开，看了几眼，又关闭。她下了床，静立在窗前眺望。五楼，视野不算开阔，外面有三米高的围墙，墙边一棵光秃秃的杨树，几片枯黄的落叶被风卷起，簌簌抖动，一切显得那样萧瑟。

围墙上刻有“爱德”字样，她知道，这是全市最高级的私人医院，保密性一流。孙秘书说，宋子迁已跟公司其他员工宣布：陆秘书顺利拿到了 Chenl 的合约，功不可没，这段时间特许她休长假。也对，照他的行事作风，向来注重隐私，也不喜欢有人在背后议论她的是非。一句“休长假”，可以堵住悠悠之口。

陆雨桐抚摸额头快脱痂的伤口，丝毫不觉疼痛。医生说，她的外伤只有额头那处，基本痊愈。但脑部的血块，暂时不确定会带来什么影响，需要继续观察。但是，如此昂贵的医院，她多住一天，便多欠宋子迁一分。

“早该离开了。”她喃喃地对自己说。

宋子迁正在陪夏雪彤试婚戒时，接到了她私自出院的消息。电话里，他只对主治医生低低地回应一句：“知道了，谢谢。”

婚戒请了顶级的珠宝大师特别制作，设计精美，尤其是心形粉钻价值不菲。他跟夏雪彤坐在首饰店的贵宾室里，女经理介绍：“五克拉以上的粉钻十分罕见，尤其是这种成色纯粹的，实属珍宝。整个凌江市，恐怕也只有夏小姐有资格拥有了。宋先生三年前就预定了，很有心哦！”

夏雪彤脸上写满了惊喜与感动：“迁，你怎么没说呢？原来三年前你就已经在准备了！”

宋子迁将钻戒套进她的手指，道："我在等你回来。"

夏雪彤紧紧抱住他："迁，我发誓以后再也不会离开你了。"

他笑着抚摸她的发丝，点点头，没有说话。

女经理忍不住赞叹："夏小姐，宋先生，你们是我见过的最相配的一对。夏小姐也是我见过的最幸福的女子。"

"谢谢。"从小到大，夏雪彤一直十分清楚自己的优势，家世、样貌、宠爱她的父兄，每一样都足以让绝大多数女人艳羡。尤其身边这个出类拔萃的男人，是她很早就看中的理想伴侣，不管花费多少心思，都要一辈子牢牢地守住他。

宋子迁执起她的手，比量着戒指："好像大了一圈。"

女经理立刻道："请放心，我们可以尽快帮夏小姐修改尺码。"

"没关系，只要赶在我们订婚典礼前完工就好。"夏雪彤笑靥如花，心情极好，"迁，我也来为你试戴戒指吧！呵，你的手指真好看，属于艺术家的手……"

宋子迁看着她快乐的笑容，有些惭愧。其实刚才，他分心了，听医生说陆雨桐提前出院，他很生气，气得恨不得马上去找人。

医院门口，陆雨桐等了许久，不见一辆出租车。

夏允风驾着他的宝座出现。

"陆雨桐，上车！"

陆雨桐转过脸，没理会。

"你信不信，除了急救车，一个小时内都不会有其他车子进来？"

她咬咬牙，只好颓然地放弃，拉开他的车门上车。他满意地吹了声口哨。陆雨桐系好安全带，闭目，不想说话。

车子沿着白杨街道，缓缓往前驶出。狭小的空间里太过安静，夏允风有些不适应，放了音乐，再看看她："雨桐，怎么说我都算是你的救命恩人，你不愿回报也罢，反正我也不稀罕，但是你能不能别这么冷冰冰的？"

陆雨桐依旧沉默。

夏允风叹气："唉！我承认最初为了雪彤，对你做了些过分的事，你讨厌我很正常。可后来我对你越来越刮目相看。要知道，我虽然喜欢冒险，却也十分珍惜自己的生命。你是唯一让我没有做好充足准备，就甘愿陪你跳下深渊的女人，因为我心疼你。"

她交叠在膝头的手指动了动，想不到，他会跟她说心疼……

“看在我舍命陪你的份上，我们可以做朋友吗？心平气和地聊聊天。”

陆雨桐皱眉：“我不需要朋友。”

“怎么会？哪有人不需要朋友的？”

“朋友不是符号，互相尊重和了解的人，才能成为朋友。”

夏允风惊奇地看了她一眼。对他而言，事业上的朋友只能成为“伙伴”，他们敬他怕他，因为他狠辣的行事风格；至于身边的狐朋狗友，大家在一起纸醉金迷，花天酒地，他们尊他捧他，因为他是凌江市首富的儿子，出手阔绰。然而认真说起来，似乎没有一个是真正意义上的朋友。

“雨桐，你一下把我带到高深的人生哲理上，呵呵，还真不适应。”

陆雨桐转头看向车窗外，人迹渐多，打出租车不成问题。

“麻烦你，在前面的路口停车。”

夏允风的笑容挂不住了：“你住哪里？我送你。”

她的手摸在门把上，口气坚决：“请停车，夏少爷。”

“唉，你这个女人。”夏允风无可奈何地耸耸肩，在路边停下车，从钱包里取出一沓钞票塞给她，“拿着，别到时候想回家连的士都搭不上。”

陆雨桐不知道该不该感动，这个男人比想象中的要细心体贴。她抽出其中一张：“谢谢，当我借你的。”这一次，她的口吻柔和了许多。她这个人，恩怨分明，并非不懂得感激，只是她跟宋子迁一样，觉得跟她不同世界的人，没有必要有过多交集。

陆雨桐沿街走着，没有立刻打车。

对于这座城市，她从小到大从未有一次停下脚步，细细欣赏。进入世兴三年，每天来去匆匆，习惯了时间就是金钱，效率就是生命，没想到突然放空脑子什么都不想，什么都不做，漫步在街头的感觉如此轻松。

前面有座现代人很少使用的公用电话亭。她忽然想起小时候无数次跑到电话亭前，踮起脚尖假装拨打号码，再假装已经接通，假装那头的人正在听。

——喂？妈妈，你什么时候回家？我把青桐照顾得很好，你说过，如果我做得很好，你就会回来看我们。青桐真的好棒，他这次代表学校参加全市的比赛，又拿了第一名，大家都夸他是少年天才……

——妈，今天我在电视上看到你了，原来你改了名字叫金叶子。为什么当我知道你的消息的时候，你却因为车祸躺在医院里？医院好多保安，还有好多记者日夜守着，他们认识你吗？我想尽办法悄悄溜进去，最终还是没能亲眼看到你……

记忆，沉重地压在心口。

陆雨桐站在公用电话亭前，呆呆地看了会儿，拿起话筒，轻轻按下几个数字。

“妈，是我。不知不觉七年了，你从医院失踪后，去了哪里？大家都说你已经不在了……但我相信，你还活着，对不对？”

她低下头，陷入沉默，许久，才又抬起，眼睛亮晶晶的。

“妈，青桐已经长大了，比我还高出一个头，是个很帅气很出色的大男孩了。他马上就要读博士了，我打算送他出国深造，呵呵。”她笑了笑，眼角有一颗泪珠滚落，抬手抹去，嗓音逐渐哽咽，“妈妈……其实我想跟你说，这些年，我跟青桐都很好。不管你在哪里，都可以放心了。”

夜色微澜。

宋子迁独自守在清冷的房中。从何时起，他开始学她，喜欢站在窗前俯瞰夜景？摆钟一声一声敲进了心里。从知道她私自出院后，他就开始心神不宁，陪雪彤试完戒指便回到这里，连公司都没去。

医生说，她出院时，夏允风正好在，与她一道离开的。他本不想找那个花花公子，几番迟疑，还是拨打了电话。夏允风并不掩饰，直截了当地承认，语气却讥讽至极：“我是接走了雨桐，不过她半路下车要自己回去。呵呵，未来妹夫最近公务繁忙，又为婚事操劳，还有心思关心一个秘书，真难得。佩服，佩服！”

宋子迁忍住不快，公事化地反击道：“陆秘书是世兴集团不可多得的人才，更是功臣，做老板的岂能不关心？倒是夏少爷，如果看上了我的秘书，不如直接说一声，说不定我可以帮上忙。”

“呵呵，谢了。我夏允风要追女人，何须别人帮？雨桐再怎么说，终究是个女人，希望未来妹夫跟她保持点儿距离，免得我家妹子一不小心想多了。”

通完电话，宋子迁直接用手指掐灭了烟蒂，面孔藏在一片白雾之后，阴沉得可怕。

何时角色悄然转换，变成了他等她？为她担心、着急、紧张甚至愤怒，这该死的算什么？在乎吗？他从不否认自己在乎她，宠物养久了都会有感情，何况是活生生的人？可恨的是最近各种濒临失控的情绪，让他随时想要发飙。

“陆雨桐，你死哪儿去了？！”翅膀硬了就想离开主人了？她恐怕忘了，离两人的十年之约还差三年，没有他的允许，她哪里都不能去！

……

陆雨桐取出钥匙，开门，一进屋子，就被人按在墙壁上，凌厉的吻扑面而来。她一时头昏脑涨，稍微清醒后，立刻毫不客气地咬过去。两人同时尝到淡淡的血腥味。宋子迁放开她，眼神阴沉暴戾。

陆雨桐吸着气："宋子迁……你越来越不可理喻了！"

他冷笑，抹了抹被咬破的嘴角："彼此彼此，你何尝不是越来越无理取闹？"

她无理取闹？

"宋子迁，你到底知不知道'尊重'两个字怎么写？除了使用野蛮的武力让人屈服，你还会什么？"陆雨桐甩开他，换了鞋，走进客厅。在外面走了一下午，又去了房屋中介找房子，她现在好累。

宋子迁站在原地，冷冷地盯着她。

陆雨桐冲了一杯茶，坐在沙发上轻啜几口，情绪总算缓和了不少。

"我想，"她认真地望着他，"我们需要心平气和地谈谈。"

宋子迁不假思索地道："如果是谈你想离开的问题，没有必要！"

"我知道，十年之约还没到期，我现在想离开属于毁约。但是，我已经决定了，只要能结束，你开出的任何条件，我都答应。"

"公司需要你。"他踱步到一旁的单人沙发，状似不经意地补了一句，"我，也舍不得你。"

她怔了怔，抚着额头自嘲地笑起来。笑完，她很冷静地看着他："问题就在这里。是不是所有男人都这样自私？你已经等到了心爱的女人，而且马上要订婚了，有名正言顺的未婚妻，却还想留我在身边，想跟我体验偷情的快感吗？还是……"

"闭嘴！"他暴躁地打断她，"我没那个意思！"

"那是什么意思？难道你真的仅仅是因为工作舍不得我吗？呵，知不知道'舍不得'三个字的含义？这可能表示你喜欢我、在乎我，甚至是……爱我！"陆雨桐的双眸闪动着灼亮，像是自嘲，更像是不顾一切地说出心底话，"宋子迁，你问问自己，这些感情，你都有吗？"

宋子迁心口发紧，有簇火苗迅速被点燃。可是，他的表情那样深沉，一眨不眨地凝视她："陆雨桐，我看，是你爱上了我吧？"

陆雨桐苍白的脸色僵了僵，而后笑了，笑得夺目，像一朵盛开的白牡丹。

她清晰地问："如果我爱上你了，你会怎样？"

他一言不发，死死盯着她的笑脸。

"你会因为我爱你而放弃夏雪彤吗？"

"如果我开口，你会愿意跟我订婚吗？"

"宋子迁，你真的从来没对我动过心吗？"

"够了！陆雨桐，我不止一次警告过你，绝对不要爱上我！"简直开玩笑！宋夏两家有头有脸，联姻的消息早已全城皆知。他跟雪彤门当户对，就算她说爱他，就算他因她受伤而心痛过、害怕过，那又如何？

他决然的语气让陆雨桐笑得连嘴角都在抖动，答案根本不需要他说。她半真半假地表白心迹，不过是想亲耳听到这些残酷的话语，让自己彻底死心。

笑完，她抬起头："宋子迁，继续留我在身边，难道不怕我有一天死死缠住你，破坏你的爱情，逼你离开夏雪彤吗？"

宋子迁目光发寒："你会吗？你以为自己有那个本事吗？"

陆雨桐耸耸肩："谁知道呢？你可以试试看。女人善变，也会贪心。像你这样英俊多金的男人，谁不想名正言顺地霸占？连我自己都无法保证，会不会有一天突然站出来，把我们不为人知的关系告诉夏雪彤……"

"陆雨桐，你在威胁我？"

"不，我是在客观陈述事实罢了。如果你不介意留个定时炸弹在身边，非让我再待三年也行。反正，我也很好奇，自己究竟是否能沉默到底？"

宋子迁终于怒不可遏地起身，指关节握得作响："陆雨桐，你行！我到今天才真正认清你！"

陆雨桐状似悠闲地捧起茶杯，掩饰手指的轻颤，优雅地喝了一口，对他笑得动人："今天看清也不迟。少总若是答应就此放我离开，我保证，以后绝不打扰你跟夏小姐的幸福生活，过去的秘密也会永远埋藏。"

宋子迁不置一言直直看着她，不知道过了多久，他愤然转身，摔门而去。

陆雨桐望着发出巨响的大门，嘴角的笑容变得苦涩。她放下茶杯，抱着膝，蜷缩在沙发上。刚才与他的对话，几乎掏空了她的心力，换来的却只有心痛……

他何曾看清过她？过去没有，今晚也没有，未来——他与她没有未来。

宋子迁开着车，在深夜的街头乱转。他打开窗户，让冷风灌进车内，希望借此吹散他体内灼烧的怒焰。他觉得自己一定是疯了！被陆雨桐这个女人逼疯的！

她不开口说话时，他生气！

她现在愿意说话了，他更生气！

她从来不爱笑，言辞冷淡，面容清冷，他希望看到她多笑一笑。可今晚，她笑靥如花时，他又感到厌恨，有股冲动想扯落她那让人陌生的面具！

她真的爱上他了？现在可好，放她离开，他会忍不住担心；留在身边，又如她自己所言，就像安装了一个定时炸弹，不知何时会爆炸，他还是担心……

第二天，宋子迁找周棣打了一场网球，然后两人坐在长椅上。

周棣递过一瓶矿泉水，顶顶他的胸口，很是严肃："我必须劝告你，除非你决定放弃跟夏家联姻，否则陆雨桐绝不能留！"

宋子迁抓过矿泉水，拧开盖子一口气喝下大半瓶。虽然他不愿承认，但周棣说得该死的对。过去三年，他一心致力于发展世兴，个人生活极其低调，媒体也只报道公司的辉煌成就，他与陆雨桐特别的关系不为人知。自雪彤回来后，各方开始对他的私生活充满兴趣，随时都有记者跟拍，要是再跟陆雨桐私下往来……

"我想，你是不是爱上了陆雨桐？"周棣若有所思。所谓旁观者清，宋子迁一番宠物理论说得冠冕堂皇，但其中对陆雨桐的异样情愫，恐怕连他自己都没发现。

如此一问，宋子迁似被人点中了要害，陡然将水瓶捏得变形。他讥诮反问："你觉得可能吗？"

"如果不爱，她想要离开，你为什么会生气？"

宋子迁的脸色忽明忽暗，冷硬道："心理医生最好不要太武断！我心中从来只有雪彤，也只想给雪彤幸福，其他女人对我而言什么都不是！"

周棣拍拍他的肩，好心提醒："Ok！陆雨桐算什么，你自己清楚就好。总之，我觉得她跟当年的金叶子一样，像毒药，总有种说不出的危险。身为兄弟，我不愿见你陷入危险。何况，撇开金叶子不谈，如果陆雨桐知道了这七年你刻意接近她、栽培她的目的……"

宋子迁脸色变冷，斩钉截铁道："所以，我绝不可能爱上陆雨桐！"

沿着熟悉的街道，宋子迁又一次开车来到三年里自己任意出没的住宅区。小区外边挂着大红灯笼，一派迎新喜庆的气息。停在路边，他打开半边车窗，默数着楼层，望着那熟悉的房子。

没有光，她睡了。她倒好，朝他丢下决然的狠话之后，还能睡得心安理得。

他点燃一根烟，有一口没一口地抽着。

你是不是爱上了陆雨桐？如果不爱，她想要离开，你为什么会生气？

周棣的话像魔咒，反复回荡，搅得他心浮气躁。

太可笑了，他不过是气她忘恩负义，他费尽心思打造她，她却只想着离开！

可是……除了生气，怎么会附带这么多乱七八糟的情绪？简直可恶透顶！

宋子迁抡起拳头，用力捶在方向盘上。他收回目光，闭了闭发红的眼睛，迅速发动车子。

房中，陆雨桐躺在床上，听着窗外呼呼的风声，思绪清晰。

提出离开，她知道自己算是背信弃义。可是，深藏的爱恋快要破茧而出，她没有自信能继续若无其事地待下去，她害怕，怕有一天会被这股贪婪所吞噬，长痛不如短痛，就此割舍对大家都好。

陆雨桐翻了个身，抹去眼角的湿润，不想他了，不想！

她做梦都希望尽快解约，没想到第二天一早等来的是孙秘书的电话。

“咳！小桐啊，是这样的，少总让你最近不用操心公司的事了。他……希望你帮忙筹办订婚宴。”

他跟夏雪彤的订婚宴？陆雨桐心中刺痛，握着电话的手指隐隐发颤。

“对不起，孙秘书，请转告少总，我不想接这份工作。”

“小桐啊，你知道，少总信任的人没几个，跟夏家结亲这等大事，他不放心交给别人，所以只能拜托你。你先别急着拒绝，少总还特别交代一句话。如果这次订婚宴策划得让人满意，小桐你有什么心愿，他都会满足。”

陆雨桐丢下电话，僵坐在沙发上。她有种强烈的感觉，宋子迁是故意如此安排的。她想要离开，他便不客气地刺痛她……至于最后那句话，她很怀疑，倘若婚宴圆满结束，他真会成全自己吗？

冬日，天气越来越冷。

陆雨桐再多的烦恼，在唯一的弟弟面前，都会烟消云散，变得乐观坚强。青桐忙完手里的课题，提前半个月放了寒假。她特意带他到江边一家餐厅吃晚餐。

青桐像个生涩的孩子，好奇地环顾四周，忍不住感叹：“如果宋大哥也能一起来就好了。”声音刚落，立刻意识到自己说错了话，“对不起，姐。我不该提宋大哥，他快要订婚了，你一定很难过。”

陆雨桐若无其事地道：“我有什么好难过的？”

“虽然，我从没问过姐姐跟宋大哥之间的感情，但我知道，宋大哥特别照顾我们，姐姐……你喜欢他。”

“胡说八道，我只把他当作恩人和老板罢了。”她跟青桐说过，她和宋子迁是在一次慈善助学活动上认识的。他资助他们兄妹完成学业，所以她努力工作回报他。那套房子，青桐周末回家时，宋子迁也会出现，只是从不留下过夜，一大一小两个男人会约着出去打球、爬山，有时候看起来像亲兄弟一样。

“姐，宋大哥其实真的很关心你！你昏迷那段时间，我怨过他，但他每天都会到医院来看你。唉……”青桐低下头，有些难过，“算了，不管喜不喜欢，宋大哥跟我们终究是不同世界的人。”

陆雨桐眨掉眼底的泪水：“青桐，我感觉你长大了。”

“是啊，我长大了，以后要做姐姐的依靠，照顾你。”

“嗯。”陆雨桐露出久违的笑，忽然想起一件事，便转开了话题，“说说看，之前那位难缠的姚家七小姐，还找过你的麻烦吗？”

青桐摇头，白净的脸上浮现一抹可疑的暗红，不自在地捧起水杯。

“她没有再疯狂追你？”

“没……没有。”

“青桐，你的脸色有点儿奇怪。”陆雨桐疑惑地打量他，“不会是……你被她追到了吧？”

“噗！”青桐嘴里的水喷了出来，他窘迫地抓起纸巾擦拭，“姐，没有的事……绝对没有！那种刁蛮小姐，我看到她躲都来不及，怎么可能接受？咳咳，不要说我了，姐，你快点儿找个男朋友吧！”

“我做你姐的男朋友，怎么样？”一道男声插进来。

陆雨桐脸色微变：“夏允风？”

“陪客户过来谈生意，没想到这么巧遇见你们。”夏允风笑眯眯地站在桌前，朝青桐伸出手，“我是夏允风，很高兴终于见到了陆家博学多才的小帅哥。”

青桐与他握手，腼腆中带着好奇：“我叫陆青桐。夏……先生是我姐的朋友吧？”

“不是。”

“是。”

陆雨桐和夏允风异口同声，却说出截然不同的答案，反而让青桐觉得尴尬。

“呵呵。”夏允风笑着拉过椅子，自发地坐在陆雨桐的旁边，“跳崖时，你我共经生死，昨天又亲自接你出院，咱们这样的交情，连朋友都算不上吗？”

青桐惊呼：“原来是你救了我姐！谢谢你，夏大哥！”他自发地改了称呼，顿时对夏允风亲近起来。

夏允风朝他眨眼：“你姐是我见过的最酷的女人，我要是追她，你能帮帮忙吗？”

“好啊！姐姐其实特别善良的……”

“咳！”陆雨桐不客气地警告。

青桐抓住她的手：“姐，虽然我跟夏大哥是第一次见面，但我觉得他人很好。”

知人知面不知心，陆雨桐很想这样说，但想到夏允风的确在危险时刻救过自己，于是将话忍在心中。

结果，这顿晚餐夏允风抛开客户，加入了姐弟俩。青桐完全被他的魅力所吸引，这是除宋子迁以外第二个让他佩服的人。夏允风幽默风趣，经历丰富，去过很多地方，热带沙漠、原始丛林，那些奇异的经历让青桐听得连连惊叹，兴致高昂。

看着弟弟孩子气的笑脸，陆雨桐没有打扰他们，也不禁对夏允风多看了几眼。

夏允风跟宋子迁最大的不同，应该是个性吧。一个深沉内敛，喜怒不形于色；一个看起来玩世不恭，却经常笑里藏刀，同样让人捉摸不透。

“青桐，来江边吃饭最浪漫的事情是什么，知道吗？”

“不知道。”

“夏大哥告诉你，就是在视野最开阔的露天餐厅欣赏烟花。呵呵，你有喜欢的女孩子吗？要是有，下次带来，夏大哥帮你……”

“夏允风！”陆雨桐突然打断他，这个话题勾起了她心中的痛。

夏允风笑着凑近她：“放心，我也愿意为你精心准备，让你体验最美的浪漫。”

“不必！”陆雨桐站了起来，拿起包，“青桐，吃好了吗？我们回家。”

青桐愣住，不明白气氛为何会陡然转变。晚餐就此结束，夏允风想埋单，陆雨桐坚定地拿过账单刷了卡，并且将之前借的打车的钱一并还给了他。

夏允风拿着红色大钞苦笑：“陆雨桐，你还当真不给我一点儿机会。”

晚餐过后，夏允风俨然成了青桐心中的新晋偶像。那些奇山异水和冒险刺激的经历，都让青桐向往不已。而陆雨桐正在苦恼宋子迁的订婚宴。她对自己说，如果之后可以顺利离开他，那么这份差事前后不过二十天，没有什么不能忍受的。

这桩豪门联姻，未举办便已轰动全城。

有顶级的婚庆公司专门策划，但身为负责人，陆雨桐需要亲自协调许多环节。一个星期下来，她没有片刻停歇，工作强度和压力并不亚于秘书室的业务。酒店、场地、宴请的宾客、酒席，尤其是典礼的形式和程序等，看起来简单，实则背后涉及太多利益关系，牵连甚广。

而本以为这些事情不用每天跟宋子迁汇报，岂料他随时来个连环夺命CALL，每个细节都要过问。有的问题，她认为已经考虑周全，妥妥当当，却遭到他的全盘否决。

“陆雨桐，这是我的订婚宴，我有绝对决定权！”

“陆雨桐，你要记住，真正的主人是我，我说了算！”

一开始，她没深想，后来被刁难的感觉越来越明显。他没事找事，明显是在找碴儿，让她筋疲力尽，憋了许久的怒意终于忍不住爆发。

“尊贵的少总，我保证会让您的婚宴最浪漫最风光，足够配得上宋夏两家的名望和地位，可以吗？拜托不要每天密集查岗，请相信自己下属的工作态度和原则！”

“态度和原则？”宋子迁明显在质疑她，冷笑声隔着话筒都能听得清楚，“一个决意要辞职的下属，我还可以信任？”

“宋子迁！”陆雨桐咬咬牙，用力深呼吸，“你要是不信任，可以立刻撤换负责人！我现在求之不得！”

“呵。”宋子迁干笑，低缓地对准话筒，“做梦！”

一番充满火药味的对话之后，事情似乎有了改变。

陆雨桐忙碌了一整天，又累又饿，庆幸的是，没再接到一通来自某人的电话。她松了一口气，看看时间，已经七点半，不知道青桐吃了晚餐没有。前两天他懂事地做好饭菜，非要等她回家一起吃，可惜她忙得太晚，白白浪费了他的心意。

正要回家，电话响了，一看号码，陆雨桐下意识地皱眉。

“还在婚庆公司？”宋子迁语气平淡。

“刚出来。”

“原地等着。十分钟内，我会过去。”

“不好意思，我已经下班。现在是私人时间。”

“可笑！谁允许了？”

陆雨桐噤声，深知反驳无效。其实她真想拒绝到底，才不会管他是否要过来。可是，他是宋子迁，她太了解这个男人了，得罪他，最终受苦的只有自己。

今天已经是腊月二十八了，后天就是大年三十，她本打算在回家前先去超市买点儿年货，准备些面皮包饺子。这是从小跟奶奶学的，青桐说，只有在家吃完饺子才算过年。

看来，今晚的计划又要落空了。

“姐，你忙完了吧？”

站在公司门口的陆雨桐忽然听到青桐的声音，惊喜地转身，发现同来的还有夏允风。青桐小跑着过来，脸上有些兴奋：“姐，饿了没？夏大哥说带我们去一家好吃的餐厅，特意过来接你。”

陆雨桐拉过他，小声道：“好端端的，跟人家去吃什么饭？”

夏允风早已摸透陆雨桐的脾气，也知道她不会轻易给面子，便潇洒地耸肩，道：“你呀，应该先问问原因。你该为自己有个如此聪明的弟弟感到骄傲。”

陆雨桐疑惑地看向青桐：“你今天做什么了？”

“下午夏大哥的电脑被黑客入侵，我帮他修复了，夏大哥就说请我们吃饭。”

“是啊，连我们公司专业的工程师都没弄好。所以说，青桐真有本事。”夏允风笑容满面，他当然不会说，电脑是自己故意黑掉的，并没请其他人修理过，而是直接为青桐创造了机会，“都饿了，走，今天带你们去个好地方。”

陆雨桐的手机正好震动起来，她心跳快了一拍，慌忙转过身去接听。

“抬头，往前走，然后上车！”宋子迁丢下一句冰冷的命令，然后果断挂机。

陆雨桐抬头看去，果然看到一辆熟悉的黑色轿车，驾驶座上的男人整张脸笼罩在阴影里。隔着十几米的距离，她依然能清晰地感受到一股寒意。

“姐，没事儿了吧？我们出发！”青桐催促道。

“青桐，我突然想到有点儿事情没忙完，你跟……夏大哥去吃饭吧。”她终于亲口说出了“夏大哥”三个字。

夏允风不禁展开迷人的笑容，伸手握住她的胳膊，还没来得及开口，一声尖锐的汽车喇叭声响起。宋子迁故意将车开了过来。

青桐自上次在医院见过他之后，已有许久未见到他，此刻竟感觉有点儿生疏：“宋大哥，我们正打算接姐姐去吃饭，这么晚了，她应该不需要工作了吧？”

“青桐，恐怕要让你失望了。你姐先答应了我，因为有重要的工作要讨论。”宋子迁的视线有意无意地扫过夏允风的某只手。

陆雨桐的脸色变得怪异，夏允风似笑非笑地道：“不知道妹夫有什么要事，连下属的晚餐时间都不放过。”

“呵，是重要工作，也是机密，不方便跟外人说。”说来也奇怪，宋子迁对夏国宾敬重有加，对雪彤疼爱宠溺，唯独跟夏允风从少年时代第一次见面起，就互不对盘。若非必要，两人连招呼都懒得打，针锋相对、冷嘲热讽更是常事。

陆雨桐上车后，宋子迁露出满意的笑容，朝窗外摆摆手，道：“不好意思两位，我们先走一步。”车子缓缓滑过他们的身侧，青桐叹了口气，道：“唉，亲手帮宋大哥准备婚宴，姐姐嘴上不承认，心里一定很难过。”

夏允风眯起眼：“等我做了你姐的男朋友，一定让她每天都开心。”

青桐的眼睛瞬间亮了几分，他道：“夏大哥做姐姐的男朋友，我很支持。只是……我姐性子固执，她喜欢上一个人，恐怕要很久很久才能忘记。”

夏允风扬起笑：“是吗？不要紧，我很有耐心。”

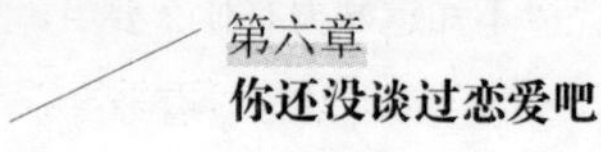

第六章 你还没谈过恋爱吧

车内十分安静。

两人似乎许久没有单独相处了，宋子迁没说话，陆雨桐也没问要去哪里。她变成了曾经熟悉的样子，安静，柔顺。可惜，他却不能像从前那样轻易掌握她的心思。

到了一家小面馆前，宋子迁下了车，率先走了进去。陆雨桐看见门口不太起眼的小招牌，心里闪过一丝惊讶。面馆里空间不大，里面只有几张小桌子和小凳子，但干净舒适。她跟着他坐在角落里，始终没有开口说话。

“一份罐罐面，一碗三鲜馄饨。”宋子迁直接做主点餐。

陆雨桐听到“三鲜馄饨”时，不由得看了他一眼。除了工作应酬，其实他们单独用餐的机会并不多。偶尔在“家”里，她为他下厨，次数也是屈指可数。没想到他竟然记得？那次，她在一次招待北方客户时提过，比起水饺，她觉得馄饨更好吃，而其中又以三鲜馅儿最合她的口味。今晚，他特意带她来吃三鲜馄饨，是什么意思呢？

如果是一个月前，她一定会悄悄感动许久，可现在的她，拼了半条命才换回一份清醒，一颗心已经被他的无情伤得不敢轻易动摇了。

热腾腾的馄饨先端了上来，热情的老板娘看了看他们，问道：“馄饨是哪位的？”

宋子迁笑了笑，拿起勺子放入碗中，将馄饨推到陆雨桐的面前。

老板娘眉开眼笑：“呵呵，男朋友真体贴呢！稍等，罐罐面马上就好。”

陆雨桐看着面前的馄饨，微微皱眉。依照规矩，老板没吃，她一个下属怎么能先开动？何况，她还在思索他的意图。

“为什么？”陆雨桐终于忍不住问道。

宋子迁淡声道：“饿了。你先吃。”就这样？她本能地想回答“我等你”，转瞬又想，自己拜他所赐才又累又饿，且在两人的关系如此紧张的情况下，说那三个字，未免太奇怪。于是，她拿起勺子，轻轻地搅动几下，诱人的香味让人更觉食欲大增了。

宋子迁目不转睛地盯着她。陆雨桐感觉到他强烈的目光，刻意没有理会，吹了吹有些烫的馄饨，小口小口地吃起来。

宋子迁的眉心渐渐收拢，她的皮肤天然白皙，以前两颊多少能看到一丝红润，如今一张脸只有巴掌大，丝毫不见血色。他握紧十指，抵住心间那股难以描述的酸疼。不！她这副鬼样子都是自找的！跳崖之前，他不是没给过她选择的机会，是她自己非要用那样惨烈的方式去换取合约，他可没逼她！

面对越来越阴沉的目光，陆雨桐无法再刻意忽略，索性放下勺子，抬头回视他。

一张小桌子，两人坐得很近，如此对望，能清晰地看到彼此眼中的自己。这些日子，他们的心各有经历，此刻似乎忽然回到了原点——同样的冷静、淡漠，喜怒哀乐皆被完美隐藏。

“先生，你的罐罐面。”老板娘的声音适时打破僵局。

“谢谢。”宋子迁收回目光，取出筷子。

老板娘又送上两只小碗，热情地道：“先生，把面条和汤倒出来才好吃。这面是我们小店的独家秘制，让你女朋友也尝尝，跟馄饨比起来各有滋味，都好吃，呵呵！”

女朋友——陆雨桐尚未筑牢固的心防，被这三个字撞裂了一条缝。她尽量以平静的嗓音提醒老板娘：“大婶弄错了，他是我的老板。”

老板娘爽朗大笑：“呵呵，是吗？你们看起来很般配，要是都没结婚的话，可以考虑发展哦！”

“玩笑不能乱开！”陆雨桐眸底一片清冷，“我们老板身份高贵，只有名门千金才能匹配。而且，他马上要订婚了。”

闻言，宋子迁眉间的褶痕骤然加深。

老板娘尴尬地笑：“咳，那就恭喜先生，恭喜！”说完，赶紧招呼客人去了。

陆雨桐不再说话，低头继续品尝三鲜馄饨。然而，吃着吃着，嘴里苦涩蔓延，热气也熏进了眼睛。

“我饱了，少总慢用。”她放下还剩半碗的馄饨，起身走出小店。

宋子迁盯着她的背影，目光变得复杂，忽然没了食欲。来此用餐是临时起意，刚才去婚庆公司接她时路过小店，看到外面的招牌上写着“三鲜馄饨”，不知怎的，他忽然想起她曾经说过喜欢吃。

陆雨桐靠在墙边，心跟漆黑的夜空一样暗沉。她苦笑，心想原来自己并没有想象中那么坚强，藏了七年的情，做不到说断就断。大姉不经意的一句玩笑，都能牵动心底的悲哀……

悦色酒吧。

陆雨桐望着门口彩灯闪烁的招牌，神色复杂。

这里她来过一次，是许久以前的事了。那晚宋子迁喝醉了，不能开车，一个自称周棣的男人打电话让她过来接人。也就是那次，她不知该将宋子迁送往何处，无奈之下带回了自己家。万万没想到，平日如冰山般的男人会变成极具攻击性的猛兽，在她为他擦汗时，翻身扑了过来。当时为什么没有反抗呢？因为内心那份克制不住的喜欢吧！所以，她才会毫无怨言地承受他给予的疼痛，在他身下，不知所措地任由索取。

黑暗中，她努力睁大眼睛，想将他的神情看清楚，心底嵌入了一个念头：宋子迁，就是她生命中最重要的男人！

后来，他终于清醒了，却没有半句道歉或安慰的话，而是用深沉的黑眸凝视她，抚摸她雪白的肌肤上点点青紫的痕迹，然后俯下身，用微微凉薄的唇细细亲吻，吻得她全身战栗。之后，他恢复了常见的冷漠，起身，冲洗，穿戴整齐，离开。

从头到尾，他竟然一个字都没跟她说过。但是两人的亲密有了第一次，自然而然又发生了第二次、第三次……她的心越陷越深，受他的沉默所影响，她也安静顺从，从不多言。渐渐地，他成了她住所的常客，不必说何时会来，走时也不说再见。无数个夜里，两个人就那样悄声地抵死缠绵……

“进去，有人要见你。”宋子迁停好车走过来，这就是他所说的要事。

陆雨桐立刻收起酸楚的思绪，问：“谁？”

“青桐的追求者。”

陆雨桐迟疑了一秒，道：“姚家那位？”

“她叫姚若兰。”宋子迁率先进入酒吧。

姚若兰，在家里排行第七。姚家人丁兴旺，她前面六个全是哥哥，个个将她捧在手心里疼着宠着。没想到这位眼高于顶的七小姐会对青桐一见钟情，半年来费尽心思地倒追他。

周棣看到宋子迁，快步迎上来："我的大少爷，你可算来了！再不来，姚家的小公主就要把我这小店砸了！"

姚若兰不顾陆雨桐惊愕的神情，冲过去一把抱住她，热情地喊："姐姐，终于等到你了！"

陆雨桐不自在地与她拉开距离："姚小姐。"

"姐姐叫我若兰就好！其实我早就想见你，又怕青桐不高兴，只好拜托宋大叔和周大叔帮忙啦！"

大叔？宋子迁不满地抽动嘴角，周棣则捂着受伤的心脏，搭上他的肩："十六岁的丫头片子呢！走，不打扰小姑娘谈心了，咱们兄弟去那边喝酒。"

偌大的酒吧里很安静，灯球在天花板上无声地旋转。

一张玻璃圆桌旁，陆雨桐细细地审视着姚若兰。这个女孩五官不算精致，身材高挑，麦色的皮肤看起来非常健康。她说话时，眼眸灵活明亮，充满活力。说实话，陆雨桐并不讨厌她，甚至有点儿喜欢。可是，只要想到姚家那复杂危险的背景，她便不想让青桐与姚家有所牵扯。

"姐姐，看完了吗？你对我还满意吗？"姚若兰双手托着下巴，问得直接。

陆雨桐心中有数，从外形到家世背景，姚若兰都不适合青桐。

"姐姐，让我做青桐的女朋友，好不好？"

"姚小姐。"陆雨桐清清嗓子，说出早已盘旋于心的想法，"我想，青桐跟你并不合适。"

被人直截了当地否决，姚若兰有些生气，拍着桌子站起身，怒道："哪里不适合？我真心喜欢青桐，愿意为他付出一切！不信你等着瞧！"

陆雨桐看她又急又怒的姿态，越发冷静："喜欢一个人，不是愿意为对方付出一切就可以。我很感激你喜欢青桐，也感激你愿意征询我的意见。现在，我已经把我的想法说明白了，希望你能够接受。"这女孩的脾性太烈，娇宠惯了，撇开身份不说，如果青桐真的跟她在一起，免不了要吃苦头。

姚若兰大声道："不！我不接受！姐姐说这些话，是因为你从来没有真心喜欢过一个人吧？如果你也喜欢过谁，就不会这样说了！"

陆雨桐的脸色骤然变得煞白，十指紧紧地交握着。

她没有真心喜欢过一个人吗？她往宋子迁的方向看去，宋子迁正好回头，两人的目光撞上。她飞快地转头，呼吸悄然紊乱。怎样才算喜欢？就像她这样，自以为了解对方，全然不顾地一头栽下去，却连爱情的甜蜜都未真正体验过。再爬起来，需要费尽全身的力气，心力交瘁……

只听姚若兰继续说："姐姐，别怪我说话太直接。我早打听过，大家都说你是性格冰冷、只会工作、连朋友都没有的机器人。今天要不是为了青桐，我也不会特意请你过来。"

陆雨桐愣住了。小丫头的话很难听，字字刺痛了她的心。原来她在别人眼里，是个只会工作的冰冷机器人吗？可她的情，她的伤，又有谁知道？

等不到回答，姚若兰恼道："算了，就算你是青桐的姐姐，我也不想多说了！反正，你答不答应，都不能阻止我喜欢他！"

"不！姚若兰，谢谢你的直率。"陆雨桐也起身，在姚若兰明亮而坚定的眼睛里，仿佛看到了曾经的自己，"但是我想说你还小，应该把心思放在学习上，以后的人生……"

"好了！你们这些人，不过年长几岁，张口闭口就喜欢谈人生，真是听腻了！我的人生，自己会负责！"姚若兰的声音尖锐起来。

吧台前，周棣为宋子迁倒上酒，指指对面："小魔女好像发飙了，不知道陆雨桐应不应付得过来？"

宋子迁的视线落在陆雨桐的身上，不慌不忙地道："这个答案有悬念吗？"

周棣忍不住开怀大笑："也对，她可是你的超能秘书。不过，你有没有发现，陆雨桐跟小魔女其实有相似之处。她们同样固执，一旦决定做某件事，任何人都难以劝阻，爱情也是如此。被这种女人爱上，真不知是福是祸。"

"心理专家，你要试试吗？"

"呵呵，免了！心理专家要提醒你一句，你的陆秘书如此决意要离开，说到底是因为还不爱你。所以，你不用担心辜负了她，安心跟夏大小姐订婚吧！"其实，周专家睁眼说了谎话，正因为陆雨桐爱得够真够深，才想离开得彻底。

宋子迁冰冷道："我从没担心过会不会辜负她。这是她欠我的。"

周棣摊摊手，然后拿起杯子与他相碰："好吧，喝酒。"

果然，这边陆雨桐说了一句话，姚若兰很快偃旗息鼓，乖乖地坐了回去。

"姚若兰，我不管你是什么身份，多少人捧着你，你要是再用这种口气跟我说话，我保证，这辈子你都不会有机会跟青桐在一起！”

姚若兰被她坚决凌厉的气势所惊，小嘴张张合合，不得不妥协。青桐跟姐姐相依为命，对姐姐的感情胜过一切，若非如此，她姚若兰也不会费心安排这一出。

“姐姐……”看得出来，姚若兰在极力忍耐，她撇着小嘴，憋着气，“你别生气。大哥告诉我，这辈子只要碰到心动的人就要勇敢争取。我喜欢青桐，你是青桐的姐姐，我希望得到你的同意才……”

陆雨桐蹙眉，为另一个人付出真心，想得到回报，这是人的本能，没有错，错的是爱一个人的方式。姚若兰确实还小，还不懂。她虽然不忍心伤害姚若兰，但残酷的现实不容她优柔寡断：“若兰，我相信你对青桐的认真，并没有看低或否定你的感情。但是，我还是要说，你跟青桐不是同一个世界的人，你们不合适。”

“我认定了！姐姐就算反对，我也不会放弃！”

“青桐呢？他并不喜欢你。”

“他不喜欢没关系，我会努力让他喜欢！”

走出酒吧，宋子迁以喝了酒为由，坚持让陆雨桐做司机送自己回去。

一路上，陆雨桐安静地开车，神情有些恍惚，姚若兰最后那句话，始终回荡在耳边。

“他不喜欢没关系，我会努力让他喜欢！”

多有勇气！这些年，她喜欢身边这个男人，却一次都没想过争取，暗恋的心情卑微无奈，只想用离开来解脱……蓦然想起青桐那日提到姚若兰时的神色，虽然面上厌烦，但言辞之间颇有些微妙，难道，自己单纯的弟弟在不知不觉中喜欢上了人家？

忽然听到宋子迁急促地低喊：“红灯！陆雨桐！”

陆雨桐一惊，飞快地踩下刹车，好险！

宋子迁沉下脸，道破她的心事：“既然这么矛盾，为何不能给姚若兰一个机会？”

“这件事情跟你没关系。”

“青桐也是我看着长大的弟弟，如果毫无关系，我还说什么废话？”

陆雨桐低下头，干涩地说：“总之……以前的恩情我一定会还。”

“谁稀罕你还了？答应姚若兰，也给青桐一个机会。他们或许并不合适，但是，并非每段恋爱一定要有结果才能开始。青桐是男人，十九岁了还没谈过恋爱，像话吗？男人需要经历初恋和感情才会成熟。”

不知怎的，这番话从他嘴里说出，陆雨桐觉得很想笑。

“看样子，少总的初恋太一帆风顺了。”

“那是自然，我跟雪彤多少年的感情……”宋子迁猛地打住，她分明是在嘲弄他不懂感情，不够成熟，于是语气一转，“陆雨桐，我想起来了，你到现在还没谈过恋爱吧？”

陆雨桐心口微痛，他明知道她为了青桐和生计，没有时间，他更清楚谁是她的第一个男人，偏要这样问，真是恶劣！绿灯刚好亮起，她踩下油门，用最淡然的语调还击：“是啊。真是遗憾，以前错过了太多，所以我打算辞职后，找个珍惜我的男人好好享受恋爱……”

“原来这就是你非要辞职的目的！”宋子迁的语气变得尖锐。

“呵，知道别人在背后怎么评价我吗？性情冰冷、只会工作，连朋友都没有的机器人。”

“不错，我觉得很贴切。”

陆雨桐扯开嘴角：“幸好我及时醒悟，女人事业再好也没用，不如找个好对象结婚。”

“莫非你已经找到了合适的人选？不会恰好姓夏吧？”宋子迁紧盯着她含笑的侧颜，身子绷得像一根弦，“那家伙要是知道你曾经爬上过我的床，夜夜在我身下……”

“宋子迁！”陆雨桐一个急刹，车子剧烈地回震，她克制住眼底的痛楚和羞耻，慢慢地说道，“你这么说倒是提醒我了，夏允风确实是个很不错的对象。论身份地位、样貌学识，比起某人有过之而无不及。最重要的是，他温柔体贴，还很浪漫，如果他喜欢我，应该不会计较我的过去。”

“你确定？”宋子迁脸色发黑，已经吐字如冰。

“呵呵，至少我非常确定还有半个月就是订婚典礼，你应该比我更希望保守这个秘密！”说完，陆雨桐毅然地下了车，隔着车窗注视他，“抱歉，我突然感觉有点儿不舒服，麻烦少总另找代驾吧！”她挺直腰，努力保持优雅的步子离开他的视线。

宋子迁气得一拳捶在椅背上。如果他稍微冷静点儿，或者稍微对女人多一些了解，就会发现向来寡言的陆雨桐一口气说这么多话太过反常，真正激动的人其实是她。

这晚，陆雨桐辗转难眠，因为连青桐也来扰乱她的心。

“姐，宋大哥和夏大哥，你比较喜欢谁？如果一定要选择他们其中一个，你会选谁呢？

“我觉得夏大哥很不错，他好像真的喜欢你，假如有可能……我是说假如，你可以考虑一下他。

“姐，我希望你幸福！”

转眼大年三十。

陆雨桐买了面皮，亲手包好水饺，做了八道精美的菜肴。哪怕只跟青桐两个人过年，也要过得热热闹闹的。青桐兴致高昂，陪着她在厨房一起忙碌。

“姐，夏大哥说想过来蹭个年夜饭，行不行？”

“不行。”陆雨桐不假思索地拒绝，“他有自己的家，这样的日子应该陪在家人身边。”

青桐难掩失望：“没关系，我想夏大哥可能只是随口说说吧。毕竟，他有父母要陪。”

才说到夏家人，夏雪彤正好一通电话打过来。

“陆雨桐，我有重要的事情找你。二十分钟内赶到云天大厦旁的路口，我等你。”

“抱歉，夏小姐，我正要跟弟弟吃年夜饭……”

“你在拒绝我吗？如果我说，这是子迁亲自下的命令呢？”

陆雨桐握紧电话沉默下来。

夏雪彤满意地笑了：“或者，你说说你的住址，我过去接你。”

“不用了，我马上赶过去。”

青桐将一盘盘菜肴端上餐桌，回头见陆雨桐脸色难看，便关心地问道：“姐，这个时候宋大哥也要让你去工作吗？”

“可能有重要的事。先不说了，我速去速回。”陆雨桐转身进了房间，拎起包大步走向门口。这几日为了订婚典礼，她每天忙得焦头烂额，夏雪彤身为婚宴女主角，各方面力求完美，对她的要求几近苛刻，想不到连除夕夜都不放过她。

“姐，好像下雨了，你开车小心点儿，我等你回来吃年夜饭！天气冷，你多穿点儿……”青桐匆匆取来围巾，追到门外，陆雨桐的身影却已消失在电梯口。

天气阴冷，地面湿滑，大街小巷布满新春的气息。两旁的树梢上挂满了大红灯笼，各家大小餐厅热闹红火，其乐融融。

陆雨桐坐在出租车上，好在街道畅通，一路无阻地顺利到达。

“你倒是准时。”夏雪彤一身白色貂皮大衣，头戴红色小洋帽，坐在她那辆名贵的玛莎拉蒂跑车内。

陆雨桐直截了当地问：“夏小姐，请问有什么事？”

“先上车。”

陆雨桐看了她一眼，有些迟疑。夏雪彤抬起骄傲的下巴：“怎么，我亲自充当司机，你怕承受不起？”

“谢谢。应该是夏小姐的名贵跑车，我开不起。”陆雨桐果断地拉开车门，坐了进去。

车子很快发动，夏雪彤的技术不差，车子开得飞快。

“陆雨桐，在这个世界上，我是子迁最珍爱的女人，即使我不在他的身边，也没人能够抢走他，你懂吗？”

陆雨桐认同地笑：“放心。我现在对少总已经没有兴趣，只希望能快点儿离开公司。以后你不用再见到我，更不用防着我了。”

“不！除了子迁，还有我大哥，你给我离他远一点儿！别妄想诱惑他，否则我同样不会客气！”

“夏小姐未免太看得起我了。关于令兄，我正想拜托你转告他，不要再白费心思，因为我对他压根儿不感兴趣。”

“陆雨桐，你……”

“我有自知之明。”陆雨桐从后视镜里看了她一眼，自嘲地扬起嘴角。

两人各怀心思，不再说话。路过一家便利店时，夏雪彤忽然停车，从钱包里取出一张钞票，道：“我渴了，去帮我买瓶果汁，澳洲的美滋葡萄柚。”

这副使唤人的姿态，陆雨桐懒得计较。外面下起了小雨，她抬手遮着头顶，快速跑进便利店。

夏雪彤低头，迅速抓起副驾驶座上的深蓝色皮包，从里面取出一部白色手机，关机，然后扔到车子座椅下。做完这一切，她脸上闪过冷笑。

没过多久，陆雨桐小跑着回到车前：“不好意思，夏小姐，这家店没有美滋。”

“算了，赶紧上车，我不想让子迁久等。”

珠宝店，灯光璀璨，店内一片亮堂。

总店的张经理西装笔挺，亲自站在门口迎接夏雪彤。夏雪彤在外人面前总是表现得优雅大方、平易近人，她主动挽住陆雨桐的手，微笑着朝张经理打招呼。

宋子迁笔挺的身影立在玻璃橱窗前，见两个女人一起进来，举止还那般亲密，不禁皱眉。

夏雪彤放开陆雨桐，笑容变得甜蜜："迁，你来很久啦？"

"刚来。"他自然而然地揽住她，宠溺地捏捏她的脸颊，"你呀，大过年的，怎么好意思麻烦人家陆秘书？"

"谁让她是你的秘书呢？呵呵，真的很能干！"

"那倒是，陆秘书从不让人失望。"宋子迁这才正式转向陆雨桐，眼神冷淡。

陆雨桐也冷淡地点头。

"迁，我们先去试戒指。"夏雪彤依偎着宋子迁，走到VVIP贵宾室前，忽然笑意盈盈地转身对陆雨桐道，"对了，你也一起进来帮我看看戒指吧。"

陆雨桐扯出笑容："夏小姐的婚戒，自然是最漂亮的。"

"呵呵，不看怎么知道呢？"

"夏小姐，如果没有其他事，我想先走一步，你跟少总慢慢试。"

"有事。还有一件重要的事需要你去办，也只有交给你，我才放心。"

"夏小姐请说。"

"别急，我跟迁试完戒指再告诉你。"

宋子迁未置一词，但深沉的目光始终有意无意地扫过陆雨桐。

进入贵宾室，陆雨桐刻意与他们保持距离，独自坐在角落里的沙发上，若无其事地打量着室内的布置。她的视线转来转去，唯独不想落在那两人的身上。可是，一室安静，他们的每句话都清晰地传入她的耳朵里。

"彤，把手伸出来，试试。"这是陆雨桐从未听过的温柔语气，她捧着茶杯愣住没动，然后，忍不住慢慢地转头看过去。宋子迁脸上的笑容同样温柔，他正打开绒盒，小心地取出那枚罕见的粉色钻戒。夏雪彤脸上满是陶醉，伸出白嫩的手指。他含笑执起她的手，将戒指轻轻地套入。

陆雨桐顿觉胸口有些憋闷。这是她一辈子都得不到的温柔，偏偏曾在梦里出现过。她不奢望他会爱她，只悄悄地盼望，他能对她温柔地笑一次。

哪怕，一次也好。

宋子迁似乎全然忘记了她的存在，专注地凝望着夏雪彤："怎样？合适吗？"

夏雪彤脸上洋溢着幸福："太完美了！刚刚好。"

"粉色很配你，我的小公主。"

陆雨桐闭了闭干涩的眼睛，放下茶杯，毅然走向门口。

夏雪彤喊住她："雨桐，别走啊！你看看，戒指漂亮吗？子迁特意为我定做的。"

陆雨桐生硬地点头："是的……很漂亮，很适合夏小姐。"

"呵呵，连你也这么说，我觉得更开心了。"

张经理忙不迭地夸赞："夏小姐真有福气。这颗粉钻原本被英国王妃的妹妹看上，要不是宋先生三年前就定下了，并且愿意以高出一倍的价钱购买，恐怕它就要跟夏小姐失之交臂了。"

夏雪彤亲昵地靠在宋子迁的肩上："迁，你对我真好！"

宋子迁抬起她的手背，吻了吻："只要你开心，一切都值得。"

陆雨桐抬起沉重的双腿，头也不回地走出贵宾室。贵宾室外边是大厅，透明的玻璃柜里，摆放着各种精巧昂贵的首饰。她呆呆地望着柜台里的一枚心形钻戒，不知不觉，眼角湿润。一个温柔体贴深爱自己的男人，一桩幸福美满的婚姻，哪个女人不渴望？或许，她命中注定得不到这些吧……

直到夏雪彤的声音传来，才打断了她忧伤的思绪。

"雨桐，这是我特意为云天集团沈夫人准备的新年礼物。"夏雪彤递过来一个长方形礼盒，塞进她手中，"沈夫人跟家人明天一早就要去瑞士度假，我只能拜托你送过去了。"

礼盒是粉紫色的，包装精美，里面装了什么陆雨桐毫无兴趣，她只求尽早离开这里。

夏雪彤取出一张卡片，写下一行小字递给她："这是沈家的地址，拜托你啦！我已经提前跟沈夫人联系过了，以你的能力，相信很快就能完成任务，对不对？"

"我会尽力的。"陆雨桐接过卡片立刻往外走。

宋子迁眯眼，盯着她傲然远去的背影，对夏雪彤道："没想到你会叫她过来。"

夏雪彤看向他："怎么，你不高兴？"

"没有，给沈夫人送礼物的确很重要。走吧，看样子一会儿又要下雨了，我们得赶快过去，不能让你爸久等。"夏雪彤笑着挽住他的手臂，一脸满足。

出租车开进一条僻静的街道，路面狭窄，两边高直的梧桐树上光秃秃的，路灯在枝丫间若隐若现。陆雨桐观察着四周，渐觉不安。这条路已经从头到尾转了两遍，并没有卡片上写的地址。

司机有些不耐烦："小姐，你到底搞清楚了没有？这里根本没有你说的那栋房子。"

陆雨桐仔细地对比了一下路牌，无奈极了："师傅，麻烦您再帮忙找找看。"

"对不起，小姐，你自己慢慢找吧。我还要赶回去陪老婆、孩子过年呢！"车子靠边停下，司机请她下去。

陆雨桐独自站在清冷的街道上，周围寂静。她恍然明白了什么，急忙拉开包想打电话。手机呢？竟然不见了！是出门太匆忙忘记拿了吗？不对，她的记性向来很好。临走时，她分明将手机跟门卡一起放进了包里，那么……心底闪过惊疑，她几乎不敢相信自己的猜测。

如果……如果她的手机被夏雪彤拿走了，那今晚所有的事，从头到尾根本就是一个精心安排的局！

冷风夹杂着雨丝，打在脸上。

陆雨桐手脚冰凉，连心窝都感觉发冷。昏暗的灯光映照着卡片上那行整齐娟秀的字，如同夏雪彤甜美清纯的面容。可藏在美丽背后的，真是蓄意的捉弄吗？

"不会的！也许是我想多了，夏雪彤就算再讨厌我，也不会做出这样的事来，她应该不是那种满腹心计的女孩。而宋子迁……他是否知道这些？"

恍惚间，一辆出租车经过，待陆雨桐回神，车子已经拐弯离去。

"等一下，出租车！出租车——"车子很快消失在路的尽头，她只得颓然地停下脚步。

街道两边的商铺已经全部关门，马路狭窄，朦胧细雨中，显得幽暗诡异，全世界好像只剩下她。她将包和礼盒抱在怀中，沿着街道奔跑，一直往前跑……

雨，越下越大……

高级酒店最奢华的包房里，满桌山珍海味，经五星级大厨精心烹饪，香气扑鼻。水晶灯下，连精致的餐盘都折射出诱人的光泽。夏宋两家自宣布联姻以来，人前人后关系都十分亲密，这个年，必然是要在一起热闹地度过的。

说起来，宋子迁是独子，母亲因病早逝，父亲宋世兴遭遇车祸也不幸离世。

这些年，宋家只剩下一直负责打理家宅的管家华叔和玉珠婶，其他跟他比较亲近的便只有公司的孙秘书。

夏国宾每次提起宋世兴，都会忍不住叹息。他端起酒杯，大手拍在宋子迁的肩上："你放心，虽然你爸爸不在了，但我跟他的兄弟情永远不变。就算你一辈子不跟雪彤结婚，我也当你是亲儿子一样。"

宋子迁还来不及开口，夏雪彤就在一旁不满地埋怨："爸，你胡说什么呢！我跟迁马上就要订婚，再过半年会正式结婚，他可是你的准女婿！"

"好好好，准女婿。"夏国宾难得地大笑起来，"子迁，这丫头平时让我们宠坏了，瞧她那紧张劲儿，生怕不能嫁给你似的。以后你们在一起，你可要多担待点儿。"

夏允风坐在对面，心不在焉地把玩着酒杯，懒洋洋地插话道："没错！雪彤可是我们家的小公主，你最好不要让她受到半点儿委屈，否则后果会很严重！"

"我记住了。"宋子迁还要多说，手机忽然响起，他查看来电显示，脸色微变，"不好意思，我去接个电话。"走出包房门口，身后传来夏雪彤的娇嗔："爸，大哥，就知道你们最疼我了！"

原来，青桐独自在家等了许久，一直联系不上姐姐，心里着急又生气。

"宋大哥，我姐到底还要多久才可以回家？公司到底有什么紧要事儿，非得让她在除夕夜跑去加班？你这样做老板，是不是太过分了？"

宋子迁只听见第一句，浓眉就骤然蹙紧："她还没有回去？"

"没有！我甚至联系不上她！"

"电话打不通吗？"

"她关机了！宋大哥，快十点了，你能不能让姐姐先回家吃饭？"

宋子迁僵直身躯，一只手紧握成拳。陆雨桐去给沈夫人送礼物，照理来说这个时间早该返回去了，难道路上出了什么事情？

"宋大哥？宋大哥，你有没有在听我说话？"青桐连喊了几声。宋子迁回神，立刻安抚道："不要急，安心在家等着。我保证，一会儿亲自送她回家！"

"那她究竟还要多久才能回来啊？喂，宋大哥？宋大哥……"

这边，宋子迁顾不得说再见，迅速切断通话，快步返回包房，对里面的人说道："对不起，伯父、雪彤，公司临时发生了点儿急事，我要马上赶去处理，先走一步，改天再向你们赔罪。"

片刻后，一辆黑色轿车冲入茫茫雨雾。

宋子迁开始疯狂拨打陆雨桐的电话。

“对不起，您拨打的用户已关机。”复读机似的回答，让人心烦气躁。一时间，他心里充斥着某种难以描述的焦灼，胸膛不规律地起伏着。

大年夜，大雨滂沱，她在哪里？

如果没有看错，雪彤在卡片上写的地址是梧山路云祥居？可是梧山路的各栋别墅独门独户，掩映在翠山丛林之中，很多老出租车司机都未必熟悉。

红灯路口前，他烦躁地捶了一下方向盘，刹那间涌上一股自责的情绪，当时怎么就没细想呢？不管怎样，他要尽快找到她。

梧山路，一片清冷的世界，昏黄的路灯光映着屋檐下孤独的身影。山边的雨势似乎格外凶猛，天地间白茫茫的一片，耳边尽是哗哗的响声。

陆雨桐找到了一个避风的角落，蜷着身子蹲下，默默地望着远处。此刻她又饿又冷，只有思绪依然清晰，如果再有车子路过，一定要不顾一切地拦下。可是，大半个小时过去了，除了被冷风吹得飘忽的大雨，这方小世界几乎是孤立而静止的。

不知何时才能停歇的大雨，让人无计可施，只能陷入漫无止境的等待。一个姿势累了，她换个动作，双手抱着腿，将脑袋搁在膝盖上。

忽然，她震惊地抬起头来。是幻觉吗？她好像听到了汽车的喇叭声。

远处，两束雪白的光穿透雨雾，沿着地面移动，喇叭声越来越清楚响亮。

真的，是一辆黑色轿车！

陆雨桐惊喜地起身。大概是蹲得太久了，她感觉一阵眩晕，腿脚发麻抬不起来。不能！不能再错过这个机会！车子朝这边驶来，她使劲儿招手，一边跑一边喊：“等等！别走……”微弱的声音在雨中飘散。

车子从眼前滑了过去。

她按住发疼紧缩的胃，拼命地追赶：“别走啊！停一下……等等我……”难道再一次错失良机了吗？

兴许是老天爷听见了她的呼唤，车子往前滑行了十几米，竟然真的停了下来。

陆雨桐欣喜得难以置信，美目重新迸出希望，她直起腰，拖着沉重的步子费力地往前跑。雨水打湿了她的衣裳，大滴的水珠沿着额头滚落，但是没关系，终于有人愿意停下来了。

一个高大的男人下了车，撑起一把黑色的大伞，笔直地走向这边。

两人的距离越来越近。

陆雨桐抹掉脸上的雨水，待看见对方的面孔，脚步硬生生地打住。难道因为饿得头昏眼花，因为太过期待而产生幻觉了吗？

为什么……她看到了他？一个最不该出现在此的人，一个应该陪在他未婚妻身边度过温馨夜晚的人……

“宋……子迁？”她失声念出他的名字。

伞下，宋子迁一身合体的毛呢西装衬得他格外挺拔，五官看不分明，但黑眸里透出来的除了凛冽的冷光，还有一股强烈的怒气。

陆雨桐嘴唇发白，头发湿漉漉地贴在脸上。那模样，是他从未见过的脆弱和狼狈。他狠狠地吸了一口气，往前迈了两步。雨伞撑在她的头顶，风雨瞬间隔离。她已经无法思考，也完全忘记了动作，咬紧咯咯发颤的牙齿，呆呆地望着他。

“真的是……”下一瞬，她被拥进一个宽阔温暖的怀抱。

世界静止了。

耳边隐约听到两个低沉而含糊的字眼：“笨蛋！”

宋子迁，你在骂我吗？真的是你吗……

宋子迁一只手撑伞，一只手紧紧地抱住她。这个该死的女人，让他酒后驾车，让他担惊受怕，让他心急如焚，让他一路上反反复复矛盾交错，让他一面恨不得立刻掉转车头回去，一面又自有意识地拼命寻找。

梧山区说大不大，说小不小。他对路况不熟，只能一条挨着一条路驶过。他不敢将车开得太快，生怕错过了任何一个可能。他也不敢太慢，生怕她多等待一分钟，多受一分煎熬……果然，寒风冷雨中，从后视镜里看到跟跟跄跄追来的柔弱身影，他的心随之揪成一团。

“笨蛋！”这一次，责骂声变得清晰。

可陆雨桐竟然听到了一丝不该有的心疼。她闭上眼睛，将耳朵紧贴在他的胸膛上，强健有力的心跳让她贪恋又害怕。她伸出一只手悄悄地抓住他的领口，热泪悄然弥漫上来。

是，我是笨蛋……刚才一个人时，我真的期盼过你会出现……

第七章
新年礼物

上了车，宋子迁将暖气开到最大，然后扔给她一条干爽的毛巾。她脱下外套，小心地将裹在衣服里的礼盒取出，然后才擦拭脸蛋和头发。

他冷冷地瞥了她一眼，沉着脸发动车子。这个女人是不是脑子被淋坏了，浑身湿得跟落汤鸡一样，偏偏那该死的礼盒被保护得周全，清清爽爽，完好无损。

好一会儿，陆雨桐终于感觉四肢有了暖意，思绪也彻底清醒明朗。

“你……怎么会来？”她沙哑地开口。

宋子迁的面孔绷得死紧，好像在跟谁生气，过了好久才回答：“我不希望明日的头条是世兴集团某秘书失联或是在大年夜意外丧生！”

陆雨桐一窒，注视他冷硬的侧脸。此刻的他，实在让人觉得之前那充满疼惜的拥抱和责骂全是幻觉。她自嘲道：“说不定，真有那个可能……”

“陆雨桐，你给我闭嘴！”

陆雨桐目不转睛地望着他。今晚的落难，不是他跟夏雪彤合伙设计的吗？不，夏雪彤从来以纯真善良的面貌示人，不至于在他面前自毁形象。那么，她又欠了他一次……

“不管怎样，今晚……谢谢你找到我。”

宋子迁冷哼。

陆雨桐看向旁边精美的礼盒，皱眉道：“我还得说句抱歉，您未婚妻交代的任务，我没有完成。您应该知道沈总裁的电话吧？我想……”

“陆雨桐，我说了你给我闭嘴！”宋子迁受不了地再度警告，扭头狠瞪她一眼，“你知道现在几点了吗？还想去打扰人家？”

“我不想让您的未婚妻失望。或许，您也知道云祥居的位置。”

“我不知道！”宋子迁断然否定，她一口一个“您的未婚妻”，让他集聚一夜的怒火快要爆发，“我告诉你，陆雨桐，你最近的所作所为已经让人失望透顶了！”

“是吗？”陆雨桐苦笑，搁在腿上的双手握得死紧。

几分钟之后，车子终于驶出人迹罕至的梧山区，沿着街道一路驶进市区，灯火逐渐增多，景物也逐渐清晰。宋子迁浓眉深拧，冷声问：“你那个该死的电话怎么回事？不想接，也别挑这样的日子，青桐很担心知不知道？”

青桐？原来青桐找了他。

“我对不起青桐，害他一直等我。但是，我的手机不见了。”

“什么叫不见了？”

“就是……丢了。”

“好好的，手机为什么会丢？陆雨桐，你现在还真是越来越有本事了啊！”

她很想说，可能被某人故意弄丢了，只是没有证据，索性闭口不答。

宋子迁怕继续追问下去会怒火更甚，抓起自己的手机扔给她：“马上告诉青桐你没事，正在回家路上！”

陆雨桐接过手机给青桐打了个电话。

青桐听到她的声音，一颗心总算放下了，问道：“姐，宋大哥在不在旁边？”

“在。”

“姐，我想邀请宋大哥到家里来吃年夜饭，一起过年，行不行？”

陆雨桐望向宋子迁，许久没说话。弟弟带着期盼的语气，戳中了她的心。

“姐，如果你不愿意就算了。我只是突然想到去年的今天，也是我们三个一起……”

宋子迁的话插进来：“青桐找我？什么事儿？”

陆雨桐飞快地坐直身子，对着电话道：“他很忙，一会儿还要赶回去陪未婚妻……”

宋子迁眼眸一眯，夺过手机：“青桐，是不是想让我陪你过除夕？好。”

陆雨桐隐约听见弟弟兴奋的声音，她掉转目光，愣怔地望着前方的道路。路边的广告牌的灯光已熄灭，长长的街道暗淡了许多。大雨已停，路面被冲刷干净，天空中只有几丝细雨飘过。

宋子迁噙着冷笑：“不高兴今晚跟我一起？别忘了，如果没有我，你现在仍在路边可怜兮兮地发抖！”陆雨桐似乎没听见他刻薄的挖苦，专心注视着窗外。

这时，手机震动了起来，宋子迁看见屏幕上的名字，懊恼地拧眉。糟糕，刚才他几乎忘记了雪彤。

“迁，公司的事情处理得怎么样了？”

“咳！公司值夜班的员工发生了一点儿意外，有些问题还需要进一步处理。”

“这样啊，那我过去陪你吧！”

“不用了。你们那边晚餐结束了吗？早点儿回家休息，舒舒服服地泡个花瓣澡，再……”

“人家还是想过去陪你嘛！我马上过去找你。”

“说了不用！彤？彤？”

那边夏雪彤已经打定了主意，挂断了电话。

陆雨桐的表情逐渐转冷，刚才的通话她全听见了。她道：“停车吧，宋子迁。今晚，你没有义务和必要陪我们。”宋子迁的手握紧了方向盘，迟迟没有踩下刹车。她嘴角扬了扬，道：“我好像又欠了你一次，不管怎样，有机会我会还的。”

车子骤然停住，宋子迁脸色难看：“只怕你欠我的，这辈子都还不请！”

“那么……我希望能够少欠一点儿。”她解开安全带，拿起外套和皮包。视线扫过礼盒时，皱眉道，“很抱歉不能完成你未婚妻交代的事，麻烦你把礼盒转回给她。”

宋子迁看着她下车的背影，牙关紧了紧。

车子，从她身边滑过，逐渐消失在马路那头。

终于回到家，青桐打开门没看到宋子迁，朝外张望，依旧没看到，便问：“姐，宋大哥呢？”

“我说过，他要陪未婚妻，没有时间来。”陆雨桐放下东西，走到餐桌前道，“对不起，青桐，姐姐觉得好冷，先去洗个澡。”

“哎呀！姐，你脸色发青，可千万别生病。”青桐忙进房间帮忙拿毛巾和家居服。看他如此贴心，陆雨桐欣慰地笑道：“我不会有事的。”

是的，这么多年，无论遇到多大的困难，她都不会让自己有事。浴室里热气腾腾，她仰着头站在花洒下，泪水伴随着水花一起滑下。只有在这种无人看到的地方，她才能不再压抑，悄声地哽咽、哭泣……

十点半。餐桌上新添了两道刚做的菜。

陆雨桐很惭愧，道：“对不起，青桐，让你等这么久。一定饿坏了吧？”

“没有姐姐在的年夜饭，什么都不是。”青桐脸上写着失落。

“别说了，赶紧吃吧。”陆雨桐为他夹了一块鸡肉。两人开始享受这姗姗来迟的团圆饭。电视里，春节晚会笑声不断。窗外，爆竹声响越来越密集，噼里啪啦地在空中绽放。到这一刻，陆雨桐才恍然有了过年的感觉，抛开酸楚，却也说不出什么滋味来。

忽然，青桐搁在桌上的手机叮咚一声，他拿起来看完简讯，立刻放下碗筷走向阳台。陆雨桐疑惑地转头，只听外面传来礼花的声响，忽闪的光芒将客厅照亮。

“姐，你快过来看，是夏大哥在楼下放烟花呢！”青桐兴奋地将她也拉到窗前。

果然是夏允风，他正仰着头朝姐弟俩挥手。陆雨桐皱眉，想不到他真的来了。忽听青桐又一声惊呼：“夏大哥旁边的那个丫头……不会是姚若兰吧？难道我看花了眼？”

“是她。”陆雨桐很肯定。姚家跟夏家都是本市的豪门望族，小姐、少爷们互相认识并不奇怪，只是没想到这两人会一起出现。姚若兰又蹦又跳地拼命招手，扯开嗓子大喊：“青桐，你快点下来！夏大哥准备了好多好多烟花，你跟姐姐快点下来玩啊！”

青桐又窘又恼：“这丫头好烦人……叫那么大声，想要惊动全世界吗？”

片刻后，姐弟俩下了楼，神色都有些复杂。不过，青桐毕竟有些孩子心性，姚若兰非拉着他一起放烟花，没过多久，两人便嘻嘻哈哈地闹成一团。夏允风西装笔挺，帅气逼人。他将车子后备厢里的烟花都搬出来后，走到陆雨桐身边，道：“新年快乐！”

“你是特意来给我们送烟花的吗？”

“不，应该是给你们送快乐。看到了吗？青桐笑得很开心。你呢？”

陆雨桐微微扬起嘴角，道：“谢谢。”她之前淋了雨，身体有些不舒服，但是不可否认，青桐的笑声感染了她。

大雨过后的夜空格外深沉、宁静，烟花在空中绚丽绽放，小区的孩子们都围了过来，青桐和若兰将烟花分给他们，一时间，花园里充满了欢声笑语。

夏允风拿起一支“天女散花”，放到陆雨桐的手里，道：“一起玩吧，我也想看看你痛快大笑的样子。”

陆雨桐低头看着那支五彩的烟花筒，迟疑了一下，还是还给了他。夏允风索性将“天女散花”摆放在地上，然后掏出打火机，道：“来，陆雨桐，我陪你一起点燃它。”这一次，他不容她拒绝，坚定地握住了她的手。

砰的一声，一簇耀眼的火光升上天空，散开，最后化作无数璀璨的星星落下。夜空被照亮，那些星星好像全部落入了她的眼眸里似的，闪动着醉人的光芒。

“喜欢吗？记住，这是我送给你的新年礼物。”夏允风笑看着她。

她想起之前在江边错失的那场美丽烟火……心突然有些酸痛，她和宋子迁属于不同世界的人，即使两人曾经有过亲密的交集，最终也会如烟火一样彻底消失……

夏允风目不转睛地注视着她，道：“瞧你，一副泫然欲泣的样子，难道是太感动了？”

陆雨桐飞快地眨去眼底的雾气，真诚道：“谢谢。”

“呵呵，如果真的要感谢，不如来点儿实惠的，考虑一下做我的女朋友怎么样？”

“对不起，我不喜欢这种玩笑。”她马上变得严肃。

“我看起来很像开玩笑的样子吗？”他故作深沉地看着她，没错过她的每个表情，然后重重地叹息一声，“OK！就当是个玩笑吧。今晚不谈这个，先尽兴地过大年！”

正说着，姚若兰跑过来喊道：“陆青桐，你来追我啊！来啊！看你有没有本事追到我。”她笑嘻嘻地躲在陆雨桐的身后，调皮地做了个鬼脸。

陆雨桐被他们围着转，不禁笑道：“你们两个小心点儿！”她笑着笑着，忍不住朝夏允风看去，对上他多情的黑眸，心中生出一股难以描述的暖流。这夜，发生了太多事情，此时，大雨中那些孤独凄凉已经离得好远好远……

接近零点，新年的钟声即将敲响。夏允风搬出一个最大最醒目的圆筒爆竹，摆放在空地正中央。围观的人们纷纷投以注目。他帅气地来了个三百六十度华丽转身，看了看手表，才开始点火。

“砰——”巨响伴随着人们的欢呼，在耳边炸开，天空中闪耀着美丽的焰火。

“新年快乐！”大家互相道贺。最后一秒钟，夏允风飞快地跑到陆雨桐身边，用力抱住，俯在她耳边大声说：“陆雨桐，新年快乐！我想要给你幸福！”

陆雨桐呆呆地愣住，耳边回荡的是他如誓言般的祝福。

花园小区对面的街道上，安静地停着一辆黑色轿车。

宋子迁整个人笼罩在阴影里，默默发怔。新年钟声敲响的那一瞬，巨大的爆竹声从远处传来，砰地震进了他的心底。他猛然坐正身子，双眼恢复了焦距。

一声声“新年快乐”随着夜风飘来，那样热闹喜庆。他抬起头，看向小区内那栋熟悉的大楼，那扇熟悉的窗户。

窗户里，透出微弱的灯光。

她睡了？还是没睡？跨年之夜，应该没睡吧。可能正在跟青桐聊天，他们会聊些什么？会聊到自己吗？不！她可能已经睡了。本来才大病初愈，今夜还淋了冷雨，她的身体吃得消吗？会不会生病了？青桐在照顾她？那小子IQ高得没话说，可照顾人这种事到底行不行……

宋子迁闭上眼睛，胸腔里有团热气环绕不散，闷得他心浮气躁。

明明说好的，也已经下定了决心——这套房子，再也不会来了！偏偏刚才从夏家出来，开着车竟然无意识地又来到了这里。

为什么？

他抡起拳头用力捶打胸口，把自己捶得闷痛才长长地吐出一口气。习惯真是个可怕的东西！习惯了身边有她，习惯了随时随地可以找到她，现在要戒掉竟然这么难……

“宋子迁，你必须戒！”他咬牙对自己说，又看了那扇窗户一眼，毅然启动引擎，下一秒轿车如离弦的箭冲上大马路。

这一次，宋子迁发誓：真的，真的不会再来了！

姐弟俩度过生平最开心的一个除夕夜，跟夏允风和姚若兰因此拉近了距离。不过，陆雨桐感冒了，一早起来感觉头晕眼花，却不得不打起精神，因为她接到了夏雪彤的电话。

“陆雨桐，你的手机昨晚落在我的车里了，不过来取吗？”

陆雨桐咳嗽了两声，咬紧牙关。她当然要去取，尤其此刻她百分之百确定，此事夏雪彤是预谋的。因为她清楚地记得，昨晚她的手机放在包里一直没有拿出来过，怎么可能落在车上？夏雪彤一定是趁她去便利店的时候做的。如此想来，恐怕她半路说要喝果汁也是计划的一部分……

“如果要取的话，就快点到巴黎名店来，子迁正在陪我试礼服呢！你来，正好还有事情要交代你。”

半个小时后，陆雨桐走进巴黎名店，再见夏雪彤甜美的笑脸，依然很难相信如此美丽的面孔背后，竟然藏着那么多深沉可怕的心思。她对夏家兄妹的印象，与初相识时发生了颠覆性的改变：夏允风收敛了一身傲慢狂妄的气势，越来越温柔友善，而这位大小姐……

宋子迁正端坐在休息区的沙发上，一边品尝咖啡，一边跟店员商谈着什么。见陆雨桐进来，他只淡淡地扫了一眼，脸上瞧不出一丝异样。夏雪彤身着精美高贵的白色礼服，拉她到试衣区，道：“喏，你的手机，下次可不要这么粗心了。”

陆雨桐接过手机，冷冷道：“请您放心，诡异的事情发生一次已经足够。”

“诡异？”

“手机自己从包里跳出来落在您的车上，难道不诡异吗？回头我好好检查一下，如果不是这手机有问题，就是夏小姐的车子见鬼了。”

“陆雨桐，你……”夏雪彤惊恼，碍于宋子迁的目光，又硬生生地将话收回，瞬间压低嗓音换了一种口吻，“都说你是超能秘书，无所不能，可昨晚拜托你的那件小事都办不好，唉，真是浪得虚名。”

陆雨桐不卑不亢地直视她：“梧山路云祥居，夏小姐确定没写错字吗？”

夏雪彤弯起嘴角，道：“呵，你的聪明倒是名不虚传。”

“谢谢夏小姐这么看得起我，为我如此大费周章，觉得好玩吗？”

“当然好玩，好玩得很呢！”

陆雨桐嘲弄地笑：“陆雨桐究竟是多大的威胁，才让夏小姐这样不自信？”

夏雪彤忍不住变了脸色，道：“你算什么东西？我随便一句话，就能让你永远回不了凌江市！”

“可我已经承诺会离开世兴，离开他，你为何还要如此刁难？”

“因为好玩！”

两个女人面对面互相盯着对方。宋子迁起身，笔直地走过来，黑眸先是扫过陆雨桐，而后对夏雪彤温柔地笑：“这套礼服很漂亮，很适合你。”

夏雪彤开心地挽住他，道：“呵呵，我特意为你定制的西装在那儿，你赶紧试穿看看。”

“少总。”陆雨桐打招呼。

宋子迁冷淡地点头，仿佛她只是个无关紧要的陌生人。

陆雨桐垂下头，跟他站得这么近，心止不住地抽紧。昨晚，只要闭上眼睛就会想起大雨里的画面——自己被他拥进温暖的怀抱，听到他担心紧张的心跳，那样真实。那个瞬间，她真的感受到了一种在乎。可今日相见，他看自己的眼神如此冷漠，却与夏雪彤甜蜜相携，甚至亲手为夏雪彤摆弄礼服……

她心窝里的热度终于一点点散开，泛到冰凉的指尖。

站在水晶灯下，夏雪彤提起梦幻般的蕾丝白纱，骄傲地转了一圈，故作亲昵道："雨桐，你觉得好看吗？"

陆雨桐打量她，如实回答："夏小姐很适合白色，完全衬出了您纯洁美丽的心灵！"

夏雪彤岂会听不出她最后半句刻意加重的尾音，面不改色地笑道："谢谢。你是不是很羡慕呢？"

"比起羡慕，我更觉得开心。如果夏小姐跟少总的订婚宴明天举行就好了。"

"为什么？"

"那样，明天之后我就能离开。"

刚说完，陆雨桐就发现镜子里多了个身影，顿时呼吸一窒。宋子迁更衣出来，站在她背后几步之遥。他有一副好身材，量身定制的男士礼服穿在他身上，从头到脚，女人看了都会心跳加速。

而此刻，陆雨桐感受到的不是加快的心跳，而是他凛冽如刀的目光，让人心惊肉跳。不知道他是否听到了自己刚才最后一句话。但是宋子迁，你真的了解那个想要共度一生的女人吗？

宋子迁揽住夏雪彤时，脸色才变得柔和。夏雪彤巧笑嫣然，细心地为他整理领口："迁，你真帅气！"她踮起脚，亲吻他的脸。

宋子迁抚过她的发丝："你也很美。"

几名店员啧啧惊叹，老天真不公平，仿佛将世间最好的一切都给了夏雪彤，凌江市还能找出比她更幸运的女子吗？

宋子迁勾起嘴角，锁住镜中陆雨桐僵直的背影，沉声问："陆秘书觉得如何？"

陆雨桐缓慢转身，挤出若无其事的微笑："少总跟夏小姐郎才女貌，天作之合。"

"我是问你，这套西装礼服怎样？"

陆雨桐暗暗吸气，保持着笑容："少总身型高大，穿上去……很好看。"

宋子迁似乎很满意，点点头，接着不知道从哪儿掏出了手机，打开屏幕锁，递给她："帮我和雪彤合影，我要留个纪念。"

"哦……好。"陆雨桐心里苦涩，除了为公司宣传时的必要报道，他从不愿面对镜头，却主动要跟夏雪彤拍张照。他究竟有多爱她？

镜头里，俊男美女完美相衬，脸上都泛着幸福的笑。只是，陆雨桐没有察觉，宋子迁的笑意不达眼底，他一直不动声色地留意她的反应。

轻微的咔嚓声响起后，陆雨桐将手机递还给他："好了。"

宋子迁翻看了几张，不置可否。夏雪彤也凑过来要看，他却笑道："你今天这么美，我要亲手为你单独拍几张。陆秘书……"他指挥陆雨桐，"过去帮彤整理一下礼服。"

夏雪彤笑得甜蜜灿烂，拉起如云的梦幻裙摆，摆好造型。陆雨桐低着头，安静地为她整好裙摆，再安静地退开。

接下来几天，陆雨桐尽心尽力地操办订婚宴，即使夏雪彤有时候故意刁难，她也一言不发全盘忍耐。见到宋子迁是必不可免的，但是除了点头打个招呼，他们鲜少交流。

"陆秘书，马上向花店订花，要白玉兰、红玫瑰，还有薰衣草。对了，雪彤喜欢薰衣草的香气，你最好去花店亲自给她挑选。"

"陆秘书，我为雪彤订的项链已经到了，你马上去珠宝店给我取来，听好，别有任何闪失，否则赔上你也还不起！"

"陆秘书，今晚加班，再确定一次宾客名单，把他们每个人的爱好、习性都登记好。记住，宾客个个重要，一个都不能疏忽！"

"陆秘书……"

陆雨桐一一应允，忙得无暇分身。宋子迁说话时的口吻完全是公式化的，看她的眼神有时深沉，有时冷淡，捉摸不透。她再也不想费心猜他的心思了。

夏允风也比以前热情许多，主动帮她处理婚庆公司那边的状况，帮她核对订婚宴的方案细节。

终于，全城瞩目的宋夏两家的联姻之日到来了！

正月十六，星期六，天气晴朗。

云天集团新建的酒店宴厅内，贵宾云集，各路媒体接到了邀请函，电视台主持人也已经做好随时上台的准备。

夏雪彤坐在新娘休息室里，化妆师正在为她补妆。更衣室的门打开，陆雨桐穿着一袭礼服出来。这是前几天夏大小姐提出的要求，且不给她拒绝的机会。

"陆雨桐，我就是要让你站在最近的位置，睁大眼睛看清楚，宋子迁是怎样成为我的男人的！有我夏雪彤在的地方，你永远只是个低微的配角！"

陆雨桐对着镜子里的自己笑，主角配角都无所谓，离开以后，海阔天空。

仪式开始，她一路低着头，小心托着夏雪彤半透明的礼服裙摆，跟在后面。事实上，这场典礼与正式结婚没多少差别。场面极尽奢华，也是巨贾、名流们交际的大好舞台。夏雪彤万众瞩目，人们没有留意到她身后这位沉默的“陪衬”，夏国宾却眯起精明的眼睛，若有所思地观察她。他有一分隐忧，陆雨桐跟当年的金叶子如此相似，会有人认出来吗？若是被认出来，会不会带来一场风波？

“女儿，今天是你的大日子，爸爸不允许有任何意外发生，知道吗？这个世界上，爸爸最疼爱的人就是你！”夏国宾将夏雪彤的手放入自己臂弯。

“谢谢爸，在这个世界上，我最爱的也是爸爸，子迁和大哥都得往后靠。”夏雪彤甜甜地笑着，跟随父亲走向礼台。

陆雨桐垂下头，脸上挂着一张微笑的面具。等订婚仪式结束，她与这些人的交集也可以宣告结束了吧！真好！真希望时间快点儿过……

礼台上，宋子迁深情眺望，见夏雪彤在未来岳父的陪伴下入场，立刻迎了过去。

夏雪彤抬高下巴，眉梢眼角满是幸福与骄傲。而宋子迁的眼里，似乎只有她，从头到尾没朝她身后看上一眼。

灯光下，陆雨桐的脸色苍白得几近透明，安静得宛如一道影子。人群里，青桐一身西装显得斯文俊逸，可此刻，他担忧地看看陆雨桐，又不时地望向前方不远处的宋子迁，眼底交错着埋怨与心疼。他亲爱的姐姐啊，此刻会是怎样的心情？而宋大哥……明知道姐姐的心意，怎么能这样对她？

似有心灵感应，陆雨桐转过头来，安慰地对他淡淡一笑。

“姐……”青桐心里难受极了，恨不得冲过去马上带她回家。

耳边，一阵热烈的掌声响起，夏国宾将宝贝女儿送到宋子迁面前，严肃地叮嘱道：“今日虽然不是正式的婚礼，但我当着这么多人的面把雪彤交给你，你得保证，以后绝不让她受到半点儿委屈，好好地疼她，照顾她！”

“爸爸请放心，我会的！”宋子迁握住夏雪彤的手，夏雪彤含情脉脉地看着他。

一时间，宴厅里都是掌声。

司仪的声音通过麦克风再度传来：“下面进行今天仪式最重要的环节——交换定情信物！听说我们宋少总花了三年时间，才找到一颗绝世粉钻，精心打造成定情戒指送给夏小姐……”

台下一片惊呼。

陆雨桐忽觉一股强烈的眩晕感袭来，身子晃了一下。这模样看在夏允风和青桐的眼里，又是一番心疼。但是她自己最清楚，不是因为受到了刺激，而是从早上开始，她就一直头晕眼花。

她不断地深呼吸，努力睁大眼睛撑住。可是怎么了？眼前的景象越来越虚幻，往台下看去，每个人的脸上仿佛都蒙了一层面纱，很不真实，再看距离她最近的两个人——宋子迁和夏雪彤，正深情对视。宋子迁笑了笑，取出戒指，温柔地执起未婚妻的手。

粉钻在灯光下显得格外璀璨，众人的目光都汇集于那一点。

陆雨桐的视线越发模糊，心，随着宋子迁的动作一点点揪紧。

戒指缓缓套入女主角雪白的手指上……

突然，麦克风嗞的一声，宴厅内瞬间陷入漆黑，灯光全灭。

“怎么回事？好好的怎么突然停电了？”现场不由得骚动起来。

“各位嘉宾，非常抱歉，我们会马上启动应急照明灯！”酒店的保安经理大喊。

“迁……”夏雪彤扑进宋子迁的怀里，“为什么会这样？”

“别怕，不会有事！”宋子迁锐利的眼睛在黑暗中探视，捕捉着她身后纤细的影子，“陆雨桐，你在哪里？”

陆雨桐咬着唇，僵直着没动，也没出声。

宋子迁似乎火了，口气严厉起来：“别装哑巴！听到的话，马上去帮忙检查停电原因！”

陆雨桐正要应答，黑漆漆的宴厅骤然有了亮光。亮光来自礼台背面墙上的大屏幕，它竟然自动开启了！全场数百人的目光齐齐汇聚，可转瞬间，又不约而同地发出了吸气声，然后整个宴厅的空气仿佛凝固，陷入死一般的静寂。

陆雨桐的心脏没来由地漏跳一拍，感觉被一只大手扼住了脖子，呼吸困难。她缓缓转身看向大屏幕，隐约看到一张照片。但照片里是谁，在做什么，如此近距离竟然都看不清楚，她的眼睛……

宋子迁难以置信地盯着大屏幕上的画面，面罩寒霜。在夏雪彤回国后举办的那场接风宴上，他将陆雨桐拉到外面的空中花园后，一时失控将她按在墙上亲吻，没想到被人偷拍了！

谁？究竟谁在背后监视他，算计他？又或者，是针对陆雨桐？

短短十秒钟，宋子迁心中闪过数个猜测。他的黑眸锁住近在咫尺的陆雨桐，她的眼睛睁得好大，看上去很震惊，看样子也被吓到了。

夏雪彤被屏幕上的光芒映得脸色惨白，虚弱而尖锐地低喊：“迁……”

人们猛然回神，立刻交头接耳，议论纷纷。

陆雨桐终于看明白了，寒意从心脏窜到脚底，怎么会这样？怎么会这样？

夏允风比保安部工作人员更快反应过来，迅速跑去控制室，关闭电脑。

大屏幕上的画面终于化作一片黑暗，宴厅的灯光在同一时间全部亮起。

可惜，喜庆的气氛已不复存在。数百人将视线投向了照片中的主人公，精明的记者们手疾眼快，早有人对着大屏幕按下快门，抢到了画面。

“夏小姐，照片上的事情您是否知情？喜宴是否继续进行？”

“宋先生，您现在想对夏小姐说些什么？”

“宋先生，刚才照片里的男人是您吗？那位女子是您的秘密情人吗？她此刻也在现场吗？”记者们一个比一个犀利，咄咄逼人。

沸腾的人群里，青桐浑身僵硬。照片上的那个女人，即便背影暗淡，他也绝不会认错，她是自己的姐姐，她正跟宋大哥吻得亲密……

夏国宾脸色铁青，很快也被好事的记者们围住。他看向礼台上的宋子迁，极力克制着怒火道：“各位少安毋躁。此事很明显有人故意栽赃，我夏国宾从不怀疑自己的眼光。子迁绝对是真心爱我的宝贝女儿，他也是我们夏家的好女婿！”

记者追问：“夏董的意思是照片子虚乌有，有人陷害宋少总？”

台上，宋子迁拿起麦克风：“很明显有人故意破坏今晚的喜宴。各位知道，我跟岳父都是生意人，商场上难免会有对手。至于究竟是谁在幕后搞鬼，我们自会调查清楚！”

两个男人在商场上打拼多年，三言两语应付记者绰绰有余。陆雨桐从震惊中恢复，更多的不安涌上心头。万一被认出身份，势必会惹来更大的风波，于是，她顾不得眼前模糊，小心地朝礼台后方走去。

可夏雪彤何曾受过这种屈辱？她脸色发白，突然转身拽住刚走到台阶上的陆雨桐，抬手就是一巴掌。清脆的声音传遍整个大厅。

“是你！照片上的人就是你——陆雨桐！”

画面再一次定格，记者们的焦点纷纷转换。

陆雨桐摸着发烫的脸颊，痛苦地闭了闭眼睛。她一心只想远离风波，为何偏不遂人愿？

“彤！”宋子迁的心脏随着巴掌声猛烈一抽，接着快步过去握住夏雪彤的手腕。

夏雪彤望着他：“你就甘心让人误会吗？如果不让这个女人当面解释清楚，今晚将成为我们一生的奇耻大辱！”她甩开他，不顾一切将陆雨桐拉到礼台中央。

“姐……”青桐激动地挤过人群，冲向礼台。

夏允风也是脸色大变，台上一个是从小最疼爱的妹妹，一个是越来越心动的女人，他不能让局面继续恶劣下去。不料，夏国宾牢牢地抓住他的胳膊，低声喝住：“不准插手！那个女人，由你妹妹亲手处理比较好！”

“爸，你希望看到更多的笑话吗？”

“雪彤处理不了，还有子迁！身为当事人，他知道该怎么做！”

夏允风眼中翻滚着复杂的情绪，他咬咬牙，道：“不，我想帮的是台上的第三个人！”夏国宾顺着他的视线看过去，只见陆雨桐面无表情地站着，任凭雪彤拉扯，如同木偶般没有反应。

“那丫头？”夏国宾狠狠道，“儿子，别怪为父没警告你，你今天可以帮她，但是明天，我也可以让她彻底消失！”

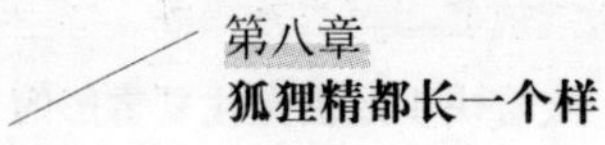

第八章 狐狸精都长一个样

礼台上，灯光雪亮。夏雪彤淌出泪水，打了别人一巴掌之后，她反而更为委屈可怜："陆雨桐……你自己说，我冤枉你了吗？我原本敬重你是子迁最得力的助手，当你是好姐妹，把亲手设计获奖的礼服送给你。就算曾经听到过一些流言蜚语，也依然坚定地相信你，觉得你不会做出对不起我的事，没想到……没想到你竟然真的……恬不知耻地勾引他。他是我的未婚夫啊，你明知道他只爱我，怎么还能去勾引他？"

陆雨桐的嘴唇动了动，没有吐出一个字。她视线模糊，眼瞳却格外清澈，埋藏着无法辨明的苦涩。她想，就这样吧，没有什么不能忍受，没有什么熬不过……

宋子迁的目光无法从她的脸上移开，双手握成了拳头，紧贴在身侧。他吸气，强迫自己不要在众目睽睽之下做出失去理智的事情。陆雨桐，陆雨桐，她一心想要离开，最后终究是与他不相干的人，而雪彤才是自己耐心等候的未婚妻……

"姐！姐……"青桐心疼的喊声穿过人群，他直接从前方冲上礼台。

陆雨桐总算有了反应，惊道："你怎么上来了？别担心，我没事！"青桐迅速把她护在身后，不客气地推开夏雪彤："请你不要冤枉我姐，她绝对不是你说的那样！"

陆雨桐拉住他："青桐，别说了……我们走吧！"无论如何不能让弟弟跟着受辱。

谁知，青桐被激起了脾气，话没说完硬是不动。

"姐，他们都欺负你，冤枉你，尤其是这位自以为是的夏大小姐！我不能让你白白受欺负，我要为你讨个公道！"他大声道。

没想到半路杀出一个陆青桐，夏雪彤恼道："我没有冤枉你姐！你可以亲口问她，照片上的人真的不是她吗？她没有喜欢子迁吗？没有勾引过子迁吗？"

陆雨桐抿紧发白的唇，夏雪彤的逼问，她无法回答。今日之事，究竟是老天爷的惩罚，还是有人在背后蓄意针对？她什么都不想说。

青桐等不到回答，分不清失望还是无奈。

“我姐是喜欢宋大哥，但是请你不要侮辱人。就算我姐再喜欢，既不会也没有必要做出这种勾引之事！因为……”他咬咬牙，一股脑儿喊出来，“因为宋大哥也很喜欢我姐！”

“青桐……”最后一丝血色自陆雨桐脸上褪去，她忍住眩晕，急切地抓住青桐的手，“不要再说了……不要再说了！我们走！马上离开这里！”

台下已经一片哗然，闪光灯接连亮起，忽明忽暗的光芒刺痛了他们的眼睛。

宋子迁的心瞬间拧起来。夏雪彤的脸色青一阵，白一阵，泪眼婆娑道：“迁，你都不说一句话吗？你从来没有喜欢过她，照片上，也是她勾引你的，你亲口告诉大家啊！”

宋子迁定定地注视她，薄唇抿成了一条直线。

夏雪彤的泪眼带着强烈的期盼：“别忘了……你等了我三年。今天，是我们的订婚宴，再过不久，我们会正式结为夫妻。”

夫妻……宋子迁几不可察地震动了一下，接着看向陆家姐弟。

陆雨桐脸上依然是他最熟悉的冷淡倔强，明明虚弱到随时可能倒下，单薄的身躯偏又站得那样笔直，生怕被人瞧低了半分。他看着她，整颗心都觉得疼。

“宋大哥……”青桐低喊，带着比夏雪彤更强烈的恳求，“你也喜欢我姐，对不对？姐姐从来没有对你做过有失体统的事，对不对？这些年，你一直关心照顾我们，其实你跟姐姐早已生情，对不对？”

“青桐，不要再说了！”陆雨桐使出全身的力气，强行拖着他往台下走。

“宋大哥，我知道，你是喜欢姐姐的！就算你跟别人订婚，可心底肯定有姐姐的存在，拜托你告诉大家啊！”青桐站着不动，固执得非要知道答案。以前他不懂，那夜姐姐在梦中喊出宋大哥的名字，他回想起这些年的很多事情，忽然明白了，姐姐跟宋大哥的关系非同寻常，而宋大哥对姐姐的感情，恐怕比想象中的还要深。现在，他只要点个头，说一句曾经喜欢过也可以啊！

“青桐，我跟你姐……”宋子迁终于开口，嗓音低沉，让陆雨桐僵住了脚步。

夏雪彤有些忐忑：“迁，爸爸在看着呢！在这么多人面前，你不能说谎！”

夏国宾的嘴角威严地垂下，无声地宣告着一股威胁。夏允风紧紧地盯着他，跟所有人一样，屏息等待答案。

宋子迁扬起嘴角，缓步走到陆雨桐面前，相隔不到一尺。

陆雨桐抬起头，努力聚焦看清他，却在他眼底看到了嘲弄。

心，顿时凉了。

她已经预知到了他的回答。

“陆雨桐，青桐年少不懂事，可是你，也认为我喜欢过你吗？”他看着她脸上微红的手指印，喉头悄悄地滚动了一下。

陆雨桐的指甲嵌入掌心，她挤出一抹笑，道：“不，我从来不认为……你喜欢我。”

宋子迁的眼眸瞬间灼亮如火，像是要把她烧穿：“所以，你想承认曾故意引诱过我吗？”

急促的咳喘从她唇间逸出。没人知道，她的视线越来越模糊，脑袋受伤的那处正隐隐作痛，跟心连在了一起。她咳了好几声，眼眸里蓄满了水光。

她罕见的脆弱，让他心口有抹柔软一闪而逝。他难以置信，事到如今，她的一个神情竟能挑动自己的全部情绪。

“是……”陆雨桐做了个深长的呼吸，嗓音稳定了许多，“是我不自量力，是我错了！宋子迁，以前全是我错了！所以，我会离开……咳咳！”

宋子迁的心软瞬间化为怒火，他只是问一句，她立刻什么都承认了！她真的如此想离开，到死都不想再见了吗？

“好！很多人知道，你陆雨桐是我倾力栽培的秘书，是我最得力最信任的下属。但在私人感情上，我不是没告诉过你，这辈子我想娶的女人只有雪彤。我也提醒过你，不要爱上我，更不要痴心妄想……”说到这里，他狠狠地咬了咬牙，声音低沉到了极点，“我会爱上你……”

陆雨桐忘了眨眼，他的每句话每个字都如烈火灼烧着她。

“请放心，以后不会了！今天以后，我不会再喜欢你。我祝你……还有夏小姐婚姻幸福美满！永结同心！”

青桐再也听不下去了，冲过去抓住宋子迁：“你这么可以这样逼姐姐？太残忍了，太残忍了！你怎么会变成这样无情的人！”

“对不该有情的人，原本就不该浪费感情！”宋子迁的眼底布上了血丝，他缓慢而坚定地将青桐推开，走近陆雨桐，凑在她耳边，用只有彼此才能听到的声音说，“你不是想走？我成全你！没有价值的人，留在身边也是绊脚石！”

气力彻底被掏空，她虚弱而又坚定地道："好啊，我一直在等着今天。"

宋子迁转身，清晰地对众人宣告："以后，这个女人不再是我世兴集团的员工！我跟她……不再有任何关系！"

夏雪彤笑了起来，忙走到他身边，道："大家都听清楚了？子迁精心栽培她，只当她是秘书，并没有私人感情，可她……总之我很难过，不仅是今晚的喜宴被无端破坏，我还失去了一位本以为是好姐妹的人。"

"不知羞耻！竟然勾引人家的丈夫！"台下一位贵夫人率先叫起来，旁边几位太太也纷纷指责："就是！真看不出来，年纪轻轻就这么不要脸！"

陆雨桐面无表情地低头，忍住手指的颤抖，摘下礼服上的领花，轻轻地扔在地上。

"扶住我……青桐……"走了几步，她忽然道。也不知眼睛怎么了，这会儿只能看到前方微弱的亮光。

青桐慌忙扶住她，开始后悔为什么非要追问到底。他忍不住气愤，多年来心目中的宋大哥善良仁慈，万万没想到，他无情起来可以亲手拿着刀子往姐姐心窝里刺。

"姐，对不起……你没事吧？"青桐看她脸色奇差，连忙问道。

下台阶时，陆雨桐差点绊倒。

"没事……走出去就好了。只要离开这里，以后一切都好了。"陆雨桐抬起头笑看远方，那抹微弱的光亮像是未来的希望。

宴厅两边都是酒桌，中间铺着一条红色地毯。姐弟俩走在上面，路过夏允风身边时，夏允风抛开父亲的警告，稳稳地抓住陆雨桐："让我帮你。"

陆雨桐笑得飘忽："如果真想帮我……现在起，请离我远一点。"说完，她无比坚定地推开他的手。

连夏大少爷都出面了？他们是什么关系？一群记者争先恐后地拍照。陆雨桐忍住眩晕，只觉得越来越逼近的人群，形成黑压压的一片，像潮水一样涌过来，逼得她快要窒息。

通往门口的红毯上，姐弟俩不紧不慢地走着，没有落荒而逃的狼狈，看上去那样冷静淡然。他们没有看任何人，所有人却都看着他们。

突然，一位身材微微发福的太太尖锐出声："天哪，你们看！这个小贱人好眼熟，模样像极了二十年前姓叶的狐狸精！"

“是！我也看出来了，像金叶子！就是那个让一群男人着迷得不惜散尽家财的交际花！”

“真的很像……啧，狐狸精果然都长得一样！”

“怎么可能一模一样？按年龄来算，说不定她是金叶子的女儿！”

金叶子——陆雨桐没想到会突然听到母亲的名字，她抓紧青桐，那么用力，指甲都快要陷入他手背上的皮肤里。

若不是姐姐过于激动的反应，青桐尚未留意“金叶子”三个字。他防备地看向四周，试图从他们嘴里听出点儿什么。

宴厅里充斥着各种议论声。

夏国宾恼怒地扶了扶眼镜，女儿大喜的日子，他说过不允许有任何意外发生，可它偏偏就发生了。

他走上台，清清嗓子，道：“各位！”仅是两个字，就成功拉回了所有人的注意力。

“感谢各位前来参加小女的订婚宴。很遗憾，刚才发生了一些不愉快的事情，不过，就当是一场考验！我相信，历经波折之后，两位年轻人的爱情将更加和美！我也相信，各位亲朋来宾、媒体朋友，都会给予他们最诚挚的祝福，是不是？”

夏国宾话里的警告之意，记者们都听出来了，悄悄互相观望。今晚在这里发生的一切，包括那对不起眼儿的陆家姐弟，都足以成为爆炸性的头条，只是谁敢率先报出来呢？

夏国宾拿起麦克风道：“下面我宣布，仪式继续进行！子迁，快点儿为雪彤戴上戒指吧！”

掌声响起，回荡在偌大的宴厅内。

陆雨桐正好走到门边，力气仿佛用尽，虚弱地扶住门框。青桐忍不住回头看了一眼，礼台上，夏国宾正牵起夏雪彤的手，重新把她交给宋子迁……他狠狠回头，用力拉开厚重的大门，扶着陆雨桐走出去。

“姐，如果我们的爸爸也在，他也绝不会让你受到这种侮辱和委屈！”

“这些年，没有爸妈，我们不也过得好好的吗？”

“可是刚才……所有人都欺负你。”

“没关系，已经过去了。以后，姐姐再也不会让人欺负自己。还有你……”她抓紧他的手，“以后不要太冲动，人心远比你想象的要可怕。”

“对不起。”刚才是他冲动了，如果没有冲上台问宋大哥那些话，姐姐也不会遭受那么多羞辱，“姐，你会怨宋大哥吗？”

“我不怨任何人。你也不能怨他，至少他从来没有对不起你。而我跟他……很多事情，并没有谁对不起谁。总之你以后不要再提他，过去的就让它彻底过去吧。”陆雨桐挺直脊梁，大口呼吸。

终于结束了，真好！

可是……她摸了摸额头上浅浅的疤痕，这段日子紧张忙碌，夏允风几次要带她去医院复查，她都推脱了。血块未散，难道出现了后遗症吗？无论如何，在没有确定之前，不能让青桐担心。

姐弟俩站在街边等车，有女子问路：“小伙子，请问擎天大厦在哪边？”

对方身材纤细，穿着黑色羽绒服，头戴鸭舌帽，面容藏在大口罩里。

“对不起，我不大清楚。”青桐看到一双漂亮的眼睛，仔细看，对方眼角有着淡淡的鱼尾纹，应该不算年轻，但他忽然生出一种莫名的熟悉感……

女子转向陆雨桐：“小姐，你知道擎天大厦怎么走吗？”

陆雨桐对酒店附近还算熟悉，直接指向右侧，道：“这边走，前面十字路口右转，再往前两百米左右就能看到了。”

女子仔细地打量了陆雨桐一番，然后道：“谢谢。碰到了算是缘分，这个送给小姐做个纪念吧。”她将一个小东西塞到陆雨桐手上，然后定定地看了青桐一眼，最后拉低帽子快步离去。

“姐，刚才那个女人有点儿奇怪。”

“怎么奇怪了？”

“她看我们的眼神……我说不上来。看她送你什么了？一片金色的叶子，好特别！”

什么？！陆雨桐心脏狂跳，慌忙细细地触摸掌心里的小东西，果真是叶子的形状。

“青桐……青桐……”她太过激动，几乎说不出话。

“姐，你是不是哪里不舒服？”

“刚才那女人……什么样子？”

青桐有些疑惑，不明白她为何这样问：“姐姐刚才没看见吗？”

陆雨桐嗓子干哑：“我……刚才没留意。你呢？你看清楚了没？”

“没有。她用帽子和口罩捂得严严实实，不过给人一种说不出的熟悉……”青桐想起那双漆黑漂亮的眼睛，忽然一拍脑袋，“我知道了，像姐姐，她的眼睛很像姐姐！”

一股热泪冲出来，陆雨桐颤抖地攥紧那片金叶子。

是妈妈吗？是她吧？

妈妈还活着！

她就知道，妈妈一定还活着！

“姐，你哭了？宋大哥他……唉！你不要再想他了！”青桐有些不知所措。姐姐像座屹立不倒的山，撑着只有两个人的家。再苦也不曾抱怨过，再疼也没掉过半滴泪，可她陡然间就这样哭了。

陆雨桐哽咽，张开双臂紧紧地抱住他，表情看起来像是在哭，更是在笑：“没有……我是高兴，老天爷终究是眷顾我们的！”

心脑血管医院。

陆雨桐怕弟弟担心，支开他后独自来到了这里。她安静地坐在走廊里的长椅上，等待叫号，想到今天发生的每件事，悲喜交加。

小时候不记得妈妈的样子，会不厌其烦地问相同的问题。

——奶奶，我妈妈长得好看吗？

奶奶不会说话，只是用力地点头。

——真的吗？那妈妈是个怎样的人？为什么一直不回来看我？

每到这时，奶奶就会沉默下来，长叹一声，再比着手势告诉她，等将来见到妈妈，她自己可以亲口问个明白。可惜，从那以后，她也只见过妈妈一次。那日妈妈把几个月大的青桐送来，跟奶奶一直在屋里说话。她好奇地偷听了一会儿，才知道那是妈妈。那时候她多么欣喜激动，没想到妈妈停留不到半个小时，便匆匆离开了。她连开口的机会都没有，只能一路追着妈妈跑。

妈妈的话，她一直记得——

“你已经六岁，该懂事了！以后跟奶奶一起照顾弟弟青桐，要是做得很好很乖，妈妈以后才会回来看你们。”

“那是什么时候？”

“以后！”

这个以后，太漫长，让她和青桐终日在期盼与失望中度过。

奶奶临终前，吃力地比画：小桐，你妈妈是奶奶这辈子见过最好看的女人。也有人说，她是凌江市最美的女人。小桐跟妈妈长得很像，尤其是这双水汪汪的大眼睛，简直一模一样……你妈妈也是我见过最聪明的女人。唉！只能怪命，再聪明的女人也有不得已的时候。等小桐长大了，可以去找她，到时候自然就明白了……

长大后，她好不容易找到了妈妈。

但还没来得及相认，妈妈就又失踪了。今日，这片金叶子代表什么？妈妈怎么会突然出现？她终于愿意主动来找孩子了吗？

……

做完检查出来，医生的语气有些沉重。

“有什么问题，医生请直说。”陆雨桐道。

“您颅内的血块不算大，之前服用的药物让它化散了不少。最糟糕的是它的位置，如今已经压迫到眼部神经，造成您的视力迅速弱化。”

“是不是……”陆雨桐咬咬唇，“会因此失明？”

医生看着她清澈的眼睛，惋惜道：“失明是最坏的结果。我可以为陆小姐开些活血散瘀的药物，再观察两三天看看。如果视力继续弱化，建议立刻做手术。”

会失明吗？

陆雨桐茫然地坐在公园前的长椅上，忽又感觉眼前的景象清晰了些，隐约能看到一盏盏街灯，以及擦身而过的行人三三两两，衣着打扮模糊可辨。若是两个小时前，她能看清楚一点儿，就不至于错过“金叶子”了。

“妈妈……如果是你，你一定还会再来找我跟青桐吧？”她轻轻地抚摸金叶，然后小心地将它收进口袋里。

对面大楼的巨幅广告屏幕上，正在重播宋夏喜宴的盛大场面。主持人用略带激动的嗓音播报着现场。自然，那场有损豪门颜面的风波，有夏国宾的威严在，不可能公之于众。她听到路人艳羡的感叹，宴会现场的掌声如雷……

“雨桐。”黄色的跑车在街边停下，夏允风快步跑过去。

听到声音，陆雨桐下意识地背过身，迅速收起不该有的情绪。

他站在她身后，低声道：“对不起，雨桐……”

陆雨桐笑着转头，道：“该说这句话的是我，我破坏了你妹妹的大好日子。”

夏允风一时百感交集。他从小到大任性妄为，何曾顾忌过世俗的眼光？唯独这次，在雪彤的喜宴上，因父亲的警告，他没有挺身而出保护她。

“雨桐，我们还能做朋友吗？”

“对你而言，跟我做朋友，真的有那么重要吗？”陆雨桐反问道。

“是。”

“但是你妹妹会反对，你父亲也会不高兴。”她总能如此一针见血。

“他们没有干涉我交朋友的权力！”

陆雨桐淡淡地笑了，她说：“允风，我有没有说过，除夕那晚，是我跟青桐有生以来笑得最开心的一次。真的，那时候，我也曾以为我们可以成为朋友。可惜……”以后再不可能。

夜色中，夏允风的脸色暗淡了下去。

夏家。

订婚仪式结束后，宋子迁陪夏雪彤回去。喝得太多，宋子迁脚步踉跄，进入房间时，两人一同跌倒在床上。夏雪彤捧着他英俊的面孔，轻柔地喊：“迁，其实我第一次见到你就已经喜欢上你了。虽然那时才七岁，但我很清楚自己的感觉。我跟爸爸说，长大了一定要嫁给你，爸爸还笑我不知羞呢，可我知道，自己一定会梦想成真。”

宋子迁暗惊，想不到她那么早就情窦初开。

“彤，你对我真好！我不想瞒着你，我跟雨桐之间……”

“嘘——让我先说。今晚我是不是有些过分？但是我真的忘不了，她曾亲口跟我承认过……”

“承认过什么？”

“她承认自己费尽心机勾引过你！”

宋子迁眯起了眼睛。别说此事子虚乌有，就算是真的，这种充满羞耻的话，陆雨桐也绝对说不出来，她为什么会承认？他不着痕迹地握住夏雪彤的手，问：“你们什么时候谈过这个话题？”

“反正，我可以发誓，她确实亲口承认过！”夏雪彤柔弱地低下头，样子委屈极了，“不管你信不信，一开始我真心想跟她做好姐妹，直到后来发现她对你心怀不轨……”

“既然如此，你为什么非要让她参加婚宴？我说过，她可以不参加。”

“我只是想试试她。不，我想让她亲眼看清楚，你是属于我的！以后在你身边的女人只会是我！迁，难道我这样做，错了吗？”

宋子迁翻了个身，闭眼平躺在床上，道：“你没错。只是我才知道，原来你这么爱我……”

“嗯，我真的好爱好爱你。”

“究竟怎样才能确定……自己爱不爱一个人？”

“三年前，你若这样问我，我会说，爱就是跟你在一起开心快乐。你让我觉得放心，不管何时回头，你都会张开怀抱等着我。可是因为陆雨桐的存在，我不再笃定和放心，我会猜疑、愤怒、嫉妒。我终于知道，这才是真正爱上一个人的感觉！”

闻言，宋子迁心里震动。她几句简单直白的话，如猛锤一般砸进了他的心窝，远比周棣一次次的反问来得沉重。如果，那些像疯子一样不可理喻的情绪代表爱上了一个人，那他只对一个女人有过。

除了猜疑、愤怒和嫉妒，还有紧张、慌乱、焦灼，以及恐惧。太多复杂的感觉交织在一起无法形容，但如果那就是爱，那么，他将近三十年的生命里，在这个世界上，只对一个女人产生过，她的名字叫陆雨桐。

得到这个结论，他呼吸变得困难，搁在身侧的两只手起先僵硬地放着，而后缓慢握紧，开始颤抖，五脏六腑同时揪了起来。

为什么？为什么会爱上陆雨桐？什么时候开始的？原来订婚宴上，自己能冷酷地说出那些最伤人的话语，只是因为害怕，怕她走得不够坚决，更怕自己不顾一切地抱住她一同离开。

他狠下心肠将她逼到了绝境，也将自己置于死地……

“迁，你怎么了？”夏雪彤慌忙为他擦拭额头的汗珠。

宋子迁情绪复杂的视线，落在她柔美的面容上，一只手抬到半空中，又沉重地垂落回去，重新握成了拳头。

“我没事……明天我们还要去小岛上度假，我得先回去收拾行李了……你也辛苦了一天，早点儿休息。”他平复好心情，平静地说道。

“要不，你今晚就留在这里睡。行李让华叔或者玉珠婶送过来吧。”夏雪彤抱住他。

他摸摸她的发丝，眼前浮现的却是陆雨桐的脸。为什么？才刚向全世界宣告他会娶这个女人，为什么偏要在今夜明白自己的感情？为什么不能一直糊涂下去，任由时间流逝，然后对陆雨桐所有的感觉都渐渐变淡呢？

为什么此时此刻，他清楚地记得她泣血似的祝福：“今天以后，我不会再喜欢你。我祝你……还有夏小姐婚姻幸福美满！永结同心！”

他更清楚地记得自己最后对她说的话：“你不是想走？我成全你！没有价值的人，留在身边也是绊脚石！”不……不！雨桐，你从来都不是我的绊脚石，从来都不是！只是我不该爱，也不能爱的女人而已！

“迁，你真的喝多了。”夏雪彤为他解开衬衣领口的纽扣。

“我先走了……你早点儿睡。”宋子迁按住她的手，推开。他撑起身子，摇摇晃晃地走出房间。酒劲儿使得他头痛欲裂，四肢无力，然而思绪异常清晰，终于对自己承认：宋子迁，你是这么的卑劣！简直就是个十恶不赦的浑蛋！你爱上了陆雨桐却不自知，还用最残酷的方式伤害了她。你承诺了深爱你的雪彤，却在此时此刻想逃走。

两个女人，你对得起谁？

他仰起痛苦扭曲的脸庞，灯光下，眸中泪光隐现。

第二天，宋子迁没有食言，带着夏雪彤飞去了欧洲小岛度假。

各大网站、报刊的头条，果不其然都是宋夏两家联姻的消息。所有媒体不约而同地噤声，绝口不提婚宴上的意外风波。只是，凌夏集团新发行的股票，开市时并未像预计中那样飙升，反而回跌了几个点。

夏国宾阴郁地开完股东大会后，接到酒店传来的调查资料。录像里的人影模糊，根本瞧不出对方的面容。对方身穿黑色羽绒服，头戴一顶刻意压低的鸭舌帽，还戴着口罩，看身形是个子娇小，像是女人。

夏国宾靠在大背椅上，手中的金笔几乎被折断。他道：“我才发现，你这个妹夫不简单！或许，他在外面拈花惹草的对象不止一个！”

夏允风对父亲还藏着一口怨气，故意讥讽道：“为什么一定是冲着妹夫来的？难道没可能是父亲大人招惹的麻烦吗？”

本是一句无意的气话，夏国宾的脸色却骤然变得古怪，深沉的目光重新落在录像里的人影上。敢在重要场合公然挑衅宋夏两家，且计划周全、手法高明，除了监控中这仅有的一段画面，其他全然不留痕迹，对方的身份着实非同一般。

第二天，世兴集团。

升往行政楼的电梯里，几位参加过婚宴的高层见到陆雨桐，虽神色怪异，却仍是客气地喊了一声“陆秘书”。陆雨桐挺直腰，如同以往淡淡地回应他们。随后，小小的空间里一片死寂。直到一声格外清脆的“铛”，高层们鱼贯先行，陆雨桐才小心地摸着电梯门走出。

当她决定再度踏入公司时，就想过可能会遭遇的各种情况，但她不会退缩。只是此时双眼犹如被蒙上了一块布，除了模糊的光亮和依稀的人影，什么都看不清楚。

“小桐？你来了！”孙秘书激动地迎出来。

“孙秘书。”陆雨桐听到熟悉亲切的声音，露出真诚的笑容。办公室里的一桌一椅、一景一物，如此熟悉。她拂过自己的桌面，过去上千个日夜，就坐在这里忙碌，每次抬头或不经意地侧头，都能透过半透明的玻璃门，看到那人的身影。可惜现在……

孙秘书叹道：“小桐，不管别人怎么说，我知道你不是那种女孩。你跟少总之间就算有什么纠缠，也一定是少总的问题。”

“孙秘书，谢谢您信任我。我不在乎别人怎么看，过去的事情我不想再提了。”

那时刚毕业，涉世未深，以为少总是董事长的儿子，能给她任意安排职位。没想到一进公司就做了行政秘书，旁人的非议不是没听到过，她不愿被人看低，更不愿连累他被人在背后嘲笑，所以铆足了劲儿地拼命工作。

原来……

原来，他那时已经如此信任她。不，不是信任，而是比任何人都早一步看清她的价值——她愿意为他倾尽一切，甚至不惜去死的价值。

“孙秘书，今天我是来签解约文件的。”陆雨桐难掩心酸。

孙秘书忍不住长叹，取出一份牛皮文件，道：“唉！签吧，签吧！少总走前都交代好了，你只要签下名字，以后就跟世兴集团……还有他再无关系了。”

解约协议一式两份。陆雨桐端详着一行行黑色字体，里面的内容一句都看不清楚，本想让孙秘书念来听听，又怕他生疑，只好凭着多年的经验，翻到文件的最末页。

“孙秘书，麻烦你帮我倒杯水来，可以吗？”她忽然道。

“没问题。”孙秘书不疑有他，点头应下。

将孙秘书支开，她赶紧凑近文件，小心地辨认了空白处，签上自己的名字。孙秘书将茶杯递过，看到她娟秀的名字，疑惑地皱眉道：“小桐，你签好了？”

“嗯。麻烦孙秘书交给他。至于公司的配车，下午我会让人开回来，到时候麻烦您签收。”

孙秘书捧着文件，再次仔细核对签名，然后抬起头，望着她美丽清澈的眼睛，心底疑惑更浓。

一座人迹罕至的美丽岛屿，近处山林烟翠，远看蓝天碧海，美如仙境，坐落在大西洋边上。

夏雪彤挽着宋子迁，走在一望无际的银色沙滩上。

“迁，这里是不是很美？”

“嗯。很美。”

“可你好像不喜欢？从早上到现在，你都没笑一下。”

宋子迁收起心不在焉，尽量解释：“可能昨晚宿醉，今天又一大早赶飞机，太累了。”

“等会儿我们还要一起合影呢！黄昏时的景色最美，趁着夕阳还在，赶紧配合。”夏雪彤撒娇，将他推到合适的位置上，然后举起相机道，“快点儿准备好哦，我要拍了！”

宋子迁只好配合地挤出一抹笑，笑容却那样不自然。忽然，他的手机响起，是孙秘书打来的。

夏雪彤失望地拨弄相机，体贴道：“去吧，我等你。”

宋子迁沿着海滩往前方走了几步，才按下接听键。

孙秘书的语气中透出怪异的紧张：“少总……”

“有话直说。”

“少总，我知道您跟未婚妻在度假，不能随意打扰。但这件事，我也是犹豫再三，想来想去还是觉得应该说，不管您听了怎么想……”

“说重点！”宋子迁皱眉，看来孙秘书真是年纪大了，说话啰唆颠三倒四。

“早上小桐过来签了解约协议，但是，小桐有些奇怪，不，是非常非常奇怪！”

宋子迁的心脏微微抽紧，语气却依然冷静：“解约协议已签，这个人以后跟我们公司不再有关系。她有多奇怪，没必要跟我汇报。”

“少总听我说完啊！我不确定这份解约协议是否有效，因为少总拟定的内容明确显示她是甲方，可她将名字签在了乙方签名处。不仅如此，我让她亲手盖上公司的印章，结果发现印章的字体竟然是倒过来的。”

“所以呢？”宋子迁听到自己不安的心跳，别说如此重要的解约协议的签名，一件再普通的小事，她都绝不会有半点儿疏忽。

“少总，小桐的眼睛好像出问题了！她根本看不清东西，我怀疑是上次跳崖撞到头部留下的后遗症！”

手机从他的手里滑落，跌落在沙滩上。

第九章 失明

凌江市，一连几日都是好天气。

陆雨桐签完解约协议后，做的第二件事是搬家。新房子在年前已看好，贵重或紧要的物品也在年前整理打包好了，请来搬家公司，只花了半天便顺利搬完了。

要做的第三件事，是去医院复查，这才是她最紧张担心的。如果就此失明，将来如何工作？青桐会有多难过？好不容易有了妈妈的线索，如果她失明了，将永远不能亲眼看见妈妈的样子……

医院里，医生给她做了详细的检查。

“陆小姐，这几天有没有头晕？”

“偶尔……不算严重。”

“身体还有没有其他不舒服的地方？”

“其他还好。医生，我最关心的是眼睛，检查结果怎样？我想确定，如果视力没有减弱，是否可以不用做手术了？”

医生神色凝重：“陆小姐，从检查结果来看，这几天您的视力并没有减弱，但那些药物只是暂时有效，不能长期服用。要解决根本问题，还是得取出血块。现在您脑部里的血块已经压迫到视觉神经，随时会彻底失明，建议您尽快做手术。”

陆雨桐用力地掐着大腿，试图让自己镇定一些。

“医生，这种手术安全系数高吗？风险是不是很大？”

“任何手术都有一定的风险，就陆小姐目前的状况来看，如果在我们医院治疗，成功的把握只有一半。”

……

回到家，陆雨桐安静地坐在客厅里，双眼空洞地望着地板发呆。从医院出来后她一路上想了许多，想到天黑仍没有头绪。

天黑了吗？

她起身，摸到开关，手指定在开关上，闭了闭眼睛，没有按下。如果眼睛随时会失明，就代表自己随时会生活在一片黑暗中。那么从今晚起，姑且先适应吧。

她这个人恋旧，其实很讨厌改变。所以搬家后，这里的摆设与原来一模一样。习惯了每样家具和物件的位置，眼睛看不见也不会造成太大影响。若是青桐在身边，没有刻意观察，应该也发现不了吧。

没有食欲，她找到了早餐时剩下的面包，有一口没一口地啃着。

忽然门铃响了。她震动地抬起头，她刚搬来这里，没人知道，外面会是谁？

打开门，夏允风看到屋内黑漆漆的，不禁皱眉。他没出声，陆雨桐只看到一个高大的黑影，试探地开口："你好。"

夏允风奇怪地注视她："几日不见，有必要这样生疏吗？"

"夏……允风？"陆雨桐有些慌乱，完全没料到会是他，"你怎么找到这里来的？"

"没什么可以难得倒我。不过连搬家也不说一声，看来真是没把我当朋友。"他从她原来住的花园小区查看监控视频，找到了搬家公司的车牌号，最后循着线索一路找来。不过刚才上电梯时，他还是有些忐忑，担心被她冷言冷语地拒之门外。

"哦……有事吗？"陆雨桐垂下头。她并非不愿把他当朋友，只是身份不适合。

见她杵在门口，没有让开的意思，夏允风难掩失落："没事，我就是闲得无聊，想来说一声恭喜搬家。如果你不欢迎，我知道该怎么做了，以后不会再来打扰。"他转身准备离去，忽然想到了什么，搬起地上的一盆君子兰递过去，"送给你的，放在卧室，净化空气。"她给他的感觉正如这君子兰，与百花相比，君子兰更显美丽坚韧。

陆雨桐接过花盆，听到他远去的脚步声，脱口而出："夏允风……"

夏允风飞快地回头："别告诉我，你连一盆花都要拒绝。"

"我是想说，谢谢。或许……"陆雨桐尴尬地抿起嘴，"你愿意进屋喝杯茶？"这个男人让她感动到近乎惭愧。

夏允风咧开嘴，忙道："呵呵，当然愿意。"

进屋后，他立刻发现了不对劲儿，客厅里漆黑一片，她竟然没有开灯，而是指着沙发说："你随意坐吧。"

夏允风盯着她的背，道："雨桐，你家里很黑，知道吗？"

“砰！”花盆落地，君子兰伴随着泥土在地上散落。陆雨桐慌忙蹲下，慌张地在地上摸了摸，手指渐渐紧握。他发现了，他一定发现异样了！

夏允风找到开关，啪地打开灯。客厅里一片雪亮，他冲上前去握住她的手，急切道：“怎么回事？告诉我，是不是又发生了什么事？”

“没事……”

“不！陆雨桐，你看着我！”夏允风打断她。

陆雨桐被动地抬起头，想逃避，终究逃避不了。夏允风不是傻子，死死地盯着她漆黑的瞳孔，大眼依旧清澈美丽，但眼神里透着不该有的茫然。他抬手试探地晃了晃，她笑着挥开他，若无其事道：“不用大惊小怪，最近眼睛有点儿不舒服，畏光，所以我没开灯。刚才忘记了。”

“你为什么总要假装一副坚强的样子？脆弱的时候大大方方地表现出来，不行吗？你怕人家嘲笑，还是怕人家同情？”夏允风怒道。

“夏允风……”

“至少现在的夏允风不会嘲笑和同情你，只会关心你，你明白吗？”他的胸口不规律地起伏着，语气里说不出是担心还是恼火，“我让你定期去医院检查，你偏要推辞，是不是跟头部的伤有关系？告诉我，眼睛究竟出了什么问题？”

陆雨桐低下头，朦胧的热气弥漫眼眶：“我不想瞒你，我的眼睛可能很快就会失明……”

夏允风的脸色瞬间比她的还惨白，他猛地抓起她的手腕往外走：“我不信！我们现在去找李博士，帮你彻底检查！”

“不用了。”

“陆雨桐，你能不能偶尔有一次不要这么急着拒绝我？！”夏允风发怒时，才让人想起他原本就是一头豹子。陆雨桐懊恼地别开头，拒绝他已成习惯，有些关心让人受不起。

夏允风索性将她打横抱起，迈出大门。

三日后。

陆雨桐接到孙秘书的电话，说解约协议有点儿问题，本该盖人事部的印章，他不小心拿成了财务专用章。

“小桐，章错了，你没发现吗？”孙秘书问道。

“没……可能当时赶着收拾东西，没细看。”陆雨桐有些慌乱地道。

“不管怎样，你抽时间过来一趟吧。把原本的解约协议也带过来，我打印了两份新的，你再签一次。否则万一到时候少总说协议无效，后果你知道的……”

陆雨桐知道，那种事情宋子迁绝对做得出来。于是她特意挑了个人少的下班时间进入大楼，许多员工已离开公司，楼层里十分清静。她进入熟悉的电梯，摁下按钮。

电梯刚要启动，一个高大的身影快步走来。她挂起面具式的微笑应对，自动退到靠里的位置。

宋子迁看到这张魂牵梦萦的容颜后，身上的每块肌肉瞬间绷紧，僵硬地迈进电梯。

她的眼睛好像看不见了。孙秘书是这样说的。

他站得笔直，面对墙壁上的镜子，一瞬不瞬地注视她。

陆雨桐保持着不变的微笑，脑袋低垂，视线落在紧闭的电梯门上，冷静淡然。

宋子迁的视线无法从她脸上移开。

短短一个星期，两人近在咫尺，她竟会无动于衷到如此地步？他做不到，他不信她能做到。那么解释只有一个，她的眼睛真的，真的……

他痛苦地闭了闭眼睛，全身绷得颤抖。

安静的空间里，时光仿佛凝滞。陆雨桐察觉到一道灼热的视线，下意识地将背挺得更直。想象得到，现在公司里关于她的流言蜚语那么多，每个人看到自己都会投来异样的目光吧。除了以微笑应对，她还能怎样？

宋子迁靠近她的那只手情不自禁地抬起，来到她的脸庞边，仿佛要碰触，却又悬着久久不动。

许是错觉，今日的电梯升得格外缓慢，陆雨桐抬起头，努力想看清红色的数字。她脸旁的大手，瞬间缩了回去，无力地垂落下来。

终于听到铛的声响，电梯门打开。

“少总？您……什么时候回来的？”孙秘书的问话同时传入两人的耳朵里。

血色蓦然从陆雨桐的脸上褪去，她虚晃了一下，飞快地扶住墙壁。

少总？是听错了吗？刚才同在电梯里的男人是他？此刻，她脑子里一片混乱。

孙秘书很快反应过来：“小桐？你也在！你跟少总……真巧。”

宋子迁敛起情绪，径自走向办公室，孙秘书赶紧跟上。

“这几天，公司有没有重要事情？”事实上，他这是多此一问。每天都有人在电话里及时向他汇报公司的情况，有风吹草动他能不知情吗？

孙秘书并不点破，配合地回答：“少总放心，这几天公司人人按部就班，一切顺利。”

“好。”宋子迁的脚步有些急促，仿佛要逃避什么。

宋子迁推开总裁室的玻璃门，路过空荡荡的秘书桌时，眼底悄然流露出细碎的情绪。

陆雨桐跟进办公室。孙秘书给她倒了杯热茶，道：“你先坐，我有事先进去跟少总汇报一下。”他从抽屉里拿出牛皮文件袋，进入总裁室。

陆雨桐坐在自己无比熟悉的座位上，有种落荒而逃的冲动。她用力眨眨眼睛，不安笼罩在心头。任何人都可以知道她的情况，夏允风可以，青桐若是发现了，也可以，唯独宋子迁，她永远不希望他知道。

总裁室内，宋子迁端坐在会客沙发上，十指相抵。他是个善于隐藏情绪的人，生意场上的对手常看不透他，孙秘书跟随他这么多年，依然看不透他。

“少总，其实今天小桐过来，我是故意试探她，想不到……唉！少总自己看。”孙秘书递上陆雨桐之前签的解约协议，直接翻到最后一页，“名字签错了地方，印章倒过来盖的。不只这样，我跟她说这是财务章，做不得准，需要重新签才行，她竟然真的过来了！”

宋子迁盯着那处根本没有出错的印章，心痛地不愿承认——她的眼睛看起来完好无缺，却跟失明无异！

“少总……”孙秘书迟疑道。

“让她进来！”宋子迁克制着强烈翻滚的情绪，解约协议被他慢慢揉皱。

陆雨桐听到脚步声，抬起头。孙秘书道：“小桐，少总正好回来了。这份新的解约协议，你当面跟他签吧。”她小心翼翼地走进总裁室，上前几步，站在曾经习惯的位置，望向办公桌后的身影。如此也好，看不清他的脸和表情，也不用对上他无情的目光。

宋子迁紧紧地锁住她美丽的眼睛。看不见了，是吗？究竟视力差成什么样，才会连他都认不出来？

时间分秒流逝，办公室死一般沉寂。陆雨桐开始忐忑，清清嗓子，道：“宋先生，请您直接在解约协议上签字盖章，给我一份就好。”

“你不打算在这里跟我面签吗？”宋子迁语调冷淡，刻意强调了“面签”二字。

“好……”最后这一步，她相信自己可以顺利过关。

宋子迁将新协议扔在桌上，看她在原地不动，道：“怎么，等我亲自送到你手上？”

陆雨桐轻轻吸气，走到桌旁摸起钢笔。他就站在桌子对面，目光灼灼，像是要把人看穿。她忍住心慌，拿起协议，直接翻到最后一页，俯身看了看，打算立刻签名。

协议被一只大手按住。

“不先审阅协议内容吗？这可不是你的风格。”宋子迁沉声道。

“上次检查过了。何况，这是孙秘书亲手拟的协议，我相信他。”

“那你信任我吗？”他很想从她嘴里听到肯定的回答。

曾经信任到愿意以性命交付——陆雨桐讥诮地扬起笑脸，却一声不吭。她暗暗找到签名处，正准备落笔时，宋子迁再度提醒：“陆雨桐，解约协议里，你的身份是甲方。所以，你是不是签错地方了？”

陆雨桐手一抖，钢笔从指尖滑落。她慌忙蹲下，将笔死死地攥住，揪紧的心脏开始发颤。原来自己是甲方，原来，这才是上次协议里真正的错处！孙秘书想必早已发现端倪，那么宋子迁……

宋子迁慢条斯理地继续说道：“孙秘书最近真是老眼昏花，我刚才重新核对了之前的协议，是人事部的印章没错，只不过被你盖反了。”

陆雨桐僵硬地起身，手脚发凉，脑中反复只有一句：他知道了！他知道了！

“陆雨桐，如果你有什么需要，尽管开口。”他来到她的身前。

“不用。”她无力再假装什么，在文件上找到甲方处，利落地签下自己的名字，“该你了，宋先生。”

宋子迁接过文件，却迟迟没有动作。如果她能够看清，就会发现他的脸色同样惨白。

他一下飞机便马不停蹄地赶回公司，只想确认孙秘书口中的那份“错误协议”，而不是像现在这样与她签字告别。从进入电梯那一刻到现在，发生的一切，全部超出了他的想象。

“宋先生，请你马上签字，不要浪费彼此的时间！”陆雨桐催促道。

“好……”宋子迁眼中无所掩饰的疼痛那样真实，她却看不到。

陆雨桐终于松了口气，大方地伸出手："不管怎样，这些年，谢谢你对青桐的照顾。"她为弟弟道谢，绝口不提自己。

宋子迁伸手握住，两只手只是稍微一碰，她便及时抽离。他掌心残留她指尖的冰冷，那股凉意直达心底。从此以后，他连跟她握手的机会也没有了吧……

离开秘书室前，陆雨桐对孙秘书鞠了一躬，吓得孙秘书连忙扶住她。

"真心感谢。这三年，要不是孙秘书耐心指导，很多工作我都不可能顺利完成。"陆雨桐真诚道。

孙秘书毫不吝啬地夸赞道："是小桐你自己有本事。我前前后后带了那么多年轻人，从没见谁像你一样能干！"

"以后自己多保重。我要走了。"

陆雨桐挤出笑，离开了这间曾经被她视作"第二个家"的办公室。

玻璃门内，宋子迁站在桌旁，失神地目送她离开。孙秘书抹去眼角的湿润，随后拨通了爱德私立医院的号码。

"李博士，您好，我是孙秘书。对，世兴集团孙秘书。我们少总有事需要你费心……什么？前两天夏少爷已经带陆小姐去做过检查了？哦，知道了，谢谢。"孙秘书叹气，少总若是知道夏允风如此关心小桐，会是何种心情？

这几天，夏允风每天早上准时上门，为她送早餐，然后载她去医院检查。跟李博士商量后，手术时间定在下周。这三年，她一直在为青桐出国留学做准备，拿积蓄买了股票，也做了一些小投资。手术费不是问题，问题是究竟要不要告诉青桐。

虽说在爱德私立医院做手术成功率是90%，可她这辈子还不曾碰到过什么幸运的事，万一结果成为那10%，青桐如何接受这突如其来的打击？陆雨桐坐在广场的长椅上静静地思考。

"姐，在做什么？有没有吃晚餐？"青桐的电话，打断了她的沉思。

"怎么这个时间打电话来？才下课吗？"

"嗯。一开学就好多事要忙，导师给我们安排了新课题。"

"忙的话不用挂念我，专心完成课题。对了，有哪所学校想申请的，记得告诉我，我帮你参考。"

"留学的事你不用操心，我心中有数。"说到学业，青桐语气里充满了自信和骄傲，"姐，明晚我会回家哦！"

“明天不是才星期四？”

“我年前研发了一款手表的智能芯片，有公司想要购买专利投入生产，约我明天下午过去签授权合同呢！”

“真的？”陆雨桐惊喜地站起来，展开连日来难得的笑容，“我弟弟真了不起！”

长椅的不远处，宋子迁站在路灯下，默默地注视她。灯光映着他冷峻的面庞，直到看到她笑，面庞上刚硬的线条才稍微柔和下来。

零点，世兴集团大厦笼罩在夜色里。

总裁办公室的灯依旧亮着，宋子迁微仰着头，靠在黑色皮椅上，眉间有道浅浅的皱痕。

广场上，他亲眼看见夏允风接走陆雨桐，她似乎很信任那个家伙，没有犹豫就直接上了人家的车。他不是不嫉妒的，只是他已有未婚妻，有什么资格嫉妒呢？

电脑传来一声叮咚。宋子迁坐正了身子，打开电子邮件。

Chenl——几个字母映入眼帘，他好不容易平静的心，又被搅动。当初若非为了得到代理权，陆雨桐也不会冒险跳崖，不会昏迷半个月，更不会有后遗症。现在她必须躺在手术室里，接受那 10% 的可怕考验，否则会永远失明……

宋子迁定定地注视着那几个字母，过了好一会儿才点开邮件。

原来，皮特先生回到法国总部，很快着手与世兴合作的事宜。但上次签约匆忙，还有许多细节需要重新商榷，他希望世兴能够派代表前去巴黎一趟。

“尤其是陆秘书，没有她就没有我们的合作，届时请务必带陆秘书一同前来！”这句话格外醒目，大有陆雨桐不到，合作便难以开展的意味。

宋子迁揉揉发疼的眉心，点燃了一支烟，陷入沉思。

第二天，孙秘书得知他在办公室里过了一夜，忍不住关心地念叨，最后叹了一句：“唉，如果小桐没走多好。”

宋子迁的心像是被针扎了一下，她走了，她的存在反而变得更明显了。孙秘书需要他，与 Chenl 的合作需要她，他……也需要她。但是他比任何人都清楚，陆雨桐走了就再不会回来了。

孙秘书看他脸色不佳，仍将打听到的消息如实汇报——

“少总，今天还是夏少爷陪小桐去的医院，连李博士都说，夏少爷像变了个人一样，对小桐体贴照顾，无微不至。我想，他是真的对小桐动了心，爱情的力量真伟大！”

最后一句，宋子迁真怀疑他是故意说的。宋子迁听得烦躁，差点儿把他赶出去。

“还有一件事要告诉少总，我照您的意思匿名赞助医药费，但是院方说，陆小姐拒绝任何赞助，她愿意自行承担一切费用。”

宋子迁早料到会这样，这一点真符合她的个性。也罢，她是个有计划的人，由她去吧。

孙秘书最后一次汇报，是在下班前。

“少总，李博士说，小桐的手术时间定在下周三上午九点。我已经帮您把行程调开，那天您随时可以去医院。”

“自作主张！谁说我要过去？”宋子迁拿起文件，一副认真的样子。他一再告诉自己，李博士和爱德医院的医疗水平在国内首屈一指，绝对不会有问题的。

可是孙秘书离开后，他为什么浑身难受，心里沉甸甸的，充斥着无法宣泄的担忧？

让人费神的不止这些，周棣那边也传来了让人惊心的消息。

金叶子又逃走了！确切地说，在他订婚前一天，她就悄悄地离开了医院。

宋子迁听得心浮气躁：“为什么不早说！上次就提醒过你，有情况要及时告诉我！”

“兄弟，我是为你好，订婚宴上发生那么多事，不想再给你添堵。不过金叶子果真狡猾，我为她治疗这么多年，都不知道她的疯癫症究竟是已经彻底治愈，还是她从头到尾根本就没疯过。”

“没疯过？不可能！”宋子迁难以想象，如果那个女人没有疯，却能在精神病院待上七年，得有多可怕！他和周棣常去医院看她，她跟其他病人没什么两样。

“子迁，你想想，一个计划和行动如此缜密的人，可能是疯子吗？”

宋子迁更为烦躁，忧心忡忡。

过去几年，金叶子都老老实实地待在医院，如今三番五次擅自离开，她打算去找陆雨桐姐弟吗？如果陆雨桐见到母亲，会不会太过激动？会不会影响手术？又或者，金叶子另有目的，跟当年的车祸有关？

……

无法安心工作，宋子迁开着车，沿着熟悉的街道，不知不觉又来到了小区前。

透过窗户看到里面黑漆漆的，她不在家吗？出去吃晚餐了？他忍不住想。离开他之后，她的生活变得越来越精彩，而他孤零零地像个幽魂，在街头游荡，所有意志力都战胜不了内心的渴望。

他沮丧地自嘲一笑。发誓一百次也没用，孤独烦躁的时候，心能安歇的地方，依然是这里。看着手表，时间分秒过去，转眼到了零点。

那扇窗户依然紧闭着，没有半丝光亮。一个念头恍然闪过，他突然惊跳起来，迅速推开车门，小跑着进入小区。果然，漆黑空荡的房间里，弥漫着久未通风的闷气。

她走了！

呵呵，早该想到了！既然解除了关系，以她的性子，怎么会愿意在这里多待一天？

他推开窗户，清冷的夜风迎面扑来。

这一夜，宋子迁独自站在窗户前凝望。

累了，一个人躺在床上。被子、枕头整洁如新，只是，不再有她的味道。

他闭眼，黑暗中，眼角有道浅浅的泪痕。

爱德私立医院。

陆雨桐安静地坐在椅子上，刚做了眼部检查，视野跟以前不同，看哪里都觉得白茫茫一片。

夏允风倒了杯温水，递到她手上。她抿了一口，面向李博士："医生，我现在的情况，周三做手术没问题吧？"

李博士推了推眼镜，道："应该没问题。"

夏允风不满地插嘴："我最讨厌你们医生说话，什么应该、可能、大概，永远没有个确定的答案。我只需要一句保证，这个手术肯定万无一失！"

"夏少爷，我已经说过很多遍，成功率 90%。你怎么比陆小姐还紧张呢？"医生道。

夏允风的脸色很难看，陆雨桐扯扯他的衣袖，道："我记得某人说过，他对医学很感兴趣，可遇到一点儿情况就紧张兮兮的，我觉得幸好他没在医院工作。"

"雨桐，你取笑我。"夏允风无奈道。

陆雨桐扬起嘴角："我绝对相信李博士。万一……我说的是万一，不幸成为那 10%，那也是老天的安排，我不会有任何怨言。"

"呸呸！别乱说话！如果是那样，这家医院就可以关门大吉了！"夏允风小心翼翼地扶她起身。

两人离开后，李博士办公室里悄然多了个身影。宋子迁从套间的检查室走出来，阴郁地坐在陆雨桐刚才坐的椅子上，严肃地盯着李博士道："我也需要一个承诺，这次手术必须万无一失！"

李博士头疼地摘下眼镜，道："要不这样，下周三做手术时，你跟夏少爷一起进手术室，一左一右保驾护航怎么样？"

"李博士，我没心情开玩笑！"宋子迁不悦道。

"我也没心情一而再，再而三跟你们保证啊！不过话说回来，夏少爷是喜欢陆小姐，紧张一点儿情有可原。宋先生，你呢？陆小姐已经不是你的下属，你这么关心她，不怕未婚妻吃醋？"

宋子迁一拳砸在桌上，桌面上摆放的医生名牌扑通倒下。

"身为医生，李博士似乎太多管闲事了！"说完，他大步离开。李博士竖起自己的名牌，若有所思地笑了笑。

医院门外，夏允风去停车场取车，陆雨桐站在树荫下等他。她微微仰起脸，弯起了嘴角，闻到初春的气息，感觉一切都在重生。

隐约见有人影过来，陆雨桐往旁边让开了两步。

不料，那影子在她面前停下，用一种奇怪的语调说："让你照顾好弟弟，你倒把自己弄瞎了。"

这声音，这话语……她如遭电击，难以置信地开口："你……你是妈妈？"

金叶子戴着一顶鸭舌帽和口罩，只露出一双美丽的眼睛："难为你能认出来。"

"妈……"陆雨桐再开口的时候，眼泪迅速弥漫眼眶，"我一直相信你还活着，我跟弟弟一直在等你回来！"

"我是回来了。"相比她的激动，金叶子连眼神都相当冷静。

陆雨桐脸上又是笑又是泪："妈……其实你一直在我们身边，所以知道我眼睛出了问题，对不对？可这些年，你为什么一次都不出现？你去了哪里？为什么到现在才来找我们？"

"别问了！"金叶子挥开她伸过来的手，退开了几步。

陆雨桐失望地收回手，不敢再动。她道：“好，我先不问。但是我一定要亲口告诉你，从小到大，我和青桐没有一天不在盼望你回家，我们……”

察觉到有人往这边看，金叶子立刻拉低帽子，道：“我走了！”

“妈……”她还有好多话没说，妈妈就要走了吗？

“下次我再找你。”金叶子避过人群，快步跑进医院旁边的小巷子里。

陆雨桐哪里舍得？她马上追过去，大喊：“你先别走，妈……等等我！”巷子里地面凹凸不平，她太过急切，踉踉跄跄地追了好一段路，脚下突然绊到半块砖头，整个人往地上扑去。所幸不知哪儿来的一双大手，及时扣住了她的腰。

她脑子里正一团混乱，摸到对方熟悉的西装袖口，直觉喊出：“允风，刚才那个是我妈，帮我追她！帮我！”

金叶子？宋子迁恼火地拧眉，可看到她脸上泪迹斑斑，又情不自禁地抬手为她擦拭。陆雨桐却一股脑儿将他往巷子那头推。

“拜托你，快点儿去追！我不想……妈妈再一次消失不见……”

宋子迁咬咬牙，放开她，拔腿追过去。

陆雨桐扶住巷子的墙壁，一双眼睛睁得老大，看着高大的身影跑得越来越远。

夏允风开车出来，在树荫下找不到人，急得立刻跳下车，终于在巷子里发现了她。

“雨桐，你怎么跑到这儿来了？”

陆雨桐急切地转身，问道：“怎么样？有没有追到她？有没有……”

“你怎么哭了？”夏允风看她满脸泪痕，脸色大变，“发生了什么事？”

刚才那人不是他？

似一道电光劈进心头，她睁大眼睛，慌忙摸了摸夏允风的衣袖。不是，他今天没有穿西装。可那个坚定霸道的怀抱，好熟悉，难道是宋子迁？怎么可能？这里是医院，他怎么可能出现，还正好及时抱住跌倒的自己……

夏允风慌忙扶住她，道：“雨桐，你吓到我了。你没事吧？”

“没事……对不起，让你担心了。”她的心彻底乱了。

夏允风温柔地为她抹去泪痕，抱入怀中，轻声道：“不管发生什么事，我都希望在你身边，保护你。”

巷子另一头是繁华热闹的步行街，宋子迁没追到人，匆匆返回，看到相拥的两人，黯然地停下脚步。

夏允风背对巷口，没发现他的存在。而陆雨桐对着他所在的方向，美丽的面孔微微仰起。

两人似隔空相望，可惜，她眼中没有他，再深远的目光也无法交集……

宋子迁按住紧窒的心口，深吸一口气，颓然地退出巷口。

刚才，他没来得及追上金叶子，但是在熙熙攘攘的人群中，捕捉到了她的背影。他几乎怀疑自己弄错了。黑色羽绒服，鸭舌帽，大口罩——云天酒店传来的视频里，那场婚宴风波的幕后黑手正是这身打扮。

金叶子这一连串的行动，究竟有何目的？

这几日，陆雨桐遵从医生的嘱咐，安心在家休养，为手术做准备。

可只要一个人时，她总忍不住想，那日宋子迁到底有没有追上妈妈？如果追上了，他们有没有说什么？妈妈下次出现，会是什么时候？

她努力不再想他。

从来没有真正拥有过那个人，爱与痛，早该结束了！所以，她很认真地筹划未来。等眼睛康复后，她就马上找份新工作。总之，生活重新开始，她不要再为谁辛苦，每一天都好好地过……

宋子迁也一样，在努力地摆脱过去。

他不会刻意去想她。即使孙秘书不时地提起她，即使跟她在街头不期然偶遇，即使总是不由自主地担心她的病情，即使……他所表现出来的依旧只有冷漠，没人能看透他的心思。

她与他，都在努力忘却中度日如年。

终于，到了手术的前一天。

“姐，我想麻烦你一件事。”晚上七点多，青桐突然从学校打电话回来，“我年前借了同学一个黑色U盘，里面有很多重要的资料，现在同学有急用，需要马上还给他。”

“你放在哪里？姐姐一会儿给你送过去。”

“好像……留在以前老房子我卧室里的枕头下，搬家时忘记带走了。姐，你方不方便现在去找？”

“好。我这就去。”

春季天气多变，阴晴不定。

陆雨桐出门没多久，天空就下起了小雨。出租车开到小区门口，她下车后小心地跑进楼里。在电梯里按下最熟悉的数字，她心里有种难以抑制的紧张。

自搬离后，她以为自己再也不会踏入这里，没想到为了青桐，又来了……

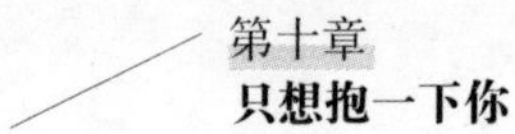

第十章 只想抱一下你

屋子里。

宋子迁躺在床上，呆呆地望着天花板，思绪缥缈。

他来了，心，不想走了。陆雨桐的一颦一笑、一举一动都在黑暗之中逐渐变得清晰。

她喜欢站在客厅的窗前沉思、凝望，喜欢拿一个很大的半透明马克杯冲咖啡，说这样喝起来比较过瘾，一杯抵得上两杯。他担心过她喝完后会胃疼，不过终究一个字都没说出口。

她做的饭菜其实很香，很合他的胃口，可惜他从来吝啬夸赞。晚餐后，她喜欢靠在沙发上，抱着平板电脑浏览新闻，从财经报道到娱乐头条，全扫一遍……以前不曾在意过她的一举一动，没想到在了断之后的日子里，会时常不经意地想起。

耳边传来轻微的声响，好像有人在开门。

是幻觉吗？宋子迁警觉地下床，闪身到卧房门口，敏锐地查看外面。忽然他浑身一震，不敢相信自己看到了什么……那抹倩影跟想象中的一模一样！他狠狠地甩甩头，发现倩影竟然还在，呼吸顿时静止了。

陆雨桐进了屋，反手轻轻地关门，摸索到墙壁上的开关，开了灯。

搬离时她只带走了个人的东西，许多家具与物品仍在。她在玄关处习惯性地换了拖鞋，伸手摸了摸鞋柜，摸到鞋柜尽头，估摸了一下方向，再径直朝青桐原来的房间走去。

这段日子，她已经适应这种朦胧中点点黑影的感觉，那些障碍物，只要脚步慢一点儿，小心地避开就好。

两间卧房相邻。卧房里没有开灯，一半笼罩在暗色中。

陆雨桐伸手摸到了墙壁，脚步突然停了下来，微微蹙眉。

宋子迁僵直地靠在门边，屏住呼吸，眼睛紧紧地注视着她。她脸颊上已经多久没见一丝红润了？苍白得几近透明。走近他身边时，她神色如常，俨然把他和身后的门板混为一体。

明明近在咫尺，触手可及，她却完全没看到他。

难道，真的一点儿都看不到了吗？

他看着她，从她的头发到脚尖。几缕微湿的发丝贴在脸颊上，那对眼睛迷迷蒙蒙的，像隐藏在薄雾里的星子，闪烁着柔和的清光，多么美丽，又多么柔弱，可是……她永远不会再属于他了！

这个想法，几乎刺痛了他的神经，五脏六腑都跟着紧缩起来。

陆雨桐感觉到了一丝异样，有种若有若无的熟悉气息在空气中飘散。她的心狠狠一抽，扶住墙壁的手指瞬间变得冰凉。

不可能……

一定是进入这间屋子，情不自禁地想起了他，才会莫名地感受到他的味道。心里一紧张，脑袋随之传来疼痛，她抚住额头，垂下眼睫，大口大口地吸着气，不断地告诉自己，找到东西就走，不要胡思乱想。

宋子迁眼底流露出比她更痛的神色，好似费尽了全身的气力，才抬起一只颤抖的手，渴望地朝她伸去。好想好想摸摸她，抱在怀里抚慰她……

快要碰触到她柔软的发丝时，陆雨桐突然抬起头，双唇抿了抿，不再迟疑地进入青桐的房间。

宋子迁一只手悬在半空中，久久忘了收回。他悄然挪步，走到隔壁房前，一刻都舍不得错过她的身影。

陆雨桐站在床前，估摸着方向。她做事向来条理分明，当日离开前特意整理过床铺。如果之后没有其他人来过的话，青桐说的U盘应该落在床背附近。

宋子迁眼里闪过一丝担忧，她在找什么？需要帮忙吗？

陆雨桐蹲下，伸长胳膊，在墙壁与床靠背的角落，终于摸到了U盘。她舒了口气，将东西攥在手里细细摸索，形状、大小都符合，应该没错。

接着，她起身，站在卧房里呆呆地回望了一圈，不敢再停留。这个地方似乎连空气中都飘浮着回忆的味道。她害怕那种感觉，像是随时会将深埋在灵魂里的知觉唤醒一样……穿过客厅，再走几步就到门口，忽然想起卧房的灯好像没关，她蓦地又回过头来。

宋子迁本是悄无声息地跟在她后面，没想到她会突然转身，吃了一惊，无暇多想，飞快地往旁边躲。

细微的声响终于引起了陆雨桐的警觉。

“谁？”她浑身紧绷，一股寒意窜上后背。

宋子迁犹豫着要不要开口。

陆雨桐往后挪步，心紧张得快要蹦出来。屋子里有其他人！若是以前，她绝不会如此害怕，昏暗的视觉无端地加深了恐惧。

“谁？说话！”她又问了一遍，确定了可怕的猜测，因为那脚步声往自己身前挪动，隐约可见一抹黑色的影子。她退到鞋柜边，摸到旁边的雨伞，立刻抓在手里，才安心了不少。

宋子迁无奈地注视着她的眼睛，自那日在办公室跟她签订了解约协议后，他们这是第一次正面相见。遇到了，却是这般情景。

“是我……”一声幽幽的叹息声逸出。

陆雨桐几乎昏倒，手指一松，雨伞连同U盘一起啪地落在了地上。

宋子迁！怎么可能，真的是他？她脸色煞白，深深地吸着气，酸涩霎时涌到喉间。

“对不起，吓到你了。”宋子迁沙哑地说。

陆雨桐飞快转过身——啊，U盘！为了掩饰慌乱，她立刻蹲下来四处摸寻，摸着摸着，动作慢慢地停下，空洞失神地望着某处，脸上闪过一丝哀伤。

原来自己进门前，他已经在屋子里了。那么，刚才她的一举一动，他看得清清楚楚吧。他会不会觉得可笑，还是同情、怜悯？

心，像是被某种尖锐的东西划过，她紧了紧手指，一次又一次地调整着呼吸，维持着冷静的面容，希望自己看起来不至于太狼狈。

宋子迁也蹲下来，捡起落在鞋柜不远处的U盘，递给她，道：“你是在找这个吧。”

冰凉的指尖被他握住，她轻颤了一下。他的手很有力量，被他碰到的皮肤感觉到一种热烫。U盘落入掌心，她立刻受了惊吓似的缩回手。

宋子迁的手当然烫，因为从看到她的那一秒起，浑身的血液就开始激烈涌动，搅得他的身心都是滚烫的。

感受到他的灼灼视线，陆雨桐难堪极了，痛恨自己碰到他，为何还会有这么大的反应？不是已经释然、淡忘了吗？为何他的声音、他的碰触，乃至他的呼吸，依然能严重影响到自己？

对，就是这套房子，还有这双该死的眼睛。她闭了一下眼睛，两排密密的睫毛微微颤动，然后尽量用淡然的语气说：“谢谢。”门就在几步之外，只要走出这里，她就可以不用再强装镇定，然后潇洒地留给他一个背影。

陆雨桐咬咬牙，霍然起身，许是蹲得太久，又起得太急，她脚步虚晃，本能地去扶旁边的鞋柜。宋子迁迅速抓住她的手，稳稳扶住。她的脸色更难看了，轻轻地推开他。

“谢谢。”她的语气已不如前一刻稳定。

她转身，走向门口。

“雨桐……”宋子迁盯着她倨傲的背影，沉重地喊她的名字。

他从不曾如此喊过她。

陆雨桐一凛，伸手去摸门锁。

她要走了！亲眼看到她再次离开这扇门，他什么理智都抛到了九霄云外，猛地上前抓住她，不顾一切地紧紧抱住。

陆雨桐连思考的余地都没有，脑海中一片空白。

“你……你发什么疯！”后背紧贴着他的胸膛，一股男性的气息围拢过来，她心慌意乱地挣扎。他双臂如钢铁般紧紧地箍住她的腰肢，用力怕伤到她，不用力又怕她逃开。

“你放开！”陆雨桐大口吸着气，同时用手肘顶他的腹部。

他不但不放，反而抱得更紧，又将满含思念的脸庞埋进她的发梢。

“宋子迁！”

宋子迁没吭声，贪婪地吸着属于她的独特的清香。

“放开……你给我放开！”她喘息着，冷静的面具彻底崩裂。

“我只想抱一下，就抱一下。”他贴着她的颈窝，沙哑地恳求。

陆雨桐胸口一阵闷痛，后背传来他一声强过一声的心跳，同时也听到自己剧烈的心跳声，快要窒息……

然后，不知道怎么的，他忽然扳过她的脸，在她震惊时，将灼热而渴望的嘴唇紧贴上她的。火焰在一刹那熊熊燃烧，他周身的血液像海浪一样喧嚣奔腾，想带着怀中的她一起焚烧。如果还有一丝理智，宋子迁想自己绝对不会这样做。可是，这也不过是短暂的几秒钟，她诱人的气息像毒药……

陆雨桐从仓皇中挣扎出来，不假思索地挥出一巴掌。

他的心沉到了谷底，瞬间清醒。而她虚软的身子，因自己强大的力道，反震得脚步凌乱，被旁边的鞋子一绊，整个人跌倒在地。

“雨桐……”宋子迁懊悔地喊。

“不要过来！”她挫败地警告道，心里有种想哭更想发怒的冲动，掌心传来火辣的疼痛，跌倒的时候，右手正好划过了某个尖锐的物体。

宋子迁没错过她拧眉的瞬间，心里一紧，立刻意识到了什么。

“说了别过来！不许碰我！”陆雨桐浑身竖起了利刺，不再掩饰情绪。他听不懂警告吗？他有什么资格再碰她，凭什么再羞辱她？！

“你受伤了，让我看看。”

“不关你的事，让开！”

“雨桐……”

“不准叫我的名字！你没有资格！”陆雨桐握紧手指，感觉掌心流出了黏稠的液体。她站起来，牙关咬得紧紧的。

宋子迁的视线从她倔强的脸庞转到她的手上，指缝间淌出的斑斑殷红刺痛了他的眼睛。他做不到视若无睹，飞快地握住了她的手腕。

陆雨桐倒吸了一口气，心想他肯定是疯了！轻薄了她之后，他还想怎样？

“先处理伤口！”他不容分说地拉着她往客厅走。

“不需要你假惺惺……”心如刀割的感觉，一次就好。

宋子迁握住她的那只手，见上面血丝仍在蔓延，闭了闭眼睛，飞快地将她打横抱了起来。

“不准再反抗！”

她眼睛睁得很大，不知道他这是在后悔还是在担心。

“宋子迁！”

“闭嘴！你知道反抗不了我。”

该死的他说得对极了。以前她反抗不了他，不，应该是从没想过要反抗，可此时此刻，听他霸道的语气，她心口发颤，竟有种难以言喻的害怕，生怕一反抗，他又要做出什么疯狂的举动。于是，陆雨桐抿住嘴，不打算再开口。

宋子迁抱起她走到沙发前，轻柔地放下。

“坐着，我去拿药箱。”他说得言简意赅，瞬间恢复了她最熟悉的冷漠。

可是只有他自己知道，此刻无数种强烈的情绪在胸口撞击、翻滚，如果不强装冷漠，光是看着她的眼睛和受伤的手心，他就会做出难以预料的举动。

他不想再吓到她。

陆雨桐僵硬地坐在沙发上。

宋子迁很快取来白色小药箱，抬起她的手，只见白嫩的掌心里被划开了一道口子，约莫三厘米，伤口不浅，鲜血仍在往外渗，已经沾满了大半个手掌，看起来触目惊心。他拧着浓眉，迅速打来一盆温水，拧干毛巾轻轻地擦拭。擦净血迹后，他才夹起棉签蘸上药水，擦洗伤口。消毒水带来的刺激，让陆雨桐瑟缩了一下。

宋子迁眼中藏着心疼："痛吗？"

陆雨桐没回答，手上的伤算什么？这点儿痛，跟心里的比起来，实在微不足道。

"伤口有点儿深，忍着点儿。"

她闭上眼睛，一声不吭。他何时如此有善心了？之前不明白，后来才想通。他每次对她好，都有目的，当她失去作用和价值，他就会像在订婚宴上那样当着所有人的面，对她落井下石。那样血淋淋的教训，终生难忘！

她不给回应，宋子迁依旧小心翼翼，动作谨慎到近乎笨拙，想起有一次自己后背受伤，她每天帮忙换药的事。如果，那时候她也喜欢他的话，一定很煎熬吧……

时间分秒过去，他处理得很慢。

陆雨桐闭眼忍耐着。终于，他清洗完伤口，开始撒止血药粉。

"明天的手术，一定会成功的。"

忽然听到这么一句，陆雨桐猛地睁开眼睛，死死地盯着他。

他知道了，有必要如此直接揭穿吗？她恼怒地想。

"别动。"宋子迁飞快地握住她的手掌，喉结急促地滚动了一下，"雨桐，我知道你心中有诸多怨恨，但是明天，你会平安顺利！"他低下头，继续处理刚才又渗出来的血丝，然后覆上纱布。

可以走了吧！陆雨桐没有问，径自起身。

宋子迁看着她，每次她拒绝对话的时候，他真的无可奈何。

"伤口不要碰水，有什么需要可以找人帮忙。"他马上自我纠正，像是自言自语，"手术后你应该会在医院休养一些时日，有护士照顾也好。"

陆雨桐置若罔闻，找到门的方向，一步一步走过去。

宋子迁站在沙发前，没有追过去，不轻不重地抛出一句话："那天在巷子里，你知道那个人，是我吗？"

闻言，陆雨桐僵住了。他上前两步，再问："那天明明是我抱了你，你却叫着其他男人的名字，你真的没认出来是我吗？"他知道自己已经不可能拥有她，但被误会成夏允风，他的心里不是没有芥蒂的。

陆雨桐深呼吸，慢慢地回过头来，总算开了口："你追到她了吗？"

宋子迁又上前了两步，审视她难以隐藏的激动。

"雨桐，这么多年，你从没提过你妈妈。"

她嘴角颤了颤，道："你只要回答，你追到她了吗？"

金叶子，人没追上，但已经确定她就是那个破坏订婚宴的幕后黑手，这个事实让他如何说？引发风波的那张照片，是金叶子故意公之于众的，不管她有何目的，连亲生女儿都一并伤害的事实，他如何能说？

等不到回答，陆雨桐嘲弄一笑："算了，当我没问。"

"我送你回去。"

"不必！"

"让我送你回去，我就告诉你那天的情况。"外边在下雨，她的眼睛又看不清，他无论如何都不放心，"而且我所知道的，比你想象的要多很多。"

陆雨桐迟疑了许久，最后艰难地点头。宋子迁笑了，笑得苦涩。

电梯直通负二楼停车场。

电梯里，陆雨桐刻意与他保持着距离。

宋子迁没有逼近，能送她回家，两人有机会多相处一会儿，他已经很满足了。

她认真地望着他道："现在就说吧。从医院那天说起，你到底有没有追上我妈？"

"没有。"简单的两个字，让她脸上的期待急速坠落。

"但是，我看到了她的样子。"

"真的？"她眼中重新闪现激动的亮光，抓住他的衣袖连声问道，"她过得好吗？看起来怎么样？"

宋子迁只是低头看着她。要是说出金叶子在车祸之后，容貌已毁，不再是昔日娇美的万人迷，她会很伤心吧？

“你说啊，她现在是什么样子？”从小到大，她和青桐做梦都希望看妈妈一眼。

“电梯到了，一会儿再说。”他牵起她的手。

陆雨桐轻轻收回，低声道：“我自己会走。”

宋子迁想起在医院时，亲眼看到夏允风牵着她，忍不住有些嫉妒。

“难道，我连为你引路的资格都没有吗？”

“我只是不需要。”

“是不需要人引路，还是仅仅排斥我？”

“都有。后者更多一点儿。”陆雨桐摸到门框，率先走出电梯。

宋子迁憋足了气，上前握住她的胳膊，质问中夹杂着挫败：“夏允风就可以？我是浑蛋，那个家伙又能好到哪里去？”

“至少，他没有未婚妻。”她拿着一把尖锐的刀，准确利落地戳进他的心窝。

许久，他干涩地挤出一句：“难道……你跟我已经是陌生人？”

陆雨桐推开他的手，转身返回电梯，道：“我想，我已经没有必要继续跟你交谈了。”

“陆雨桐！”他冲过去按住门框，深深地注视她。

“不要进来！”陆雨桐摸到电梯的关门键，用力地按。

他对着她逐渐消失的身影，痛楚地发自肺腑地低喃：“或许我跟你……从一开始便注定是孽缘。”

看到她，他会情不自禁。想到她的母亲，他又会矛盾挣扎。

他想，只要确定她明天手术成功，两人以后最好再也不要相见了。

停车场，整齐地停着一辆辆小汽车。

夏雪彤找好停车位，熄火准备下车，看到电梯口的两人，脸蛋倏地扭曲起来——是子迁与陆雨桐！他握着她的胳膊，说了那么久，最后还依依不舍地送她进电梯……

此刻，电梯门早已关闭，他还失神地靠在门边，不知道在想什么。

夏雪彤立刻掏出电话。

“迁，你在哪里？”

“外面。”

“哪个外面嘛？”她极力用娇柔的嗓音说。

“对不起，彤，我还有事，先挂了。”他丝毫没察觉到背后的某辆汽车里，一双充满怒火的眼睛。

夏雪彤愤怒地将手机扔在座位上。

“陆雨桐，你可恶！”如果不是孙秘书透露，少总可能到“美林花园”这边有事，她就不会看到刚才的那一幕，也不会发现那两人还藕断丝连！

雨，比来时大了许多，淅淅沥沥。

车子驶出小区，沿着街道滑过。路边的士站台前，一个纤细的身影那样碍眼，让夏雪彤尚未平息的怒火霎时蹿得更高。

陆雨桐撑着伞，安静地等车，突然雨伞被人夺走，接着听见它被狠狠地摔在地上的声响。

她惊恼不已：“是谁？”

“陆雨桐，才几日不见，你就不认识我了吗？”

“夏……小姐？”刚打发走宋子迁，马上又来一个蛮不讲理的大小姐，他们是约好的吗？陆雨桐蹲下去捡伞。

夏雪彤一脚将伞踢开，厉声骂道：“你这个不要脸的狐狸精！”

陆雨桐抬起头，极力忍耐着怒火，道：“夏小姐，请注意你的言行！”

“我说错了吗？你再三勾引子迁，刚才我亲眼所见，难道又冤枉你了吗？”

陆雨桐脸色发白，如果早知道宋子迁正好在这里，她一定会避开。不过，任何解释都没有意义，夏雪彤已经认定了事实。

“无话可说了是不是？陆雨桐，你承诺过会永远离开，你没做到！是你对不起我！”夏雪彤抓着她的肩，气恼地摇晃。

正好有几个行人朝站台走来，发出惊呼。

“看，那两个女的是在打架吗？”

“不是，是一个在欺负另一个吧！”

“……”

夏雪彤怕被人认出身份，用力推开陆雨桐，转身钻进车里，迅速离去。

地面湿滑，陆雨桐被推得踉跄不稳，跌坐在地上。雨水顺着她的脸颊滑落，夜风一吹，冷得她不住发抖。

好心的行人快步走过来，扶起她：“小姐，你没事吧？”

“没事……谢谢。”陆雨桐捡起雨伞，眼角一颗滚烫的水珠溢出。

当晚，夏雪彤终于在周棣的酒吧里，找到了宋子迁。

“迁，我找了你一晚上，特意来告诉你一个重要消息。不过你应该已经知道了。”

“什么消息？”

“陆雨桐上次头部受伤留下了后遗症，眼睛出了问题，明天要进行手术。如果手术失败，她就会变成瞎子！”

宋子迁全身骤然绷紧，虽然明知道李博士不会让手术失败，但亲耳听到“瞎子”两个字，他仍是难以接受。

夏雪彤悄悄地观察他的脸色，进一步试探：“迁……明天，你要去医院吗？”

宋子迁的胸膛微微起伏，沉声道：“不去。”

“真的不去？再怎么说，当初她也是为了那份合约才受伤的。”

“我明天还有很多工作要忙，没时间过去。”

“可是，你能放心？”

宋子迁抬起她的下巴，道：“陆雨桐毕竟是为公司而受的伤，于情于理都该给予关心。所以，我派了孙秘书过去。这样的答案，你满意吗？”

夏雪彤挽住他的手臂，笑道：“说得我好像只会吃醋、蛮不讲理一样。不过，这样的答案，我很满意。”

如果明天没有意外，宋子迁也坚定地认为，自己能说到做到。

第二天，他七点钟准时进入办公室，发现孙秘书果真没有帮他安排上午的工作。于是他亲自动手，把下午的工作，甚至明天、后天的工作，一齐挪了过来。

孙秘书赶到公司时，吓了一跳，想不到他会来这么早。

“少总……您今天可以好好休息一个上午的。”

宋子迁翻阅着文件，声音很淡，目光却很锐利：“你觉得我有时间可以休息？”金笔点在文件的页面上，暗示自己的忙碌。

孙秘书只好退出总裁室，玻璃门刚要关上时，听到他喊：“孙秘书。”

“什么事？少总。”孙秘书立刻返回。

“上午没有安排工作的人，似乎是你。”

“哦……是的，少总。”孙秘书岂能不明白他的言下之意，“我只是过来取点儿东西，现在还早呢，我一会儿就赶去医院。反正有任何消息，我都会第一时间向您报告的。”

宋子迁不动声色地看了看手表，七点四十五分，不再多言。

夏雪彤特意打来电话，半开玩笑地说："迁，如果你突然改变主意，想去医院了，记得跟我报备一声哦！否则，我会生气的。"

他很肯定地回答，不需要。

可是，从挂断电话的那一刻起，他的眼皮就跳个不停。

时钟嘀嗒嘀嗒，仿佛整个世界都充斥着钟摆的声音。

原本无比坚定的他，开始心慌意乱。孙秘书去医院大半个小时了，竟然连条短信都没有。办公室待不下去，他独自到商场的各大专柜巡视了一番。回来之后，想法颇多，于是他决定立刻召开各部门行政会议。

这场临时会议充满了紧张和怪异的气氛，谁都看得出来，他们的少总心不在焉，脸色绷得异常难看。一个行政主管战战兢兢地汇报工作，话没说几句，宋子迁搁在桌上的手机急促地震动起来。

"少总，不好了，出事了！"

孙秘书的慌张让他屏住呼吸。

"出了什么问题？"

"手术室中传出消息，不知怎么的，李博士跟他的助手突然头晕，手术进行到一半，无法正常继续……"孙秘书急切道。

手机从指间坠落，重重地落在桌上，在安静的会议室里发出巨大的声响。

众行政主管目瞪口呆地看着他们的少总。

宋子迁面色灰白，高大的身躯剧烈地晃了一下，双手撑在桌面上。他决定要放手，也答应过不再打扰她，不再出现在她的面前。他不想去医院，真的不想。可是……

可是，陆雨桐，你为什么要逼我？

手术室。

陆雨桐无声地躺着，被推进手术室注射麻醉之前，她还对夏允风说过：

"你知道吗？其实我很怕死。哪怕成功率有90%，也曾让我好几天食不知味。人真是很奇怪，有的事情第一次做的时候，勇猛无畏，再来一次，反而怕了。我曾在鬼门关转过一遭，胆子变小了。

"允风，我其实最担心自己的运气。我还有好多心事未了，想看着青桐结婚生子，事业有成。想看到我妈，等她回来一家团圆。我还想跟别的女孩一样，好好谈一场幸福的恋爱……”

可是此刻，她正躺在冰冷的手术台上，全然不知外面的状况。

“怎么样？李博士，您还可以吗？”护士紧张地问道。

李博士极力保持镇定，他才刚在患者头皮上划开两刀，眩晕感就猝不及防地袭来，拿手术刀的手指控制不住地轻颤。旁边的副手也是相同的症状。这种时候，他们根本无暇思考为何会突然眩晕，如何保障病人的安全才是关键。

可事实上，他们如果继续手术，危险系数恐怕是90%。另一名助手按住手术的刀口，鲜红的血液很快浸湿了纱布。

“李博士，请您尽快做决定！如果手术不能继续，就必须立刻缝合。”

李博士的脸色跟灯光一样惨白。护士看着他额头上的冷汗，毫不犹豫地道：“李博士，我们都听您的指挥！”李博士深知，床上的陆小姐无显赫的家世，无特殊的背景，却是全市最有分量的两个年轻男人所珍视的女子。

正因如此，进入手术室后，他也格外重视，对患者身体的数据重新仔细地检查了一遍，才宣布开始。否则，现在面临的情况就不只是下去两小刀，而是已经在开颅当中。那种情况下，哪怕只耽搁一秒，都会造成巨大的伤害，患者随时会丢掉性命。

这恐怕是不幸中的大幸。

但是，要就此缝合伤口，停下一切吗？

天空又下起了雨。

宋子迁不知自己一连闯了多少个红灯，脑子里除了要尽快赶到医院，一片空白。眼看医院就近在前方三百米，街道却越来越堵。他一咬牙，毅然推开车门下了车。

雨声淅沥，一个西装笔挺的男人在路边飞奔。雨点打湿了他的头发、衣服，他浑身肌肉紧绷，牙关始终是紧咬着的。

斑马线那头，绿灯刚亮，他便不顾一切地冲刺过去。

医院的人都惊讶地看着这个头发滴着水珠的男人。

他只喘了一口气，便立刻跑进电梯，直奔手术室所在的楼层。

“孙秘书！”

孙秘书还来不及回答，双肩已被人用力按住。

宋子迁睁着发红的眼睛，问道：“怎么样了？”

“少总……”他才打完电话不到十五分钟，少总怎么过来的？

“情况怎样？”宋子迁粗声问，双手却放开了他，紧盯着手术室门上的灯。灯还亮着，手术仍在进行中。可是，李博士和他的助手不是头晕吗？

孙秘书紧张地搓搓手，具体情况他一时也说不清楚，只能道：“少总，您别担心，刚才院长也进去了，不会有问题的！陆雨桐那么坚强，老天爷会眷顾她的！”

宋子迁一拳捶在墙上，连院长都要亲自进去主持大局，问题还不够严重吗？

夏允风从长椅上缓缓起身，看了他一眼，也转向紧闭的手术室门。

“雨桐说，等她的眼睛好了，要开始幸福的新生活。”

宋子迁面色一僵，竟然无从接话，出神地望着门上的那盏红灯。

陆雨桐，你能不能别这样逼我？你想跟其他男人谈恋爱，可以！你想开始新生活，也可以！只要你撑过这一关，让我永远消失都可以！我要的，只是你的平安……

突然，手术室门上的灯灭了。

门被人从里面拉开，护士走出来。在外面守候的人立刻有了反应，宋子迁和夏允风同时冲过去。最先开口的却是孙秘书：“里面……病人的情况怎么样？”

“唉！”护士一声叹息。

宋子迁心中升起恐惧，嗓子更加紧绷了。他努力朝里面看去，手术室里宽敞、空荡，中间是手术台。明亮的灯已熄灭，空气中充斥着消毒水和淡淡的血腥气味，隐约看到一具娇柔的躯体躺在上面，一动不动，身上还插着几根管子……恐惧让他难以呼吸，他张了张嘴，却无法喊出她的名字。

夏允风也一样紧张，抓住护士逼问：“到底怎样？快点儿说啊！”

好在院长现身了，抹着额头上的汗珠亲自回答：“有惊无险，手术成功。”

夏允风欣喜地抱住他：“不愧是院长，谢谢！”

宋子迁直直地站着，听到结果的那一秒，流失的气力瞬间回归。他来不及开口，一只素白的手拉住了他的衣服。

夏雪彤站在他身后，目光幽怨，第一次连名带姓地叫他：“宋子迁，我说过，我会生气！”

“彤……”

“这一次，我真的很失望！”她掉头就走。

夏允风一把揪住他的领口，低吼：“我妹妹生气了，还不赶紧去追！”

宋子迁咬紧牙关，抓住他的手腕慢慢拉开，再朝手术室投去深深的一瞥，最后举步离开。

一个小时后。

宋子迁回到了公司，坐在办公室里沉思。

孙秘书进来，道："少总，您不用担心，手术很成功。夏允风在陪着她，不会有事了。"

"嗯。"他淡淡地应声。

"还有，李博士和助手之所以突然出现眩晕感，也查到原因了。"

宋子迁猛然抬起头看他，目光锐利。

"原来手术前，有人在他们的茶水里下了药。现在，医院正在紧急调查。少总，这件事可能是故意针对小桐，有人想害小桐啊！"

宋子迁找出一支烟，走到窗前有一口没一口地抽起来。

"少总，我们要不要也查一下？"

"以后她的事，无须再向我汇报。"

"什么？"他听错了吗？少总明明在乎得要命，干吗突然装出一副冷淡的样子，"少总，是不是夏小姐很生气，不准您再关心小桐？"

宋子迁蹙眉，深深地吐出一口烟圈。雪彤是很生气，他追出医院找过她，已经道过歉，其他没什么可解释的。如果她还信任他，自然会冰释前嫌。

孙秘书望着他僵直的背，管他想不想听，一股脑儿说道："听说李博士调取了监控录像，发现倒茶水的其实是医院的一名姓陈的护士。可陈护士在爱德工作了多年，爱岗敬业，为人友善，跟小桐更是无冤无仇……"

宋子迁没出声，一颗心却沉到谷底。爱德医院是以富豪、权贵为主要服务对象的贵族医院，监控防护方面的严密可想而知，能在爱德医院做手脚，且能准确把握时间的人，非同一般。简单的调查不可能得到真相。

如果有人蓄意针对雨桐，那她现在住在医院，安全吗？

医院，病房里很安静。

陆雨桐睡睡醒醒，在加护病房观察了几个小时，才转到普通病房。此刻意识清醒了一些，她发现自己戴着薄薄的眼罩，只能模糊感觉到外界的光亮。

她隐约听见夏允风在门外打电话，声音很轻。不知怎么的，一股暖流悄然涌上她心头。等他推门进来，她干涩地喊："允风……"

“你醒了。”夏允风立刻坐到床边。

“现在几点了？”

“下午四点。”

“已经这么晚了……你一直在吗？”

“嗯。”他握住她的手，“需要什么？”

她很轻很轻地摇了一下头，道：“没有。就是想说，谢谢。”

夏允风笑了，端来一杯温水，就着吸管喂她。她满足地叹息，忘记了疼痛，嘴角扬起一抹生动的浅笑。

“让自己轻松点儿，康复也快。”夏允风从未全心全意地守护过谁。这样一个坚强的小女人，为了不让弟弟担心，努力克服失明的恐惧，想独自渡过难关，一次又一次打动着他。如果她知道几个小时前手术室内发生的紧张惊险的事情，会不会后怕？

“允风，我真想明天就好起来！”陆雨桐道。

“好啊！你有那么多心愿，早点儿好起来，然后将它们一个一个都实现。”

“呵呵，我感觉好久没见到青桐了，好怀念这个世界，还有妈妈……她应该知道我今天做手术……你说得对，所有的心愿，我都会一个一个去实现的！”陆雨桐的语气里满含希望。

两人闲聊了一会儿，陆雨桐受到药物的影响，很快又沉沉睡去。

医院方面马不停蹄地调查事故原因，夏允风走进李博士的办公室，了解他们调查到的情况后，脸色逐渐变得怪异。

第十一章 我希望她消失

夏家。

夏允风从医院回来，听说父亲在家，直接冲进了他的书房。

“爸，你如实回答我，今天在医院发生的事情是不是你操控的？”

夏雪彤跟在后面，闻言，倒吸一口凉气，道：“大哥，你疯了！这件事跟爸半点儿关系都没有，你不要冤枉爸爸！”

夏国宾不慌不忙地拿起雪茄，在烟灰缸上抖了抖，冷笑道：“真不愧是我的好儿子。为了一个来路不明的女人，不惜将这么大一顶黑帽子，扣在自己父亲头上！”

夏允风一只手按在书桌上，逼问道：“父亲大人敢发誓，此事跟你无关吗？”

“哥！你怎么可以这样对爸爸说话？还不赶紧跟爸爸道歉！”夏雪彤厉声道。

夏国宾动了怒，起身从书桌后走出来，道：“我在你心里，就是这种人？”

夏允风盯着父亲深沉的眼睛，毫不掩饰地道：“对！在我和雪彤面前，你尽心尽力地扮演着好父亲的角色。但是对于你不喜欢的人，尤其是被你视为障碍的人，你可以不择手段地除掉，不是吗？陆雨桐就是其中一个，因为她可能是金叶子的……”

“啪！”夏国宾狠狠地挥出一巴掌，引得夏雪彤惊叫一声。

夏允风摸了摸火辣的脸，讥讽地笑道：“提到金叶子，您老人家反应怎么这么大？”

夏雪彤从没见过父亲这么生气的样子，慌忙挡在二人中间。

“哥，爸爸不喜欢陆雨桐，反对你跟她在一起，都是因为我！因为我讨厌那个女人，她破坏了我跟子迁的感情！”

夏允风将她拉到身前，表情是前所未有的严肃：“没错！他是个好父亲，尤其是在你这个宝贝女儿面前！凡是你想要的一切，他都会不择手段地帮你得到，包括宋子迁！”

夏雪彤脸色发白：“大哥说的……是什么意思？”

“不懂吗？小时候你看上了宋子迁，吵着长大后非他不嫁，可人家压根儿没正眼瞧过你。何况，后来两家人的关系糟糕透顶，要不是爸爸……”

夏国宾厉声喝道：“够了！跟你妹妹胡说什么，联姻是宋家主动提出来的，子迁也是因为爱雪彤才愿意娶她！”

“父亲大人难道没有做过什么让宋伯父不得不联姻的事？”

“浑蛋，给我闭嘴！”

“怕雪彤知道真相吗？宋子迁每次来我们家，跟她去哪里，做什么，不都是父亲一手导演的吗？”夏允风嘲弄地笑了几声，摸摸夏雪彤的长发，“好妹妹，你真的有一位世界上最好的父亲！”

夏雪彤难以接受他的话，大声道：“爸爸从来没有导演什么，子迁是真心爱我的！只有我才与他最相配！”

“雪彤，难道爸爸做了这么多，你心里都知道？”夏允风疑惑道。

“够了！不想再挨一巴掌就马上给我滚出去！”夏国宾气得快要喷火，这个叛逆的儿子，竟敢回家跟自己作对。

夏允风勾起嘴角，走出门前忽然回头道：“爸，我最后说一句，李博士的事情，最好跟你无关！”

夏雪彤望着父亲阴沉的脸，也很想知道结果。

“爸，你有做过什么吗？”

夏国宾搂过女儿，捏捏她的脸颊，道：“昨天你哭着打电话时说了什么，还记得吗？”

记得，她在美林花园看见子迁和陆雨桐一起时，气得心都要炸了。她哭着在电话里喊：“爸，我讨厌陆雨桐，恨死她了！我希望她从这个世界上消失！”

夏雪彤慢慢睁大了眼睛，所以说医院发生的意外，其实不是意外！

接下来的几天，一切都显得平静安宁。

陆雨桐在医院安心休养，夏允风每天都陪伴她。

宋子迁完全忙碌于公事，经济新闻上不时会有关于他的报道。至于他跟雪彤之间，他道了歉，第二天她似乎气全消了，大方地主动过来找他。两人的关系回到了从前，但彼此心里是否全无隔阂，只有自己知道。

不过，宋子迁无暇顾及儿女情长，春季即将结束，世兴上下忙碌不堪，既要做季度总结，又要规划下一季度的发展目标。他每天忙到很晚，深夜才拖着疲惫的身躯回家。

夏雪彤会不定时地打电话给孙秘书，确定他是否真的在工作。当然，这种充满质疑的频繁查岗，她是决不允许孙秘书透露半分的。

孙秘书有苦难言，下班前再次推开总裁室的玻璃门走进去。

“少总，夏小姐又打电话来了，问您今晚是外出应酬，还是在公司加班。”

宋子迁不予回答，他的工作行程，孙秘书比任何人都清楚。

于是，孙秘书立刻进行另一项汇报：“医院方面还是坚持说，李博士当天是食物中毒，小桐遭遇危险只能说运气不佳。”

宋子迁搁下签字笔，目光变得冷厉。运气？他不信她的运气会差到这种地步！世上之事没有那么多巧合，不管医院给出什么结论，他都不会放弃追查真相。

“不过少总不用担心，李博士说，小桐目前状况很不错，心情也好，恢复得比想象中的要快。”

宋子迁眼中的厉色悄然退去。这是连日来最欣慰的事情。他就知道，像她那种意志顽强、体质不弱的女人，只要撑过最艰险的那一关，一切就会越来越好的。

“对了，夏少爷从早到晚都陪着小桐，贴身照顾，李博士说他看着都觉得很感动呢！我想，小桐将来如果选择跟夏少爷在一起，应该会幸福的！”

宋子迁苦笑，笑得僵硬无比。他不能做的事，夏允风可以光明正大地做。他不能给她的，夏允风可以毫无顾忌地给。

陆雨桐，他不能爱，也恨不起来。

他，希望她幸福！

这天一大早，黑色的轿车在临近爱德医院的路段，悄然放缓了速度。

宋子迁亲自开车，孙秘书坐在副驾驶座上。他们刚赶去机场堵截了一个人——给李博士倒茶水的那名陈姓护士。

据说，陈护士受到医院调查后，心中觉得委屈，怒而辞职。她预定了早上八点的机票，飞去英国陪儿子。

“少总，原来您早怀疑陈护士有问题。”

宋子迁神色凝重地道：“医院最先发现是茶水有问题，也是最可信的说辞，该怀疑的人自然是那名护士。”

“想不到有人竟然利用陈护士的儿子威胁她。可惜陈护士没见过幕后主谋，我们的线索断了。唉！究竟是谁这么歹毒？小桐那么好的孩子，得罪过谁呢？”

宋子迁暗暗发誓，他一定要亲手找出幕后主谋，绝不会放过！

“少总……前面就是爱德医院，您要不要进去看看小桐？”

“不用了。”看了又如何？她身边有夏允风，何况她也不希望看到他。

“小桐今天会摘下保健眼罩，李博士说，没有意外的话，她可以重见光明了。”

车子微微颠簸了一下，宋子迁双手紧握着方向盘，似乎在做一个十分艰难的决定。

他承诺过放手，承诺过不去打扰，承诺过只要她平安无事，自己就离得远远的……

“少总，我很想看到小桐复明的样子。要不，我们就在外面看一眼，不进去打扰她，行吗？”孙秘书又道。

宋子迁紧了紧牙关，将方向盘一转，拐进了爱德医院所在的那条街道。

爱德医院的每间病房都宽敞明亮、整洁舒适，窗前有淡淡的花香味。

陆雨桐享用完早餐，做好了摘除眼罩的准备。毫不知情的青桐正好打电话过来。

“姐。”

“都考完了吗？”想到很快就可以看到弟弟的脸，她的心情很好。

“还有最后一科。”青桐的心情也很愉悦，考试对他而言如同小儿科，“我想跟姐姐预约，等我考完，周末我们去野营怎么样？”

“好啊……等你考完再商量。”

“嗯，那我先进考场做准备了。姐，拜拜。”

陆雨桐摸了摸眼睛，心想好在青桐这段日子有重要的考试，不能回家，否则手术的事情很难隐瞒。

夏允风帮她收好手机，担心地看着她头上的纱布，道：“这伤口，还得再养一段日子。”

正说着，李博士跟助手敲门进来。

“李博士来了吗？”听到脚步声来到床前，陆雨桐欣喜地仰起脸，心脏因期待扑通扑通跳得厉害。

李博士俯身检查了一遍，最后手指落在她的眼罩上。

“慢着。”夏允风抹了抹头发，整了整衣摆，“咳！陆雨桐，虽然这个问题有点儿无聊，但我还是想问，一会儿睁开眼睛，你最想见到的人是谁？”

陆雨桐的嘴角扬了起来，接着抬手指向近在眼前的李博士道：“李博士，没有他，就没有我现在的新生。”

李博士愣住了，不自在地转过头。

“至于夏少爷，每天照顾我这么辛苦，肯定神形憔悴，没有以前潇洒帅气，还是不看为妙，免得失望。”她半真半假地开着玩笑。

夏允风故意气道：“哎呀！真看不出来，陆小姐挺会忘恩负义呢！不成，本少爷偏要站在你面前，让你第一眼就看到！”

病房里，几个人的注意力都集中在陆雨桐的脸上，没人发现门前多了两道身影。宋子迁悄然站立，将刚才的画面尽收眼底。她语调轻快，嘴角飞扬，正如孙秘书汇报的那样，状态十分不错。

这样的陆雨桐，与记忆中不苟言笑、气性冷漠的她，太不一样……

夏允风道：“好了好了，劳烦李博士。”

李博士心有惭愧，清清嗓子，道：“陆小姐，一会儿摘下眼罩后，你不要急着睁开眼睛，先适应外界的自然光线，我数到十，再慢慢睁开，知道吗？”

陆雨桐深呼吸，比了个“OK”的手势。

孙秘书忍不住跟着她深吸一口气，转头看向宋子迁。宋子迁目光深幽，宛如一座雕塑，屹立在门边纹丝不动，表情和呼吸仿佛都是静止的。

孙秘书的眼眶蓦然湿润，他很想把少总推进去，然后说：“雨桐，这个男人也很关心你。手术室前，他比任何人都要担心，你睁开眼睛最想看到的人，为什么不是他呢？”

眼罩终于离开。

陆雨桐的眼皮轻轻颤动，感受到外界淡淡的暖暖的光芒，整个世界都是明媚的。

“1、2、3、4……”李博士一边数，一边慢慢退开，他想自己没资格站在最前面。

跟随着默数，陆雨桐心跳如擂鼓。

夏允风站在床侧，俊容上写满了期待。

“8、9……”门外，宋子迁僵硬的身躯忽然有了反应，在最后一声尚未听到的时候，他转身，挪动脚步准备离开。

“少总！”孙秘书的低喊声和李博士口中的“10”同时传入大家的耳中。

陆雨桐身子一震，忽然睁开眼睛，本能地朝门口方向看去，正好看到一个笔直的身影，那样熟悉。真的是他？她难以置信地眨眼，那个身影从模糊逐渐变得清晰。

是他——宋子迁！

可是，怎么可能，怎么可能呢？！她想都不敢想，睁眼看到的第一人是他啊！

宋子迁已经侧身打算走，没想到被孙秘书一把拉住了。在“10”刚落音时，他也情不自禁地转头，就那样望进她清澈明净的眼波里。

两人的视线不期然地在半空中相撞，电光石火般，震得彼此心口发疼。

他们直直地望着对方，一眨不眨，全然忘记了其他人的存在。

病房内的几人看见宋子迁，神色各异。夏允风说不出的失望与气恼，用力地咳了两声，打破近乎凝滞的空气。陆雨桐猛地回神，将目光投在夏允风的身上，笑着掩饰心中的慌乱：“允风，好久不见。”

夏允风弯下腰，当众亲吻她的额头，然后道：“这段时间，我可能比你还要度日如年，所以真是好久不见。恭喜你失而复明，陆雨桐。”

陆雨桐微微侧头，认真地打量了他一番后，道：“我猜错了。原来你比我记忆中的帅气了不少。”

夏允风看着她明亮的眼眸，清澈如泉水，忍不住笑着抚摸她的头。

“有你这句话，什么都值了。”

门边，宋子迁的喉结滚了滚，所有的情绪转瞬藏在黑眸中，收拾得干干净净。他变回了以前的宋子迁，但是比以前更冷漠、深沉。

李博士察觉到三个年轻人之间的微妙气氛，一时没出声，直到宋子迁离去，才开口问陆雨桐：“怎么样？眼睛有没有感觉不舒服？”

“嗯……有点儿涩，有些刺眼。”

“你才刚恢复，先闭眼再休息会儿。”

陆雨桐缓慢地扫过屋子里的每个人，最后眯着眼睛望向窗外蔚蓝的天空。她浅笑盈盈，语气带着叹息，道：“你们不知道重见光明的感觉，我舍不得闭眼。”

黑色轿车一路驶进世兴集团大厦。

进入停车场，光线暗淡，阴影笼罩在宋子迁周身。

孙秘书抹去眼角的热泪，感慨道：“咱们小桐吃了这么多苦，总算雨过天睛了。”

宋子迁瞥了他一眼，道：“都一把年纪了，矫情不适合你。”

孙秘书不服气地反驳：“我这是感性！看到小桐健康快乐，我为她高兴得老泪纵横，不行吗？反倒是少总，这副冰山脸，摆给谁看呢！”

“孙秘书！”他威严地警告。

“现在不要叫孙秘书，我要作为长辈说几句实在话。小桐的眼睛好了，你反而不高兴，你真正不高兴的是别人陪在小桐的身边吧！”

孙秘书的话直戳宋子迁的痛处，他的薄唇抿成冷酷的直线。

“以前你虽然也不苟言笑，但自从跟夏小姐订婚后，更是变本加厉，好好的一张帅脸，整天绷得死紧。别说开心地笑一笑，你轻松的样子我都不记得多久没见了。”

宋子迁听得难受，想发火，却发不出，脚下一个急刹，车子剧烈地震荡了一下，孙秘书摸着头埋怨：“你这是蓄意报复，因为被我说中了！”

是，他在报复，宣泄怒火，因为……刚才在医院里，他的心快要炸开了。

窗外透进温暖的阳光，终于到了出院的日子。

陆雨桐推开窗户，望着外面绿树抽出的新芽，感觉空气清新得沁人心脾。

“不听话，让你不要擅自下床的。”夏允风抱着一束鲜花进入病房。

“今天终于可以回家了，想想就开心。”陆雨桐回头，淡淡的阳光似将她的侧颜镀上一层金光。那微翘的下巴与白皙的脖颈连在一起，形成一道优美的弧线，优雅与柔媚都恰到好处。

夏允风看得一时失神。他一直知道她是个美丽的女人，却是第一次因这份美丽而怦然心动。

“雨桐，有没有人跟你说过，你长得很像以前的交际名媛金叶子。”

陆雨桐将鲜花放在桌上，手指缓缓地握紧，然后坚定地望着他：“她是我妈妈。”

夏允风愣住，没想到她会毫不隐瞒地说出来。

“跟我猜的一样。可是你说金叶子，不，你妈还在人世？她不是已经……抱歉，几年前我看过一些报道，警方说她已经不在了。”

陆雨桐低头不语。妈妈有怎样的过去，都经历了些什么，为什么会遭遇车祸，为什么会被警察宣告死亡，身为女儿，她全然不知。

“很多事情……等我见到我妈，都会弄明白的。”她道。

夏允风心中了然，不再多问。

终于出院了！

孙秘书打来电话，听到她正在回家的路上，高兴道：“好啊！总算离开医院那个鬼地方了。你不知道，当时你在抢救的时候，我们等在外面的人，一个个紧张得要命，尤其是少总……”

话没说完，陆雨桐就听见一个严厉的嗓音喊了一声“孙秘书”，孙秘书立刻讪讪地转移了话题。

“呵呵，不管怎样，孙伯伯祝贺你出院。等你状态再好一点儿，孙伯伯请你吃大餐。”孙秘书压低了声音，似乎正握着半边话筒，“悄悄跟你说，最近少总给我加薪水了，嘿嘿，双倍呢！”

陆雨桐会心一笑，道：“恭喜你，孙伯伯。不过你也不要太拼了，工作上的事能放手的，就交给其他秘书去做吧。”

“还是小桐懂得体贴老人家，不过双倍薪水可不好拿，孙伯伯现在要去会议室了，你自己保重啊。”

通话结束，陆雨桐靠在椅背上，神色逐渐变得严肃。

“允风，你老实告诉我，我在做手术的时候，是不是发生了什么事？”

夏允风不觉地踩了一脚刹车，车子骤然颠簸了一下。

她的视线落在他脸上：“看来真的发生了一些事，你很紧张。”

“我……没有紧张。”

“我是很好骗的小女孩吗？”

夏允风空出一只手，覆在她的手背上。某些时候，她就像是个单纯的小女孩，善良，容易满足，但理智起来，敏锐的观察力让人无所遁形。

陆雨桐一字一句地重复孙秘书说的关键字眼：“手术室里抢救……允风，这场手术让我差点儿丧命，是不是？”

夏允风握紧她冰凉的手指，故作轻松道：“再怎么危险都已经过去了啊！以后健健康康的就好，那些不愉快的经历，没必要知道。”

真的没必要知道吗？陆雨桐心道。

最近接连的晴朗天气使得气温上升，凌江市有了夏日的气息。

宋子迁跟孙秘书上午调查了一圈市场部，直到午餐时间才回办公室。他脱下外套，扯开衬衣领口，吐出一口气。

孙秘书敲门进来，道："少总，要不要一起吃午餐？"

他挥挥手，拒绝道："没胃口。"

"那可不成。人是铁，饭是钢，一顿不吃饿得慌。"

"你先去吧。"

宋子迁拿起报纸，随意地翻看了一下，看到某页标题上写着自己的名字，扫了几眼，就冷着脸将报纸扔在桌上。上个星期，也就是陆雨桐做手术的那日，他连闯几个红灯，超速外加堵塞要道之事，果然被"狗鼻子"媒体报了出来，其中不乏添油加醋的恶意批判。直到今天，仍有媒体揪住他不放。

就在昨晚，夏国宾以准岳父的身份打电话过来。

"怎么回事？你是有身份有地位的人，凡事要三思而后行！上次订婚宴的风波才刚平息，你又搞出话题来！以后做什么都要顾及一下两家的颜面！"

"对不起，爸爸。"

"我可以不追问理由，但是你别做出辜负雪彤的事情！"

"知道了。"

当初他在会议室里丢下满室高管匆忙离开，回来后没有半句解释，又怎么会顾忌一群无聊的狗仔队？他压根儿不予理会。但是岳父的言辞，分明很清楚他是赶去爱德医院探望陆雨桐，这个电话后半部分才是重点，刻意提醒他不要辜负雪彤。

怎样才不算辜负呢？想到雪彤……

宋子迁按揉着发胀的太阳穴，想起了昨晚——

"迁，今晚我煲的是海参汤，你要多喝一点儿哟！"

她最近一改养尊处优的性子，变得居家起来，特意请了名厨学煲汤做菜。他既愧疚又感动，喝下她亲手煲的汤，之后两人听音乐，跳舞。气氛正好，她缓缓地脱下了外套，露出里面性感的吊带裙。柔润的香肩，妩媚的长发，她带着馨香的手指轻轻地抚摸他的胸膛。那是一种带着强烈暗示的动作。他无法否认，身为男人，立刻有了本能的反应。

这些年，对他主动投怀送抱的人不计其数，他身边却始终只有一个陆雨桐。她从不主动，也不热情，偏偏每次都能让他畅快淋漓，不知餍足。可是跟雪彤订婚之后，明明可以理所当然发生的事情，他却提不起兴致，反而有种难以言喻的排斥。

夏雪彤踮起脚，亲吻他的下巴。那一刻，他的脸不由自主地转开了。

“迁，我不知道原来你这么古板，非要等到正式结婚，才愿意要我吗？”她有些不满道。

他像一座僵硬的石雕，在夏雪彤为他脱下衬衣时，他一把握住她的手腕，握得十分用力。她嘤咛一声，顺势跌入他的怀中，另一只手灵巧地缠上他的颈子。

“彤……你要知道，我一直很尊重你！”

“那就尊重我的意思，今晚，我想真正成为你的女人，不要拒绝，好不好？”她目光闪动，直接吻上他的唇。他喘了一下，忍住体内的骚动，毅然拉开她。

“彤，我不喜欢这样的你，让我觉得陌生。”

被人拒绝的难堪爬上她的脸，她穿上外套，激动地怒吼：“宋子迁，你究竟是因为陆雨桐，还是根本是身体有问题！”

他与她，就那样陷入了僵局。

随后，她摔门而去，他一夜无眠，耳边一直回荡着她的怒吼。

陆家，房子不大，舒适温馨。

陆雨桐出院后，仍旧静心休养。

大部分时间，她在帮青桐查询他所申请的那几所外国大学，畅想弟弟的美好未来。而晚上睡觉前，她还是会忍不住想象下一次与妈妈相见的情景。

星期六，青桐回家，看见她头上的纱布，得知手术的事情后，心痛自责。

“姐，算我求你！以后有事不要再瞒着我，可以吗？我才是你唯一的亲人，你有事情，陪在你身边的应该是我！”他既生气又心疼地道。

“别生气。正因为你是我最亲的弟弟，我才舍不得让你担心。不过，刚才有句话你说错了，你不是我唯一的亲人，我们还有妈妈。”

“妈妈……”青桐低头，握住用细绳吊在胸前的金叶子，“是的，我们还有妈妈。但是她到底什么时候再出现？”

陆雨桐望着窗台上刚抽出新叶的盆栽，轻声道：“我有预感，应该很快了。”

虽预感很快能见到母亲，却没想到会这么快。

周一清晨。

青桐已经回了学校，她独自去医院复查。李博士叮嘱她，伤口虽然已经拆线，但毕竟是大手术，没事的话最好继续休养，不能做剧烈运动，不能受到刺激，要特别注意保护头部。她当然会做到，先后两次在鬼门关历险，没人比她更珍爱生命。

走出医院，陆雨桐沿着街道缓步行走，忽然心念一起，朝巷子里走去。原来这条巷子这么长。妈妈、宋子迁、夏允风……想到那日的情景，她心口发紧。

耳边传来轻微的脚步声。

陆雨桐抬头，看见一个穿着皮夹克、头戴鸭舌帽的人从巷口走来。

夹克衫、鸭舌帽、大口罩，跟青桐描述的一样。她浑身震住，睁大眼睛看着对方走近。妈妈……是你吗？是吗？

来人低着头，在她面前停下。

“眼睛好了，总算不是睁眼瞎了！”熟悉的嘲讽语调，清润冷淡的嗓音。

陆雨桐激动地抓住她：“妈，真的是你？我……我终于亲眼看到你了！”从小到大，这么多年，她终于再一次见到了记忆中的身影。

“是吗？这样的我，你还认识？”金叶子抬起头，不慌不忙地摘下口罩。

陆雨桐僵住了。那张藏在口罩下的面容，左边完好无缺，右边却……颜色深浅不一，不规则的疤痕微微扭曲，使得整张脸看起来很是可怕。

“妈……你的脸，怎么会这样？”陆雨桐震惊道。

“哼！”金叶子抓住她的手，非常用力，几乎要将她的骨头捏碎，“因为那场该死的车祸！那场有人蓄意策划的车祸！”

果然跟车祸有关！陆雨桐的心揪了起来，她问：“妈，是谁害的你？这些年你都躲在哪里啊？”

金叶子突然仰头大笑，笑声让人毛骨悚然。

“呵呵，我藏身的地方，你们绝对想不到！天底下没有人能想到！”金叶子拉近她，压低了笑声道，“告诉你，我一直住在精神病院里！”

“精……精神病院？”

“没错！我装疯卖傻，跟要害我的人玩游戏。他想我死，我非要活得好好的。他以为我已经死了，哈哈，可他不知道，因果相报，死人也会回来报仇的！”

陆雨桐的眼泪簌簌地掉。毁容、精神病院，每个词都让她心如刀绞。不是一天，而是七年，两千多个日夜，妈妈是如何撑过来的？

“妈，跟我回家。以后我跟青桐都会好好照顾你。”

“不！没报仇之前，我绝不会回去！”

“那你告诉我，到底是谁把你害成这样的？”

金叶子摸着疤痕扭曲的半张脸，眼中充满恨意：“那个人心狠手辣、权势滔天，对付他没那么容易，除非……”

“除非什么？”

“除非，你嫁进凌夏集团！”

“妈……”

陆雨桐震惊得无法言语。金叶子抓着她的手腕，把她拖到跟前，道：“那位大少爷不是正在追求你吗？接受他，嫁给他！”

陆雨桐慌忙摇头：“不！肯定有其他办法，我们可以……”

“没有别的办法！只有夏家才能够让我真正雪恨！你听清楚，嫁给夏允风，将来你们大婚之日就是我们母女相认之时！否则，你永远不要再叫我一声妈！”

“妈……”

“而且那一天……”金叶子顿了顿，眼中闪着异样的光芒，“我也会告诉你，你的亲生父亲是谁！”

陆雨桐顿时心如潮涌。她从小到大那样渴望妈妈，却从不敢去想爸爸的事。她费力地挤出声音：“你是说……我爸？”

“是！我不会逼你。一个星期后，我会在这里等你。如果到时你不愿意，就当我死了，从此没必要再见！”她重新戴上口罩，决然的身影很快消失。

“妈，你这不就是在逼我吗？”陆雨桐痛苦地低喊。

夏允风的好，住院那段时间她有真切的体会，说不感动是假的。一个养尊处优、骄傲自负的少爷，主动为自己鞍前马后，对自己嘘寒问暖，怎么可能无动于衷？只是，她真的要接受夏允风，嫁给他吗？

她明白，一旦做出决定，未来即使再多荆棘苦难，也必须毫不犹豫地往前，无法回头……

接下来几日，陆雨桐开始密切留意商业报刊和网络新闻，凡是关于夏家的消息，一篇都不错过。

转眼五天过去，陆雨桐心中仍是一片迷茫，迟迟不愿做决定。

一早，凌江都市网出现了一则简讯，周五将有一场盛大的慈善晚宴。作为当地首善的夏国宾，将作为晚宴的主持人出席。

夏允风拿到邀请函后，看了一眼。这种无聊的宴会，他本就毫无兴趣，更别说父亲还想借机给他安排相亲。相亲？父母离婚之后，他毅然选择去国外发展，就是希望摆脱父亲的掌控。他喜欢什么样的女人，想跟谁结婚，除了自己，没人能替他做主，父亲也不例外。

他拿起邀请函准备扔进垃圾桶，转念一想，改变了主意。

“雨桐，我知道你不喜欢这种场合，但是请你答应做我的女伴，好吗？”

陆雨桐望着他真诚的眼睛，悄然握紧了邀请函。

星期五。

活动地点在凌夏集团名下的某高级会所里。前半场是慈善拍卖会，后半场是鸡尾酒晚会。当财富积累到一定程度的时候，富豪们更在乎的是声誉。这场活动名流云集，不过二十样拍卖品，共拍出了三千万元善款，这些钱将分别捐给福利院和养老院。

自那晚宋子迁跟夏雪彤的关系陷入僵局之后，两人几天没有联系。直到慈善晚宴，两人不得不在人前扮演恩爱，才重新携手。拍卖会结束，夏雪彤一身高贵的粉紫色晚礼服，挽着未婚夫，笑容满面地向宾客们打招呼。众人对这对璧人夸赞艳羡，不时有记者举起相机，将两人亲密的姿态拍下来。

宋子迁嘴角的笑意，仔细观察会发现有些僵硬。他端起一杯鸡尾酒，正要喝下，却看见一张熟悉的容颜。

今晚的陆雨桐，精心打扮过，一件时尚的黑色小礼服，简洁高雅，恰到好处地勾勒出了完美的身形，脸上妆容精致，蓝宝石项链为她增添了几分明艳。

“知道吗？很多人正在欣赏你的美丽。”夏允风附在她耳边轻声说。

雨桐环顾一周，微笑着道：“不，我只看到令尊大人很震怒。允风，你确定要带我继续前进吗？”事实上，除了夏国宾，她更无法忽略宋子迁和夏雪彤的存在。

“你怕了？”夏允风自然也瞧见了父亲阴沉的脸色，以及他身边那位大约是市政厅某高官的千金。

“我既然答应做你的女伴，就会奉陪到底。”

“陆雨桐，你不愧是我见过的最勇敢的女孩。”夏允风握住她的手。水晶吊灯照在他们脸上，她星眸璀璨，整个人像一朵神秘的玫瑰。

宋子迁远远地瞧着他们，不自觉地握紧酒杯。

夏允风揽着陆雨桐，笔直地穿过宽阔的宴厅，走向夏国宾的方向。

记者们不失时机地拍照，精明如他们，自陆雨桐踏进门第一步起，就认出了她，一个个兴奋得两眼放光——夏大少爷的女伴可是夏小姐的情敌呢！

陆雨桐表现得冷静淡然。被人蓄意冤枉、忍受千夫所指都经历过，眼前这些探索和狐疑的目光算什么！明天流言蜚语再难听，也不能再伤到她。

她不在乎！她陆雨桐只有两根半软肋——青桐、妈妈，以及那个曾经爱过的男人。美目流转，她不着痕迹地扫过宋子迁。他大抵还是那副熟悉的冷峻模样，旁边依偎着他身份高贵的未婚妻。她不禁加深了笑容，如今宋子迁的存在，最多只算半根软肋。再过不久，她相信自己可以将他彻底驱除。

第十二章
我会保护你

“爸爸，对不起，我来晚了。”夏允风带着陆雨桐一直走到宴厅最里头，笑眯眯地跟父亲打招呼，而对那位相亲对象视若无睹。

陆雨桐也礼貌地问候：“夏董，您好。”

夏国宾冷哼，没有应话。陆雨桐并不以为意，这种局面在预料之中。

夏雪彤十分不满，愤愤地瞪着陆雨桐，话却是对夏允风说的：“哥，你总是这样固执！今晚这种场合，不是什么人都可以参加的，像我和章小姐这样的身份才有资格！”她特意把章小姐拉到前面。而那位章小姐，一眼就看明白了事实，不想自讨没趣，朝夏允风点点头，找了个说辞，便走开了。

宋子迁冷眼旁观，不置一词。陆雨桐几乎对他视而不见。夏允风不顾父亲已经气得脸色铁青，笑着对夏雪彤道：“好妹妹，就像你说的，这种场合很重要，所以能作为你大哥女伴出现的人，自然意义非凡。呵呵，雨桐，招呼已经打完了，走，陪我跳支舞去。”

陆雨桐笑了笑，任由他牵着走向舞池。

夏雪彤不服气地抓着宋子迁，道：“你说，陆雨桐这样子，是打算勾引我哥吗？”

宋子迁太清楚了，能让陆雨桐跨出今晚这一步，简直难如登天。夏允风是如何做到的？因为手术期间，那家伙大献殷勤，她就被打动了吗？

“迁，如果陆雨桐真的跟我大哥交往了，你怎么看？”夏雪彤试探道。

宋子迁抿唇。他只想抓过陆雨桐，大声质问为何偏偏是夏允风。

舞池里，音乐悠扬，夏允风带着陆雨桐翩然旋转。两人配合得天衣无缝，不时地微笑相视，在旁人眼里，就像一对正在热恋的情人。

夏允风凝望她的眼睛，承诺似的说道：“雨桐，不管发生什么事，我一定会保护你！”

陆雨桐不由自主地点头，刹那恍惚。原来在不知不觉中，自己开始信任他了。

只听场上换了种音乐，气氛陡然变得狂烈起来。有人愉快地吹了声口哨：“终于可以交换舞伴喽！”这是交际场里最受欢迎的节目，人们借由交换舞伴来结识更多的朋友。旁边几对纷纷换了位置，迅速和着节拍起舞，享受着交换舞伴的刺激和兴奋。

夏允风面前也多了位穿粉色礼服的少女，含羞带怯地看着他。陆雨桐大方地将他推过去，笑道：“别让人家小妹妹等！”于是，夏允风绅士地做出了邀请手势，少女立刻眉开眼笑，拉着他跳起舞来。

陆雨桐很快也被旁边的一位少爷拉住，转起圈来。欢快的气氛感染了许多宾客，舞池里的人越来越多。

突然，陆雨桐发现自己的手被人紧紧地握住了。她本能地缩手，却听见熟悉的冷嘲：“怎么，要拒绝我？”对上宋子迁深幽的黑眸，她飞快地抬高下巴，回以相似的冷嘲：“有拒绝的必要吗？不过是一支舞。”

宋子迁一记有力的动作，将她拽入怀里。不料就在同一个瞬间，音乐风格陡然变化，变成了优雅中带着强劲的华尔兹。他勾唇一笑，迅速勾住她的腰肢，不给她喘息的机会，快步旋转起来。

他每一步都充满了强势的带领，连续的快速旋转让她头晕。有那么一刻，她怀疑他根本是故意的。但是，她不想示弱，不想让他看出端倪。柔软的裙摆随着她的动作，轻舞飞扬。又一次转身后，她突然撞见了夏雪彤仿佛燃烧着火焰的目光。

她心中惊悸，飞快地收回视线，故意从宋子迁的身侧转开。

这个动作惹恼了宋子迁，他双手一带，强制性地拉回，让她几乎是撞进他的怀中，然后沉声道：“请尊重你的舞伴，陆秘书！”

“请叫我陆小姐，我早就不是谁的秘书了。”陆雨桐不肯因此就范。

宋子迁的眼神更冷，动作陡增一股蛮横，连续几步极速前进的舞步，逼得她猝然后退。

这个可恶的家伙，不照规矩来！陆雨桐不满地想扭转局面，却清楚地感觉到他那结实的大腿在刚才的疾步逼近中，不着痕迹却又恶意地顶着她。无声的火花，在空气中闪现。她只能借由旋转，再一次试图离开他的怀抱。

宋子迁紧盯着她：“陆小姐舞技了得，怪不得刚才好些个男人都巴望着换你做伴。”

陆雨桐反唇相讥：“是吗？听起来宋先生也是那好些男人中的一个？”

“凑巧而已。不过数日不见，陆秘书倒是伶牙俐齿了许多。”

“我向来如此，只能说宋先生以前不够了解我。”陆雨桐感觉这首华尔兹格外漫长，似乎永远没有结束的时候。更让人恼怒的是，他再一次将她困入怀中，后背被迫贴上他的胸膛，隔着薄薄的衣料，清晰地感觉到他的体温。

这一瞬，她慌了，一脚踩在他的鞋尖上。

“怎么了？陆秘书。”宋子迁故意将气息喷在她的耳畔。

她的头彻底晕了……

察觉到她的软弱，宋子迁居然怒气骤消，微笑起来。他很享受这支舞，更享受她的困窘，因为换成其他男人，他或许都可以视而不见，偏偏是夏允风。

他就不信，陆雨桐不知道那家伙的心思！

她为什么要接受夏允风？想嫁入豪门做少奶奶？

那么，从现在开始，他要警告她：远离夏家，否则他不会放过她！

“难道你真的打算跟夏允风交往？”宋子迁眼里仿佛点燃了火苗。

“呵呵，原本没这个打算，不过经宋先生这么一问，我倒觉得应该珍惜机会。”

“你……”宋子迁猛地箍住她的腰，压迫她往后仰。大约是刚才的舞步太过激烈，她忍不住喘息，一颗汗珠沿着发际滚落。他缓缓低头靠近她。

两人对望，她只能定住，完全说不出话，一时间忘了周围的人，眼里只剩下他。宋子迁也在轻喘，那双幽暗的黑瞳里，映出她不知所措的表情。有那么一瞬间，陆雨桐真以为他会低头吻她。

但是，一个讥讽的声音打破了两人之间的微妙气氛。

“迁，舞曲已经结束了，还舍不得放手吗？”夏雪彤极力隐藏着怒气。

陆雨桐推开宋子迁，以最快的速度武装起来，笑着对她说：“夏小姐，这是正常的社交舞而已，我对您未婚夫不感兴趣。”

宋子迁的脸色恢复得也极快，淡淡地解释道：“借刚才的机会，我告诉陆小姐，想做夏少爷身边的女人，没那么简单。”

“呵呵，是吗？真难为妹夫这么关心我。”夏允风走过来，十分自然地揽住陆雨桐的腰，“做我身边的女人，得看我喜不喜欢。喜欢的话，她什么都不需要做，只要享受就好。”

宋子迁道："听口气，夏少爷已经有喜欢的人了？"

"远在天边，近在眼前，难道不明显吗？"夏允风为陆雨桐抹去额头上的汗珠，"累了吧？我们先过去喝杯鸡尾酒，一会儿去兜风。"

"好。"陆雨桐笑着点头。两人相携走向宴厅的美食区。

夏雪彤盯着他们的背影，懊恼地跺脚："自从陆雨桐出现后，大哥就跟鬼迷心窍了一样！还有你，你刚才竟然跟她跳舞，到底要让我失望几次才好？"

宋子迁皱起了眉。

车窗打开，夜风带着春的温暖。

陆雨桐离开宴厅后，头痛减轻了不少。她一只手支着窗户，眺望着前路，想到宋子迁强势大胆的舞步，仍觉得心跳剧烈。他那种自私霸道的男人，当然见不得她跟夏允风在一起。不过说起来，现在的夏允风似脱胎换骨了一般，对她好得无可挑剔，她就算不为了妈妈，也可以认真考虑看看。

夏允风开着车，不时地转头看她一眼："在想什么？"

陆雨桐关闭车窗，深深地吸了口气，道："允风，如果你爸愿意接受我，我们……交往吧！"

夏允风生怕自己听错了，猛地刹车，转身激动地道："你再说一遍！"

"我说，等你爸能够接受我时，我们交往吧，好吗？"

夏允风抓住她的手，咧开嘴，露出一个大大的笑容，兴奋道："好！当然好啊！就这么说定了！"

"嗯，就这么说定了。"陆雨桐也笑了起来。

而另外两人从慈善晚宴出来，气氛截然相反。

宋子迁刚启动车子，准备送夏雪彤回家，岂料她开口便问："跟旧情人跳舞感觉如何？是不是很开心很不舍？"

他知道，怎么回答她都可能有新的想法，索性沉默以对。

她的语气逐渐尖锐起来："男人都这样吗？吃着碗里的，想着锅里的？但是宋子迁，你不要忘记自己的身份，也别忘记我是谁！"

宋子迁一路保持着沉默，他心中的雪彤不是这样的。她是个温柔善良、甜美可人的小女孩，每次跟她在一起，都不自觉地想呵护她，让她开心。可分别三年，不知是自己变了，还是她变了，很多事情并没有想象中那么美好。

前方就是夏家的豪宅，他将车停在路边，点燃了一支烟。

“彤，跟我订婚，你是不是后悔了？”他问。

“后悔的人是你吧？以前你亲口说过，这个世界上，我是跟你最相配的女人，你会娶我，会一辈子保护我。现在呢？”

“对不起，我很抱歉让你失望了。”

不知怎的，听他道歉，她又觉得怒气无处可发，一个念头骤然兴起。

“我决定了，我要搬去跟你一起住！”

宋子迁愣住了。

“反正我们很快就会结婚，住在一起当是提前试婚。”

“咳！我这几年很少回家里住，平时加班多，有时候为了方便，直接住办公室套房或者附近的公寓……”

他是个不屑解释的人，却说这么多，夏雪彤更加坚定了想法：“住公寓也好。我们之间最近出了这么多问题，彼此应该增进了解。就这么决定了，明天我找时间搬过去。”

“稍等。”宋子迁用力吸了一口烟，看见不远处的垃圾箱，便推开车门下车扔烟蒂。

隔着车窗，夏雪彤注视着这个男人，她爱了那么多年，他只能属于自己！

“叮咚！”手机短信声传来。

她低头，看到驾驶座旁的手机屏幕闪了一下，现出一行字。不知为何，好奇心瞬间被勾起，她飞快地拿起手机，悄然打开。

——宋先生，很抱歉，金蛇依旧下落不明，但确定她曾在爱德医院外与陆小姐有过接触。如若守株待兔，应该能有发现。

金蛇是谁？爱德医院？陆小姐？是陆雨桐吧？夏雪彤气恼地咬牙。宋子迁丢完烟蒂，转身回来。她手指一颤，火速将短信删除。

清晨，天空灰蒙蒙的，有些阴沉。

七天时间已到，陆雨桐的眼皮跳得厉害。

昨晚半夜做噩梦，醒来坐了好久。她想起了很多人和事，妈妈、弟弟、宋子迁、夏雪彤，包括夏允风……如果夏国宾始终不接受自己，纵使跟允风结婚，嫁进夏家又如何？借用不到夏国宾的力量，能为妈妈讨回公道吗？

另外，那个害妈妈不得不装疯卖傻隐藏躲避的人，究竟是谁？

她前天跑去警察局请求调取七年前车祸的资料，警察一开始完全拒绝，后来架不住她的恳求，终于透露了七年前的一场小火灾，烧毁了一些卷宗，包括那场轰动全城的车祸。怎么会这么巧？她想到了最后一条线索，当年车祸发生时，跟妈妈在一辆车上的人——宋世兴。对于宋世兴，她既了解又陌生。他是世兴集团的创始人，是宋子迁最敬重的父亲，可惜丧生于车祸。若真如妈妈所说，车祸是有人蓄意制造，那宋子迁知情吗？

天空阴云密集，仿佛随时会有一场暴风雨。

宋子迁尚未抵达公司，就收到了周棣的急电。

“好消息！我终于发现了金叶子的踪迹，现在正跟着她，你马上赶过来！仁德路方向……”

“爱德医院方向？好好跟着！我马上就到！”宋子迁立刻打转方向盘，一路疾驰。

金叶子一路谨慎，宽大的夹克包裹着身子，戴着口罩，半张脸隐藏在竖起的衣领里。

周棣与宋子迁会合之后，指向小巷子说：“她进那条巷子好一会儿了，不知道想搞什么鬼。”

宋子迁小心地朝里面看了一眼，低声道：“你过去，我们两头包抄！”

片刻后，巷子里传出异样的脚步声，金叶子警觉地抬头，认出是周棣，脸色一变，拔腿朝巷子的另一头跑去。

“抱歉，你逃不掉了！”宋子迁早已等在那里。

金叶子只好停住脚步，眼中迸发出强烈的恨意：“想抓我回精神病院吗？你们应该很清楚，我根本没病，而且每一天都很清醒，活得比任何人都清醒！”宋子迁嘴角噙着笑，大步上前，猛地抓住她的手臂，不容她逃脱。

金叶子奋力挣扎，口罩脱落在地上，露出了半张疤痕扭曲的面容。

宋子迁盯着她：“很好！我等了七年，就是等你这份清醒！”

“你想从我嘴里确认车祸的真相，想知道宋世兴为什么会死，对不对？”

宋子迁额头上的青筋狂跳：“对！快说！是谁？到底是谁策划了车祸？”

金叶子忽然大笑：“看来宋世兴断气前，连遗言都来不及交代，哈哈！报应啊！”

周棣堵了过来，劝道：“金叶子，你既然承认了自己精神正常，不如老老实实地把七年前的事情告诉我们。”

金叶子挣脱不了宋子迁的掌控，只能仰起头，死死地盯着他与宋世兴相似的脸庞，停住了笑，道："宋世兴有个孝顺的儿子，可惜啊！七年前，制造车祸害死宋世兴的……"

"是谁？"宋子迁双眼发红。他有一种可怕的预感，仿佛她接下来的话足以让他的世界崩塌。

金叶子忍住被他抓痛的手腕，清清楚楚地吐出几个字："夏国宾！"

周棣倒吸了一口气。宋子迁不敢相信地厉声道："你再说一遍！"

"我说是夏国宾！"

"你……胡说！"宋子迁恨不得掐住她的脖子，非逼出真相不可。

"他是你的准岳父，所以你不能接受吗？我偏要说！不止车祸，还有当年你们宋家那场濒临破产的危机，也是他精心策划一手造成的！"

宋子迁压抑着怒火，手指几乎掐入她的肩胛骨："金叶子，别以为我不知道，订婚宴那天搞鬼的人正是你！像你这种不择手段连女儿都陷害的疯子，谁会相信？"

金叶子没料到他知晓此事，愣了一下，才道："你不信，没人逼你。但事实就是事实，再过十年、百年也不会改变！夏国宾迟早会遭报应的！"

"你呢？车祸跟你一点儿关系都没有？还是你早就跟夏国宾串通，只是没想到自己也会被车祸殃及？"他亲耳听见父亲临死前含恨喊出"金叶子"，如果主谋是夏国宾，那就更加顺理成章了，因为当时她除了是夏国宾的私人特助，听闻还有别的亲密关系。

金叶子愣了愣，再次仰头大笑，眼泪都要流出来了："没错！我一直恨不得宋世兴死！因为他该死，你那个伪君子父亲，他该死！"

"该死的，你承认了！"宋子迁的脸孔白得吓人，手指缓缓移动，掐上了她的脖子。金叶子被迫仰着头，呼吸困难。但她依旧在笑，笑得浑身发颤，十分骇人。

从医院复检出来，陆雨桐走向巷子。想到一会儿要答应妈妈，她的脚步便格外沉重。

"妈！"刚进巷子就见到有人掐着母亲的脖子，立刻百米冲刺般跑过去，当她看清掐着母亲的那人时，浑身一震，"宋子迁？你在做什么？放手！放手啊！"她急切地去推他的手。

宋子迁拧眉，万万没想到她会突然冒出来。

他不松手，陆雨桐心中又急又怒，握紧拳头朝他击去。

“你……”宋子迁胸口吃了一拳，闷痛得松了手。

陆雨桐忙扶住金叶子：“妈，你有没有怎样？他们为什么要……”

金叶子并不领情，立刻甩开她：“别废话！我的条件，你想清楚了吗？”

陆雨桐明白她的意思，但宋子迁正在旁边虎视眈眈，她莫名心惊，答应的话语难以说出口。

宋子迁紧盯着她：“什么条件？”

陆雨桐深深吸气，闭上眼睛，道：“我……答应你！”

金叶子瞥了宋子迁一眼，冷笑道：“真答应了？你愿意跟夏……”

“是！我答应了，我愿意！”陆雨桐紧张地打断她，不愿让宋子迁听到分毫。

金叶子这才放声大笑起来：“好！记住你刚才说的每个字！”趁宋子迁分神的瞬间，她扭头便跑。周棣愣了愣，拔腿追过去。

一辆高级白色轿车，在巷子外停了好一会儿。夏雪彤戴着深色太阳镜，自巷口边探出半个头，试图看看里面的情形。她认出了宋子迁和陆雨桐，心中恼火，却又听陆雨桐在喊谁“妈”，难道是穿夹克的那个女人吗？还来不及多想，那女人和周棣突然一前一后往巷口跑来，她吓得赶紧扶正眼镜，匆匆返回车里。

“妈！”巷子里陆雨桐也想追过去，宋子迁用力拽住她，厉声问：“说，你答应了她什么？”

“不关你的事！”一阵闷雷声在头顶响起，陆雨桐如何挣扎，都挣不开钢铁般的禁锢，“宋子迁，你放开！”

“回答我！”宋子迁的眼神狠厉至极。

“你呢？你跟我妈为什么会有牵扯？”陆雨桐仰起脸反问。看他下巴旁隐隐抽动的肌肉，她心知此刻他也怒到极点，招惹不得。可是，他刚才掐着妈妈的脖子，一副要杀人的样子，让她如何能不问？

两人互相瞪着对方，谁都不愿回答对方。

周棣满是怒火地折回，吃痛地甩着手，道：“宋子迁，我告诉你，那个女人我非要亲手抓回去不可！她不但狡猾，还毒得很！看我这里，肉都快被咬下来了！”

陆雨桐瞧见他手背上一圈明显的血痕，心中惊颤：“我妈跟你们有什么深仇大恨，你们这样逼她？”

周棣摆摆手："不管了！我得赶紧去医院消毒，是恩是怨你们自己解决！"

宋子迁盯着陆雨桐张合的唇，一颗心忍不住绞痛。

"宋子迁，你回答我！难道……过去七年里，是你们把她关在精神病院里的吗？"正说着，包里的手机震动起来。她无暇顾及，直直地盯着宋子迁。电话断了，很快再次震动，震得人心烦气躁，无奈之下，她拿出手机，原是夏允风打来的。她转过身去，努力调整呼吸，尽量让自己的语调听起来轻快一些。

"允风，是你啊！嗯，放心，医生说我恢复得很好……午餐吗？我现在还有事，恐怕赶不及。要不晚餐吧，你喜欢吃什么报给我，我提前准备食材……当然是亲手给你做，上次答应过的。"

宋子迁的面色冷得骇人，不顾她正在打电话，一把捉住她的胳膊往巷子外面拖。

陆雨桐被迫跟上他的脚步。

"雨桐，怎么了？"夏允风听见她的声音有些不对劲儿。

她生怕被发现端倪，极力若无其事地回应："哦……没事，好像要下雨了，我正在急着赶路。先不说了啊，晚点儿再联系你。"

挂断电话后，她迅速停下步子，瞪着眼前这个不可理喻的男人。

"喂，你放手！"

"你不是想知道金叶子的事情吗？"宋子迁面无表情地道，"想知道，就跟我走！"

金叶子亲口承认参加害死父亲，而主谋竟然是夏国宾，为什么？为什么会这样？！

宋夏两家是世交，当年世兴集团濒临破产，夏国宾是唯一愿意出手挽救的人。他跟爸爸情同兄弟，否则爸爸也不会提出与夏家做儿女亲家。如果夏国宾是主谋，原因和目的是什么？为什么要害爸爸？为什么害了之后，还要将雪彤嫁给自己？他难道就不怕自己有朝一日发现真相，毁了他宝贝女儿的幸福吗？

不！岳父是生意人，向来善于控制风险，绝不会做这种冒险的事，那么一定是金叶子在说谎！

陆雨桐为什么是她的女儿？自己为什么会爱上陆雨桐？！

宋子迁越想越觉得凌乱。

不知道过了多久，风声渐渐变小，世界渐渐变得安静。陆雨桐睁开眼睛，发现车子已来到海边，停在了一望无际的沙滩上。四周了无人迹，海的尽头是黑压压的一片，与墨色的海水相接。

车窗已关，暖气一丝丝包裹她几乎被冻僵的身子。宋子迁的指关节紧得发白，推开车门走出去。陆雨桐盯着他僵直的背影，之前所有的不安和猜测瞬间化作怒气。他把她带到这里，还是什么都不说。

她也冲下了车。

“宋子迁，原来这七年，你一直都知道我妈的下落！”她大声道。

只要想到她最在乎的妈妈跟自己父亲的死脱不了干系，他就无法直视这张脸。

爱与恨，是一把双刃剑，多看她一眼，就像在身上多划下一道伤痕。各种矛盾激烈地交战，他像是被一条无形的皮绳勒得喘不过气来。

许久，他终于开口：“知道又如何？”

陆雨桐大受刺激：“原来……你真的知道！是不是你和周棣故意把她关起来的？”

一道惊雷滚过，震动了整片海滩。闪电亮得刺眼，将一切照耀得格外清晰。他的嘴边甚至还噙着笑，只是，那笑有些狰狞骇人，任何人见了，都会心惊胆战。

“没错！”

“你……你为什么这样做？”

“都是因为你！还有你那个该死的妈！”如果金叶子不装疯卖傻，早点儿告诉他真相，他就不会落得如此进退两难的局面。金叶子是他见过最阴狠狡猾的女人，身上还不知道藏着多少秘密。她故意将真相留到现在才说，一定是故意的！

陆雨桐冲过去抓住他，失声低喊：“你把话说清楚！说清楚啊！”

宋子迁双眼发红。他向来有恩必还，有仇必报。如果没有爱上她，事情轻松简单，他可以无所顾忌地施行报复，不会感到半丝不忍，可就是因为她……

“因为金叶子该死！连你也是，这样可恶！这样让人厌恨！”他疯了，一定是疯了！他抓着她的肩膀摇得人头晕目眩。陆雨桐奋力推开他，却重心不稳地往后倒下。

宋子迁一起往下倒，结结实实地压住了她。

“不愧是金叶子的女儿，你跟那个女人一样最擅长魅惑人心！”

陆雨桐的手腕被紧紧地按在沙地上，只剩两条腿可以踢动。而他似乎早料到她会如此反抗，先一步用他属于男人先天的优势，侵略性地压紧她，让她完全无法动弹。

陆雨桐气得发抖，神经被扯得痛楚。

“陆雨桐！”他发红的眼睛含着痛苦，咬牙威胁道，“听着，不管你妈欠我多少，我都不打算再放过你！”

什么意思？陆雨桐惊恐地睁大眼睛。他突然俯下头，近乎粗鲁地掠夺她的唇。暴雨在那一瞬骤然而下。美丽的眼角，泪珠滚烫，与雨水一起落下。为什么？为什么会变成这样？她僵硬的手指一根一根收紧，将潮湿的海沙紧握在掌心，狠狠地一闭眼，然后用尽全身的力气将他顶开，再将海沙撒了出去。

宋子迁来不及防备，被她推到一旁，眼睛进了沙子。

陆雨桐飞快地爬起来，朝车子跑去。很快，引擎启动的声音响起，在空旷无人的海滩上格外刺耳。车子开出去时，她揪着快要窒息的心口，往身后的他看了一眼。

波涛怒吼，拍在礁石上，如万马奔腾，雪白的浪花越卷越高，与黑沉沉的天空辉映，以惊天之势一波波席卷着海滩。意外的，宋子迁没有追过来，他定定地站在原地，望着车子的方向。天地之间，他显得异常孤独而渺小，仿佛随时会被巨浪吞没。

“陆雨桐！陆雨桐！”嘶吼声在风雨中传出，一字一字似从胸腔里发出的悲鸣。陆雨桐听得心惊胆战，生怕自己多看一眼就会心软，脚下油门一踩，车子快速驶离。

“陆雨桐！陆——雨——桐！”她抓方向盘的手指紧得发颤，不知道开了多远，那让人灼痛的吼声仍如魔咒一般，徘徊在耳边，让人难以承受。

“不要听，不要听！他疯了！可是……陆雨桐，你也跟着一起疯了吗？”她眼前浮现他痛苦的样子，车子忽然停下，在山海边发出急促的刹车声。

宋子迁依然站在原地，面向大海，像是被世界遗弃了。

是幻觉吗？怎么会听到车子的声音……

宋子迁自嘲地扬起嘴角，闭上眼睛，藏起心底深刻的痛。想恨她，却恨不起来，因为错的从来不是她。可为什么她要是金叶子的女儿？

汽车声越来越近，近得仿佛就在身后。

他逐渐绷直了身子，不敢回头，怕是让人失望的错觉。

陆雨桐从未如此痛恨自己的心软，竟然不顾一切地折了回来。

“雨——桐——”沙哑的嘶吼又一次响起，宋子迁对着大海发泄似的呐喊。

陆雨桐闭了闭眼睛，承认吧，此情此景，你根本放不下那个人。她从后座取出黑色的大伞，推开车门。

雨点突然变小了，耳边的风声似乎也停了。宋子迁的心脏狂乱地跳动，他慢慢转身，难以置信地看着眼前的她。

“你……”他的嗓子快要吐不出声音。

陆雨桐抿着嘴唇，一言不发，直直地望着他。

宋子迁凝望她细致的眉毛、明亮而坚定的星眸，如此美丽熟悉。真的是她？他抬起手指，试探地伸过去，冰凉的指尖触摸到的是温热的肌肤。热气冲上了眼窝，他无法思考，张开双臂，将她紧紧地纳入怀中。

黑色的雨伞飘落，被风刮离身边。

陆雨桐笔直地站立着，下巴搁在他宽厚的肩膀上，僵硬着没有动作。

“……为什么还回来？”他贴在她耳边问。

为什么？为他在过去的七年对她的资助照顾；为他保护青桐而不惜承受重伤；为他在除夕之夜找到凄凉无助的她；为他在她手术危急时刻的关心守护；为他，刚才那样撕心裂肺般喊她的名字……

再多的理由和借口，都无法否认一个事实：无论如何费尽力气想要离开，发誓从此恩怨两清，可最后仍然悲哀地发现，自己始终深爱着他。

宋子迁紧紧地抱着她，没有进一步动作。但这样的拥抱，力气大得如同要将她融进骨血一般。陆雨桐仰着头，极力将不该有的感情狠狠地压下，然后冷静地回答：“回来，是因为我问的事情，还没有听到答案。”

宋子迁垂下眼角，烈火般激动的情绪被她一句话浇灭。

“先上车。”他放开了她，语气极其平静冷淡，与前一刻判若两人。

车上，暖气开得很足。

两人一言不发地拿起备用毛巾擦拭头发。陆雨桐看他恢复了冷静，悬在嗓子眼儿的心稍微放下。谁也没有提刚才那些失控的行为，但是，正因为她对他还有情，他的做法才更加刺痛她的心。

“关于我妈，我要知道全部！”她为自己找到了另一个重要理由，如果不是为了妈妈，就算她一辈子都爱他，也依然会离开得彻彻底底。

雨点轻轻地敲打着车窗。

宋子迁冷冷地眯眼："可以。"

陆雨桐被他眼底的冷光刺了一下，接着又听他继续道："但你必须先答应我一个条件——不许跟夏允风在一起！不许接受他！"

陆雨桐脸色微变："这个条件，我不能答应。"

他的目光更尖锐了，仿佛要将她看穿。

"好啊！你可以不答应，以后别再问任何金叶子的事！"

"宋子迁！"

"你自己想清楚！"

他为何每次都这样一意孤行，不可理喻！陆雨桐打了个喷嚏，飞快地用干毛巾裹住自己，话语依然清晰："除了允风，其他条件都可以。"

"没有其他，答不答应随你！"

她从失望转为愤怒："为什么？如果怕我将来嫁入夏家，跟你关系尴尬，我可以跟允风……"

"行！你尽管去做，不过最好也要有足够的勇气承受后果！"说完，宋子迁踩下油门，车子在雨中疾驰。

这天晚上，陆雨桐病了，身子忽冷忽热。

夏允风陪她坐在长椅上输液，细心地照顾她。

陆雨桐笑了笑，问："允风，你为什么要对我这么好？"

夏允风看着她扬起的嘴角，跟着笑起来："以前不懂，现在知道了，原来全心全意地对一个女人好，会感觉很幸福。"

幸福吗？陆雨桐微微失神："可是……如果我不能给你回报呢？"

"这样子啊！"夏允风状似严肃地想了想，"确实是个大问题，毕竟我不喜欢做赔本的买卖。不过，你是头一个让我愿意用心呵护的女人，暂且就不计较那么多吧！"

陆雨桐眼底闪过忧伤："允风，你是个很骄傲的男人。"

"呵，有不少女人这样评价我，只是她们说这句话时，语气让人又爱又恨。"他摸摸下巴，透出惯有的傲慢。

"如果有一天，我彻底放下了过去，心里开始装着你，我也不会感到意外。"陆雨桐道。

闻言，夏允风收起了玩笑的表情，认真道："雨桐，我的心意你应该很清楚。我不介意你心里还装着谁，因为我有自信，终会将那个男人从你心里连根拔除。"

他捏捏她的脸颊，黑眸里闪动着坚决的神色："行了，别紧张。我爸一日没接受你，我就没资格做你的男朋友。所以，我会继续努力，而你只要记住，这里先挪出位置给我空着，因为我随时会住进去。"他抓着她没打点滴的那只手，按在她的心窝处。

陆雨桐望着他，眼角酸涩。

第十三章
她可是个祸水

宋子迁也病了。像他这种多少年连感冒都鲜少犯的人，一旦生起病来，就来势汹汹。

夏雪彤终于有机会展现贤惠的一面了，抛开两人之前的不愉快，主动打破冷战，将夏家的厨子请到家中，学习熬粥煲汤。

刚审阅完一堆文件，宋子迁准备小睡一会儿，手机响了。看到来电显示，宋子迁立刻坐正了身子，按下接听键。

“宋先生，今天找到金蛇了吗？”

“什么意思？”对方是他专门秘密雇佣的私家侦探。

“难道前晚宋先生没看到信息？刚才我得到最新消息，今天早上金蛇果然又在那里现身了。”

宋子迁疑惑道：“你什么时候发的信息？”

“前晚，二十二点十分左右。”因为职业关系，私家侦探记得很准确。

宋子迁心中闪过某个念头，道：“知道了。以后有情况，直接打电话。”

“宋先生请放心，我会尽快找出金蛇的藏身之所。有消息会立刻通知您。”

宋子迁删除来电记录，走出卧室，疑惑地看向厨房里的身影。会是她吗？如果没记错的话，前晚那段时间正好从慈善晚宴里出来，他送她回家，两人都在车上。可如果是她，她怎么会有机会查看他的手机？如果不是，为何短信不翼而飞？

“迁，在想什么？”夏雪彤打断他的沉思，笑容动人。

“想你这双娇嫩的手，何曾为谁做过这些活？”宋子迁拿起毛巾为她擦干双手。

许久没感受到他的温柔，夏雪彤搂住他的脖子，开心道：“为心爱的男人洗手做汤羹，我不觉得苦，只要……你多关心我一点儿就好了！”

“好。”看来，他需要花些时间，好好了解一下她了。有些事情，必须弄清楚了，他才能心安。

晚餐在一片温馨的气氛中度过。只是久违的甜蜜背后，两人各怀心思，气氛里也暗藏着些许怪异。饭后，夏雪彤系着围裙，动作生硬地在厨房里洗碗。她要让宋子迁知道，为了他，她什么都可以改变。

宋子迁上前，温柔为她将额前的发丝搁到耳后，柔声道：“辛苦了，一会儿你忙完先好好休息，我洗个澡就来陪你。”

沙发前，半透明的玻璃茶几上，一部黑色的手机静静地躺着。

浴室里很快传出哗哗的水声。

手机突然震动了一下。

夏雪彤走出厨房，看到手机，克制不住心颤。她看了看紧闭的浴室门，终是忍不住伸出手去。仍是一条没有号码的短信，她心跳加速，飞快地点开……

浴室的门悄然打开一条缝，宋子迁收起备用手机。

猜测，他已经验证了！

闲着没上班，陆雨桐发现自己生活过得混乱，直到青桐傍晚打电话回来，才猛然记起又到了周末。

夏允风主动帮她做饭，洗菜、刷锅的动作利落流畅，让她惊讶不已。最后一道青菜起锅，他才不慌不忙地吐出一句：“我中学开始留学，自己生活。”

简单的几个字，似乎包含了千言万语。陆雨桐停下动作，惊讶地看着他，心中那个养尊处优、肆意挥霍的大少爷形象，正在一点一点消失。

“怪不得。夏少爷，你越来越让人刮目相看。”陆雨桐道。

“呵呵，你像一个谜，耐人寻味。而我就像一本书，好看的书，值得你慢慢翻阅，懂吗？”夏允风大言不惭。

“看出来了，一本自卖自夸的书。”陆雨桐浅笑盈盈。灯光下，她耳边垂落了几缕发丝，在颊边轻轻荡漾。柔美的容颜看得夏允风心弦微动，不自觉地失了神。

陆雨桐对上他痴缠的目光，心中一悸，不自在地别开眼：“咳！青桐他们怎么还没回来？我打个电话问问。”她边说边解围裙，可是，颈后的带子不知何时成了个死结，解了好久都没能解开。

“我帮你。”夏允风伸出手，不经意间碰到了她的手指。

陆雨桐不着痕迹地收回手，低下头道：“谢谢。”

两人贴得很近，他闻到她发梢上若有若无的幽香，散发着一种致命的诱惑。

“雨桐……”他从未对一个女人如此动情，也从未对谁如此紧张，生怕一个不适当的举动引来她的反感，“雨桐，万一……我说的是万一，我爸不能接受你，你还会考虑跟我交往吗？”

陆雨桐也这样问过自己，如果不是为了妈妈，自己愿意接受他吗？她深吸了一口气，道：“我一直希望能够光明正大地谈场恋爱，将来结婚，不奢望会得到全世界人的祝福，但是至少亲人愿意接受……”

“我明白，雨桐，我以后会好好保护你，不让你受委屈！”夏允风承诺道。

陆雨桐眼中升起朦胧的水气，终于有这样一个男人，无比坚定而又真挚地说要保护她……

夏允风的手指不知何时转移到她的唇上，轻轻摩挲着。然后，他捧起她的脸，情不自禁地俯下身。像他这种久经情场的浪荡子，想吻她时，竟然紧张得心脏都快要蹦出来了。

陆雨桐僵硬地闭上了眼睛，睫毛颤动。

或许，就从一个吻开始，她的心就不会再为另一个男人矛盾痛苦……

他的唇慢慢靠近她的唇，正要吻上时，突然传来急促的门铃声。

陆雨桐猛地睁开眼睛，推开他。夏允风失望地叹气：“想必是青桐和姚若兰回来了，我去开门。”他离开厨房，陆雨桐浑身像被抽去了力气似的，虚弱地撑在灶台上。刚才那一瞬，脑海中满是宋子迁的身影，她根本无法呼吸。但是她终于做到了，没有推开允风，而是努力卸下心防去接受他……

姚家拥有凌江市最大的私人住宅区，由七套独立的洋房组成，绿林掩映，独具一格。那些年，人称“姚老大”的姚宏威一连喜得六个儿子，笑得合不拢嘴。如今的姚老大，是若兰的大哥姚立行。

姚立行所住的蓝色洋楼里，来了一位特别的客人。

书房里，姚立行叼着一支大雪茄，霸气的浓眉间有道深刻的褶皱。

“当年的事情，你怀疑的目标没错。你父亲身边两位最得力的秘书简锋和孙大海，其中简锋被收买，背叛了你父亲，引发了世兴集团破产的危机。幕后操控者正是夏国宾。”他将一个牛皮袋扔给对面的男人。

宋子迁一手接住，打开牛皮袋，神色逐渐变得狠厉。

宋子迁神色阴冷地抬起头问："简锋现在在哪里？"

"抱歉，我答应过简锋，只要他说出当年的实情，我保他不被追究。其他的情况，资料里都有，你回去慢慢看。"姚立行弹了弹烟灰，好整以暇地起身，"总之，夏国宾心狠手辣，人前跟你父亲称兄道弟，背后心狠手辣、满腹诡计。我们姚家最见不得这种不讲道义的家伙！宋老弟你放心，若有需要，随时来找我。"

"谢谢。"宋子迁取出牛皮袋里的其他东西，迅速扫视，发现没有金叶子的资料。

"关于金叶子的资料没有，但是有消息。"姚立行抽了一口雪茄，注视着他，"想不到时隔这么多年，那个女人还能掀起波澜。我只知道，她跟夏国宾关系匪浅，帮夏国宾做过不少事情。根据简锋交代，车祸主谋可以确定就是夏国宾，而金叶子也知晓一切。至于最后她为何会跟你父亲一同受害，内幕恐怕只有他们自己清楚了。"

宋子迁的手紧了松，松了再紧，耳边响起金叶子那日尖锐的嘲笑声，她说夏国宾是谋害父亲的主谋，原来是真的！

"那场阴谋，金叶子果然有份！"

"就目前的证据来看，确实如此。"姚立行上前，拍拍他的肩，"老实说，我很好奇你接下来会怎么做。毕竟，金叶子的女儿陆雨桐曾是你的得力助手。而你除了是世兴集团的老板，还是夏国宾的准女婿。"

宋子迁的目光落在资料上，简锋供出的内容完全可以看出夏国宾那只精明的老狐狸对外人冷酷自私，对自己的宝贝女儿却宠上了天。夏国宾费心收买简锋，搞垮世兴集团，再假装好心出手相助，先后赢得父亲和他的感激。而夏国宾始终扮演着有情有义的兄弟角色，不求回报，唯一的希望便是两家能够联姻。

他做那么多，难道只是为了雪彤？

宋子迁黯然地闭了闭眼睛。

姚立行疑惑道："奇怪的是，既然你父亲已经答应联姻，你跟夏小姐也情投意合，夏国宾为何还要设计这场车祸？"

"或许我父亲发现了什么，识破了夏国宾的真面目。"

书房门被敲响，西装笔挺的下属进来报告："老大，晚宴即将开始，七小姐请您过去。"

姚立行粗犷的面庞立刻露出微笑，他熄灭雪茄，道："宋老弟，请移步主楼。

今天是我们家小公主的生日，你既然过来了，就一起给她庆祝庆祝。”

宋子迁不便拒绝，将牛皮袋收好，跟着他走向主楼。

姚若兰的生日宴，也是一场珍贵的家宴。姚家兄弟人数众多，在家业上齐心协力，但平素各忙各的，像这样聚在一起，相当难得。

宋子迁没想到会在这里看到陆雨桐，但转而看到姚若兰跟青桐成对的身影，立刻明白了。

雨桐比他更惊诧，端着盘子在厨房门口愣怔地站了一会儿，才回过神来。青桐最关心的是姐姐，从订婚宴之后，他还是第一次正式与宋子迁碰面。只要想起姐姐曾经当众受辱，宋大哥却冷眼旁观，他就难以释怀。

姚立行一现身，厅里的众人纷纷起身问候。

“欢迎宋先生、陆小姐还有陆小弟前来参加若兰的生日宴，今晚大家都是自己人，客套话不用多说，坐吧！”老大发话，下面五个兄弟很有默契地附和。

晚餐开始。

不知是有意还是无意，宋子迁被安排坐在陆雨桐的旁边。陆雨桐努力维持着冷静，脸上带着微笑，不想让其他人看出端倪。

至于青桐，已经无暇去顾及宋子迁，因为从踏进这里第一步起，他就成了今晚的主角，被姚家包括后勤在内的每个人细细地打量了一番。那些探究的目光，让他如坐针毡。此刻，他坐在姚若兰旁边，斯文的俊脸绷得紧紧的，一声不吭。

姚若兰却喜笑颜开，兴奋地喝了几杯酒，小嘴喋喋不休地说起来。

“哈哈，大哥、二哥、三哥、四哥、五哥、六哥……”她挨个数过去，拍着胸口喘气，“今晚我收到的最好的礼物，就是你们都回来陪我过生日！谢谢你们这么疼我！”她站起身，开始轮番朝每个人九十度大鞠躬，那脸蛋红得跟猴子屁股一样。

青桐在众兄弟的催促下，扶着姚若兰上楼休息，逃似的离开了客厅。

这时，不知谁高声笑道：“呵呵，青桐那小子娶咱七妹，陆小姐再嫁进姚家，亲上加亲就完美了！老三，你是咱兄弟里最帅最有风度的，跟陆小姐相配得很！”一群口无遮拦的粗犷男人，说起话来大大咧咧毫无顾忌。

宋子迁端着酒杯似笑非笑，突然起了身，拖着微晃的步子朝他们走近。

陆雨桐的心跳加速，他眼中有一种莫名的杀气，冒发阵阵寒意。

宋子迁一手拍在刚才发言的兄弟的椅背上，指着陆雨桐道：“这个女人，你们也敢收？她可是祸水！她最大的本事，就是能让男人慢慢忘记初衷，像毒药一样上瘾，一点点被腐蚀心脏……”

“宋子迁，你喝醉了！别胡说！”陆雨桐尴尬地站起道。

“亲身经历，怎么算是胡说呢？”他来到她身前，托起她的下巴细细审视，“你就像你的母亲一样，是个只会四处招惹男人、祸害男人的……”

“啪！”陆雨桐气得发抖，毫不犹豫地挥出一巴掌。

姚家兄弟包括姚老大在内，都震惊地望着陆雨桐。她面色苍白，美目里燃烧着又怒又痛的火焰：“宋子迁，你怎样说我，我都可以不计较，但我绝不允许你侮辱我妈！”

“我只是在陈述事实，哪里侮辱她了？”

“你……”她再次扬起了手。

宋子迁抢先抓住她的手腕，朝姚家兄弟道：“各位兄弟，抱歉，我跟这个女人有话需要单独谈谈！”说完，拽着陆雨桐大步走向门外。

夜风吹来，陆雨桐手脚冰凉，唯有胸腔里的那把火燃烧猛烈。他当众侮辱妈妈的话语，让人无法不生气。宋子迁靠在凉亭的红漆长柱上，按了按胀痛的太阳穴，目光幽幽地盯着她。

陆雨桐冷冷地退开，她此刻的心情差极了。早知道会遇到他，任凭若兰如何恳求，她今晚都不会踏进姚家。

“宋子迁，你究竟想要怎样？”

夜色中，宋子迁嗓音沙哑，但字字清晰：“两件事，第一，不许再接近夏允风；第二，回到世兴集团。”

陆雨桐很想笑出声，真是讽刺，他以为自己还有权力命令她吗？

“宋子迁，看来有些问题我们今晚应该说清楚。我妈跟你父亲之间有什么纠葛，我不知道。但是我知道你恨她，也想报复我，是不是？”

宋子迁高大的身躯陡然站直了几分，在昏暗的路灯下投下一道黑色的阴影。他对她的问题避而不答，只坚持自己的意思：“这两件事，不要当我随口说说！”

“宋子迁，你少自以为是！我为什么还要听你的？你有你的理由，我也有我必须要做的事！”

“回到我的身边，什么都好说！”否则，他不在乎用任何手段让她屈服！

“是吗？以前我傻不知道，现在明白了。你的好，都是有目的的！所以……我已经不稀罕跟你好好说。”这些日子，她开始思考两人从相识到结束，再到妈妈出现后他的反应，很多猜测集聚在心中，只是一时找不到原因和答案。或许从一开始，他赞助自己和青桐读书，就是怀有目的的。

这个想法让她心如刀割，如果可以，她不想再跟他有任何纠葛。

“我想，今晚是我们最后一次单独说话。以后，请不要再惹我！”

宋子迁盯着她冷漠孤傲的身影，再次忽略她的话，非要让自己的疑问得到答案。

“你坚持选择跟夏允风在一起？”

“与你无关！”

“你这样做，是为了金叶子？”这是他所想到的可能性之一，金叶子害怕他的报复，定想找一座有力的靠山。

“不！”陆雨桐被激怒了，故意大声地告诉他，“因为允风喜欢我，关心我，爱护我。这样好的男人，我没理由错过！”

“是吗？”宋子迁意外地没有发怒，但是语调沉了几分，不慌不忙地吐出下一句，“可是你喜欢的是我，你心里装着的男人只有我！”

“宋子迁……”陆雨桐好似被人打了一拳，虚弱地晃了晃。

“呵，你敢否认？”宋子迁终于有了动作，他迅速上前反剪她的双手，紧紧地抱住她。

“当然！谁说……我喜欢你？我没有！”她想逃脱，偏偏那双如铁一般强硬的手臂扣得她无法动弹。

“你真的不爱我？从来没为我心动过吗？”他逼问道。

凉亭外不远处，有姚家保安在巡查。只要她稍微发出惊叫，就会立刻引来他们。而宋子迁并不给她机会，忽然低头吻了下来。

她反抗，他便更加蛮横。

“抗拒什么？你在害怕吗？我的女人。”他亲昵地低唤，淡淡的酒气喷洒在她耳边，提醒着两人的过去如何亲密。

“我没有……”她强撑着说。他的怀抱是世上最可怕的武器，多少理智、怨愤和决心，在他的怀抱里都会逐一化解。

“就是啊！怕什么呢？你敢否认你已经不爱我？敢否认我这样吻你，你没有感觉吗？”说罢，唇又要压下。

“宋子迁……你到底想怎样？你放了我，好不好？”她听到自己前所未有的可怜嗓音，近乎卑微地恳求他。

宋子迁抬起头低笑：“本来，我只要求你做到两件事，但现在多了一件，承认你爱我！”

世界瞬间静止，只剩下他的威胁声在耳畔，把她本就羸弱的心脏，撞得几乎支离破碎。

“承认你爱我，每天依然想着我，念着我，心里只有我一个，永远不会……”他顿了顿，手上突然加重了力道，捏得她的下巴发痛，“永远不会爱上其他男人！”

陆雨桐被迫仰着头，紧咬着唇。

“说！”他厉声逼迫着她。

“好，我承认……”许久，她终于松开了牙齿，唇上有一圈明显的齿印。

宋子迁暗沉的黑眸闪出一抹灼亮。

“我承认曾经对你满怀感激，为你心动……”她痛楚地闭了闭眼睛，嗓子干涩，“但是，认清了你的真面目，见识过你的冷血无情之后，你以为我还会再爱你吗？”

“你！”宋子迁气恼地掐住她的脖子，眸中那点点星光被黑暗吞噬。

“我早已经不爱你了，宋子迁。”她用尽最后一丝自制力，冷静地告诉他。

“不可能！”他的气息变得紊乱，胸膛一起一伏，心跳异常剧烈。

她惨白的脸上慢慢地浮现出笑意：“宋子迁，你这样不择手段地逼迫我，是因为你已经爱上我了吧！”

宋子迁震住了。

陆雨桐趁此机会，双肘奋力往后一顶，终于挣脱了他的掌控。

“你爱上了我，可惜，你的爱让我唾弃！”说完，她头也不回地奔离了凉亭。

宋子迁感觉她拿着一把铁锤，将锐利的钢钉重重地敲进自己的心头。他靠在冰冷的柱子上，拍着额头自嘲地笑：“真是醉了……该好好清醒了！”

夜色笼罩，酒气逐渐消散，他整个人都笼罩在无边的黑暗里。

这晚发生的事情，成了陆雨桐心中的恐惧与痛苦，她毅然做出了新的决定。

一天后，她精心打扮了一番，穿上合身的套装，将个人简历放进包里，踩着坚定的步子踏进了凌夏集团。

宋子迁刚开完会回到办公室，拿起一份文件面色凝重地看着。

孙秘书敲门，脚步匆忙地进来。

“少总，刚才我听到一个消息……”

“说。”

“小桐有意进入凌夏集团工作，听说她向凌夏集团投了求职信。”

宋子迁手中的钢笔忽然停顿，笔尖在纸上划过深刻的痕迹。

“孙秘书，”他冷笑着拉开身侧的抽屉，取出一份文件，“这个，就交给你去处理了。”

孙秘书疑惑地打开文件袋，浏览后惊讶道：“是小桐的解约协议。可是……什么时候改了内容？”虽然只是修改了几个小地方，但有经验的人稍微一看，便知道是文字陷阱。条款尾处还附加了一行小字：解约协议自双方签字之日起，半年后正式生效。半年？如今才不到三个月。

如有违约，甲方除赔偿乙方……孙秘书仔细数了数，一共六个零，也就是一百万元违约金，还需无条件继续为乙方工作半年。

“少总，原来您对小桐的离开早有打算，是不是在她眼睛出问题的期间做的？”

宋子迁抬头，冷眼看他：“你不必问那么多，现在就去找她。”

孙秘书叹气，转身准备离开。

宋子迁浓眉一拧，又道：“孙秘书，还有一事想问你。我听说曾经有几年，我爸跟岳父大人的关系并不好，在酒会上碰见也互不招呼。后来却突然频繁联系，我爸甚至再三表示想与夏家结为儿女亲家，其中转变的原因是什么？”

孙秘书有些疑惑，却还是道：“我记得有一年冬天，一名世兴员工在凌夏集团名下的一所楼盘里开煤气自杀，死前好像留下了一封遗书，意指被老板逼得走投无路……当然，我绝对相信你父亲的为人。总之，那件事情是夏董及时帮忙处理的。”

难得的是，夏国宾主动出面，配合警方做了调查，最后断定为煤气中毒，属于意外身亡。宋世兴身为老板，给予该员工家属优厚的抚恤金，以表安慰。此事，由于两家刻意压下，十分低调，没让任何一家媒体报道出来。

孙秘书的话勾起了宋子迁的回忆。他大概明白了，那年冬天父亲心事重重，在家愁眉不展。他关心过，父亲只说公司里出了点儿问题，很快就会解决。过年时，父亲一扫阴霾，喜笑颜开地带他去了夏家。

那年，两家一起过的年。他记得很清楚，因为见到了夏雪彤，她从当年的黄毛丫头，长成了亭亭玉立的少女。她甜美的笑容，给他留下了深刻的印象……

孙秘书靠近办公桌，道："少总，您怎么突然问起这些？"

"孙秘书……"宋子迁握紧了钢笔，眯起的眼睛里透出冷厉，"我怀疑当年很多事情，都是夏家在背后精心策划的，尤其是我爸爸的车祸。"

孙秘书震惊道："少总，我年纪大，您别跟我开玩笑。如果一切是夏董事长做的，原因是什么？论财势地位，宋家对他们并没有威胁，生意上也少有交集。夏董还把最宝贝的女儿嫁给您……"

宋子迁发誓，真相总有一天会水落石出！

一家港式茶餐厅内。

陆雨桐看完解约文件的内容，足足三分钟没有说话，最后冷静道："孙秘书，很抱歉，请您转告他，不要妄想用这个威胁我，无论如何我都不可能回去。"

孙秘书听得直皱眉："小桐，你先听我说。"

"不用说了，孙秘书。如果他非要强迫，我不介意拿着这份协议打官司。我可以证明签字时，由于本人患有眼疾，无法辨认协议的真实内容，以致被骗。"且不说官司胜负，一家大公司卷入这种欺诈案，势必会影响声誉。宋子迁最在乎的莫过于他父亲一手创立的事业，凡是让公司受损的事情，他都会谨慎小心，宁可不为。

孙秘书面有难色，转移话题："小桐，你非要进凌夏集团工作不可吗？"

陆雨桐皱眉。昨天才去投了简历，他们这么快就知道了？也对，宋子迁可是凌夏集团的女婿，两家关系密切得很。

"小桐，如果你不去凌夏集团，这份解约协议的问题，少总兴许会退让一些。"

"为什么我不能进凌夏集团？宋子迁在担心什么？"难道说残害妈妈的仇人就是宋世兴，所以宋子迁才怕她以夏家为靠山，找他父亲讨回公道吗？

"抱歉，孙秘书。我原本并没有这么坚定，托他的福，我现在非进凌夏集团不可！"她扬起手中的文件道，"至于这个，随便他！"

半个小时后。

宋子迁收到孙秘书的反馈，站在窗前，一连抽了两支烟。她竟然宁可打官司，也不愿妥协。她这样做，无疑是逼他亲自出手。孙秘书透过玻璃门，望着他孤独的背影，默默叹气。偌大的公司，复杂的家事，那双宽阔的肩膀全部要一力承担。

孙秘书走进去，道："少总，小桐的事，您放心，我会继续说服她。"

宋子迁从窗前转过身，背对着光，整个人蒙上了一层阴影。

"房间订好了吗？今晚我要跟岳父和雪彤一起吃晚餐。"

"是的，少总。"再次听到他说"岳父"两个字时，孙秘书为他心疼，"接下来您打算怎么做？夏董……不，夏国宾阴险毒辣，但夏小姐是无辜的，她现在还是您的未婚妻。"

宋子迁吐出一口烟圈，眼神坚定地道："我现在不会跟她取消婚约。"

第二天一早，陆雨桐的眼皮跳动得厉害。

世兴集团的法律顾问竟然直接找上门来，同行的还有孙秘书。

"孙秘书，身为受害人，我当初就是太信任他，才让自己落入陷阱中。这件事您有好的办法吗？"陆雨桐深知真与宋子迁斗，几乎没有胜算。

孙秘书啜了口茶水，道："办法是有一个。你跟少总去一趟巴黎吧，一个星期，把与 Chenl 的合作搞定，少总就不会再为难你了。"

陆雨桐心中战栗，一个星期，跟他单独去巴黎……

"孙秘书，这是他的主意吗？"

"不，是我的建议。Chenl 品牌的代理权是少总的梦想，也是你堵上性命换来的，如今皮特先生坚决让你出面才愿意继续谈合作。小桐，你不妨好好考虑一下，我回去也跟少总谈谈。"

送走孙秘书，陆雨桐抱膝坐在沙发上，陷入沉思。

可是，她不知道宋子迁听了孙秘书的建议后，将巴黎行程表狠狠地扔在桌上。

"去巴黎一个星期？什么鬼东西！孙秘书，你最好解释清楚！"

孙秘书清了清嗓子，道："咳！是这样子，小桐是个有责任有担当的孩子，听说 Chenl 皮特先生的态度后，毅然决定前去巴黎，不把合同敲定誓不回来。而我觉得，为表示我们世兴集团的诚意，少总也应该亲自出马。"

宋子迁的指关节重重地敲着桌面，沉声道："所以呢，你先斩后奏，没跟我商量，擅自把机票都预订好了？"

"行动高效，是每位秘书应该具备的能力。少总只需要点头答应，收拾好行李，再按时去机场，司机我也安排好了……"

“孙大海！”

“少总，您就去吧，好好放松一下。您想想，此行一举两得，Chenl 问题可以圆满解决，更重要的是您非常需要冷静一下，去巴黎正合适。除非……”孙秘书瞄了脸色紧绷的老板一眼，心疼他隐藏悲伤和仇恨的样子，“除非您害怕跟小桐单独同行。如果是那样的话，我也可以将你们的座位分开。”

“够了！出去！”宋子迁最怕这半老头啰唆，直接赶人。

孙秘书不怕死地坚持把话说完：“明天下午六点的飞机，请少总不要误点。其他事宜，不能操之过急。少总冷静后，说不定能想出更周全的计划，到时候孙大海一定鼎力协助少总！”

宋子迁拿起桌子上的烟盒，抽出一支。孙秘书知道他准备为父报仇，又跟夏国宾提出合作七年前的项目，因为担心才出此下策吧。但是单独跟陆雨桐去巴黎，又是什么鬼主意？他眼眸紧眯，骤然想到了原因。

果不其然，孙秘书嘿嘿一笑：“我已经替少总答应了，只要小桐能顺利完成 Chenl 任务，您就会让何律师撤诉，将三个月缩短为一个星期。呵呵，我想少总其实从来没想过要打什么官司，不如找个台阶放过小桐吧！”

“马上出去！”宋子迁拿起烟盒，不客气地砸过去。孙秘书身子侧过，躲开，火速离开了。

六点的飞机，陆雨桐从头到尾没有联系过宋子迁，办理托运的时候，才看到了熟悉的身影。宋子迁穿着深蓝色风衣，挺拔的身形在来往的旅客中十分显眼，旁边是打扮精致的夏雪彤。他们面对着站立，正在道别。

“迁……我很舍不得你。”

“一个星期很快就过去了，你可以多陪陪你爸。”

陆雨桐瞥了他们一眼，转身进了安检。

候机室。她坐在长椅上，翻阅着手里的文件，视线落在页面上，久久没动。一道阴影落在身前的地板上。她抬起头，不知道他怎么会来这边。以他的身份和习惯，向来喜欢选择贵宾候机室。

宋子迁戴着墨镜，在她身边坐下，气定神闲地放下公文包。

陆雨桐不着痕迹地往外侧挪了几分，他不说话，两人像是不认识，她却无端地感受到一股压力。好在手机响了，她正好可以起身走开。

宋子迁盯着她的背，目光深沉。

“雨桐，我发现一家室内攀岩场所，很不错。周末有空吗？”

“对不起，允风，这几天我要出趟远门。”

“之前没听你提起。”

“嗯……临时受朋友所托，去办点儿事。忙完就回来，到时候再跟你去攀岩。”正说着，耳边传来广播声——十八点飞往巴黎的旅客请注意……她下意识地转头看向登机口，不料，映入眼帘的又是深蓝色风衣。她的心扑通一跳，听不清夏允风在说什么，忙捂着话筒道：“先这样吧，等我回来再告诉你。”

“等一下！”

“还有事？”

夏允风的嗓音忽然变得低沉认真：“不管去哪里，记着，安全第一。”

陆雨桐蓦地眼窝发热，除了弟弟，这是第一次有人牵挂自己。可是他带来的感动越多，她的心就越沉重。

“我会的，允风。我们回来见。”话刚说完，手机就被宋子迁夺走了，且二话不说关了机，再塞回她手里。男人的嘴角扯出冷笑，接着径自走向了登机口。陆雨桐瞪着他的背影，提醒自己要保持冷静。

飞机起飞。

在飞机上，宋子迁倒也没为难她，显得高深莫测。

不知不觉，她睡了过去，做了一个很长的梦。梦见自己无法对宋子迁忘怀，当他对她展开温柔攻势时，她所有的理智都抛在了脑后，义无反顾地投入他的怀抱，像世界末日那样抵死缠绵……

一颗泪珠，悄然沾湿了睫毛。

宋子迁转过头，视线落在那颗泪珠上。

她嘴唇微动，似乎在喊着谁。他情不自禁地伸出手，轻轻地与她十指相扣。

陆雨桐不安地动了动脑袋，梦里她意外有了身孕……可他立刻变得冷酷无情，命令她把孩子打掉。他爱的是夏雪彤，她别妄想用孩子来威胁他！

她瞬间如坠深渊，只听允风愤怒地质问：“你怎么会怀孕？你不是说做我的女朋友吗，为什么怀了宋子迁的孩子？陆雨桐，原来你是这样一个恬不知耻的女人！你太让我失望了！”

“允风……你别走……允风……”陆雨桐急切地抓住他。他要是走了，谁跟她订婚，谁来帮她换回妈妈？

“陆雨桐，该死的，你在叫谁！”宋子迁咬牙切齿，与她交握的手指骤然用力。

陆雨桐痛得猛然睁开眼睛，心跳如擂鼓。她看看四周，惊觉原来是在做梦，闷在胸间的那口气缓缓吐出，后背却已汗湿。于是，接下来的时间里，两人都没了睡意。一个睁大眼睛愣怔地望着窗外，另一个面色冷凝，抱着手臂直视对面的座椅，岿然不动，如同冰冷的雕塑。

第十四章
你爱上夏允风了吗

经过漫长的飞行，飞机终于降落到巴黎这座浪漫之都。

取完行李走出机场，当地时间已接近深夜两点。皮特说好会安排人员接机，但陆雨桐站在出闸口等了好久，也不见前来迎接的人。

宋子迁心情不佳，没耐性等待，拽着她直接拦了一辆的士。

两人仍是没说话，车子停在酒店门前，迎宾侍者快步来开车门，帮忙拿行李。宋子迁抖了抖风衣，阔步迈入酒店，到前台办理入住手续。他永远是意气风发的宋少总，即使在异国他乡，那股与生俱来的傲然气势依然引人注目。

陆雨桐接到了皮特的电话。原来派去接机的人弄错了时间，晚了半个小时才赶到，机场已经不见他们。

“没关系，非常感谢您的关心，我跟宋少总已经平安抵达酒店，请放心。”陆雨桐看向宋子迁，手续似乎已经办完，“皮特先生，现在时间不早了，我们按照明天约定的时间，见面再谈。”

宋子迁转身，她刚好挂断电话，脸上还有尚未收起的微笑。他一阵烦躁。三更半夜通电话，能让她展露笑颜的家伙除了夏允风还能有谁？

孙秘书又做了件多余的事，陆雨桐心里念着她的新男朋友，连做梦都梦见夏允风。她愿意前来巴黎，不过是为了早日离开他。从何时起，她一心想着离开，而且是一副离开了便永不回头的模样……

宋子迁瞪视着自动跟进电梯的陆雨桐。

瞥见他难看的脸色，陆雨桐不着痕迹地转过身去。也许，冰冷与沉默更适合彼此，她怕极了他的喜怒无常，多说几个字就可能惹怒他，然后不得不承受他无礼的轻薄……

电梯停在了九楼，陆雨桐赶紧收回不该有的思绪。

酒店过道铺着柔软的地毯，宋子迁在最里面的套房前驻足，刷卡进入房间。

陆雨桐踌躇了一会儿，见他没打算回头，不得不开口问："我的房间在哪里？"

宋子迁放下行李，脱下风衣扔在床上，慢条斯理地解开衬衣纽扣。

陆雨桐等不到回答，硬着头皮跨进门内一步，再次问道："我的房间在哪里？"

宋子迁终于回头，生疏冷漠地上下扫视她："你在跟我说话？"

陆雨桐忍住难堪，礼貌地问："少总，请问我的房间在哪里？隔壁吗？房卡呢？"她伸出手，换来的却是嘲弄的一笑。他走到门边，黑眸锁住她的脸："陆小姐，你有委托我帮忙办理入住吗？"

羞恼的情绪迅速爬上她的眼底，他刚才根本没帮她办理入住手续，而她傻傻地一路跟了上来。她抓紧行李箱的拉杆，手指紧得发白，接着毅然掉头。

宋子迁环着手臂，嘴角的嘲弄逐渐变成严酷，然后砰地将门关上。

陆雨桐进入电梯，强装了一天的冷静悄悄地垮了下来。

次日，宋子迁精神抖擞、西装笔挺地按她的门铃。

陆雨桐火速跳下床，随意理了理长发，打开房门，问："有事？"

宋子迁看了她一眼，大大方方地迈进屋内，径自坐在大床旁的红色沙发上，优雅地交叠起长腿，接着不知从哪儿摸出了一份英文报纸，悠闲地翻看起来。

陆雨桐不可思议地望着他。昨晚形同陌路刻意给她难堪，现在演的又是哪一出？

"宋子迁，你确定不是走错了房间？"

"你想睡觉，可以继续。"他将报纸翻页，专注地看着全球财经报道。

见鬼的，他像个无赖待在这里，她还能继续睡得着才怪！陆雨桐强压怒火道："我们谈谈。"

"穿着睡衣的女人，我只愿意跟她在一个地方谈。"宋子迁抖了抖报纸，意有所指地瞄了眼床铺。

陆雨桐飞快地捞起一件外套披上，防备地道："宋子迁，我们必须约法三章！"

宋子迁挑眉，视线落在她的领口里，缓慢起身，忽然一把抱起她，又将她丢到大床上摁住。

"……宋子迁，你做什么？"

"我才说过，穿着睡衣的女人，我只愿意跟她在这里谈。"他轻轻地按住她的肩。

陆雨桐的大眼里闪过惊慌。

宋子迁伸出长指，划过她的脸颊。见过各种姿态的她，如此努力想要冷静却气得两颊发红的模样最可爱，散发着说不出的诱惑。

他与她对视，看着看着，眼眸暗沉下来，充满了欲望。这脱离了他的初衷，本来只打算敲响她的房门，看她起床了没有，没想到自己非但强闯进来了，还将她带到了床上。她像是致命的毒药，不需要任何语言，他便自动向她靠拢，甘愿中毒而亡……

“想谈什么？现在给你机会。”宋子迁撑起上半身，俯视她。

陆雨桐只能软弱道：“你压得我肩膀疼……”

宋子迁微微松开了手指。她暗吸一口气，集中力量猛地将他往旁边一推。他一时不备，竟差点儿滚下了床。

“宋子迁，请你出去！”

被女人指着往外赶，宋子迁绝不做这种有失面子的事。他单臂撑起，好整以暇地道：“给你十分钟，洗漱更衣，再来跟我说话。”

陆雨桐的困倦彻底消失。她从箱子里找出衣服，进入浴室。

房内，宋子迁突然失去了支撑一般，仰躺在床上，轻轻闭上黑眸，双手不自觉地触摸被褥，空气中仿佛还有属于她的气息。如何才能不在乎？如何才能忘记？只要看到她，他的意志力就会变弱……

十分钟后。

陆雨桐穿着一身干练的浅色套装走出来，乌黑的长发整齐地挽在脑后。她每次装扮自己的效率跟工作一样出色。

宋子迁面无表情地翻阅报纸，好似刚才什么都没发生过。

陆雨桐在洗漱时，仔细考虑过了，便道：“在巴黎这几天，与皮特先生以及工作相关的领域，我会继续扮演你的秘书。”

“不是扮演，事实上，你就是。”一个星期换三个月，秘书身份没有变。

“本次专程为Chenl而来，我会尽力帮你与皮特先生落实合作。倘若提前洽谈成功，我们就没必要拖到七天。”

看样子，她想尽快完成任务，然后回到她那个新男朋友的身边。宋子迁不悦地拧眉，目光里多了丝锐利。

“我需要明确的工作时间，非工作时间内，我不希望受到无聊人士的干扰。这一点尤为重要，请你配合。”

宋子迁扯动嘴角："意思是我就是那位无聊人士？"

"我不介意宋先生对号入座。"

"明确的工作时间？"

"没错。比如约好八点开始工作，那么在此之前的所有时间都属于我个人，任何人都无权打扰。"

"看样子，这个'任何人'也是特指在下？"

陆雨桐哼了一声，算他有自知之明。宋子迁看看手表，已经七点半，便收起报纸起身，居高临下地看着她，道："陆秘书的要求说完了？现在听好：第一，我是你的老板，从现在起每件事都得遵从命令，这是职员守则第一条，不用我再强调；第二，你可以努力提前完成此次任务，但不代表秘书身份提前解除，三个月压缩成七天，一个小时、一分钟都不能少！"

他霸道地不容拒绝地提醒。

"还有第三，这里是巴黎，不是世兴集团秘书室。几点上班，几点收工，工作时间只有我说了算！"因为他是老板，陆雨桐的要求，一条一条被驳回，她气得眼皮直跳，恨不得拿枕头直接扔过去。

宋子迁整了整衬衣，噙着得逞的暗笑，迈着沉稳的步子离开。

与皮特先生的见面，安排在 Chenl 总部大楼。

前方有秘书引领，陆雨桐跟随宋子迁进入办公室。

"陆秘书，非常开心再次见面。"皮特看到陆雨桐进来，十分热情地跟她拥抱。

"您好，皮特先生。"陆雨桐淡笑道。

被无视的男人眼神阴郁，尤其是在看到高大壮实的皮特抱住陆雨桐时，阴郁中增添了厉芒。宋子迁用法语道："皮特先生，许久不见，别来无恙。"

皮特放开了陆雨桐，换了副严肃的表情："想不到宋少总的法语很不错。"

"过奖。"

陆雨桐牢记此行的目的，笑道："我们少总最喜欢的便是法国品牌，尤其是 Chenl，这次有机会来到总部，也是我们的荣幸。"

皮特又是一阵惊喜："噢……陆秘书的法语也棒极了！你真是让人赞叹，聪明美丽，敬业负责，我早说过，世兴集团最珍贵的是你这样的人才！"

陆雨桐不好意思地道："多谢夸奖。这次我们前来，带着十二分诚意，希望能跟皮特先生和 Chenl 成功合作。"

皮特打量她和宋子迁，道出疑惑："我回巴黎后一直留意世兴集团的动向，有消息说陆秘书已经离职，可是你们竟然一起来了……"

宋子迁将陆雨桐拉到身侧，宣告两人的的关系。

"皮特先生与我们相隔何止千里？道听途说，不足为信。今日我与陆秘书前来，一是为之前的不足之处向皮特先生表达歉意，二是希望阁下看到世兴集团的诚意。"

有陆雨桐在场，皮特的态度显得很温和。他是性情中人，爽快耿直，与世兴集团原本就有合作意向，此番双方面对面交涉，他也不再刻意为难。

临走前，皮特打量着陆雨桐："陆秘书比去年瘦了不少，但是依旧美丽。此次你们来得正巧，后天 Chenl 正好举办新品发布会，欢迎参加。"

陆雨桐点头："谢谢，我对新品非常感兴趣，后天一定参加。"

宋子迁背负双手，站在公司大厅展板前参观宣传板。

皮特看看他，对陆雨桐道："陆秘书一定很爱宋少总吧？"

陆雨桐心中一惊，不知道他怎么会突然说起这个。

"当日陆秘书为了成功签到合同，不惜冒险跳崖，那份勇气与执着震撼了我。陆秘书是我见过的最敬业的员工。但是，我后来一想，陆秘书这样做，其实是为了你的老板，你爱他，对吗？"

陆雨桐挤出若无其事的笑："皮特先生火眼金睛，瞒不过您。以前是喜欢过，但是以后不会了。不瞒您说，此次与 Chenl 商谈结束，回到中国后我仍会辞职。"

"因为宋少总已经有未婚妻了？"

"皮特先生是明白人。我可以为他工作，但不可以为他再浪费感情。如果因为工作而影响感情，那么我只能舍弃工作。"

"我发现跟上次见面相比，宋少总的变化很大，尤其是他对待陆秘书的态度。他每次看陆秘书时，眼睛里有一种奇怪的感情。如果不是知道他跟夏小姐交往稳定，我都要以为他爱的是你。"

"皮特先生！"陆雨桐慌道，引起了宋子迁的警觉，他回头看过来。

她赶紧压低了嗓音："皮特先生，您一定是看错了，这种误会很糟糕。他不可能对我有其他感情，因为他跟他的未婚妻非常相爱。"

皮特笑笑："呵，是吗？其实究竟怎样，陆小姐应该比任何人都能感觉得到。"

这是第三个人告诉她，宋子迁对她很在乎。陆雨桐会激动心跳，却不敢真的这样认为，他的在乎必然别有用心，如同两人最初相识一样，很可能点点滴滴都是算计。这次，他让所有人认为他喜欢她，甚至爱上了她，究竟有何目的？

宋子迁始终没有问，皮特最后跟她说了什么，但注视她的目光深沉了许多。

晚餐后，陆雨桐独自漫步在街头。

一个人的时候，比跟宋子迁在一起要舒畅太多。香榭丽舍大街被称作巴黎最美丽的街道，星形广场热闹繁华，两侧平坦的草坪恬静安宁。还有靠近凯旋门的高级商业区，世界一流的服装店、香水店都集中在这里。

陆雨桐寻思着要不要一路散步到商业街，Chenl 在那边设有门店，兴许还可以挑选几样礼物回去送给青桐、若兰他们。

夏允风似乎算好了时间，打电话过来。

“现在在哪里？”他的嗓音很低沉。

“在一条美丽的街道上，两边是秀美挺拔的梧桐树，还有琳琅满目的商铺和闪烁的霓虹灯，很漂亮。”陆雨桐一边观赏着沿路的风景，一边跟他分享。

“哪条美丽的街道？不在凌江吧？”

“允风……”被他如此一问，她心虚地低喊，停住了脚步。

“在哪里？这么美的地方，改天我一定要陪你走走。呵呵，差点儿忘记问了，你一个人吗？还是跟朋友在一起？”

“没有！我一个人。”陆雨桐环顾四周，街头有不少浪漫的情侣相拥着走过，增添了一道风景。旁边传来了钟声，一座高塔状的建筑物上，巨大的时钟正在报时。

“雨桐，你什么时候回来？”

“一个星期后吧。”等她回去，就再也不要跟某人有任何牵扯。

夏允风忍住想把电话摔掉的冲动。雪彤说宋子迁出差了，时间也是七天，直觉告诉他，这不是巧合。两人一同去巴黎，为什么？

沿着酒店外的街道，宋子迁一路寻找熟悉的身影。

她一声不吭地去哪里了？服务员说看到她一个人出来，不知道这样会让人担心吗？附近的夜景美不胜收，可他完全没有心情欣赏，终于，在一个广场中央看到了她。

街头艺人正在演奏小提琴，琴声悠扬。陆雨桐低着头，不知在想什么，路灯光映在她美丽的侧颜上，远远看去，只觉她周身笼罩着一层浓烈的哀伤。

宋子迁心中一窒，快步走过去。表演刚好结束，众人鼓掌，纷纷打赏。陆雨桐从包里摸出一张纸币，弯下身，很虔诚地放在艺人身前的琴盒里。

宋子迁走过去霸气地将她往怀里拉。

陆雨桐一惊，看清是他，怒道："放开！"

"呵呵，建议你最好乖顺点儿。"

"别妄想了，放开！"

"陆雨桐，你跟我作对的结果，只有输！"

"宋子迁！"她被逼得快要尖叫。

"你要是再喊一句，我马上抱着你走，直到回到酒店！"

陆雨桐张了张嘴，不甘心地发现自己被威胁到了。

于是，接下来宋子迁紧紧地握着她的手腕，穿过广场，一路走到香榭丽舍大道。

这条路，两人三年前曾经走过。那时候她刚成为他的秘书，第一次来到法国，对一切充满好奇，也有些紧张。不过，她表现出来的只有淡定，紧跟在他身后，认真地做着记录。他不是个浪漫的男人，处处以公事为重，在这条举世闻名的大街上，他留意的只有街边的各种高级时装店。

而她在后来很长一段时间内深感遗憾，遗憾不能跟他漫步在如此美丽的大街上。如今，此刻，陆雨桐望着那只紧紧握着自己的大手，再想起三年前的情景，千般滋味难以言喻……

人来人往的香榭丽舍大道上，来自世界各地的恋人无不亲昵而甜蜜，笑容满面。而他们保持着沉默，一个眼底情绪复杂深沉，一个低着头，满脸无奈痛恨。

"从明天起，没有我的命令，不许私自走出酒店！"

"不可理喻！"陆雨桐甩手，他的手带着一股强劲的力量，握得更牢固，"我再说一次，你没有资格抓我的手，请放开！我男朋友要是知道，会不高兴！"

又提那个该死的男朋友，她分明是在考验他的底线。

"夏允风那个花花少爷？我一直奇怪，你拿什么诱惑了他，才让他对你如此死心塌地！"

"允风真诚，懂得理解和尊重！他是个值得依靠和信赖的人！"说完，连她自己都呆住了，何时开始，夏允风在她心目中有了如此重要的地位？但手腕上传来的剧痛，以及宋子迁瞬间扭曲的面孔，让陆雨桐立刻意识到自己找错了理由。

宋子迁噙着冷笑："真可惜，他再好，你爱的人还是我！"

陆雨桐倔强地抬起头，强撑着把话说完："你这种人，压根儿就不懂得什么叫尊重！以前是我单纯无知才爱错了人，好在及时悬崖勒马，知道谁才是真正值得爱的人。"

"谁？夏允风吗？"如果她没有对夏允风有所表示，夏允风怎么会那样笃定和坚决？那么……她真的决意要接受夏允风了？

陆雨桐挣脱他的手，懒得理会，快步往前走。

"夏允风有什么值得爱的？含着金汤匙出生的二世祖，出了名的浪荡子，他玩过的女人数都数不过来！他经营的那些生意，大多都是不择手段得来的！"

陆雨桐愤愤地转身，制止他继续说下去："允风纵有再多的缺点，也至少有一点比你好——他在我面前，可从来没有道过人家的是非！"

宋子迁走近她。明亮闪烁的灯光下，他们看清彼此的神色，他狂妄道："那又如何？我就是要说出他所有的不是，免得你这种愚蠢的女人上当受骗！又或者，你根本不是上当，而是主动引诱……"

"疯子！"陆雨桐下定决心从这一秒起，除非必要，绝不跟他说话。

"陆雨桐，你敢否认你爱我？"

"难道你已经爱上了他？"

"陆雨桐！"

宋子迁恶狠狠地喊她。为了替父亲报仇，他现在不会跟雪彤分手；因为金叶子，他也不可能继续毫无芥蒂地去爱她，但是，他得不到的，也不许别人染指！

陆雨桐将他的声音抛在身后。包里的电话不停地震动，她一看，是允风打来的，可惜此时实在没有心情接听。何况宋子迁就在面前，万一允风知道她是跟宋子迁一起到巴黎……

"有电话不接，看样子，你跟你那个所谓的男朋友吵架了？"

"……"

"男朋友知道你跟我在一起了？走这么快，是想赶紧回到酒店跟他解释清楚吧？"

"……"

"为什么不敢回答？你的脸色好难看呢，男朋友就那么重要？"

陆雨桐咬着牙。他如此尖锐的嘲讽和质问，是想让她难堪，她偏不表现出来。

"我早警告过你，那种男朋友不能交，离他远一点儿，对谁都好……"

忍无可忍，陆雨桐终于不客气打断他：“你够了！想看我笑话还是幸灾乐祸？如果允风知道，也表示你的夏雪彤同样知道了。你还是担心自己吧，想想该怎么跟你的宝贝未婚妻解释！”

两人站在街边，此时夜色渐深，行人渐少。宋子迁挡住她的去路，微微附身，与她的眼睛平视，道：“我的宝贝未婚妻善解人意，非常清楚我的巴黎之行是为了公务。倒是你，所有人都知道你已经不是世兴的员工，有什么身份和立场跟我前来呢？”

陆雨桐听出来了，他对她以一个星期换取三个月期约之事耿耿于怀。

“宋子迁，我没有告诉过你吗？我的男朋友也温柔体贴，他了解我，知我懂我。其实这次来巴黎，他早就知情，而且支持我就此跟世兴集团做个了断。以后，他会保护我，再不会让某些卑鄙小人凭借什么文字陷阱有机可乘了！”

她伶牙俐齿的回应，明知道可能是假的，但字字句句刺痛了他，挑起了他的怒气。

“陆雨桐，我们之间的关系你都忘记了？”

“我们什么关系都没有！回国以后，你再也不可能要挟到我！”

“你真能忘记我们曾经在一起的点点滴滴？我可是每件事情都记得清清楚楚，连你雪白的右胸下方有颗小红痣……”

“宋子迁，你一天到晚要发几次疯？”陆雨桐气得脸色惨白。

“我很清醒，只是想提醒你那些忘记的事情而已。”

“你的言行真是越来越让我瞧不起，我陆雨桐这辈子最后悔的事就是曾经喜欢过你……”正说着，她仿佛迸发着火焰的眼眸陡然睁大，瞳孔急促紧缩，身子绷得像一条上弓的弦。

宋子迁被她突如其来的紧张反应惊住，察觉到一股危险的风声正极速逼近。就在他转头时，陆雨桐猛然爆发，用尽全身的力量将他推开。他还来不及思考，就被推开了好几步，整个人霎时被一股恐惧所揪住。

“砰——”一块未安装牢固的方形广告牌突然砸了下来。

情况危急，不过几秒钟的时间，陆雨桐连一句“小心”都来不及出口，就本能地推开他。

宋子迁意识到发生了什么时，心脏震得快要破裂。他死死地盯住无法抽身躲开的她，克制不住恐惧的蔓延。陆雨桐跌坐在地上，弯着身子垂着头，一动也不动，长发遮住了半张惨白的脸，包被抛落在一旁。

那块巨大的广告牌的边框已然四分五裂，塑胶渣散落一地。

路人纷纷停步，朝这边投来视线。

灯柱上的工人也吓住了，飞快地滑下来，连声道歉。

宋子迁快步冲过去扶住她，劈头盖脸地骂道：“你搞什么鬼？你不是说了什么关系都没有吗？为什么还要做出这么愚蠢的举动？谁让你推开我了，谁稀罕你这么拼命了！”

陆雨桐抬起头，一瞬不瞬地望着他。

旁边的两名工人本想过来察看情况，却被他霸气的怒火吓住了，讷讷地站在旁边。宋子迁骂完，狠狠地吸了口气，怒色一丝丝褪去，脸上只剩下紧张和担心。他颤着手指，拂开她额前的发丝，又怕又痛地挤出几句话：“你……你这个笨蛋！说啊，有没有受伤？有没有伤到哪里？哪里痛啊？”

陆雨桐清楚地看到他额前凸起的青筋，以及黑眸里毫不掩饰的担心，胸口一窒，轻声道：“宋子迁，你生气是因为紧张吗？”

“笨蛋！你有没有……哪里受伤？”狠戾的语气坚持不下去，宋子迁怕她受伤，不敢轻易挪动她。突然想到罪魁祸首，他回头，对杵着发呆的工人厉声低吼：“愣着做什么？马上拨打急救电话！她要是有什么事，你们需要负全部责任！”

两名工人慌忙拿出手机，拨打电话。听到他们慌张地用英语交谈，陆雨桐立刻清晰地阻止：“不用叫急救，不用。我没有受伤。但是，请你们以后工作时小心一点儿，刚才确实很危险。”

两名工人惊疑她看着她。

陆雨桐扬起嘴角，安慰地冲他们点头：“我还好。”

宋子迁却不放心，面色依然紧绷着：“你确定？没有受伤？不用叫救护车？不行，还是去医院检查一下……”

“宋子迁，扶我起来就好。”陆雨桐抓住他的手臂，她真是讨厌极了医院的药水味，刚才只是受到了惊吓，危险发生的瞬间除了推开他，根本没有其他想法。

宋子迁将她从头到脚仔细地查看了一遍，确定没有异样，一颗心才稍微放下。他捡起地上的时装袋，冷冷地注视两名工人：“所幸这位小姐平安，否则后果绝不是你们可以承担的！”

工人再次连声道歉，对陆雨桐礼貌地鞠躬。

“好了，我们走吧！”陆雨桐站直了身，朝酒店的方向走。宋子迁立刻牢牢扶稳她。

路灯光将两人的身影拉长，一前一后，忽明忽暗。宋子迁紧抿唇，回想刚才那一幕，心有余悸。就算她没有受伤，他也怒火中烧：“陆雨桐，你一个女人，充当什么英雄！你该庆幸自己没事，万一伤到胳膊伤到腿，别以为我会领情！”

陆雨桐幽幽地叹了口气，她原本也没想过要谁领情。

“就算刚才只是个路人，我也一样会救他。”

“闭嘴！你以为自己有多厉害！”

“宋子迁……”

“别叫我！我现在很生气！”

“可是，我有很重要的话要说。”走着走着，她慢慢地停下了脚步。

“我不想听！”宋子迁瞪她一眼，大步向前走。明明心疼得五脏六腑都绞成一团，吐出来的话语却如冰珠子般无情。

陆雨桐漂亮的眉毛一点点蹙紧，额头上有隐隐的冷汗。

“我的脚……刚才好像被砸到了。”

她微弱的嘀咕声，生出一股强大的力量猛地拉住了他的脚步。他转过身子，眼角抽搐着，从牙根挤出一句：“该死的，你再说一遍！”

于是，她硬着头皮重复了一遍：“我的脚受伤了……”

风中飘来宋子迁懊恼的咒骂声，他大步折返回来，怒道：“为什么不早说？”

陆雨桐很无辜：“我以为没事，结果走了这段距离，才发现越来越痛……”

“马上去医院！”

“不！其实也没那么痛，我心中有数，回酒店用热毛巾敷一下就可以了。”

宋子迁足足盯了她一分钟，逼问：“真的？”

“嗯。”她肯定地点头。

他背过身去，弯下腰，沉声命令：“上来！”

陆雨桐咬唇，注视着他宽厚的背。

“同样的话，我不想说第二遍！否则，别怪我狠心，把你丢在这里！”

“宋子迁……”她的神色不似平素那般倔强冷漠，而是属于女性的柔弱，“你得答应我一个条件。”他纡尊降贵弯下身来背她，她反而趁机谈条件？陆雨桐，你可真会得寸进尺。宋子迁这么想着，却还是难以拒绝：“说！”

“我们不要再这样针锋相对了，可以吗？至少，在巴黎这几天，希望我们能够和平共处。我累了，身体疲惫，心里也很疲惫，看在我刚才舍身救你的份上，你放过我，好吗？”

宋子迁闭了闭眼睛，她楚楚可怜的嗓音比任何武器都可怕，轻易就撼动了他的心。

“啰唆什么，上不上来？”

“那……我当你答应了。”

陆雨桐听到他几不可闻的哼声，不禁松了口气，小心地趴上他的背。

路灯光将两人的身影拉长，合二为一，融在了一起。

宋子迁背着她，脚步沉稳、坚定，眸底却黯淡无光。他想，如果能够永远离开那个有认识他们的人的凌江，能够忘记父辈之间的仇怨，他愿意就这样背着她，一直走到天涯海角。他何尝愿意跟她敌对？但是，她浑身竖起尖锐的刺抗拒着他，她的妈妈、她口里的男朋友都在刺激着他，他只有变得更残酷，才不至于让自己挫败得溃不成军。

或许她说得对，至少在巴黎这几天，两个人可以暂时抛开一切，和平共处……

酒店，陆雨桐的房间。

她脱下鞋袜一看，右脚的趾头被广告牌砸到，红肿不堪，大脚趾的指甲盖甚至变成了紫色。

宋子迁脸色发黑，一股山雨欲来的气势。

陆雨桐忙道：“不许发火！不许指责！这是我的脚，一点儿小伤没什么问题。而且我们约好了，放下一切成见和恩怨，要和平相处。”

宋子迁咬了咬牙，转身进浴室打开热水，将毛巾打湿，拧干后包裹着她受伤的脚趾。受伤处稍微一碰，陆雨桐就疼得直吸气，但她极力忍耐着，生怕破坏这来之不易的平静。

“老实等着！我回来之前，不许乱动！”他才是习惯发号施令的那个人，出口便是霸气不改的威胁。陆雨桐扯动嘴角，她已经没有力气动弹，只想躺下休息。

宋子迁很快消失在门口。十五分钟后，他回来了，手里拿了盒药膏。

“先洗澡，再擦药。”

陆雨桐赶紧道：“好了，宋子迁。我知道，你在感谢我的救命之恩，诚意我已经收到，药膏我自己会擦。现在我想洗澡了，麻烦你回自己的房间，谢谢。”

宋子迁看她一眼，开始动手拉开她的行李箱。

“喂！你做什么？”

“不是要洗澡？帮你找睡衣。”

“不需要你帮忙……”陆雨桐的话还没说完，他已动作利落地拉开了箱子。

“宋子迁，你快点儿出去，这个房间不欢迎你！”

“不行。如你所说，为了感谢恩人，要有诚意才行。”宋子迁欣赏完她难得一见的窘态，目光变得温和又严肃，“不开玩笑了。我也同意和平相处，但不代表事事听从你的安排。你现在行动不方便，没必要逞能。”

陆雨桐看看自己的脚，摇头道：“别夸张，绝对没到行动不便的地步。”

宋子迁手臂一伸，将她抱回沙发，制止她开口：“不想破坏和平的话，从现在开始，你只需要服从。”

对，陆雨桐发现了问题。她希望得到尊重，所以夏允风学会了尊重之后，她开始接受他。而她与宋子迁之间，总是她在服从……

天气阴郁，从窗户往外看，整座城市雾蒙蒙的，远处建筑物的尖顶在雨雾中若隐若现。

陆雨桐留在酒店里没出去，躺在沙发上浏览网页。宋子迁单独去了Chenl总部，约了皮特先生面谈。听到她受伤的消息，皮特很关心，特意派人送了鲜花和蛋糕过来表达问候。

陆雨桐看了会儿新闻，将平板电脑搁在一旁，抱住枕头仰躺着发呆。昨晚，宋子迁表现得很绅士，没有刁难和嘲讽。他为她准备好洗澡所需的物品，抱她进入浴室。等她洗完，他又耐心地抱她出来。虽然，两人话不多，但横在中间的沉默气氛已悄然发生了变化。

她靠在沙发上，不禁想起姚家兄弟们的议论，甚至连皮特先生都说过的话——宋子迁爱她。

“唉！”他与她之间，如果存在爱情的话，会比恨更可怕。

外面传来轻微的脚步声。她警觉地竖起耳朵，朝房门看去。果然，宋子迁没回自己的房间，而是刷开了她的门。他提着黑色公文包，合身的高级西装衬得他英气十足，嘴角正噙着一丝罕见的温柔朝她走来。这样的男人，魅力十足，朝夕相处而不心动，几乎是件不可能的事。

“跟皮特谈得怎样？”

“托你的福，一切都很顺利。皮特是明白人，知道我们世兴集团的实力和条件，只要合作，彼此都大有可图。”宋子迁放下公文包，脸上挂着淡淡的笑意。

陆雨桐松了口气，能谈妥合作便不枉此行。

“具体的合作细则谈得差不多了，部分内容还需要斟酌完善一下。”宋子迁为自己倒了杯温开水，回到沙发前，靠着她坐下，“脚伤好点儿没？”

“嗯，穿着拖鞋走动没问题。”

“明晚的 Chenl 新品发布会，你可以吗？”他放下杯子，抬起她的右脚。

陆雨桐慌忙缩回来，道：“当然可以。为了感谢皮特先生，无论如何我都要参加的。”

她脚上抹了化瘀止痛的药膏，包裹着白色纱布，其实已经好多了。

宋子迁却道：“我已经跟皮特说了，你有伤在身，可能不会出席。”

“宋子迁，你怎么能替别人擅作主张？”

他勾唇一笑：“不过我也跟皮特说，陆秘书很固执，答应过会出席，就算是坐着轮椅赶过去也不会食言。”

原来他故意卖关子耍她！陆雨桐望着他嘴角的那抹淡笑，恍惚间失了神。

“饿了没？想吃什么？我去点餐。”时间将近十二点，宋子迁忙碌了一上午，饥肠辘辘。因为她腿脚不便，他决定在房间里用餐。

“我不饿。皮特先生派人送来了蛋糕，我当上午茶吃了些。”陆雨桐伸脚去穿拖鞋。宋子迁一把拉住她：“想做什么？”

“看你饿了，先给你切块蛋糕。”

“不用，要吃我自己会动手。”他径自将她的拖鞋踢开，“你既然决定参加发布会，就老实点儿养伤。我不认为拖鞋适合搭配那件精致的小礼服。”

陆雨桐只好坐回沙发上，将双腿“供”了起来。看着他到桌旁取蛋糕，她生出感慨，曾几何时，有她在的时候，轮到他亲自动手了？以前都是她伺候着他，事无巨细，打点妥当，他连一句客气话都懒得说。

“你要不要来一点儿？”宋子迁切了一小块，回头问她。

“谢谢，受宠若惊。”陆雨桐发现跟他和平相处的感觉真不赖。

沙发前，两人一边分享蛋糕，一边等待午餐。

她叉着小块蛋糕，心不在焉地送进嘴里。

“看你，吃得像个孩子。”宋子迁说着，伸手向她的脸上摸去。

陆雨桐心中一悸，微微侧过脸。他温热的手指便正好落在她的唇上。异样的电流，刹那间从他的指尖传递过来，她受惊地颤了一下。

“这里沾上蛋糕了。”宋子迁沙哑地解释。

“哦……”她清亮的眼眸被他锁住了似的，无法转移。

宋子迁看着她眼波中映着他的身影，以及那颤动着的嘴唇。他贪婪地看着，情不自禁地凑了过去。

窗外的雨点越来越大，敲打着玻璃。玻璃上密密地布满了水珠，将世界隔离在外。两人的唇碰到了一起，她心中颤抖，想抗拒，却有一股强大的力量掌控着她，让她带着疼痛闭上了眼睛。

突然，他的手机响了。

她骤然清醒，仓皇地推开他。

看到屏幕上闪烁的名字，她如被一盆冰水当头泼醒，整个人不但清醒，而且寒彻心扉。

隔壁套房。

宋子迁听完电话，点燃一支烟，站在窗前久久未动。

他需要冷静。父亲的仇还没报，与雪彤之间貌合神离的婚约还没有结束，他不该失控的。父亲不能就此含冤而死！罪魁祸首是夏国宾，还有金叶子！

金叶子……这三个字，让他一颗心沉到了谷底。

他眺望窗外，繁华的城市在雨雾中朦朦胧胧，看不真切，一如他烦躁不安的心。雪彤刚才说她已经搬进了他们宋家大宅，等他从巴黎回去，两人就正式开始试婚。她想跟他好好相处，幸福地过一辈子。

从知道夏国宾的所作所为的那一刻起，他跟她怎么可能还有一辈子？

第十五章 重要的人

第二天是 Chenl 的新品发布会。

陆雨桐脚趾受伤，宋子迁跑了一趟 Chenl 专卖店，亲自为她挑选了一条曳地长裙和一款精巧舒适的平底凉鞋，不会碰到伤口，也能将脚藏在裙子里。

陆雨桐不敢揣测他的殷勤和好意，谨守心房。

受皮特特邀，两名远道而来的世兴集团贵宾坐在最前排。与 Chenl 公司的合作将从本季新品开始，陆雨桐望着 T 台上的风光，松了口气，这个项目总算大功告成了。

宋子迁壮志满怀，脸上洋溢着骄傲和满足。

“谢谢。”他凑到她耳边虔诚地说。没有她，他也许会跟 Chenl 失之交臂，她再次为世兴集团立了一功。

陆雨桐没有转头，只是脸上露出了罕见的灿烂笑容。

他伸出手，悄悄地握住了她的。她挣了挣，没能挣脱，便任由他握住。

舞台上灯光绚烂，不时地闪烁到他们的脸上。周围不少媒体记者纷纷拿起相机。设计师上台，发表创作灵感以及理念，接着四周掌声一片。

忽听到陆雨桐低声道：“少总，叫你呢！”

原来，皮特先生站在了台上，正跟设计师一起朝他点头。

宋子迁捏了捏她的手指，然后从容地上台。他不疾不徐地说着感言，畅谈着品牌发展目标。她知道，这是他梦寐以求的理想，是他事业上的又一里程碑。

宋子迁朝台下鞠躬，与皮特握手，再转向观众席。

“各位，我还有几句话想说。有一位我认为很重要的人，没有她，就没有世兴集团跟 Chenl 的合作。此时此刻，耽误大家一点儿时间，请允许我完成一个小小的心愿。对这位很重要的人，我想亲手弹奏一首曲子，以表心意。”

他深邃的视线朝她投射过来。

陆雨桐心中悸动，他口中“很重要的人”是指自己吗？

T 台的右方，有一架钢琴。

宋子迁走过去，朝她笑了笑。

他背影挺直，端坐在钢琴前，手指轻巧地按下，一串美妙的音符流泻出来。

听完开头，陆雨桐蓦然哽咽。她发现了，他弹的竟然是《My heart will go on》。

那还是许久以前，她上大学时看的一部经典老片。看完之后她感动了好久，而他很意外她有如此感性的一面，递过纸巾说：“电影里的爱情故事都是虚构的，赚人眼泪而已。事实上，危难中大多数人只顾自己生死，就算有男人愿意牺牲自己，也可能是发自血性，并非因为爱情……”

陆雨桐愣怔地望着台上，她不敢多想，闭上眼睛，静心聆听。不管他为了什么，想表达何种心意，这首为她弹奏的曲子，会永远刻在她的心上。

公事谈完，皮特先生本想安排下属陪他们观光，却被宋子迁婉拒了，跟陆雨桐单独相处的时间，他不希望任何人打扰。哪怕两个人静坐在酒店房间里，不说话不交流也无所谓。只要一抬头，能看到她便好。他无数次后悔，为何以前没珍惜呢？七年，数千个日日夜夜，她唾手可得，那样漫长的岁月，他却不曾用心感受过一分钟。

可惜，老天爷不会让时光重来。

还有两天的行程，他细致到将它折合成分分秒秒，精心计划着怎样与她度过。但是，他费尽心思的安排却敌不过青桐的一个电话。

“姐，你为什么不说你其实已经找到了妈妈！”他很少如此激动，几乎在电话里喊出声，“你见过她不止一次，对不对？为什么要瞒着我？你明明知道，我有多渴望看到她，不管她什么样子，再难看再吓人，也还是我们的妈妈啊！”

陆雨桐只觉一股热血涌到头顶，不知该如何回答。

“青桐……”她从干涩的喉咙里挤出字眼，“我不是有意瞒你，而是很多事情没弄明白，妈妈有意躲避，好像很不愿意见到我们。”

“你胡说！如果她不愿见到我们，为什么几次都跟着我？妈妈还告诉我，她拜托你去做一件事，等你完成事情，她就马上回家！”

“青桐，你什么时候见到她的？”

“就是今天。姐，妈妈究竟让你做什么事？你已经开始做了吗？”

“我……”妈妈是让她想办法跟允风订婚，早点儿嫁入夏家啊！

“我相信姐姐！为了妈妈，无论多困难的事情，姐姐都能做到，对不对？”

陆雨桐的手无力垂落，愣怔地坐着，任泪水滚落。

对……青桐你说得对，为了妈妈和你，没有什么我做不到的……

这是个美好的夜晚。

陆雨桐有些反常，竟然主动穿上漂亮的长裙礼服，约他到酒店顶层的西餐厅用餐。

“宋子迁，不管回去之后怎样，今晚，我祝你开心、幸福。”

宋子迁黑眸灼亮，与她碰杯。他想，她一定也舍不得离开这个没人认识他们的世界，少了压抑和束缚。

她说，不管回去之后怎样……不！他现在不想提任何回去之后的事情，想都不要去想。后天晚上的航班，连同在飞机上的时间一起，加起来不过五十个小时。这段时间内，他也希望她开心。

陆雨桐品尝着红酒，他为她将牛扒切成小块，将鹅肝蘸上酱汁送到她唇边。她没有拒绝，而是翩然一笑，张嘴咬住。

晚餐的气氛如此温馨。宋子迁望着她美丽的眼睛，筹划着明天观光的计划。

他没想到的是，他们已经没有明天。

清晨，曙光从窗外透进来。

宋子迁翻了个身，看看手表，竟然已经十点了。

想到昨晚送她回房间时，他情不自禁地想吻别，可她立刻变得严肃：“宋子迁，你知道得寸进尺的后果吗？”

“什么后果？”

“明天以后，你可能见不到我！”

好吧，他投降了，不舍地亲吻她的手背，最后道：“晚安，明天见。”

不只要明天见，以后还要天天见。

他早已分清，自己对夏雪彤从来不是真正的爱情。他错在不懂珍惜雨桐在身边的日子，错在一心一意想回报夏家的恩惠，错在多年来不明真相差点儿认贼作父……

等解决完与夏家的恩怨，这段有名无实的婚约也将结束。至于金叶子，如果她不是害死父亲的主谋，他会努力放下恩怨，因为他不能没有陆雨桐。

十点多了，她应该早就起床了吧。不知道她吃了早餐没？他迅速穿戴整齐，掏出房卡刷开了门。

房间里不见人影。

“雨桐？”浴室里也没有。

他笑笑，这不安分的女人，难道伤刚好点儿就自己跑出去了？他不经意地看向干净整洁的桌台，忽然，一股不祥的预感涌上心头。他绷紧着身躯，缓慢地一寸一寸地扫视房间，每个角落都不放过。果然，她的箱子、衣服、物品都不见了。“陆雨桐！”他发出一声低吼，旋风般冲出房间。

机场。

陆雨桐推着行李箱走出航站楼。暂别数日，恍如隔世。她回头看了眼远处的天空，将哀伤悄然隐藏。

别了，巴黎。

别了，宋子迁。

别了，曾经的陆雨桐。

远远的，一道挺拔的身影径直走来。

她难以置信，喃喃道：“允风？”

夏允风在她面前站定，噙着浅笑道：“欢迎归来，雨桐。”他拥住她，浅色的外套上沾着晨雾的味道。

陆雨桐僵立着，眼角突然有些湿润，颤声道：“你怎么会知道我……回来？”她临时决定提前离开，连夜到巴黎机场买到现票，没有任何人知道才对。

夏允风放开她，捏捏她的脸颊，道：“从知道你身在巴黎开始，我每天打几次巴黎航空公司的电话，所以一知道你的行程，就直接到了机场。”他开玩笑地伸出手臂，“你看，一晚上没洗澡，衣服都要酸了。”

陆雨桐挤出笑：“……谢谢你，允风。”

“呵呵，很感动？感动了就答应做我女朋友，如何？”

意外的是，陆雨桐没有马上拒绝，而是若有所思地看着他。夏允风心念一转，自嘲道：“别当真，我只是说说。我会等到我爸接受……”

“我答应。”简短的三个字，成功阻止了他后面的话。

他细细地审视她的每个表情：“再说一遍，刚才没听清楚。”

“我说……我答应你！”

夏允风抚摸过她的发丝、脸颊，与她对视：“说好了，不许反悔！”

“我不反悔。”在巴黎，她埋葬了过去。而面前这个男人，将是她的未来。

第二天。

陆雨桐略施脂粉，提着包出门，刚要锁门，手却被一只有力的大手抓住。宋子迁将她拖回了屋内。

陆雨桐万万没料到，他会这么快找来自己的住处。

宋子迁发现她丢下自己，一个人返回凌江后愤怒不已，立刻搭乘下一趟航班回国。到了凌江，他顾不得先回公司，也顾不得周棣说已查到金叶子的消息，就马不停蹄地追到这里。

他只想问个明白，有些话想亲口告诉她。

可是，陆雨桐面无表情地甩开他：“宋子迁，我们已经彻底结束了！”

“所以呢？你打算到夏允风身边去？”

“是！请你不要耽误我的时间。”她又要往外走，被他拽住。他迅速环顾屋内，讥诮道：“连房间的摆设都一模一样，看来你很舍不得我们的过去。”

“房间的摆设只是习惯，跟你没有关系！”

“在巴黎呢？明明我们可以相处得很愉快，为什么突然不告而别？”

他的话题跳跃得太快，她直直地望着他：“你我之间，画上一个圆满的句号，不行吗？现在是在凌江，为什么还要纠缠？”

“圆满的句号？只要我们一天没在一起，就不圆满！”宋子迁改为握住她的肩，冰冷的眼神中逐渐多了一丝热烈。

“宋子迁，你不要固执了，我们之间是不可能的！你可能跟夏雪彤分手吗？”

他认真地盯着她，声音似是从心里发出来的：“如果可能，你会等我吗？”

“不！就算你跟她分手，我也不可能跟你在一起！”

“为什么？”

“我说过，我已经有允风了！这次是真的！”她说得无比肯定。

宋子迁收紧了下巴，眼中翻滚着浓烈的情感，让她不敢直视。

“雨桐，如果我说……”

“什么都别说，什么都没必要说了。你走吧！”

宋子迁用力一拉，将她拖进怀里紧紧地抱住。

“宋子迁！”她急急地推他。

他将嘴唇靠近她的耳边，嗓音十分沙哑：“这句话，我就说一次，你一定要听好！等我！等我回到你身边，因为我爱你！”

轰的一声，最后几个字从耳朵震进了心底，让她的呼吸都瞬间静止了。他竟然说，他爱她？若是以前，听到这句话，让她为他去死都心甘情愿。可现在听起来，哪怕是真心的，她也只觉得悲哀和讽刺。

“宋子迁，你知道自己在说什么吗？如果你只是因为无聊跑来跟我开这种玩笑，请立刻停止！”

“我很清醒，很认真。”

他究竟明不明白，他越认真，便错得越离谱。之前那么多人来说，宋子迁爱上了她，她只觉得紧张激动。可亲眼看到他的认真，亲耳听到他的表白，才发现这是件异常可怕的事。

“抱歉，你说完了吗？说完了请离开。我还有事要忙。”陆雨桐推开他，拉开门，俨然一副赶人的姿态。宋子迁挫败极了，她怎么能做到无动于衷？

走廊里，一个高大的身影已经悄然站立了许久，听到他们的脚步声时，快速地闪进了旁边的楼梯间。

陆雨桐走出门，宋子迁阴郁地跟出来，抓住她的胳膊，道：“你敢说你已经不爱我了？我不信！”

“爱与不爱重要吗？”

“在巴黎时，你做的那些事情要怎么解释？”

“宋子迁，我也只说最后一次，救人是本能，晚餐是为你我之间好聚好散。我不再欠你，请你也别再纠缠我，回去好好经营你的婚姻！”刚说完，电梯正好抵达，陆雨桐快步跨进去，不客气地挡住他的脚步，“麻烦你等下一趟。我现在已经有正式交往的男朋友，也没兴趣做你和你未婚妻的第三者。请你自重！”

宋子迁哑口无言，早该想到如此。这恰好是他所爱的陆雨桐，爱她的理性、坚持和拒绝人时的义正词严。

电梯门缓缓合拢，陆雨桐站得笔直，看着他的身影在眼前消失。

宋子迁扶着门框，眼眸变得晦暗无光。突然，一个迅猛的拳头袭来，夹杂着呼呼风声。他转头，拳头正面击中下巴。对方还不放过，凌厉的第二拳紧接而至。他立刻反应过来，本能地抬起双臂挡住。

“夏允风？”宋子迁瞥见熟悉的面孔。

“没错，就是我！”一想到痴心等待的妹妹，夏允风就怒从中来，再次抡起拳头，“我早警告过你，不要辜负雪彤，否则我绝不会放过你！”

“别那么紧张，大舅子。拳头我是挨过了，话还是要说明白，我没打算辜负雪彤。至于刚才你所听见的……”宋子迁摸了摸发痛的下巴，语气充满轻蔑讥讽，“难道你认为我真的爱陆雨桐？笑话！我只是试探她，帮你的忙而已！”

夏允风的眼神更加锐利：“帮忙？”

“想必你很清楚，她对我明明没忘情，却转身投入你的怀抱。大少爷，你可是天之骄子，这种虚荣的女人你也要？”

“听好！陆雨桐的过去，我管不着！现在，她是我夏允风的女人！”夏允风警告道。

宋子迁没忽略那句刺耳的宣告，讥讽地反问：“你的女人？如此心高气傲的大少爷，就不介意被人当作替身吗？”

夏允风的拳头又一次狠狠地挥出。他当然介意！该死的介意！但是，他爱上了她，得不到她绝不甘心！

这一次，宋子迁没有忍让，侧身躲过，再一个用力反转，将对手摁在墙上。

“夏允风，今天我们就把话说明白！天下女人何其多，为什么非得是陆雨桐？你能接受她，我不能！雪彤必定也不能接受！”

“别拿雪彤做挡箭牌！总之，以后再也别让我看到你接近她！”

“你当真不怕成为我的替身？”

“宋子迁，你未免太自负了！”夏允风再次提起了拳头，正在这时，叮的一声电梯门打开。两个男人同时松开对方，在门外数道陌生的目光中，并排着走出。

宋子迁冷硬地强调：“那个女人我很了解，跟她在一起，你们不会幸福！”

夏允风拉开车门，笑得笃定：“陆雨桐只会属于我！我会将她心底任何男人的影子，彻底地连根拔除！”

世兴集团，总裁室。

孙秘书隔着玻璃门，看到一个熟悉的身影，吃了一惊。

“少总？您什么时候回来的？”他算过，按照预订的机票时间，就算航班不延误，最早也得明天凌晨才能抵达。

宋子迁翻阅手中的文件，本不想回答，却还是吐出两个字：“昨天。”

“昨天？巴黎那边，一切顺利吗？”

“Chenl 新品很快会在世兴百货上市。”

“真是太好了！我就知道，少总和小桐联手出马，没有搞不定的项目！”孙秘书喜笑颜开，“Chenl 专柜的位置，我早已预留，明天就安排人加紧装修。”

宋子迁沉声道：“各方媒体广告同时进行，让宣传部写好策划案，尽快交给我。”

“没问题，我会督促。那……小桐呢？又立了这么一大功，是不是该奖励人家什么？”

宋子迁啪地放下文件，视线变得凌厉：“以一个星期换取三个月，她合算得很！再说，只要一天作为公司的员工，就应该效犬马之劳，谈什么奖励！”

孙秘书彻底听明白了，少总八成跟小桐闹僵了。

“还有，通知各部门明天早上九点准时开会，我要宣布暂停小商场收购计划，接下来重点要跟夏家合作，全面开发娱乐酒店。”

孙秘书嗅到了复仇的冰冷气息，他的少总终于要出手了！

“少总，您已经有周详的计划了吗？”

宋子迁闭了闭眼睛，沉重道：“爸爸遭遇车祸之前，正在跟夏国宾筹备合建酒店的项目。宋家向来只做百货生意，爸爸却忽然对酒店感兴趣，你不觉得奇怪吗？既然娱乐酒店是爸爸生前最后的计划，姑且就从这里入手。”

“那夏小姐呢？你们的婚约……”

“我原本一心等她娶她，打算一辈子好好待她。可是，谁让夏国宾是她的父亲！”如今夏雪彤自作主张搬进了宋宅，想到接下来两人可能要生活在一起，他就心情复杂。

孙秘书试探地提醒：“比起夏小姐，我更不希望……您因此错过跟小桐的缘分。”

宋子迁黯然，他与她的缘分，已经越来越浅了。

宋家大宅，他已有一阵子没有回来了。

宅子里每个角落都充满了与父母在一起的回忆。妈妈带他度过纯真的童年岁月，妈妈不在之后，父亲陪伴他、教育他。这些年，他不敢搬回来住，生怕触景伤情。

如今，夏雪彤不经他同意，擅自搬了进来……

玉珠正在院子里修剪花草，看到雕花大铁门自动打开，熟悉的黑色轿车驶进，立刻丢下剪刀，冲屋里喊："少爷回来了！少爷回来了！"

"玉珠婶，好久不见。"宋子迁下车，大步上前，轻轻地搂住玉珠拍了拍。

玉珠欣喜得眼睛发红："少爷，以后就搬回来住吧！您一个人在外面，我和阿华每天都牵挂着。"

"对不起，玉珠婶。华叔呢？"

杜兴华没出来，倒是夏雪彤听到声音，拎着白色的裙摆跑向他，双手紧紧地抱住，道："迁，我正在想你呢！不是说好明天凌晨才到吗？怎么这么早？"

"早点儿不好吗？"宋子迁打量她精致美丽的面容，却再也兴不起往日的怜惜。

察觉他的冷淡，夏雪彤松开了手，道："迁，你是不是怪我擅自搬来这里？其实……"

"没有，长途跋涉，有点儿累了。"

"也对，坐那么久的飞机，一定累坏了。"陆雨桐挽着他，穿过花园的石板路。

华叔站在厅外台阶处迎接，难掩激动："少爷，您可算回家了。"

玉珠跟在后面附和："是啊！身为这里的主人，怎么能经常不回家呢？少爷，从今儿个起，可不许再住外面了。"

宋子迁看着他们真切的脸，感觉到了一股久违的温暖。他轻轻地点了一下头，玉珠立刻眉开眼笑："太好了！以后夏小姐和少爷结了婚，生了宝贝，这宅子里就更热闹了！"

没人留意，宋子迁听到最后一句话时，微扬的嘴角悄然凝固。夏雪彤笑得柔媚，展现出前所未有的体贴，拉着他往楼上的主卧房走，并道："迁，你累了，我去帮你放水，先泡个热水澡放松一下。还有，前两天我亲自帮你挑选了全新的床上用品，希望你喜欢。"

十分钟后。

宋子迁端着一杯红酒，眼眸轻闭，泡在雪白的浴缸里。

累的是心。

陆雨桐固执地去了夏允风的身边，他阻止不了她。这个事实快让他疯狂，却无计可施。下巴依然隐隐作痛，撇开夏允风不说，夏国宾那只阴险的老狐狸要如何对付？如果不是担心打草惊蛇，他又何须如此忍耐？

恍惚间，一双柔软的手轻轻地落在他的肩头。

他反射性地睁眼，反手扣住对方。

夏雪彤吃痛：“是我……”

“你来做什么？”

“我想……为你按摩，让你彻底放松。”生怕他反对，她飞快地将手指转到他的太阳穴上。意外的是，她的动作很娴熟，力道适中，让他酸胀的太阳穴生出酥麻的感觉。

“迁，舒服吗？”

“想不到你还有这一手。”

“这个世界上，除了爸爸，你是第二个享受如此待遇的人，连我大哥都没机会。”

“是吗？身为你的未婚夫，我很荣幸。”

“你知道就好。”夏雪彤的手指缓慢下滑。他有着男人少见的漂亮锁骨，十分性感。

宋子迁心头一颤，想到了陆雨桐。

曾经很多次，他因为公司事务心情烦躁，她便让他躺在沙发上，一声不吭地为他按摩。

现在回想，她独特的温柔和体贴，早已丝丝潜入他的心。还记得每次当她从肩颈按到后背时，他就会生出一股强烈的欲望，将她拉到怀里展开火热的纠缠……

“怎么了？不舒服吗？”夏雪彤看他皱眉，暂时停下了动作。

“没有，你做得很好。”

“你要是喜欢，我可以每天这样为你按摩的。”她的手指沿着那宽厚的肩，滑到了他的胸膛上。男性结实紧绷而又富有弹性的肌肉，让她莫名兴奋。她将红唇凑近他的耳朵，嗓音刻意增添了娇柔：“迁，之前跟你吵架，我心里好难过，以后我们要开开心心地在一起，好吗？我真的很爱你。”

“好。”宋子迁嘴里应声，大手却推开她，“你先出去吧，我泡得差不多了。”

又是这种冷淡！夏雪彤的脸色难看了几分。

“不高兴了？”察觉到她的神色，他问。

“迁，我感觉……你没有以前那样爱我了。”

“傻瓜，别胡思乱想。”他转眼恢复了温柔的神色，拉起她的手背，安慰地亲了亲，“我今天是累了。刚才在想事情，一会儿还要去趟公司。”

“不要去公司！天都黑了，就不能在家陪我吗？”夏雪彤忽然紧紧地抱住他，不在乎他身上的泡沫打湿自己的衣服，红唇同时落在他的脸颊上，慌乱中有种破釜沉舟的决心。

“彤，别这样……”

“不！不要走，你不在的时候，我心里很怕……”

“怕什么？”

“怕失去你！”夏雪彤放下骄傲，索性将唇贴上他的唇，“今晚我们在一起……生个孩子，好不好？”

宋子迁侧脸躲开，握住她的手：“我们应该把这美好的夜晚留到大婚之日。”

“迁，我不在乎。”

“我在乎。”他只想跟心爱的女人生孩子。退一万步说，即使没有雨桐，他也只把这种机会留给真正的妻子。

半个小时后。

宋子迁跟华叔交代了几句，就真的赶去公司。

泳池里，夏雪彤穿着一身长裙，奋力地来回游动。她已经不记得自己游了多少圈，身体疲累，脑子却很清醒。

这段日子，她为他改变所有，甚至抛开骄傲主动讨好，他却依然将她推开，哪有一个身心正常的男人如此冷落自己的未婚妻？

宋子迁，他到底爱不爱我？难道我没有女性的魅力吗？还是他在为谁守身？

满心复杂地想着，她忽然失去了力气，动作变得笨重，衣裙终于成了阻碍，双腿无法施展，身子缓缓地往下沉。

“救命……”泳池里响起微弱的呼喊声。

一个矫健的身影闪电般出现，二话不说，扑通一声跃进了泳池。杜棠托住她的腰，奋力地游到岸边的台阶。

“夏小姐，你还好吧？”他下班刚回来，没想到碰到这惊人的一幕。

夏雪彤的长发湿漉漉地贴在脸上，大眼一眨，滚出了泪水。

杜棠被她的眼泪惊到，不禁问：“夏小姐，你怎么了？”

“阿棠……”夏雪彤哽咽，模样楚楚动人。

杜棠不知道发生了什么事，有些手足无措：“听玉珠婶说，迁哥已经回来了，你为什么这样子？”

“不要跟我提他！”

“那……夏小姐有什么事，尽管说，只要杜棠能做的，一定帮你做到。”

夏雪彤拨开长发，仰起白皙的脸庞，问道：“阿棠，你说我漂亮吗？”

阿棠几乎不敢直视她的眼睛：“当然，夏小姐很漂亮。”

“我是不是一个有魅力的女人？”

“当然……”

“你回答得好像很犹豫。”

阿棠立刻举起手，义正词严地发誓：“我保证句句属实，夏小姐漂亮大方、气质高雅，举手投足都很有魅力。”

看他认真的样子，夏雪彤的心情好了许多：“谢谢你，阿棠。你真是个可爱的男人。”说完，她拎起裙摆，返回屋子。泳池旁，杜棠愣愣地坐着，望向早已恢复平静的池水，眼前浮现的是刚才夏雪彤美丽无瑕的脸庞。

宋子迁回来时，已是深夜。

书房的角落里，有一个白色的网球，他捡起来，看到球面写着“我爱爸爸”，心潮立刻澎湃起来。

他有一个幸福的家，母亲温柔大方，是公认的贤妻良母，却在他十二岁那年因病过世。父亲后来没有再娶，一心扑在了公司上。宋家因没有女主人而冷清了许多，日子一天天过去，父子俩逐渐习惯，周末一同去爬山、钓鱼、打球。

十八岁那年，父亲亲自送他到美国留学，他发誓会早日学成归来，协助父亲管理公司。不料，临近毕业，他突然接到孙秘书的越洋电话，说父亲遭遇了意外……

宋子迁将球攥在手心里，环顾书房，看到书柜的橱窗里摆着一个大盒子，心中一动，那是他小时候装心爱玩具的盒子，后来再有什么宝贝的东西，都往里面放。

打开盒子，里面每一样物品都勾起了回忆。意外的是，盒子的最底层，整齐地放着一沓信。信封上没有收寄人名字，但拆开一封，看到熟悉的字体，他顿时热泪盈眶。

是父亲写的，看落款日期，是自己在美国的时候。

那几年，他经常跟父亲网络视频聊天，却从未想过动笔写点儿什么。没想到，父亲却用这种传统的方式写了这么多信。

他像个孩子般坐在地板上，靠着墙壁，按捺着热切一封一封地细细品读。

最后一个信封打开，他的身躯骤然紧绷，眼眸迸发出锐利的光，似乎要将每个字看穿。

这封信上只有寥寥数语，笔迹也不如之前规整，潦草凌乱：

儿子，近来公司内忧外患，状况频发，爸爸倾尽一生打拼的事业王国，摇摇欲坠。然最可怕的莫过于人心，危机来势汹汹，乃有人蓄谋已久，内外勾结所致。简锋、曹以博、陈可彬、陆成明，都曾是爸爸最信任之人，均被夏国宾收买。你没看错，正是有意联姻，将成为你岳父的夏国宾！一切皆因金叶子，她是祸水，如果不是她……

内容到这里，戛然而止，甚至没来得及写下日期。

宋子迁手指轻颤，这封信为什么没写完？如果不是金叶子，就算公司破产，父亲至少还活着吧！而信里提到的名字，包括秘书、律师、医生和司机。怪不得爸爸临终之时，拼尽力气提醒他不要相信任何人。

书房外传来敲门声。

宋子迁飞快地将信和盒子收起来，同时收起思绪，若无其事地打开房门。

杜棠站在门外，道："迁哥，欢迎回家。"

宋子迁拍拍他的肩，笑了笑。除了周棣，这是他最信任的兄弟。

不过，杜棠的下一句话让他的笑容凝住。

"夏小姐今晚哭了。"

宋子迁注视他："你很关心她？"

"夏小姐刚住进来的那晚，不知道这里有个泳池，不小心掉进水里，我救了她，后来，她跟我说了不少你们之间的事。没想到今晚她又差点儿溺在水池里……迁哥，你不是很爱夏小姐吗？怎么舍得让她伤心？"

"如果可以，我也希望每天让她笑。"

"迁哥，我知道不该多嘴，但有几句话我很想说。原本以为夏小姐是千金小姐，一定很骄纵难伺候，没想到她温柔贤惠，玉珠婶和我爸都很喜欢她，打心眼儿里高兴宋家有了这么好的少夫人。不管工作多忙，我觉得迁哥都应该好好珍惜她。"

"知道了。"

有时候，知道是一回事，做起来又是一回事。

并非宋子迁没花心思，而是他跟夏雪彤之间有越来越多无形的隔阂，两人随便交谈几句，不是他沉默下来，就是她不甘地撒气。于是，他索性将精力都转到公司上，连同陆雨桐，也不让自己刻意想起。

受到冷落，夏雪彤极为郁闷。她跑回家，想舒解一下心情。

“大哥，你在吗？”敲响夏允风的房门，等不到回答后，她推门进去。

书桌上，几张散乱的照片摆在那里。

她难以置信地拿了起来——宋子迁和陆雨桐！一张是两人打扮正式，穿着西装与礼服，并排坐在某时装秀的 T 台下，两人笑容满面，而他们的手竟然是握在一起的。另一张是他在弹奏钢琴的背影，陆雨桐一脸幸福感动的模样。还有好几张，两人都是眉目传情的样子。

巴黎！照片上的日期正是四天前。

她明白了。

怪不得子迁回来后总有些不对劲儿，原来是他在欺骗她！

“听说我们家宝贝公主回来啦！”夏允风笑眯眯地进房，看见她手里的照片，脸色大变，“彤……”

“哥，你早知道他们两个一起去的巴黎，对不对？你为什么不告诉我！”夏雪彤怒道。

“你别激动，先听大哥说。”夏允风连忙安抚她。他听说宋子迁出差，又得知陆雨桐身在巴黎，敏锐地怀疑他们可能在一起，便让巴黎的朋友帮忙查探，没想到会拍到这些画面。

“不！”夏雪彤激动得浑身发抖，奔出门外，“我要找他问个清楚！”

“彤，你冷静点儿啊！”夏允风追出去，只见夏雪彤一口气跳上车，丢下一句威胁：“大哥不要跟着我！我跟他的事情，我要自己处理！”

一路上，她疯狂拨打宋子迁的电话，得到的回应却是“用户已关机”。

于是，车子方向一转，冲向世兴集团。

到了公司仍不见人，夏雪彤怒气冲冲地问孙秘书，孙秘书不明就里，见她脸色不对，谨慎地答复：“对不起夏小姐，少总去见客户了，不知道什么时候回。”

“宋子迁，你太可恨了！”联系不上他，夏雪彤快疯了。她重新跳上车子，因为太过激动愤怒，插钥匙的手指都在发抖。

世兴集团大厦外，杜棠正准备下班回家，见她这种状态，担心不已。

“夏小姐？有什么需要帮忙吗？”他敲着她的车窗。

“杜棠？你知道宋子迁在哪里吗？”夏雪彤忙问。

“对不起，我……不知道。”

“你不是他最好的兄弟吗？”

杜棠摇头又点头：“不知道算不算最好，但是我从小在宋家长大，跟迁哥……”

“别说了！上车！”夏雪彤命令他坐在副驾驶座，然后发动车子一路疾驰。杜棠看得心惊胆战，不得不伸出手，用力抓着方向盘，提醒道：“夏小姐您别这样！危险！”

“阿棠，你怕死吗？”她冷笑中带着讥讽。杜棠绷紧了肌肉，不再恪守礼仪，索性伸长一臂抱住她，方向盘终于被他掌控。他道：“我不怕死！但是，不能死得冤枉！夏小姐有多少委屈或伤心的事，愿意的话都说给杜棠听好了！”

夏雪彤停止了挣扎，陡然踩住刹车，眼中迸出一股决心。

“夏小姐……”

“阿棠，我想喝酒。你陪我。”

杜棠迟疑了几秒，看着她美丽的脸蛋：“好。”

后来事情的发展不知是有意还是无意……

喝多了，醉了。始终联系不上宋子迁，夏雪彤抓住杜棠不愿放开，两人摇摇晃晃地进入酒店的房间。孤男寡女共处一室，室内灯光昏黄温馨，像一张无形的网。她主动脱掉了裙子，露出里面的丝质内衣，饱满的胸部若隐若现。

杜棠忘了收回视线：“夏小姐……你要做什么？”

“呵呵，你之前不是说，死都不怕吗？这样怕不怕？”夏雪彤迷醉的双眼中闪过一抹报复的火焰……她动手扯开杜棠的外套，抚摸他的胸膛，展现出前所未有的娇媚，“你夸过我漂亮，也说过我是个有魅力的女人，是不是真的？”

杜棠不敢看她的眼睛，肌肉紧绷，额头上冒出了汗。

“难道……连你也用花言巧语欺骗我吗？我当真是个毫无魅力的女人吗？宋子迁骗了我，他在外面有其他的女人，你知不知道？他不要我，连你这种男人也不要我，是不是？我夏雪彤……究竟哪里不好？”

美人投怀送抱，梨花带雨，杜棠只觉一股气血上涌。他不是柳下惠，对她早已倾慕在心，这一刻酒精催使下，哪里还能把持得住？

“夏小姐这么好的女人，怎么会没人要？我要！现在就要！”他紧紧地抱住她，压在床上……

夏雪彤睁大眼睛，醉意中露出了笑。

宋子迁，是你对不起我，我一定要让你后悔！

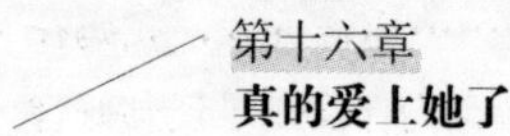

第十六章
真的爱上她了

不管多少喜怒哀乐，太阳每天照常从东方升起。

再说陆雨桐，每天起床，第一个想起的仍是宋子迁。但是，这种想念很快就会被狠狠遏制，她不停地告诉自己，现在是夏允风的女朋友，不可以三心二意，胡思乱想。

而青桐知道她回来，连夜从学校回家，非要亲耳听她说妈妈的消息。

“姐，妈妈让你做的事，到底是什么？”

“你放心，我已经在做了。我答应你，一定会尽快让妈妈回来。”要让妈妈回来，她必须亲自去调查，七年前，甚至二十多年前，妈妈都经历了什么？

打探消息的第一站，姚家。

陆雨桐精心打扮后，登门拜访姚立行。

“陆小姐，你想知道的事，前不久宋子迁也正好来打探过。”

“他？”

姚立行点头：“就是若兰生日那天。”

陆雨桐脑海中闪过那晚的情形，说出来意：“姚大哥，或许你都知道，宋家、夏家和我妈之间，有着怎样的恩怨？”

姚老大不慌不忙地点了一支雪茄，道：“说来很简单，当年你母亲跟夏国宾关系匪浅。但是，七年前她和宋世兴经历的那场车祸，幕后主谋正是夏国宾。”

陆雨桐的包啪的一声落地，她忽然明白了宋子迁那晚失控的原因。她脸色泛白，道：“怎么可能呢？众所周知，宋世兴跟夏国宾亲如兄弟，而我妈……如果是夏国宾害了她，她为什么坚持让我嫁给允风？宋子迁又怎么会愿意娶夏雪彤？”

“当年世兴旗下的一名员工自杀，留下遗书，宋世兴受到牵连，是夏国宾帮忙解决麻烦，以此换来宋世兴的感激，两人情同兄弟。可惜宋世兴到死都不知道，那名员工遗书中所指的老板，其实正是老奸巨猾的夏国宾。”

“所以说，宋子迁其实也一直不知道真相，才会跟夏家联姻？”

姚老大抽了口雪茄，才道：“若兰生日那晚，他才知道全部。”

陆雨桐虚弱地跌坐在沙发上，干涩地问：“姚大哥……你告诉我，我妈在其中扮演的又是什么角色？她因车祸伤了脸，也是受害者，为什么宋子迁却好像很恨她？”

“因为宋世兴的死，金叶子也有份参与。宋子迁自七年前就开始追查她。”

血色自陆雨桐脸上褪去。杀父仇人竟是感恩戴德的岳父大人，他与夏雪彤的婚约成了天大的讽刺，而自己的母亲也参与害死宋世兴……

她终于懂了，跟宋子迁的缘分并非偶然，并非善意的开始，一切都是他有意为之，为了接近她和青桐。她也懂了为何七年来，他明明很照顾她，却又经常翻脸表现得冷酷无情。

可是如今知道了真相，他明明那样恨妈妈，为何还能够对自己弹奏情歌，能亲口说出“我爱你”？

当时她不信，但是够了，哪怕只说一次，她也会永远永远记得。

他爱她……

他爱她！他不是开玩笑，而是真的爱上了她吧！

这晚，夏允风邀请陆雨桐一起用餐遭到拒绝后，心情不佳，独自坐在房中。他取出那几张照片，目光锐利而阴沉。

陆雨桐的心中，当真只有宋子迁吗？房门突然被人推开。夏允风飞快收起照片，意外看到父亲的身影。父子俩冷战多时，没想到他会主动走进自己的房间。

夏国宾的脸色同样阴沉：“你妹妹刚才突然跟我提起‘金叶子’三个字，是不是你在她面前说了什么？”

夏允风皱眉，心想雪彤怎么会突然提起这个？难道金叶子最近有什么动静？

夏国宾一把揪住他的衣领：“我警告你，不许跟你妹妹胡说八道！”

“放心，关于金叶子跟你的那些传闻，我从没跟彤说过。你在担心什么？”

夏国宾慢慢松开他，眼中有股不易察觉的杀气：“雪彤说她见到了金叶子！”

夏允风悄然变了脸色。父亲坚决反对他跟陆雨桐在一起的最大原因，就是金叶子。所以他明知道金叶子的消息，也刻意不提。没想到，雪彤见到了她，只是不知道是什么时候。

“看来你也见过那个女人了，难道她真的没死……该死的，你回答老子，金叶子是不是没死？”

“是！她没死，可父亲大人为什么这样激动？你跟金叶子到底什么关系？”

“闭嘴！老子的事还轮不到你来过问！”夏国宾凶狠地推开了他，摔门而去。

夏允风满腹狐疑。父亲听到金叶子还活着时，分明很紧张。金叶子当年在父亲身边待过，各种传闻都有。可也有人说，她是姚老大的情妇，最后却跟宋世兴一起遭遇车祸……一个死而复活的交际花，究竟藏了多少秘密？

“哥，你又跟爸爸吵架了吗？”夏雪彤一回家便见到父亲怒火冲天的样子，吓了一跳。

夏允风冷锐的视线陡然转向她：“告诉大哥，你什么时候见过金叶子？”

“什么金叶子？我不知道……”

“你知道的！就是陆雨桐的母亲，曾经赫赫有名的美丽交际花。”

“那个女人……她现在的样子好可怕！”夏雪彤脱口而出，对上夏允风追问的眼神，只好将那日在爱德医院旁边小巷子里的见闻说出来。

“我无意中跟爸提了几句，没想到爸的反应那么强烈。哥，爸跟金叶子的关系是不是不简单？”

“那些事你不用管，以后跟金叶子有关的事，你都不要再提，记住了吗？”

“哦……可是大哥，算我求你，你要什么女人没有，为什么非得是陆雨桐？我真心讨厌她，十分讨厌，她还有一个那么可怕的妈妈！”

夏允风安抚地搂住她：“对不起，妹妹。我一定要得到她，因为我从来没有这样爱上过一个女人！”而金叶子与父亲究竟有何非同一般的纠葛，金叶子跟宋子迁又怎么会扯上关系，他一定会全部调查清楚。

要找到母亲的下落，真不容易，陆雨桐从弟弟那里终于得到了金叶子的消息。

母女见面，金叶子知道她跟夏允风已在交往，并未表现出多高兴，而是冷冷地撂下一句话：“那就抓紧时间早点儿嫁过去！”不过，她对待青桐的态度截然不同，愿意主动给儿子打电话，甚至约着见面。

为此，陆雨桐有些伤心，但是，看到弟弟的笑脸，她的心情又随之好起来。

至于跟夏允风的相处，还算愉快。他是个浪漫又有情调的人，听说凌江边上新开了一家专为情侣设计的餐厅，还特意带她前去。

于是第二天，全城有了热聊话题——首富少爷与他的秘密恋人。网络媒体爆出了新闻，八卦记者锲而不舍地跟拍他们，一时间人们茶余饭后讨论的都是这个。

一起喝早茶时，夏允风以此打趣：“做全城第一帅哥的女朋友，你可得习惯这种明星般的待遇。”

陆雨桐陪他开玩笑：“我好怕，万一你的粉丝团围攻我怎么办？”

“怕什么？本少爷伟岸的怀抱随时为你敞开，成为你最安全的港湾。”

陆雨桐立刻做了个恶心的表情，他笑着捏捏她的脸蛋，道：“雨桐，原来你也有这样可爱的时候。”

陆雨桐轻松的心情因想到夏国宾，立刻被严肃担忧所取代：“你爸呢？看到这些花边新闻，他不生气吗？”

夏允风不以为意地道：“他生气是因为不懂得你的好，总有一天，他会明白的。”

陆雨桐咬了咬唇，试探道：“如果我进入凌夏集团工作，让伯父亲眼见证我的能力，你说，他会不会对我有所改观？”

夏允风握住她的手，道：“你的能力我毫不怀疑，可老头子太顽固，我担心他借机为难你。”

“我不怕！”

“唉，我先考虑一下。”夏允风夹起一块莲藕糕，亲自送进她的嘴里。

陆雨桐是行动派，一旦做出决定，就会立刻行动。之前已经递交了简历，夏允风抵不住她的坚持，终于点头同意给她安排职位。

这天一早，陆雨桐精心准备，打算前去凌夏集团报到。没想到刚出门不久，她就接到了青桐同学的来电，当即打乱了计划。

“姐姐，青桐他可能出事了！昨天他没去实验室，整整一天没出门。晚上跟教授谈了几句，他就冲了出去，直到现在也联系不上。”青桐的同学道。

陆雨桐一颗心提了起来，弟弟一直是最乖巧听话的学生，每天按部就班，生活规律，突然出现这样的状况，定是发生了很严重的事情。

真让人着急，电话又是关机状态，青桐到底怎么了？陆雨桐焦急地想着。

天色阴沉，乌云似乎从头顶压下来，压得她心乱如麻，赶紧飞奔到路口拦出租车。

黑色的豪华轿车在街上行驶。宋子迁约了银行高官见面，商谈项目贷款事宜。孙秘书身体不舒服，请了三天假，不能陪他一同前往，这会儿又打来了叮嘱的电话。

“少总，记住啊，早上九点，如果迟到，汪行长没时间等您，他要赶着出差。”

“行了，年纪大生病了就好好休息。难道没有秘书在身边，我这个少总就不能成事了？”宋子迁笑着收起电话，突然看到路口一个熟悉的身影。

是雨桐。

从巴黎回来后，他们差不多一个星期没见，他每晚都在想她，没想到就这样不期而遇了。

踩下刹车，他鸣了一声喇叭，按下窗户，道：“去哪里？我可以送你一程。”

陆雨桐看看左右，上班高峰期实在太难打车。她无暇多想，迅速拉开车门。

宋子迁想到近日的八卦报道，脸色不大好看，故意道：“这么急，是要赶着跟谁约会吗？”

“青桐出事了，马上去他学校！”陆雨桐无心计较他的尖刻，低头查找电话簿，“喂，程教授吗？我是陆青桐的姐姐，想跟您了解一下情况……”

宋子迁的怒火顿消，立刻加快了速度。待她打完电话，他才问：“怎么回事？”

陆雨桐双手紧紧地交握着，脸上有股怒气：“有人在背后对青桐栽赃污蔑！国外那几所预定要录取他的学校，突然不约而同将他拒之门外。”

“他在学校得罪了人？”

“不可能！这样陷害青桐，要有多大的仇恨和本事，才能如此捏造事实，只手遮天！”

宋子迁浓眉紧敛。他也绝对相信，以青桐的个性，不可能招来如此大的麻烦。对方如此阴险，一心想要阻碍青桐的前程，但谁会害他呢？学校的竞争对手没有那个本事，那么……会不会是因为雨桐？雨桐曾三番五次被人设计，陷入危机，都跟夏国宾有关。这次难道也是那个老狐狸？

他希望自己只是想多了。

手机在手里震动，陆雨桐差点儿惊跳起来，看到是青桐教授的号码，立刻激动地接听。

“知道了，谢谢教授……宋子迁，我们直接去学校后面的梧林山，有同学看到青桐在那里出现过。”挂了电话后，陆雨桐立刻道。

梧林山的入口离学校大约两公里，经常有团队组织攀爬活动，山顶上有一座小寺庙，常有香客。陆雨桐猜想，弟弟很可能就在寺庙里，他曾提过那是个潜心静修的好地方。

“现在上山？”宋子迁看看天色，似有暴风雨的迹象。

“你只需要送我到山脚就好。不管怎样，今天算我欠你的。”她不在乎暴雨，只在乎弟弟现在是否安然无恙。

宋子迁没来由地气闷，她真以为他能甩手不管，丢下她和青桐吗？

越靠近梧林山，天色越阴沉。浓云在头顶翻滚，不时传来雷声。山腰间云雾环绕，冷风带来了淡淡的水汽。

宋子迁停好车，从后备厢里拿出一把黑色雨伞。

“宋子迁，你可以回去了。我不需要你陪……”

“闭嘴！如果不想耽误时间的话，最好不要多说一个字！”

陆雨桐望着他冷峻的脸庞，深知多说无益。

两人一前一后，以最快的速度沿着山道向上，不到二十分钟，就将停车场远远地甩在了身后。可是，又一声雷鸣过后，豆大的雨点突然落下。

宋子迁低咒一声，立刻撑开雨伞，将她扯进臂弯。

“看吧，早说等这场雨过了再上山，你偏不听！”

陆雨桐没有辩驳，这是意料中的事，她不会退缩。山道不算太窄，可以四五人并行，但有的路段一侧临近山谷，光看着都觉得危险。宋子迁不着痕迹地与她换了方向，揽住她的肩往胸前拉。

“宋子迁，你不要期望今天帮我，能改变什么。”

“我现在有要求什么吗？若要算起来，你欠我的三天三夜都算不完。”他口气很冷，气她怀疑他的好心。

雨势一时来得太猛，很快有小股水流汇集从山道蜿蜒而下。一把伞很难遮住两人，宋子迁低声命令：“不想淋成落汤鸡，你知道该怎么做！”她迟疑了好一会儿，终于伸手绕过他的后背，轻轻地抱住了他。

他的腰杆挺直了几分，眸里悄然增添了淡淡的满意之色。

山风夹杂着雨丝，飘落在两人身上。谁都没有说话，仿佛都在专心赶路，专心听着风雨之声。难得的宁静，难得的亲近……

“你看，那边好像有个亭子。”陆雨桐欣喜地指向前方不远处。

“什么亭子，那叫草棚。”宋子迁松了口气，总算有个可以停歇避雨的地方。

宋子迁收起雨伞，坐在树凳上，招招手让她过去。陆雨桐却站在旁边，果然一停下来，她就刻意拉开了两人的距离。

宋子迁十分不满地道：“不累？过来！”

陆雨桐看了他一眼，仍是丝毫没动。宋子迁索性伸手勾住她的腰肢。她被拖着往后退了一步，不偏不倚正好坐在他的大腿上。

这下，他满意了，手臂结结实实地圈住她，下巴搁在她的肩头上。

陆雨桐后背抵着他的胸膛，只觉得说不出的温暖，心突然变得异常平静。她低头看着他占有性的手臂，幽幽地叹了口气。

“没见过比你更固执的女人。”他的声音里也带着叹息。

“那你说，我能怎么做呢？”陆雨桐问得很小声，几乎要被风雨吹散。

宋子迁抬起手，轻柔地梳理她微乱的发丝，语气里有着比她更多的无奈：“雨桐，认了吧，我们都逃不脱彼此的，这是命！”

陆雨桐有些震动，慢慢侧过身子看他。

他的眼眸深沉而灼亮，爱意毫不掩饰。她第一次如此真实地看清他的感情，浓烈、深沉、矛盾却又坚定。

“子迁……”

“傻瓜，说你爱我。”这一句是恳求，而不是命令。

陆雨桐动了动唇，一个字都说不出。为何对着他的眼睛，她的心疼得快要碎掉？

宋子迁很失望：“难道，你已经不爱我了？”

“……”

“那你告诉我……要怎样才能够放下？”

“……”

“雨桐，告诉我，你真的……真的已经不爱我了吗？”

“不！”他极力隐藏脆弱和害怕的模样，让陆雨桐的眼泪潸然而下。她摇头又点头，情不自禁地哽咽道：“我爱……一直都爱！从来没有一天停止过爱你！宋子迁，也许你说得对，这是命！我用尽了全身的力量也无法抗拒的命……”

满腹的话来不及说完，宋子迁就紧紧地抱住了她。

这一刻，城市的喧嚣、父辈的恩怨、世俗的羁绊全部消失。除了对方，世界上的一切都化为虚无。他们拥抱着彼此，深深地热吻。心跳比雷雨更加剧烈，呼吸越来越急促。

许久，宋子迁才放开。她轻声啜泣，眼泪流得更凶。

宋子迁心疼极了：“怎么？爱我让你这样痛苦吗？”

她拼命摇头。

“那是为什么？离开我之后，你变得这么爱哭。”他捧起她的脸，温柔地擦干那一颗颗泪珠，“别哭了，哭得我心都要乱了。”

陆雨桐仍是摇头，主动投入他的怀中。

宋子迁无奈，抚摸她的发丝，问：“为什么哭？”

“我们这样是不对的！就算逃不脱命运，也不该这样……”

“不该怎样？你把话说清楚！”宋子迁非要问个彻底。

“你身边有……夏雪彤，我也有允风……”

“可以了！你竟然为他们两个掉眼泪！”温柔不见了，他的脸色变得阴沉愤怒，“你究竟知不知道，夏国宾阴险狡诈、假仁假义！他就是当年车祸的幕后主使，他害死了我爸爸，我却愚蠢地认贼作父！”

陆雨桐愣住了，尽管已从姚立行那里得知真相，但没想到他会把这些亲口告诉自己。

“我对雪彤那份自以为是的爱情，在订婚之夜就已认清。可我依然下定决心信守跟她的婚约，一辈子好好待她。我努力拒绝去想念你，拒绝知道你的一切，甚至拒绝承认自己爱上了你！直到我发现这一切都是夏国宾的阴谋，他对宋家的精心算计，还有你妈……”

“别说了！子迁……”一直以来，他对夏家的敬重，没人比她看得更清楚。真相揭露后，他得承受多大的打击啊！

宋子迁抓住她的手，咬牙切齿地道：“命运不断跟我开玩笑，而你竟然想要嫁给夏允风？凌江市那么多男人不选，偏偏选夏允风！雨桐，我会让你们在一起才怪！”

“不要说了，真的不要说了！”陆雨桐整颗心都痛得揪了起来。他坦白得彻底，宣泄得彻底，如果姚立行所言非虚，那么宋世兴的死跟自己妈妈脱不了干系。面前这个男人，竟然能抛开对妈妈的仇怨，将真心爱恋都给了自己……

宋子迁，我认输了！这辈子，除了你，我不可能再爱上别人。但是为了妈妈，我没有其他选择，你知道吗？她在心底无声地呐喊。

宋子迁将她的掌心贴在自己脸上，带着恳求：“说你爱我。”

陆雨桐低下头：“我不是已经说过了吗？”

“才一次！你才说了一次而已！”他想一直听，听不够。

“你……”手指滑过他的眉眼，陆雨桐道，“向别人索要之前，应该先给予。我记得某人曾经说，有句话他这辈子只说一次。我也一样，有的话只说一次……”

“不行！绝对不行！”宋子迁不假思索地打断她，双手改为抱住她的腰，“快点儿说！说你爱我，很爱很爱，说这辈子都不会多看别的男人一眼！”

他半是认真，半是开玩笑，陆雨桐望着那双刻着爱恋的黑眸，慢慢地转身。

“陆雨桐，我真的，真的很爱你！”背后传来他低沉的声音，无比虔诚。她的心为之颤抖，比初次听到他的告白更加震撼。他是个多么骄傲的男人，从不轻易向人泄露心事，从不轻易低头认输，可今天在她面前，他将最脆弱的一面表露出来，不怕她无视或嘲笑……

她抬起头，深吸一口气，用尽全身力气对着青山大喊：“宋子迁，我一直很爱你！你听到了吗？”

宋子迁激动地抱住她，嘴角咧开稚气的笑：“听到了！但是还不够，你再说一遍！”

“宋子迁，陆雨桐爱你！”山的对面传来回音。

“继续说，不要停。”他不知餍足。

陆雨桐的脸颊已经湿成一片，她轻轻依偎在他的胸膛，道：“子迁，我真希望这场雨不要停……”

他比她更希望大雨永远不停，永远留住此刻的幸福：“雨桐，我拜托你，不要变回以前的那个你！永远记住你刚才亲口说的，你爱我，就要一直爱下去！死都不要变！否则……”

“否则怎样？”她听得莫名惊颤。

他的语调低得快要听不清：“否则，连我也不知道会有怎样的后果！”

陆雨桐眼眶发红，不敢正视他的眼睛：“对不起。我也很想跟你约定，但是我们之间还隔着太多人……”

“算了！不要说了！其他人、其他事都不准提！”宋子迁急切地吻住她，恨不得将她融入自己的体内，“至少今天，珍惜我们在一起的每分每秒，可以吗？”

陆雨桐含泪点头，眷恋这温柔的体温，舍不得放开。

山雨渐歇，天边流云变得清晰。

两人互相倚靠，并肩立在这一方只属于他们的小世界中。未来若无缘相守，眼前这片刻宁静，又何尝不是一种美好的回忆？

宋子迁牵着她，十指相扣，掌心相贴，走在蜿蜒的山路上，心情已与来时截然不同。

白色云雾缭绕，如烟如画。青山之巅，寺庙橙黄色的塔尖变得清晰。他们开始变得沉默，神色凝重，脚步也越来越缓慢。再高的山，终有爬上去的时候。再长的路，也终会走到尽头。小寺庙近在眼前，拐过一个弯即到。

陆雨桐停下脚步，低头看着彼此相扣的手，忍痛道："该放开了。"

他知道，可是不想放，反而扣得更紧。

"不要这样。"她隐约听见前面行人说话的声音，轻轻地挣脱他，快步往前走，生怕多停留一分，便多一分贪恋。

宋子迁注视她的背影，若有所思地快步追上。

庙里的师傅听了陆雨桐的描述后，立刻带她到后院厢房。

青桐正坐在蒲草垫上打坐，见到陆雨桐后，惊得差点儿跳起来。

"姐……你怎么会来？"同行的竟然还有宋大哥？

陆雨桐看他面色苍白，气恼又心疼："你一个人躲到这里来，知道姐姐有多担心吗？"

宋子迁见陆雨桐泛着泪光，严肃地开口："做事要三思而后行。你这样能解决问题吗？"

青桐自知有愧："对不起，姐，你们都知道了？"

陆雨桐心软，见他低头认错，语气立刻柔和下来："知道了。你放心，留学的事，学校会出面，我也会想办法。"

宋子迁拍拍他，鼓励道："成功的道路上很少会一帆风顺，要成为一个真正的男人，总要经历一些挫折和失败。青桐，恭喜你又积累了一笔宝贵的人生财富。"

这就是男人看问题的角度吗？冷静乐观，百折不挠。陆雨桐看看宋子迁，再看看青桐，道："这世上哪有一帆风顺的人生？你不要多想了，回去再说。"

青桐忍不住将她拉到旁边，小声地吐出疑惑："姐，你不是在跟夏大哥交往吗，怎么跟宋大哥一起来了？"

宋子迁岂能猜不到他在嘀咕什么，脸色立刻变得难看："你姐为了找你，快要失去理智！刚才滂沱大雨，我能眼睁睁地看她一个人上山？陆青桐，你已经是大男人，以后最好不要再让你姐操心！"

"我以后不会了。姐，我今天想明白了，国外那些名校虽好，但是我不想去了。”

陆雨桐难以置信地道：“为什么？那不是你梦寐以求的理想吗？”

“以前我是那样想，可最近，我在思考一个问题——我真的要出国吗？离开姐姐，离开妈妈！我长这么大，一共才见过妈妈三次，连一天都没在一起生活过，我怎么可以离开？”

陆雨桐哑口无言，苦涩地道：“只是去求学，又不是让你永远不回来。”

青桐转身看向宋子迁，道：“如果是你，让你在家人和学业之间选择，你会怎么做？”

宋子迁笑了笑，想到自己当年听说父亲遭遇车祸后，毅然放弃即将到手的学位证书匆忙赶回，此后接手公司，直到现在。如果时光倒流，他仍会毫不犹豫地做出同样的选择。青桐正因为清楚这些，才会问他吧。

“我只能告诉你，人生总是有失有得。不论哪种选择，问问自己将来是否会后悔，感觉值得就去做。”

“宋子迁，你不要误导我弟弟！”陆雨桐不悦道。妈妈的问题太过复杂，青桐留下未必是好事。

宋子迁语重心长地劝道：“青桐不是小孩子了，他的事情应该自己做主。”

得到鼓励，青桐的态度更加坚定：“姐，我已经决定了！因为在我心里，没有什么比你和妈妈更重要！”

“你们……”陆雨桐叹了口气，拉着青桐离开寺庙，“总之，你这次太过冲动，让这么多人为你担心着急，你先回学校跟导师认错再说。”

天色暗淡，城市华灯初上。

学校里，导师关切地找青桐去谈话，陆雨桐坚持让宋子迁先回去。宋子迁站在车旁，眉心深拧：“为什么不能让我陪你一起处理？还是说山上发生的一切，你打算埋藏起来，一旦回到市中心，你又想彻底离我远远的？”

“不会！”她飞快地保证，“没外人的时候，我不会躲着你。”

“你这个女人，让我怎么说你好，有时候简直是莫名其妙的固执。”

“我一直都是这样子。有的事情你认为无所谓，但我觉得很重要。”陆雨桐低下头，咬咬唇，“今天知道你对我的感情，我很幸福，但是……不可否认，我们之间还有很多需要解开的结。而且现在，我没有心思多想其他，所以拜托你先回去吧。”

宋子迁一言不发地看了她好半晌，才咬咬牙，道：“好！记住刚才的保证，以后不许躲着我！”

陆雨桐连忙点头。他趁机将她按在车门上，低头又是一阵索吻。她吓得忘了呼吸，他再这样搞突袭，真怀疑自己要得心脏病。

“没人看到。笨女人！”他点点她的唇，深吸一口气，坐进车里，“我走了。自己回家注意安全，有事随时联系我。”

陆雨桐愣怔地目送车子离开，许久没动。

唇上隐约残留着他的气息，如此甜蜜，如此不安。

回到宋家，宋子迁拿出父亲留下的最后一封信，细细阅读。

其实，信里每句话每个字，他已烂熟于心，可今晚再看，信里提到的“金叶子”三个字，仍让人触目惊心。他靠坐在墙角，对着墙壁上父亲的书画发呆。

“爸……对不起。我真的很爱她。”模糊的声音从喉头里哽咽出来。

“爸，那个女人也很爱我。原来相爱的感觉如此幸福。跟她在一起，我觉得心里很温暖。”宋子迁摸着心口，嘴角荡漾着笑意。然而，这笑意只保持了几秒钟便悄然隐没。

“……可是爸爸，偏偏陆雨桐是金叶子的女儿……我明知金叶子害过你，明知陆雨桐很爱她的妈妈，我还是没办法收回这份感情。爸，你能够原谅我吗？”

宋子迁微仰着头，眸底被忧郁覆盖。

……

与青桐谈完后回家，已接近凌晨。

陆雨桐拖着疲惫的身躯走出电梯，低头在包里寻找钥匙。

“这一整天，你究竟去了哪里？”夏允风带着叹息的质疑声传来。

钥匙落在地上，她愣怔地抬头看着他道：“允风……”

“早上你只说了几句简单的话就挂了电话，后面怎么打你的电话都打不通，我快急疯了，你知道吗？”夏允风将她抱入怀中。

陆雨桐僵直地站着，小声嗫嚅道：“对不起……我每次都让你担心。”

“傻瓜，我爱你啊！”

“允风……”她喊他的名字，却不知道该说什么。

夏允风闻到她的发香，焦虑的心情舒缓了不少。谁说他不胡思乱想？因为爱她，再多的不满和怒火都得忍耐，就怕吓走了她。他轻声道：“在等你的时候，知道我都想了些什么吗？”

陆雨桐摇头。她突然很想哭，为了面前这个爱上自己，自己却永远难以回报的男人。

“我在想，为了让你爱我，哪怕需要花一辈子的时间来等都没关系，几个小时算得了什么？”

陆雨桐闭上眼，泪水无声地落在他的肩头上。

“允风，我今天好累。”

“不舒服还出去，活该！”夏允风捡起钥匙开门，将她扶到沙发前，“坐着，就让我这个一晚上闲着啥事都没干的家伙，为陆小姐服务吧！”

他端来一杯温开水，看着她喝下，微笑道：“先躺一下。你累了，我倒是饿了。”

“你还没吃晚餐？”

“蹲在你家门口叫外卖？有损形象呢！”

陆雨桐心中惭愧，撑着坐起来，道：“我帮你煮碗面条。”

“免了！”夏允风按住她的肩，“你乖乖躺着，给我一个展露厨艺的机会。”很快，厨房里传来挥动锅铲的声响，香气弥漫。

陆雨桐侧卧在沙发上，一瞬不瞬地凝望他的背影。她在内心呐喊：错了！错得好离谱！爱情不是游戏，不能拿来利用欺骗。哪怕那个光明正大的理由是为了妈妈，也不可以。但是，她已经走上这条路，拖着这个男人一起身陷泥潭，如何才能走出来？

周末，宋子迁让玉珠准备了一顿丰盛的晚餐，特地邀请夏雪彤过来。

可夏雪彤脸色不好，一方面想起那些照片，另一方面想起那夜与杜棠酒醉后的亲密，有些坐立难安。

“我今天没什么胃口，想回家了。”没吃几口，她突然抓起包准备走人。宋子迁一把拉住她：“我们谈谈。”

“怎么？有很重要的事非要今晚谈吗？”

宋子迁盯着她嘲弄的笑，沉声道：“是的，很重要！”

夏雪彤甩开他，环抱手臂，冷淡道：“好啊！直接在这里谈好了，谈完我要马上回家！”

宋子迁看了杵在一旁的玉珠一眼，玉珠便会意地暂时回避。他将夏雪彤带到书房，看着她的眼睛道：“老实说，对于我们的婚约，你有什么打算？”

闻言，夏雪彤激动得几乎跳起来："你这样问是什么意思？想解除婚约？告诉你，我绝不同意！我不会让你和陆雨桐称心如意的！"

宋子迁按住她的肩，目光变冷："听好！就算分手，也与其他人无关，是我们之间本身存在问题！"

"我们之间本来是没有问题的！一点儿问题都没有！我刚回来时，你对我体贴有加，深情款款，是陆雨桐迷惑了你……"

"雪彤，有些事情是我不该，我对不起你。但是，我最厌烦你动不动就牵扯到雨桐，她自始至终完全没想过要破坏我们！"

"那么在巴黎，她像个狐狸精一样跟你亲密相处，这难道不是破坏吗？"

宋子迁抿紧唇。在巴黎，如果不是自己强求，雨桐绝对会将自己当瘟疫远远避开。

夏雪彤冷笑："无话可说了吧！"

宋子迁浓眉打结："你对雨桐偏见太深，我无话可说。"

"对，我就是讨厌陆雨桐！极度讨厌！她迷惑了你和我大哥，你们两个可是我生命中最重要的男人啊！"夏雪彤眼中充满怒气，紧紧地盯着他，"你们去巴黎偷情，我并没有告诉爸爸，知道为什么吗？因为我对你还存有一丝念想。可是你呢？宋子迁，你应该好好反思一下自己！"

她的言辞太难听，宋子迁极力克制着情绪："我看今晚已经没有必要继续谈了。我送你回去。"

"不必了！我自己会回去！"夏雪彤用力地拉开书房门，意外撞上门外高大的身影。杜棠与她目光相对，两人神色都是悄然一变，而后她昂首快步离开。

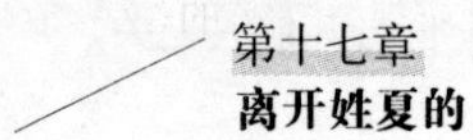

第十七章 离开姓夏的

陆雨桐开始有意无意地躲避着夏允风，可是他不知从哪里找到了金叶子，并亲自到青桐的学校，表示会尽快帮助青桐重新申请名校。

夏允风打电话约她时最后说了一句：“雨桐，这顿晚餐你一定得来，我约了青桐，还有一个你非常想见的人。”

当她推开包间门看到母亲的身影时，整个人都愣住了。

青桐激动地站起来道：“姐，是夏大哥特意帮我们约妈妈来的呢！”

陆雨桐直直地望着金叶子，无论如何都没想到会是这种惊喜。

金叶子摘下口罩，不在乎地露出丑陋的半张脸。

“夏少爷如此费心，我怎么能不来呢？”

夏允风揽着陆雨桐入座，笑道：“伯母千万别这么说。您是雨桐的妈妈，也是我的长辈，您愿意赏脸出来，我很荣幸。”

青桐的清眸里闪动着光亮，开心道：“姐，你快坐下吧！我们终于可以和妈妈一起吃顿饭了！”

侍者进来，不经意地看到金叶子的脸，露出惊惧。金叶子冷笑，狠狠地朝侍者瞪了一眼。对方吓得低头，拿起菜牌赶紧退了出去。

“伯母。”夏允风尊敬地看着她，“您有没有考虑过美化一下皮肤？以现在的技术，说不定可以让您恢复以前的容貌。”

他突然提起这个禁忌话题，陆雨桐立刻踢了他一下。

“不必！”果然，金叶子冷冰冰地一口否决，摸着脸上难看的疤痕，“我要让它一直留着！它会提醒我，永远不要忘记当年的灾祸！永远不要忘记是谁把我害成这样！”

青桐第一次听见她亲口说出此事，气得涨红了脸：“妈，是谁把你害成这样子的？”

夏允风曾怀疑过那场车祸跟父亲有关，可转念一想，若跟父亲有关，金叶子怎么可能允许雨桐跟自己交往？

于是，他放松道："伯母，抱歉，我出于关心才多问一句。当年的车祸难道不是意外，而是有人刻意制造的？"

金叶子笑得深不可测："怎么？夏少爷要为我报仇吗？"

"如果伯母需要帮忙，我一定会不遗余力！"

陆雨桐也渴望知道真相，那场车祸到底与宋家有什么关系？谁知金叶子话锋一转："罢了，陈年旧债，暂且不提。夏少爷既然跟我女儿交往，可有打算跟她结婚？"

"我女儿"三个字震进了陆雨桐的心底，她眼眶发红，情不自禁地脱口而出："妈……"

夏允风执起陆雨桐的手，深情款款地道："雨桐要是答应，明天结婚我都愿意。"

"我们才交往没多久，谈结婚……太早了。"陆雨桐手指冰凉，不敢看母亲的脸色。

青桐想起前日她跟宋子迁一起上山的情景，插话道："姐，你跟夏大哥是该多交往一段时间看看。像我跟若兰，至少也得十年后才考虑结婚呢。"

金叶子紧盯着夏允风："你父亲会同意吗？"

夏允风面有难色，金叶子明白了，道："其实婚姻大事最重要的是你们自己的想法。你愿意娶，雨桐愿意嫁才最重要。至于你父亲……你们结婚后，他就算不同意，也只能接受，不是吗？"

陆雨桐听到"结婚"二字，心惊肉跳。夏允风将她的手往心口拉，笑道："伯母说得对。夏家就我一个儿子，我要结婚，父亲怎么可能反对到底？"

陆雨桐正要开口，就听青桐欣喜地抢着问："夏大哥，你这是在向姐姐求婚吗？"

夏允风扬起嘴角，道："跟心爱的女人求婚，不能随意。"

"有心最重要，没必要在乎那些没用的仪式。"金叶子转头盯住陆雨桐，"你呢？如果允风现在求婚，你会答应吗？"

"妈……"

"雨桐，我曾经跟你说过的话，你还记得吗？"

“……记得。”除非自己不想跟母亲相认，永远不想知道亲生父亲是谁……

夏允风体贴地说：“伯母，我愿意等雨桐。”

一声“等待”，让陆雨桐既松了口气，又揪心。

晚餐后，姐弟俩回到属于自己的小家，青桐道：“姐，你现在还没有爱上夏大哥吗？”

陆雨桐愣了愣，反问：“很明显？”

“嗯……可是，瞎子也能看出来夏大哥很爱你。姐，我不想问你为什么又跟宋大哥在一起，但是你醒醒吧，你跟他没有可能的！”

青桐成熟了，连他也能说出这种语重心长的话来劝诫她。

道理她明白。可是明明她跟子迁才是真心相爱，老天爷一点儿机会都不给她吗？

“姐，别说宋大哥已经有婚约，就算没有，我也不希望你再喜欢他。他曾经带给你的痛苦和屈辱，我永远无法忘记。而夏大哥不一样，他对你好得无可挑剔。女人不是应该嫁给爱自己多一点儿的男人，才会幸福吗？”

“青桐，你好像突然长大了。”陆雨桐叹道。

青桐白净的脸上露出无奈的笑：“这半年发生了太多事情，姐姐身上也发生了太多的变故。我已经二十岁，早该长大了。”

电话响了。陆雨桐竟然有种惊惧的感觉，怕是宋子迁打来的。

越怕，越成真。

宋子迁语调冰冷地道：“三分钟，下楼，我在小区对面的马路上等你。”

陆雨桐僵直地站了许久，猛然清醒道：“青桐，姐姐有急事出去一下。”

一口气跑出小区，陆雨桐果然看到街边停着那辆熟悉的黑色轿车。

宋子迁紧咬着牙关，冷酷的表情保持了至少十分钟。他打了一晚上的电话，她除了晚餐前接了一次，之后再没理会。他来到这里等，看到的却是夏允风与她亲密告别。

陆雨桐前天才说很爱他，今晚却投入夏允风的怀抱。

陆雨桐跑到车前。他按下半边黑色的车窗，面无表情地吐出两个字：“上车！”

陆雨桐迟疑一会儿，终是拉开车门坐了进去。

“子迁，我下来只是想跟你说几句话，马上就要回去。”

“那就先听我说！离开姓夏的！马上打电话跟他说分手，明天回到世兴来！”

陆雨桐简直无言以对："拜托你能不能理智一点儿？"

"我很理智！我明天就可以宣布跟夏雪彤正式解除婚约，你呢？"

陆雨桐动了动唇，道："对不起……我做不到。我需要三个月时间。"

他抬手按住她的肩膀，咬牙道："一个月！一个月也有三十天……你在他身边，我每分每秒都要在煎熬中度过。我无法忍受更多！"

陆雨桐静默了好半晌，才道："我跟允风之间的很多问题都需要时间解决，我答应你，只要解决完，以后会陪在你身边，一辈子。"

"一辈子？"宋子迁为这三个字心动。

"是！一辈子，就算你赶我，我也不走。"

宋子迁一瞬不瞬地凝视她，终于做出艰难的退步："两个月，这是极限！然后照你说的，一辈子！"

陆雨桐知道拗不过他，只好点头："我想，夏雪彤不会愿意跟你解除婚约的。"

"你记住今晚答应我的就好！"

两个月，他必在最短的时间里让夏国宾身败名裂！

这晚，夏雪彤从酒吧买醉出来，踉踉跄跄地走在路边。杜棠一路关心地跟着，却又不敢太靠近。

夏雪彤忽然转回头，指着他道："我知道你在，呵呵……阿棠，你喜欢我，是不是？"

"我正好路过，看到夏小姐喝醉了，担心你遇到坏人……"杜棠不自在地解释。岂料话没说完，夏雪彤柔软的身子跌了过来，他慌忙扶住。她双手抱着他的脖子，痴痴地笑道："脸都红了，还否认？呵，你真可爱……比起宋子迁那个浑蛋，不知道要可爱多少倍！"

"夏小姐，你喝醉了！"杜棠谨慎地观察左右，生怕有八卦记者偷拍。

"我没醉，我很清楚自己在做什么……也很清楚上次跟你发生了什么……"

"夏小姐……"感觉有人看过来，杜棠连忙将她扶进自己的车子。

街道对面，一辆白色轿车缓慢驶过。周棣不经意地朝窗外一看，愣住了。夏雪彤和杜棠，他都认识，只不过这两人怎么会搅在一起？

两辆车子一前一后，在马路上行驶。

周棣不慌不忙地跟着前面的车，拐进某家较为偏僻的酒店时，他果断拨通了宋子迁的电话。

“宋大少爷，告诉你一个消息，不要太惊讶。知道你的未婚妻现在和谁一起在酒店吗？”

“谁？”

“呵呵，十分钟内赶过来的话，应该能亲眼看到一场好戏！”

杜棠和夏雪彤就站在门边，没有开灯，互相对望。不知道谁开的头，他们投入彼此的怀抱，吻在了一起。

“夏小姐，你好美！”杜棠情不自禁地赞美。从上次两人意外擦枪走火之后，他对她的身体念念不忘。上一次他是温柔而虔诚的，但今晚他有些急切霸道。

“阿棠，你喜欢我吗？”夏雪彤娇喘连连，裙子被扯落在地，露出雪白的香肩。

“当然，夏小姐是我见过的最美的女人。”杜棠抚摸她细腻的肌肤，爱不释手。在这位公主面前，他是那样微不足道。身份云泥之别，更不可能有以后，所以他只求此刻能紧紧地抱住她，占有她。

尽管没有资格，他还是爱上了她。

“喜欢就……叫我彤吧！”

“彤……彤！”他激动地连声叫唤，将她压在墙上。

夏雪彤闭上眼睛，她不爱这个男人，但他带来的温柔与激情，让她沉醉。如果是子迁该有多好！偏偏他碰都不碰她。子迁，子迁……她美目一眯，娇躯主动贴紧杜棠。两人脱了衣服，在铺着雪白毛毯的地板上翻滚，尽情地取悦彼此。

房门忽然被人打开，手机上的闪光灯接二连三地亮起。

“啪！”宋子迁亲自打开了灯，怒不可遏地盯着两人。

画面仿佛静止。

夏雪彤浑身僵硬，原本透着红晕的脸颊瞬间被苍白取代。她一生从未如此狼狈，手忙脚乱地遮住自己……

房间里的空气几乎冻结。

宋子迁关上门，瞥了地上散乱的衣物一眼，冰冷地背过身。

杜棠匆忙套上衣服，跪在地上恳求：“迁哥，都是我的错！您怎么惩罚我，我都毫无怨言，但是夏小姐……她是无辜的，请原谅她。”

夏雪彤极力镇定，刻意提高了嗓音：“宋子迁，你想要怎样？是你对不起我在先！”

“这么说，都是我的错了？好吧，我真诚地向你说声抱歉。”宋子迁慢条斯理地说，每个字都饱含对她的讥讽。

“是你跟陆雨桐背叛我在先，如果不是这样……我也不会接受一个低贱的男人！”

宋子迁的脸色倏地绷紧，杜棠豁出去地维护她，显然已经动了心。他该为杜棠不值吗？他来到她面前，轻抚她的脸颊：“从明天起，你我再无婚约关系！”

夏雪彤尖声道：“不！我不要！”

“你觉得这样下去，还有意义？”

夏雪彤的胸口起伏着，坚决地摇头：“我不会解除婚约！不会让其他女人得逞！我会让爸爸……”

宋子迁忽地加重了力道，扣住她的下巴，疼得她无法继续开口。他笑得阴沉：“别抬出你爸爸，要知道刚才那些照片传出去，你以为他还会把你当作宝贝女儿吗？凌夏集团的声誉又会怎样，你知道吗？”

夏雪彤痛得吸气。这是她第一次看到宋子迁真正冷酷的样子。原来，他狠心起来，像个冷血的恶魔。但他如此生气，是因为对自己有感情吗？

“宋子迁，我问你一句话。”夏雪彤站起来抓住他的衣袖道，“你真心爱过我吗？”

宋子迁的目光闪了闪，接着对上她的眼睛。

“你说啊，到底有没有真心爱过我？还是……你从来就没有爱过我？”

宋子迁将她的手拉开，漠然地转身：“曾经，在我不懂爱的时候，我对你是真心的。真心等你回来，想跟你结婚，我以为自己会一生一世呵护你，但是……”

“但是你被陆雨桐迷惑了！”

宋子迁拧起浓眉，轻轻地摇头：“你错了。我发现自己爱上雨桐时，我依然真心想要忘记她，打定主意守护对你的承诺。因为你是我心中珍爱多年的女子，我不能让你难过。”

“那为什么会变成这样？为什么对我那样冷淡？”泪水在夏雪彤眼中打转，分不清是感动还是后悔。

宋子迁没有回答，只是冷冷地看了她一眼，便拂袖而去。

杜棠被调到世兴集团在外市的分公司，关于他跟夏雪彤的事，宋子迁对华叔绝口不提，他实在不想见到老人家难过。毕竟是多年来视为兄弟的人，杜棠的行为让他心中郁结，如此一来，他对陆雨桐就越发思念起来。

凌江大桥。清风徐来，夜景美不胜收。

宋子迁费了一番工夫，才让陆雨桐答应出来见面。

安静的桥头边，陆雨桐总有些不安，前后左右看了又看，但很快就被他一只手固定了脑袋。

宋子迁贴着她的耳朵道："陆雨桐，我有句话要跟你说。"

"你说。"

"这句话，你听到之后，一定很高兴。"

"什么话？"他成功勾起了她的好奇心。

宋子迁看着她道："我已经跟她解除婚约了。"

陆雨桐难以置信地看着他："……什么？"

宋子迁抓住她的手按在自己胸口，清晰地补充道："你面前的这个男人，三天前，已经恢复了自由之身。你听，现在的每一声心跳、每一次呼吸，都是为了你。"

"你的意思是……"陆雨桐紧张地抓住他，生怕自己误解了。

"我取消婚约了。"

"真的取消了？"夏雪彤怎么可能答应？

"是。"

"可是……"

"没有可是。"说完，宋子迁一把抱住她转起来。陆雨桐慌忙抱住他的脖子，微微的眩晕中，仿佛听到他从心底发出的笑声。一连转了几个圈，他才放下她，抚摸她的脸蛋，道："陆雨桐，以后我只是你一个人的了。你不能抛弃我！"

"……"

"陆雨桐，我爱你。"

陆雨桐动了动唇，喉头哽咽。她踮起脚，主动亲吻他。不说爱语，这样的表示，可以吗？她无声问道。

宋子迁笑了起来，享受她给予的甜蜜。一对早已相互倾心的恋人，缘于一场精心设计的相识，开始了一段长达七年的守候。到这一刻，他们终于感觉到灵魂的贴近。

"你还没说，为什么夏雪彤会同意解除婚约的？你难道不怕夏国宾知道？"陆雨桐不放心地问道。

“你可真会煞风景。”提到夏家人，他的笑意顿时被凛冽替代。

陆雨桐见他的脸色忽然变冷，后悔极了，忙贴在他的胸口，道：“宋子迁，陆雨桐一直好爱你。”

宋子迁刚起的抑郁豁然扫空，低笑：“你啊你，到底哪儿来的魔力，竟然能将我的喜怒哀乐完全掌控。真不敢想象，有一天失去你，我会怎样。”如今的他，不再是让人摸不透的冷酷男人，他会随时随地表达爱意，生怕她不知道而不能打动她。

陆雨桐的心因他的话狠狠地抽痛了一下，她飞快道：“好了，我们都不准说煞风景的话。”失去的滋味她体验过，太痛苦太可怕，每分每秒煎熬得如同身处地狱。她怎么舍得让他去感受？

“好，都不说。”他牵起她的手，沿着栏杆走下台阶，漫步在临江的岸堤上。她仰起头，绚丽的烟花化作无数星光落入她的眼睛里。她瞬间恍惚，目不转睛地望着烟花，想起了那一夜寒风料峭，也是在凌江江畔，夜空中绽放着比此刻更美的烟花。

想着想着，她的眸子逐渐湿润。

宋子迁抚过她的眉宇，问：“怎么了？”

“想起了一个我悄悄喜欢了好久的人，专门为我准备了烟花，可惜我当时不知道。每次想起来，都觉得好遗憾，也觉得好感动。”

宋子迁感觉很不是滋味，心里泛起隐隐的酸意。难道在自己之前，她有过其他心上人？他带着几分不满道：“烟花又不是稀罕物，有什么好感动的。说不定人家只是随口说说，作为欺骗无知女孩的招数。”

“不，他自己什么都没说。别人告诉我，我才更觉珍贵。”

“那这个家伙还真有手段。不过陆雨桐，你何时这么容易被人打动了？那个家伙又是谁？”

陆雨桐好笑地望着他：“我从十八岁认识你，到目前为止让我心动的男人也只有一个。你告诉我，那个家伙会是谁呢？”

宋子迁眼中忽然闪过意外的光亮和一抹窘色。他想起来了，去年冬天，他想给她一个浪漫的惊喜，特意让孙秘书在江边准备烟花。结果，她带着夏雪彤前来赴约，当时他还暗自生了场闷气，一番好意竟被她无情地转送。只是碍于两人的关系，烟花之事再没提起过。

陆雨桐继续笑道："这一招不会是你的惯用伎俩吧？为人准备烟花的次数太多，就记不清了。"

宋子迁将她拽进怀里："不。你说错了。虽然是老招，但我这辈子也只用过那么一次。"

她靠着他的肩，笑叹："孙秘书无意中透露了这件事，我猜到那是你特意为我安排的，真是心酸又感动。你要是直接告诉我，说不定我会留下来。"

宋子迁亲吻她的发丝，道："你是应该记住那场烟花，因为连我自己都没发现，那时就已经对你很用心了。"

"意思是你也悄悄爱上我很久了？"陆雨桐笑道。

宋子迁将她抱得更紧："雨桐，对不起，原谅我这个后知后觉的家伙，让你受了那么多委屈。"

陆雨桐靠在他怀中，泪光隐现："过去不愉快的事就让它们过去吧，以后，我们都要好好的，不要再吵架，不要再让对方伤心了，好吗？"

"好。"他扭转她的身子，正视她，温柔而又严肃，"快点儿离开夏允风！只要想到你每天待在他的身边，我就难以忍受。"

陆雨桐慌忙安抚他："不是约定了两个月的期限吗？你该专心应付夏国宾，有什么需要我帮忙，尽管说。"

"我不需要你帮什么忙，你早点儿离开那个是非之地，我就安心了！"

"好了好了，以后我们在一起，都不要提夏家人。"陆雨桐惊觉不该谈论这些，立刻转移话题，"我们现在不能经常见面，我很珍惜跟你在一起的时间，你说，我们怎样度过比较好？"

宋子迁牵起她的手："跟我来。"

车子很快停在了美林花园高级住宅区前。她的心快跳到嗓子眼儿，望着自己曾经每天进出的地方，心潮起伏。时隔半年，没想到还能再跟他回到这里。

熟悉的电梯，熟悉的房门。进了屋子，打开灯，她站在门边不敢挪动脚步。明明摆设跟现在住的房子相似，但眼前的一桌一椅熟悉得让人鼻酸想哭。她清楚地记得，之前为青桐找U盘回来过一次，看不见屋内的东西，也看不见悄悄站在旁边的他……

宋子迁揉揉她的发丝，问："怎么了？"

"这屋子，你经常回来？"

“是啊！”宋子迁叹息着承认，“这屋子里，有你的味道。”

“怎么可能？”

“不信？这沙发是你最爱待的地方，厨房里有你的身影，尤其在卧室里，梳妆台、床和枕头上到处都能闻到你的气息……”他轻柔地将她放在沙发上，深情地凝视她。

陆雨桐脸红，小声道：“你越来越会胡诌了。我已经离开那么久，哪还有什么味道？”

“你也觉得很久了吗？雨桐，足足六个半月了。有时候因为想你，用度日如年来形容也不为过。好多次我差点儿克制不住，想冲去你住的地方找你。”他忍耐着，怕惊扰到她，也怕引发不该有的后果。但现在他已脱离婚约，没了束缚和顾忌，满腔思念可以无所顾忌地说给她听了。

陆雨桐的视线变得模糊，她悄悄地环住他的腰。

“子迁，不管明天发生什么事，你一定要记住我爱你。”那些恩怨都变得不再重要，他们的世界里，只剩下彼此。

凌夏集团。

陆雨桐如愿进入这里，成为夏允风的私人特助。既然宋子迁要对付夏国宾，那么，她要帮他。不过，许是刚进公司的缘故，夏允风并没有给她安排太多工作。

“总经理，董事长请您过去一趟。”

夏允风神色凝重地进了董事长办公室。夏国宾重重地冷哼道：“臭小子，你是被那个女人迷得失心疯了！现在竟然还让她到公司来丢人现眼！”

夏允风被这么劈头盖脸地一骂，当下如点燃了炸药一般：“我要是碍着你的眼了，你尽管直说！大不了我离开夏家，永远不再出现！”

夏国宾气得拿起桌上的文件砸过去，怒道：“不孝子！又拿这个来威胁老子！为了那个女人做这些，你迟早会后悔的！”三十年，他精心栽培出一个能力卓越的儿子，还曾引以为豪，如今快要毁在一个女人手里。身为父亲，他如何不气恼？

夏允风面无表情地盯着父亲：“我只想说一句话，对陆雨桐……”他顿了几秒，手指握得死紧，“如果我看错了她，也该由我亲自来解决，我绝不允许任何人插手！”

夏国宾愣住，这是第一次听儿子提起陆雨桐时，态度中没有维护。他眯起精明的老眼，道：“听起来，她似乎开始让你失望了。”

夏允风紧抿着唇，没再开口，转身准备离开，身后传来夏国宾低沉的笑声：

“儿子，你及时醒悟最好！对付陆家的女人，根本不需要客气！”

言语中的残酷不言而喻。夏允风猛然回头，眼神变得阴鸷：“你跟金叶子有何恩怨，我不管。同样，陆雨桐的任何事，也请你不要干预，包括她的弟弟陆青桐！”

夏国宾眼中闪过厉色：“陆青桐的麻烦，是你解决的？”

夏允风冷笑：“我只是不愿看到一个单纯有抱负的年轻人，被你暗中使手段陷害！”若非那日误接了一个来自国外大学的电话，他也想不到父亲会去对付青桐。父亲跟金叶子到底有多深的仇恨？恨到不但永远不能接受雨桐，连完全无辜的青桐也不放过。

世兴集团有意开发娱乐酒店的消息，传得沸沸扬扬。

宋子迁与夏国宾见面频繁，经常共同商讨新酒店项目。好几次，宋子迁带着孙秘书亲自前往凌夏集团，看到陆雨桐为夏允风忙前忙后，都极力忍耐了下来。

跟夏雪彤已分手的事始终瞒着众人，尤其是在夏国宾面前，他小心地没有泄露分毫。夏国宾毕竟是老狐狸，公司对他而言很重要，宝贝女儿之于他，重要程度绝不亚于公司。

“子迁，事业很重要，但年轻人不要只顾着打拼，抽时间多陪陪雪彤。”

“我会的，爸爸。”

“雪彤最近几天闷在家里，连吃饭都说没胃口。你今天去家里看看她吧。”

“好的。”

于是，宋子迁来到了夏家，敲响了夏雪彤的房门。在旁人眼里，他仍是她最亲密的未婚夫。所以夏家的佣人毫不掩饰地告诉他：“最近老爷和少爷都忙得很，小姐生病了，整天把自己锁在房间里，幸好您来了！”

夏雪彤靠在床头，长发披散，呆呆地望着窗外。自从签下解除婚约协议后，她尝到了生平第一次挫败。她不甘心，却又无计可施，他们手上有她见不得光的照片。大哥说，做事要想成功，就必须学会忍耐，等待时机。可是，她觉得自己快要等不下去了。

宋子迁打开房门进来，夏雪彤见到他，充满防备：“你来做什么？”

“哪里不舒服？”他站在床前审视她苍白的脸，不过数日没见，她似乎瘦了一大圈，看来真的病了。

“不用你管！”夏雪彤拉高被子，话语有些含糊，“不用你假惺惺地来关心我……你恨不得我早点儿死，那样你就可以光明正大地跟陆雨桐在一起了！”

宋子迁皱眉，在她床前坐下。

“只要一天未公布婚约解除，你的事情，我就不得不管！”

夏雪彤愣了愣，接着咬牙切齿地道：“你一定迫不及待想宣告吧？为什么不说呢？还在等什么？”这几句问话，立刻让宋子迁想到了她的父亲，他原本的怜悯消失不见，讥诮反问：“怎么？你希望媒体和你的父兄都赶来追问咱们分手的原因？”

最后一丝血色自她的脸上褪去。

宋子迁漠然起身：“我帮你请家庭医生过来。”

“不！我没生病，不需要看医生！”夏雪彤急切地反对，抓紧被子裹住自己，“你出去！我不稀罕你关心……我没生病！”

宋子迁微微眯眸：“下周三，娱乐酒店项目要举行启动仪式。”

夏雪彤终于明白了他的来意，喃喃道：“原来你是为了和爸爸的生意，才没有公开……”

“你只说对了一半，这笔生意我是志在必得，但它能否成功对凌夏集团而言同样重要。而你，早已失去站在我身边的资格！”他的笑让她浑身发寒。

她抓起枕头，用力砸向他：“滚！我落得今日这样都是你害的！”

宋子迁接住枕头，不慌不忙地拍了拍，扔到一旁的沙发上，提醒道：“别怪我没提醒你，若想自己的错误永远成为秘密，就不要这样闹得人尽皆知。戏该怎么演，你很清楚。”

说完，他头也不回地离开。

夏雪彤的双手落在小腹上，气得不停捶打：“可恶！可恶……”月事已经晚了快两个星期了，她无法否认一个可怕的事实，她怀孕了。孩子不能要！宋子迁答应过只要她配合，那晚的事就会彻底埋藏，但这孩子如果生下来，就会变成一个活生生的证据。

她不能因为孩子而背负一生，绝对不可以！

这几日，天气十分闷热，仿佛随时会有一场暴风雨。

下班后，陆雨桐直奔教堂。之前几次来这里，母亲都避而不见，今天她非见到不可。因为不是周末，教堂里显得空旷安静。金叶子独自坐在神坛前祷告。没人知道她在祷告什么，她隐藏的秘密心事从不曾跟任何人提起。

一排排整齐的座椅，最前方是熟悉的身影。陆雨桐远远地望着，眼角微湿。

听到脚步声，金叶子没有回头，依旧闭着眼睛。直到陆雨桐喊了一声“妈”，她才有了反应，冷漠起身，准备离开。

陆雨桐快步挡住她，道：“妈，我必须跟你谈谈！”

金叶子面无表情地道：“没什么好谈的。”说着，推开她，往教堂后院走去。

陆雨桐追上，抓住她的胳膊，急促而坚定地说：“不，我想告诉你，我不能跟允风结婚，因为我再怎么努力，也没法爱他！”

金叶子审视她的脸庞，冷笑道：“我有让你爱上他吗？夏允风爱你已经足够。”

“不，再这样下去，允风只会越来越受伤。我不想伤害他。”

“你以为现在离开他，他就不会受伤？”

“至少现在可以将伤害降到最低！”跟子迁约定的期限是两个月，而这件事的症结在于妈妈，只要妈妈同意，她根本不用拖下去。

“是吗？可是允风亲口告诉我，无论你爱不爱他，他都愿意娶你。”

陆雨桐震动，允风的深情让她心酸：“可惜……我永远不可能答应。”

金叶子眯起冷目，反过来用力抓住她的手：“也就是说，你根本不稀罕母女相认，也不在乎你的亲生父亲是谁？”

“妈……”她稀罕，也在乎啊，否则她根本不用如此痛苦。

“是宋子迁让你动摇了吧！他用了什么手段迷惑你的心智？”

“没有，是我自己做的决定！”

金叶子推开她，笑得讥讽：“你有没有想过，宋子迁要报复夏家，夏家的一切，他都想要毁灭！因为夏允风爱你，所以他也要毁了你！”

陆雨桐摇头：“不，你不了解子迁。”

金叶子语气森冷道：“你以为爱情是个什么东西？男人说甜言蜜语时都是有目的的，要么想跟你上床，要么想利用你为他卖命！既然你不想听我的，好，你走！我不会再逼你！你可以当你父母都死了，我也当从来没生过你这个女儿！”

这是陆雨桐听妈妈对自己说的最长的一段话，却句句绝情，像把锋利的刀子割得她心窝发疼。她脸色发白：“除了嫁给允风，就没有第二条路可以选择吗？”

金叶子恢复了面无表情，只是眼神比任何时候都要冷酷，她决绝地吐出两个字：“没有。”她不会允许自己的计划临到最后功亏一篑，所以她绝不会提供第二条路。

陆雨桐僵立在院子里，眼睁睁地看着母亲的身影消失。

第十八章
夏允风受伤

转眼又到周末，青桐即将毕业，便将学校的一些物品搬了回来。若兰开心地跟他一起忙里忙外，青桐毕业，意味着他们以后见面更加方便了。

这会儿，青桐在房间里整理，忙得满头大汗。

陆雨桐在厨房里准备晚餐，若兰神秘兮兮地凑过来："姐姐打算明天送什么礼物给夏大哥呢？"

"礼物？"

"夏大哥生日啊！姐姐不会不知道吧？"

陆雨桐盯着水龙头发呆。最近每天都在思索如何跟允风开口，她已经下定决心明天找机会跟他摊牌的了。

"没关系，反正来得及。一会儿吃完晚餐，我陪姐姐去商场挑礼物吧。"

想不到若兰会拉她来世兴百货。在男士区转了一圈，她始终拿不定主意。曾经宋子迁的里里外外都是她张罗，可想到这份礼物是送给允风的，会引起他更多的误会，她就犹豫不决。

若兰逛得兴致勃勃，非拉她到一家欧美名品专柜前。

"姐姐，不如送条领带吧。夏大哥是总经理，穿正装时用得着，领带简单又实用。"

"一定要买吗？"她想马上离开商场。

"当然，过生日谁不希望收到礼物啊？夏大哥平日对姐姐那么好，赶紧挑一条啦！"

一旁的扶手电梯缓缓下行，宋子迁双手插在裤兜里，笔直地站在前方。孙秘书跟在后头，跟老板冷漠的神色相反，他笑容满面，不时地察看商场的经营状况。

忽然，两人不约而同地看向对面的柜台。

孙秘书扶了扶眼镜，道："少总，是小桐呢，她好像正在购买男士物品。"

宋子迁皱眉，不愿胡乱猜测：“陆青桐要毕业了，很快要实习。”

“哦哦，小桐真是个贴心的好姐姐。”

宋子迁不再多言，视线却紧紧地跟随陆雨桐。

陆雨桐背对电梯，手里正拿着一条领带，跟售货员说着什么，然后点点头，大约是已经挑好了。他不自觉地看向那条领带，她的眼光向来不错，浅蓝色印花，带着简洁的白色条纹，年轻时尚，适合夏天穿戴。

电梯已到。

“少总，要过去打个招呼吗？”孙秘书问道。

宋子迁不舍地收回视线，道：“不用了。走吧。”

这两日，他想见她，她不见；打电话，她不接；发短信过去，她只回了一条：“子迁，我们都需要静一静。爱我，就请理解我，相信我。”于是他整夜反思，害怕自己压抑许久的感情犹如烈火，将她逼得太紧了。若此刻贸然过去打招呼，她说不定又会受惊逃开。他不愿再看到她矛盾痛苦的表情。若能如她所说，两个月换取一个没有负累的未来，那么他尊重她，心甘情愿地等候她。

两人大步离开商场，走出玻璃大门时，宋子迁忍不住又回头看了一眼。

陆雨桐正好去买单，留若兰一个人兴致勃勃地跟售货员聊天。

次日一早。

陆雨桐起床，发现青桐已不在房间，客厅餐桌上摆着几样温热的早点。

陆雨桐吃完早餐，顺便打开电视看了一下本市的早间新闻。几则简讯过后，屏幕上出现两个熟悉的身影。这已是昨天的事情，宋子迁和夏国宾一起接受专访，关于娱乐酒店开发的事，最近已被炒得沸沸扬扬，加上媒体宣扬，俨然成了炙手可热的项目。

她知道，子迁必是想借此项目打击夏国宾，可他的具体计划，一句都未透露过。夏国宾老奸巨猾，跟允风虽然嫌隙颇深，但毕竟是亲生父子。父子同上阵，子迁能敌得过吗？而允风也一样，虽然对她温柔体贴，将她当作最得力的助手，但涉及娱乐酒店的事时，都会有意无意地避开。难道允风在防备她？

陆雨桐突然想起允风的行事日历上今早有个会议，于是，她很快换了身衣服，赶去公司。出门前看到领带礼盒时，她想了想，还是一起带上了。

凌夏集团。

夏允风从总经理室出来，看到她，很是意外。

“怎么过来了？今天周六，你不用加班。”

陆雨桐看着他含笑的黑眸，道：“早上你要开会，身为助理怎么能缺席呢？”

“今天不是什么重要的会议，你可以不参加的。”

“那我这份薪水岂不是拿得太轻松了？”

“天底下还有人嫌工作轻松吗？”夏允风开着玩笑，瞥见她提着的小礼盒。陆雨桐随着他的视线，迅速将礼盒塞进他手里，道：“送给你，生日快乐。”

闻言，夏允风眼角眉梢都染上了喜悦：“你竟然知道？”

“若兰告诉我的。”

“那丫头，嘴巴太不牢了！”他揽着她回办公室，满怀期待地打开礼盒，“我看看是什么礼物。”

“一条领带而已，希望你喜欢。”

“领带？呵呵，你怎么知道我最近想买这个？”夏允风开心地取出领带，比了比颜色，笑意更浓，“雨桐，还有比你更贴心的女朋友吗？颜色和风格都是我的最爱！来，我现在就想系上。”

“现在吗？”

夏允风拉起她的手，道：“对，现在。你帮我系上。”陆雨桐踮起脚，拉下他的头，灵巧的双手将领带套进去，再细心地打结。这样的动作，她曾为子迁做过无数次，却是第一次为另一个男人做。

“好恩爱呢！”门口传来一声赞叹。

陆雨桐抬头看去，见孙秘书正朝自己招手，而他身边就是宋子迁。宋子迁的目光扫过那条领带，俊容瞬间变得阴寒。

陆雨桐如芒在背，悄然停下了动作。夏允风立刻握住她的手，在唇边亲吻了一下，对孙秘书道：“孙秘书要是羡慕，可以回家让夫人帮你哦！”

孙秘书摇头道：“我一把年纪了，哪有这份心思，浪漫可是你们年轻人的专利。夏少爷那条新领带，看起来挺不错。”

夏允风深情凝望陆雨桐：“呵呵，谢谢。我女朋友的眼光，从来不差。”

宋子迁严酷的面容透出不耐烦：“孙秘书，我们是来谈公事的！”他不着痕迹地再次瞥了陆雨桐一眼，眼神冷得让她手足冰凉。

夏允风似乎浑然未觉，满意地摸摸领带，凑到她耳边道：“今天是我有生以来最开心的一个生日，因为有你，雨桐。”陆雨桐只觉得一团酸气萦绕心头，分不清是为宋子迁还是眼前的男人。夏允风趁机吻了吻她的嘴角，然后道：“我先去开会。晚点要带你去个地方，乖乖等着我。”

陆雨桐抬头问道：“会议，我真的不用参加吗？”

夏允风的笑容渐隐，无奈地叹道：“老实说，有宋子迁在的时候，我都不想让你出现。你该明白我的心情。就这样了，乖乖等我。”离开办公室后，他低头扯了扯领带，狭长的黑眸里只剩下讥诮。

陆雨桐独自坐在桌前，对着文件发呆。一室安静，她的心绪却很浮躁。刚才子迁那一瞥显然是在生气，她该解释吗？

她抬头，看见集团董事会成员一个个路过，走向会议室，看来今早的会议并非允风说的那般无关紧要。联想到早上看到的新闻，估计他们要商讨酒店工程启动的问题，一时半会儿散不了会。

可是，没过几分钟，手机忽然收到了一条短信，是宋子迁发来的。

——你欠我一个解释，今晚八点，凌江大桥，不见不散。

陆雨桐顿时心跳加速。她就知道他会生气，今晚八点，要赴约吗？

她咬咬牙，一字一句回复：你若信我，无须解释。

很快，她就收到了回复。

——不见不散。

陆雨桐盯着手机，他就是这样，吃定了她，决定的事情总不给她商量的余地。

会议室里，是另一番景象。

暗红色的椭圆形长桌旁，夏国宾坐在主位上。宋子迁带着孙秘书坐在左侧。夏允风噙着笑，大剌剌地坐在他们对面。其他董事会成员纷纷落座。夏国宾眯眸看向宋子迁：“子迁，酒店计划下周正式启动，你说的第三方合资人，现在还保持神秘。他不打算现身吗？”

宋子迁将手机揣进口袋，神色自若地扯动嘴角：“爸爸、各位董事都请放心。我说的那位合资人，在下周项目启动之前，定会按照协议投资三亿作为入股金。”

夏允风玩转着钢笔，慢条斯理地道：“能一次拿出三亿入伙的人，放眼凌江市，可没几个。大家都很好奇这位大人物是谁。工程启动在即，我们推掉了不少银行的贷款，希望对方到时候不要食言才好。”

宋子迁十分有把握地笑道：“此次项目预计投入十亿，前期筹备和宣传方面都下足了功夫，现在人人都知道，我们新酒店的市盈率至少超过百分之百，连银行都争着想主动贷款给我们。你们说，这么大一块肥肉已经送到嘴边，谁不想咬一口呢？”

虽然凌夏和世兴都是实力雄厚的大集团，但不可能将流动资金都投到新项目中。跟银行贷款，寻找合作者，是必经之路。各董事纷纷点头。夏国宾露出深沉的笑，盯着他道：“子迁，你比你父亲更有本事。当年，要是你父亲也能找到如此有实力的合伙人，酒店项目就不用等到今天了。”

宋子迁隐藏恨意，冷静道：“正因为父亲没能完成，我才要加倍努力实现他老人家的心愿。”隔着半张桌子，夏允风若有所思地望着他，不冷不热地道：“妹夫，工程启动之后会更忙碌，你可不要只顾着工作，冷落了我的宝贝妹妹。”

“哪里敢？有你和爸爸在，只有雪彤冷落我的份，呵呵。”宋子迁也不咸不淡地回道。

夏允风对他的话语似乎并不满，正要再说，夏国宾清清嗓子，瞪向他：“好了！现在开会，该谈的是公事。”

夏允风满不在乎地摸摸鼻子，道：“公事就是那位神秘合伙人没出现，大家都被忽悠过来，开一场无聊的会。”他伸了个懒腰，起身，丝毫不在乎其他董事的眼光，“我亲爱的父亲，儿子还有重要的事情要忙，想先行告退。各位董事叔伯，走之前我再提醒一句，十亿的大生意没那么简单，大家不要操之过急，稳稳当当地赚钱才好。这场仗我们可输不得！”

宋子迁环抱手臂，反问：“大少爷这么说，是不放心我了？”视线落在对方那条浅蓝印花的领带上，他的身躯悄然绷紧。

“我有说不放心谁吗？呵呵，你可是我亲妹夫呢，一家人。”两人暗藏争锋的视线撞在一起，片刻后，夏允风扬长而去。

夏允风推门走进办公室。

陆雨桐忙起身道：“开完了？”说着，下意识地看向门口，似乎只有他一个人出来。

夏允风帅气地扯扯新领带，笑道：“是啊。我想说的都说了，总不能让你久等。走吧，带你去一个地方。”

“哪里？”

“去了就知道了。青桐和若兰应该已经出发了。”他揽起她的腰往外走。

“可是……”

“可是什么？今天我过生日，你是不是该好好陪我呢？”

到嘴边的话，陆雨桐又收了回去。

豪华跑车驶出市区，奔驰在高速公路上。

“允风，你还没说要去哪里呢？”陆雨桐不安地问道。

“放心，肯定不会把你卖掉的。我舍不得。”

十分钟后。一个人烟稀少的码头静静地停着一艘游艇。陆雨桐愣住，看着从游艇上跑下来的两个人影，冲着车子招手。若兰一头及肩的头发被海风吹乱，脸蛋红扑扑的，挽着青桐边跑边喊：“姐姐，夏大哥，我们等了好久啦！”

夏允风吹了声口哨，体贴地为陆雨桐拉开车门。

“到了，下来吧。”

“允风，你这是……打算出海吗？”

“猜对了！”事实上，他让若兰悄悄帮陆雨桐简单地收拾了行李，四人准备在游艇上过夜，来一个浪漫海上游。陆雨桐僵立着不动，转眼青桐已来到面前。他跟若兰一样喜悦：“姐，夏大哥的游艇好大啊！今天我们一起陪他过个特别的生日。”

若兰笑嘻嘻地递上太阳镜，道：“姐姐，你看，什么都帮你准备好了。”

陆雨桐戴上太阳镜，望着不远处白色的豪华游艇，知道自己无法拒绝。

海面风平浪静。

夏允风喜欢冒险，二十岁时就考了游艇驾驶证。他驾轻就熟地操纵着方向盘，游艇在蔚蓝的海洋上徐徐航行。陆雨桐坐在旁边，一脸有心事的模样，十分沉默。

夏允风关切地摸摸她的额头，道：“今天还不舒服吗？看你一路都绷着脸。如果不舒服，我们现在就掉头回去。”

“没事，有点儿晕船而已。”

“你看看，以后别逞能说自己身体素质好，这么舒适的游艇都晕。不过我有办法。”他笑着挪位，拉起她的手放在船舵上，“我教你驾驶游艇，等会儿就不晕了。”

陆雨桐收回混乱的心思，既来之则安之，多想无益，不如先陪他过完生日再说吧。她手指握紧，抓稳船舵，用心地学起来。

没过多久，船舱里传出惊喜的对话。

“原来驾驶游艇没有想象中那么难。”

“只要掌握要领，就会发现比开车要更简单。何况我女朋友人又聪明，平素车技好，开游艇自然不在话下。”夏允风毫不吝啬地夸赞，闪烁的目光笼罩着她。

陆雨桐被他看得不自在，悄然挪开了位置。

“夏大哥，姐姐，你们快出来看看，我跟青桐捕了好多鱼呢，哈哈！”若兰欢快的声音从甲板上传来。

陆雨桐立刻站起来：“我出去看看。”

看她仓促离开驾驶舱，夏允风暂且停下了发动机。他刚要起身，发现座位旁传来轻微的震动，她包里的手机又响了。早前响过一次，她只看了看，没接，他便假装不知道，也没问。此刻再响，他迟疑了一秒，便将手机取了出来。看到来电显示，他冷冽的眸子眯起，不动声色地按下关机键。

陆雨桐走上甲板，清新的海风迎面扑来。海域辽阔，一望无际。极目望去，海天一色，瑰丽无比。前方有座私人小岛，隐约可见树林葱郁，白色的房子若隐若现。那是他们的目的地，不过此刻夏允风不急着驶过去，他将船停下，任它静静地漂荡。

青桐刚收网上来，将鱼蟹装进桶里。若兰忙得不亦乐乎，指着某个小小的东西喊：“海星，是海星呢！哈哈，超级迷你小海星啊！”

青桐白了她一眼，道：“大惊小怪！没见识，叽叽喳喳的，我耳朵都快要被你吵坏了。”

若兰伶牙俐齿地反驳：“今天是谁第一次出海啊？没见识！”

青桐被说得窘迫，愤愤道：“了不起哦，姚七公主。”

陆雨桐每次看到他们斗嘴，沉重的心情总能轻松许多。天空云彩绚丽，光影落在她挂着微笑的脸上，夏允风也来到了甲板，看着眼前的女子有些痴了。他上前轻轻地抱住她的腰，贴在她耳边道：“谢谢你，雨桐，这会是我终生难忘的一个生日。”

陆雨桐低头，不着痕迹地跟他拉开距离，道：“我什么都没做。”

“你不用做什么，只要在旁边陪着我，哪怕不说话也已足够。”

“允风……你究竟喜欢我什么？”

“这是个既简单又复杂的问题，晚上再告诉你。”他见过那么多女人，没有一个像她这样美丽、勇敢。尤其是她对人对事毫无保留的付出，让他震撼，虽然，她跟宋子迁之间暧昧不明，但他依然疯狂地想要得到她。

他跟雪彤从小到大生活富足，想要的东西应有尽有，唯独没有一个她这样的人，愿意为他们奋不顾身的。他渴望有一天能打动雨桐，让她完全属于自己。可因为宋子迁，她只能是他最奢侈的一个梦。梦也好，没有心的躯壳也好，他都会牢牢抓住，绝不放手！

若兰看他两人亲昵的姿态，也抱着青桐的胳膊，靠在他的肩上。青桐拍开她，皱眉道："你身上湿漉漉的，别挨着我。"

若兰噘起小嘴："哼！不解风情，看姐姐跟夏大哥多甜蜜。"

"想甜蜜，也得看看你现在什么样儿，头发乱七八糟，衣服上都是腥味。刚才让你别玩水，你非淘气不听，你以为你还是三岁小孩吗？"

"好啦，不许再教训我。我现在去换衣服就是了。"

夕阳西下，彩霞满天。

陆雨桐带着若兰在小厨房忙碌，一道道美食很快出炉。甲板四周，彩灯闪烁，红酒、蛋糕和蜡烛将餐桌点缀得浪漫而有诗意。

若兰笑嘻嘻地取出一套银白色鱼尾款礼服，对陆雨桐道："姐姐，这是给你准备的，快换上吧！今晚虽然只是我们四个人的 Party，但不能随意哦！"

陆雨桐讶然，她什么时候准备的，自己竟然不知道？甲板上的两个男人早已换装完毕，均是一身笔挺的正式西装。夏允风衬衣前的那条领带，衬得他意气风发。

陆雨桐换上礼服，不自在地拉拉裙摆，忽然夏允风的声音传入耳中："青桐，看你姐姐，在月光下简直像条优雅高贵的美人鱼。"

若兰拎着裙摆，高声问道："那我呢？我像什么？"青桐上前，执起她的手，不客气地回答："你像一条泥鳅。"若兰立刻垮下脸，不满地瞪着他。

餐桌旁，四人说说笑笑地享用完晚餐，然后点燃了蛋糕上的蜡烛。

夏允风当着三人许愿："我希望今夜的美好，永远留在我们心中，希望我心爱的女人永远陪在我的身边。"

青桐低声道："姐，夏大哥对你这么深情，你不能辜负他哦！"

陆雨桐内心苦涩，眼底浮现浅浅的泪光。允风的好，一点一滴她都不敢忘记。大年夜那晚，也是他煞费苦心为他们带来了快乐，此后一直体贴地照顾她。除了爱情，她愿意竭尽所能回报他……

"雨桐，陪我跳支舞，可以吗？"夏允风优雅地邀请。

她迟疑了一会儿，将手放入他的掌心。

青桐开心地打开音响，轻柔的曲调飘荡在海洋上空。若兰挨着他坐下，羡慕地叹道："姐姐跟夏大哥好幸福哦！"

世兴集团总裁室。

宋子迁随手翻了翻文件，然后扔在桌上，脸色发黑。她亲自为夏允风挑选领带，还亲手为他系上。他发的信息，她却不回，甚至不愿意解释。他并非怀疑什么，可仍忍不住嫉妒。

孙秘书观察他的脸色，不怕死地说道："少总，今天跟凌夏的商谈会很顺利，外面的宣传已被我们炒得火热，十亿的大工程下周会如期启动，凌夏集团董事会的老家伙们，一个个对少总您刮目相看。不过，少总从开会前就一脸被追债的样子，如果是为了小桐，那就对不起夏小姐了。"

宋子迁咬咬牙，道："我没有告诉你吗？我跟夏雪彤的婚约已经解除了！"

"解除？"孙秘书的眼珠子都快要掉出来了。

宋子迁冷冷地说出前因后果，孙秘书半天才喘了口气，道："想不到夏小姐和阿棠竟然……咳咳！即使这样，小桐跟夏少爷的关系还摆在那里呢。话说夏少爷，我每次见到他，都感觉这个年轻人藏得太深，让人捉摸不透。兴许，他比夏国宾更难对付。"

宋子迁烦躁地拧眉。

雨桐，今晚八点，你会如约而至吗？

夜色渐深，凌江大桥上行人渐少，四周变得安静。

桥洞旁，站着一抹孤寂的身影。几个小时过去了，他就那样定定地靠在石壁上，有一口没一口地抽着烟。直到烟盒已空，他才挪动僵硬的双腿，将烟盒丢进不远处的垃圾桶里。

他的电话，她仍是一个都未接。

她去哪里了？在做什么？遇到什么麻烦了吗？

看看手表，已过八点，他开始烦躁担心。

这几日，他每天都在反思自己，学着去体谅她的心。而今晚，他不是要逼她，是真的想念她了。他想在没有旁人的注视下，尽情地看看她，安抚自己这颗忐忑又嫉妒的心……

再次拨打电话，仍是关机。白色的烟圈从薄唇吐出，宋子迁抬头仰望天空。

城市璀璨的灯光将夜空照得透亮，几颗星子若隐若现，模糊地闪烁，一如她美丽的眼睛。

“雨桐，你会来吧？”

忽然，大桥上的灯光无声地熄灭，江面的倒影顿时失去了颜色，夜风中，四周的温度似乎也降了几度。无须再看时间，晚上十一点，此处灯火准时熄灭。

他垂下头，一步一步走上台阶。

雨桐，你没来，我很失望。但是你说过，让我信你，好！我信！

游艇靠岸，夏允风带着三人登上了私人小岛，他们今晚将在此过夜。

陆雨桐掏出手机，发现不知何时自动关机了。重启后，手机立刻接连传来震动，一声声震进她的心。不会是子迁发信息来了吧？她心中有些忐忑。

果然有一条是属于他的：“陆雨桐……等你，你没来。想你，你不在。但是我信你，明晚我会继续等，不见不散。”

陆雨桐心跳加速，不敢多看。她早该料到，宋子迁言出必行，说等就肯定会等。只是，他等了多久？是不是很失望？好在他还说“我信你”，天知道这三个字给了她多大的安慰。

“对不起，子迁，你一定等了很久吧？我今晚有事不能赴约，明晚……”

短信编辑到这里，忽听若兰在喊：“姐姐你快点儿来看房间，海景房，晚上可以听着涛声睡觉哦！”

陆雨桐手指一颤，短信不小心被删除。夏允风朝她走来，脸上挂着温和的笑：“累了吗？今晚早点儿休息，我答应了青桐，明早带他一起去潜水。”

“哦……好。”她将手机放回包里。

岛上幽静，别墅宽敞漂亮，阳台正对着大海。陆雨桐带着对两个男人说不清道不明的矛盾心情，逐渐睡去。

次日一早，青桐和若兰换上潜水衣，兴奋地要跟夏允风学潜水。

陆雨桐不参加，叮嘱了一番后，独自坐在沙滩上的椅子上休息。

这座小岛的景色真是美不胜收，不像一般的海滨景区游人拥挤。他们潜水的地方，旁边有处巨大的礁岩，下方水域较深，但海水清澈，可以看见美丽的海底风光。

她掏出手机，翻到子迁的电话号码，一字一字输入短信。

——对不起，昨晚并非有意失约。我跟青桐、若兰……

停顿了几秒，她接着输入夏允风的名字。

——还有允风在一座小岛上度假。不知今晚几时回，你不必再等我。

短信发出后，她盯着屏幕出神，又有些后悔。说自己跟允风出来度假，而子迁独自在大桥等待，会不会太残忍了些？于是，她又飞快地补了一条发过去。

世兴集团总裁室。

工作告一段落，宋子迁拿起手机把玩了许久。半个小时前，夏国宾专门打电话来让他没事多陪陪夏雪彤，他心情有些压抑，更加想念陆雨桐。

也罢，还是先考虑娱乐酒店的问题。其实，第三方神秘合伙人正是姚家老大姚立行。姚立行对朋友极为仗义，看不惯夏国宾阴险狡诈，二话不说就同意了参与他的复仇行动。要摧毁凌夏商业王国并非易事，需要计划周详，小心谨慎。或许，最近还该多花点儿心思在夏雪彤身上，她也是整个计划中相当重要的一环，不能出错，不能让夏国宾察觉到异常。

宋子迁正思索着，忽听手机叮咚一声，是雨桐发来的短信。看完后，他不知该笑还是该气，她跟他解释了昨晚失约的原因，不负他的信任，却是因为跟夏允风那家伙出海度假了。

宋子迁眼中迸出怒火，紧接着又收到一条短信。

——迁，别生气。我也想你。

看到这句，他的面色顿时柔和了下来。这个女人还真了解他，简单的四个字，竟神奇地抚慰了他这颗焦躁的心。

他回复道："知道了，但是我的想念肯定比你多得多。"

沙滩上，陆雨桐细细咀嚼着他的回复，如释重负，吐出一口气。她扶了扶太阳镜，眺望远处，朝阳染红了天空中的云朵，自海的那头越升越高。海天交接处，美景如画，让人的心情不自觉地变得轻松。

——今天周日，你在公司加班？

——是，可我的女人竟然去陪别的男人了！

他理解归理解，字句之中还是酸气十足，透着哀怨，让陆雨桐不禁觉得好笑。

——正好让你安心工作。

——不，有你在身边才安心。

——你可以倒计时，还有五十四天。

——折合起来就是一千二百九十六小时，七万七千七百六十分钟。

陆雨桐扬起嘴角。这男人有时简直像个孩子，分分秒秒都计较得清清楚楚。

——今晚什么时候回？见一面吧。只要见一面就好，我保证！

陆雨桐看着这些字句，久久没有回复。又要见面吗？她很想念他，正因为太想念，才会努力装作若无其事，否则难以做到坦然面对允风……

突然，海面传来青桐慌张的呼喊。

“姐，不好了！不好了！夏大哥出事了！他为了救我，自己被礁石卡住了……”

陆雨桐顾不得再看手机，火速起身冲到青桐面前。

“现在怎么样？”

“夏大哥还在水底，那边……”话未说完，陆雨桐就夺过他的头盔，深吸了一口气，然后扑通一声扎入了水中。

“姐！”青桐失声大喊，他知道姐姐泳技了得，可是，这里是大海，随时会吞噬人命的大海啊！

陆雨桐憋着一口气往下潜。虽不知刚才的具体情况，但允风不能出事，尤其不能因为青桐出事，她还不起。隔着透明眼罩，她焦急地寻找着夏允风的身影。一口气顺不过来，她便迅速浮上水面，用力吸气，准备再潜，忽然一双手臂从身后抱住她。

一个虚弱沙哑的嗓音在耳边响起：“原来你也会为我奋不顾身。雨桐，我好开心……”

陆雨桐听得一阵惭愧：“你受伤了吗？要不要紧？”

“还好……”

上岸后才发现，夏允风的大腿被刮了一道大口子，十几厘米长，鲜血不断往外冒。

青桐看到他被血染红的裤腿，一个劲儿地道歉。

夏允风却咧嘴一笑，反过来安慰他：“没什么大不了的。几年前你夏大哥在北美潜水时，还被鲨鱼追过呢，那才叫惊险，差点儿就没命了。”

若兰忍不住指责青桐：“早提醒过你，不会潜水就不要自以为是，应该小心点儿！现在连累夏大哥受伤，姐姐也不得不冒险下海！”

青桐本就难受，没好气地道：“你以为我想这样吗？我怎么知道气管接口会突然出问题，下水前明明检查过的。”

“哼！你一定没仔细检查，接口没拧紧，要不是夏大哥把气瓶换给你，你就死定了！”

“我肯定拧紧了！”青桐反驳道。

“咳咳……”夏允风打断他们，黑眸闪动，“第一次潜水难免会发生失误，现在大家都安全就好。何况，看到雨桐这样为我担心，受点儿伤也值了。”

幸好岛上的救急物品应有尽有。消毒、包扎，陆雨桐处理起来毫不含糊，冷静又细心。自始至终，夏允风的目光没离开过她。

他为青桐受伤，她歉疚，感觉又多欠了他一分。或许，说再见的日子得往后推了……

夏允风伤在大腿外侧，走路会扯到肌肉，行动不便，决定在岛上休养两天再回凌江。

青桐道：“姐，夏大哥弄成这样都是因为我，我已经向学校请了假，会留下来一起照顾夏大哥。”

若兰也凑过来道：“还有我！我刚才也请假了，夏大哥有事，我怎么能丢下他不管呢？对吧？”

夏允风靠坐在床上，脸上挂着笑意：“看得出来，青桐是真心实意想照顾我，你这丫头恐怕是贪玩，想趁机留下来多玩两天吧！”

若兰反驳道：“我知道，夏大哥只要姐姐陪着就够了，其他人都是多余的。”

陆雨桐出来时太过匆忙，手机电量不够，下午便自动关机了。想到与宋子迁聊到一半的短信，她心里有些不安。但那三人已将话说到这个份上，她只能暂且保留意见。

天色渐暗，若兰拉着青桐去张罗晚餐，房间里安静下来。

陆雨桐削好苹果，递给夏允风。

“伤口会痛吗？”陆雨桐看向他的腿。

“痛。”夏允风咬了一大口苹果，笑眯眯的样子，不知说的是真是假。

陆雨桐叹息一声，道：“谢谢你救了青桐。”

“我带他下海，本来就该负责他的安全。”夏允风握住她的手，目光痴迷，难以从她脸上移开，“雨桐，虽然我的腿疼，但是心里从来没有这么开心过，真的。”

陆雨桐不敢与他明亮的黑眸对视。他缓缓将她拉近，抚摸着她的脸颊，道：“你不顾一切跳下海，知道有多危险吗？你知道我有多高兴，又有多害怕吗？”

“别说了。”换成其他人，她也会毫不犹豫地尽力去救。

“雨桐，你知道吗？一直以来，我很自信。可是，爱上你以后，我开始不自信。我不敢相信你会真的喜欢我，我以为，你跟我交往只是一时意气用事，或是有目的，我甚至觉得……你心里装着的始终只有那个家伙。但是今天，我感觉到了你的在乎。”

陆雨桐心头发酸，忙转开头，谁知夏允风一个用力，将她的脑袋按在胸口。她听见他一声声有力的心跳，无奈地闭上了眼睛，低声道：“我的心不是铁石，不是草木，看到你有危险，我怎么可能无动于衷呢？”

“呵呵，雨桐，我有没有说过，我很早就爱上了你。”

陆雨桐浑身震动。

“允风……”

“嘘！什么都不要说。我很自私，希望你能永远记住刚才的话，记住我对你所有的好。这样，你就舍不得离开我了！”

陆雨桐悄然哽咽。今天他受伤，同时勾起了她的回忆。当初，她受尽子迁所给的痛苦，是允风陪在身边，给予温暖。她做手术，不见光明，是他在身边体贴照顾。他明知道她不爱他，依然无悔地包容和付出，她却连与他交往都怀着目的……

他那么好，为何到头来，她的心仍旧只被子迁牢牢占据？

眼泪沾湿了睫毛，泪珠无声滚落。

陆雨桐，你根本就是个坏女人！利用了这个男人的真心，你会遭报应……

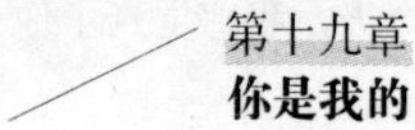

第十九章 你是我的

岛上的日子与世无争，也与世隔绝。

夏允风感叹时间飞逝，而陆雨桐满怀心事，只觉分秒难过，度日如年。

四人在岛上吃完早餐，返回凌江市区。陆雨桐负责掌舵开游艇，夏允风在旁指导，不停地夸赞她的技术。而青桐跟若兰一个在甲板上，一个在船舱里，冷战的严重程度超越了以往任何一次。

陆雨桐无心劝解，有时候真希望弟弟能够快点儿成熟懂事。

回到市区后就去了医院，医生为夏允风检查了伤口，确定没有感染的迹象，陆雨桐才放了心。从医院出来，夏允风恋恋不舍，她只好亲自将他送回夏家才道别。

独自漫步在街头，陆雨桐感觉有些昏沉。

快走到自家住宅区时，一只大手从背后抓住了她的手腕。她警觉地缩胳膊，扭头看过去。宋子迁没有开口，用力将她往旁边拉。他的车就停在旁边斑马线的前方。

陆雨桐被推进车里，他二话不说为她系上安全带。

“子迁……”

“跟我走！”宋子迁抿紧唇。这两天联系不上她，他快要疯掉了。后来请朋友专门调查，找到她的手机信号出现在某个岛屿上，他心中才明白了几分。事实上，他还找人密切关注小岛，一旦发现他们返回，就立刻通知他。

车子停在悦色酒吧门外。

酒吧白天不营业，但侍者都知道他跟周棣的关系，毕恭毕敬地准备了一间最豪华的包房，并道：“宋先生，你们慢慢聊，有需要请随时吩咐。”

宋子迁站在她面前，浑身透出强烈的压迫感。

陆雨桐知道，他在生气。可是这两天，她的心也好累。

包房里安静得只听到彼此的呼吸声。她面对着他，尝试用轻松的语调说：“子迁，你不说话的样子很可怕呢。想知道我去了哪里就直接问，我不会瞒你……”

宋子迁一把抓起她，惩罚似的用力堵住她的嘴。他吻得气势汹汹，直到两人都喘不过气来时才放开，直勾勾地盯着她。

陆雨桐伸出手，揉了揉他紧锁的眉头，道：“对不起，突然联系不上我，你一定很担心吧？”宋子迁眯了眯眼睛，一言不发。

她又解释道：“我不是故意的。前天不知道允风的计划，走得匆忙，没带手机充电器。昨天又发生了很多意外，没顾得上跟你联系。你大人有大量，不会真生气吧？”

宋子迁的神色依旧冷得吓人。

“子迁，你说句话好不好？我都说不是故意的了。其实这三天，我心里也不好受。”陆雨桐低下头，视线落在他的西装领口上，“在允风身边，我心里真不好受……”

“既然如此，为何要答应他的求婚？”宋子迁终于开口，语气和表情同样森冷。

陆雨桐震惊地抬头：“求婚？什么求婚？”

“那家伙过生日，不是故意将你约到游艇上求婚吗？”

陆雨桐愣了好一会儿，总算明白过来：“谁告诉你的？允风是过生日，但并没有求婚。”

“真的没有？”

“绝对没有，我发誓！”

宋子迁的眉心稍微舒展，坐在沙发上点燃一支烟。包房里光线不甚明亮，白色烟雾背后，他的面孔显得深沉。

“你说过，不管发生什么事，都让我相信你。”

“是。”她希望相爱的两人能够彼此信任。

“但是，你确定你不会辜负我的信任，不会让我失望吗？”他吐出一口烟雾，眯着眸子审视她。

陆雨桐挨着他坐到沙发上，然后轻轻夺过他指间的香烟，在烟灰缸里摁灭，才道：“子迁，如果彼此没有信任，再美的爱情也会烟消云散。我不敢百分之百保证永远，但是希望你能信任我，就像我现在也信任你一样。否则，我们很难一起走下去。”

宋子迁没有动作，过了好一会儿才闭上眼眸，低喃："太在乎，所以连怀疑都不敢……陆雨桐，永远不要欺骗我，知道吗？"

"好。"她温顺地偎依到他胸前。

"否则后果不是你能够承担的！"他的威胁之辞，伴随着一声无奈的叹息。

陆雨桐的心缩紧，抱住他的腰："我们明明约好了不相见，偏偏一次又一次犯规。"见面了，她便情不自禁地贪恋他的体温，只想藏在他怀中，天塌下来都不理会。

宋子迁拨弄她的发丝，语气缓和了下来。

"这三天怎么回事？"

"你消气了？"

他轻哼道："说吧！从头到尾每个细节，我都要听！"

"真是霸道。"她笑了笑，开始低声讲述。有些细节她刻意跳过，免得他不满。

宋子迁没打断她，眼前浮现出一幅幅画面。夕阳西下，游艇的甲板上，她跟夏允风打鱼；星光下，她跟夏允风跳舞；别墅里，她照顾夏允风，为他端茶送水削苹果……

"雨桐，我是个很小气的男人。"

"我知道，你的心眼儿跟针尖一般大小，不能惹，也得罪不起。"

"所以……不要背叛我们的爱情！"

"好。如果我做不到，将来任由你处置，满意了吧？"陆雨桐说得严肃认真，可一想到夏允风的伤，面上难掩忧郁，"子迁，允风这次毕竟是为了救青桐才受伤的，我恐怕得照顾他一段时日。"

宋子迁骤然搂紧她的腰，命令道："不许跟他太亲密！手指头都不准他再碰！"

"知道了，我尽量。你还真霸道。"

宋子迁沿着她的鼻梁、脸颊、嘴唇、下巴一路亲吻，啄啄点点，每一次都会加上一句"是我的。"。

陆雨桐不禁弯起嘴角，温柔应声："是，都是你的。陆雨桐从头到脚，整个人都是你的。"

宋子迁抬起她的下巴，深深凝视："记住，还有五十三天！"

"嗯。"

"五十三天里，不许让他再碰你一根手指头。"

“遵命，少总大人！”她何尝愿意接受允风的亲昵？

宋子迁俯首，轻柔的吻如春风化雨，甜蜜得让两人忘情。猜忌怀疑、烦躁不安都暂时压下。他努力相信她，相信她！

转眼一天过去。

周三早上，在即将兴建娱乐酒店那块土地上，各家媒体早早赶到，准备采访。

凌夏、世兴两大集团联手开发投资十亿的大项目，新酒店相比传统酒店，噱头十足。据说项目尚未通过审批时，就有数位娱乐业大亨提出合作，欲联手打造一家真正的集吃喝玩乐、衣食住行为一体的新型商务酒店。不过，宋夏两家似乎不愿肥水流入外人田，只接受了一位神秘富豪加盟。今日，不仅是项目启动的日子，也是第三方神秘大股东现身的日子。

地皮上已建好一座临时办公楼，大门外已被媒体层层包围。

宋子迁站在中间，正从容不迫地接受采访。夏雪彤挽着他，姿态依然高雅美丽，始终保持着微笑，只是清瘦的脸颊透着几分病容。

夏国宾与夏允风一起入场，低声问：“你妹妹怎么回事？是不是跟子迁吵架了？”

目光扫过宋子迁，夏允风冷冷道：“想必妹夫最近忙于公务，没空照顾雪彤吧！”

“你这个做哥哥的，也别只顾着自己，没事多关心一下你妹妹。”夏国宾若有所思地看了旁边的陆雨桐一眼。身为助理，陆雨桐寸步不离地跟着夏允风。他的腿伤尚未痊愈，需要她一路搀扶着。听着父子俩的对话，她一声不吭，只是夏国宾最后那一眼，让她莫名心惊。

办公楼前挂着新项目的条幅。夏家父子一出现，大家纷纷让道，镜头争先恐后地靠近。夏国宾笑容满面地朝记者们点头。

仪式即将开始，神秘的第三方大人物终于要现身了。

众人拭目以待，包括夏国宾。

宋子迁做了个手势，拿起麦克风道：“下面，有请本项目的唯一合作伙伴——姚立行先生入场！”

夏国宾的笑容悄然僵住。姚立行在四名高大保镖的簇拥下走来，他穿着一件欧美潮范的花衬衣，戴着霸气十足的黑色墨镜，嘴里叼着大雪茄，一副唯我独尊的样子。

“是姚家老大？”

“没错，是姚老大，想不到他会跟凌夏、世兴集团联手合作。”

“也难怪，这次可是十亿的大项目，有钱谁不想赚呢！”

……

记者们议论纷纷。

夏国宾不动声色地转向宋子迁：“原来是他。你竟然一丝口风都没有透露。”

宋子迁笑笑：“对不起，爸爸，这是姚先生的意思。姚家许多生意都涉及娱乐产业，经营得风生水起，没有比他更合适的合作伙伴了。”

夏国宾眼眸阴沉，似乎并不满意这样的意外。

姚立行咧着大大的笑容，高声道：“夏董，好久不见。哈哈，这次能与夏董合作，真是姚某的荣幸啊！”

陆雨桐站在侧方，隔着一段距离，看向宋子迁。他面带微笑，亲密地揽着夏雪彤的腰，俨然一副恩爱的模样。偶尔，他的视线会投向她，在旁人眼里，看似随意，但陆雨桐的心怦然跳动，莫名紧张。

她索性将注意力转到其他几人身上，正好捕捉到夏国宾一闪而逝的阴沉。为什么？这老家伙不愿意跟姚家人合作吗？她疑惑地想。

而夏雪彤在众目睽睽之下，不得不亲密地依偎着宋子迁，保持着迷人的微笑。姚立行经过时，一股浓烈的烟味飘过，让她忽觉胃里翻江倒海。

宋子迁察觉到她的异样，便问道：“怎么了？”

夏雪彤的手心里隐隐冒出冷汗，她忍住干呕的冲动，飞快地摇头。

“不舒服？”他体贴地附在她耳边问。

“我……先去休息一下。”夏雪彤顾不得启动仪式尚未开始，低着头匆匆离开。这里上百双眼睛盯着，还有无数镜头对准，万一被人瞧出端倪就麻烦了。

临时办公楼内，夏雪彤脚步沉重，艰难地走向二楼休息室。一股强烈的眩晕袭来，她踉跄了一下。

“小心！”陆雨桐及时托住她的后背，“夏小姐，你看起来很不舒服。”

夏雪彤立刻竖起了尖刺，强自镇定，转头冷冷地道：“你跟着来做什么？不用你假……”胃里又开始翻搅，她只好捂着嘴快速奔上楼。

陆雨桐望着她近乎仓皇的背影，一个模糊的猜测闪过脑海：看她的样子，不会是怀孕了吧？她跟子迁……不敢深想下去，陆雨桐无力地退后了两个台阶，抓着扶手，许久没有挪动。

洗手间内，夏雪彤一阵干呕，终于舒服了些，缓步走出来，见夏允风正站在走廊上等自己。

“彤，怎么了？哪里不舒服？”夏允风走过来，大手摸上她的额头。

“还是大哥关心我。”

“当然了，大哥永远关心你，还有爸爸，有什么事要告诉我们。”

“我没事。”夏雪彤瞥见后方陆雨桐的身影，一个念头浮上心头。她扶住夏允风，看着他的腿问：“哥，你的腿怎么受伤了？”

“上周出去潜水，不小心碰到的。”

夏雪彤的关心自然流露，并夹杂着怒气：“肯定又跟陆雨桐脱不了干系！哥，她是个扫把星，上次跳崖，这次潜水，她已经害你两次了啊！”

兄妹俩走进临时休息室，夏允风小心地坐下，将受伤的左腿架在矮桌上。他摸摸大腿，眼中暗藏不知名的暗光：“别这么说雨桐，跟她没关系，是我自己……呵呵，就算为她受点儿伤，我也心甘情愿。”

“你已经为她走火入魔了！每次看到你受伤，我都很担心，你知不知道？”夏雪彤皱眉道。

“这只是一点儿小伤，过几天就好了。你呢？看起来脸色很不好，既然跟宋子迁分……”

“大哥！你别乱说话！”夏雪彤急切道，及时阻止了他差点儿脱口而出的下一个字。

夏允风会意。隔墙有耳，一言一行谨慎点儿总没错。

“对不起，我和爸最近为了新项目，都疏忽了你。你哪里不舒服，千万要告诉我们。”他很愧疚，最近不但忙娱乐酒店的事，也在暗中查探宋子迁跟金叶子的关系。虽无确凿的根据，但他总觉得有些不对劲儿。

“大哥，我没有生病，而是……”夏雪彤干呕了几声。

夏允风忙拉着她坐下：“怎么了？”

夏雪彤的目光有意无意地扫过门口，幽幽地叹道：“我怀孕了。”

“什么？”夏允风震惊，立刻眯起眼眸，“是宋子迁的？”

“当然了。不过他现在还不知道……我想过段日子再告诉他。”

夏允风脸色复杂，咬牙道：“那小子要是敢辜负你，我绝不放过他！”

门口的一道黑影悄悄地移开，夏雪彤嘴角露出冷笑，身体微微倾斜靠在夏允风的手臂上，说道："谢谢大哥。子迁多年来一直对我真心实意，你是知道的。就算有人乘虚而入，横插一刀也没用，孩子是他的，他总不至于辜负孩子吧？"

门外，陆雨桐靠在墙边，屋里的每句对话都听得一清二楚。她痛苦地闭眼，胸口好闷。夏雪彤怀孕了！孩子是子迁的……是啊！他们曾经那么恩爱，像甜蜜的新婚夫妇一样还同去国外小岛度假……

陆雨桐僵硬地转身，不记得自己是如何下的楼。

外面的新项目启动仪式刚好结束，热烈的掌声传入耳际。夏国宾与姚立行上了同一辆加长型房车，看样子一切都很圆满。

宋子迁依然被记者们包围，他一边走，一边神态自若地答问，举手投足自信非凡。陆雨桐呆呆地站在过道旁。他经过她身边时，轻轻点头，深幽的目光别具深意。

与他对视的一瞬间，陆雨桐心口紧得快要窒息。她动了动嘴唇，眼窝突然湿润。

这个男人，注定不会属于自己。

从最初到最后，不过是老天开的一个玩笑，他再也不可能属于自己了。

娱乐酒店工程正式启动。夏国宾虽不乐意跟姚立行合作，但不可否认，无论资金实力还是行业地位，跟姚家合作皆属上上之选。

晚宴设在云天酒店贵宾房，夏雪彤以身体不舒服为由，先行回家了。宋子迁、姚立行跟几位主要负责人已然入座，夏允风带着陆雨桐随后赶来。

"不好意思，各位，在下这几天有点儿行动不便，所以迟到了。"夏允风笑着解释。

陆雨桐扶他入座，立刻迎来各种目光，那些目光以宋子迁和夏国宾的最为犀利。她保持着冷静，陪坐在夏允风身侧。可是，宋子迁正好坐在对面，只要稍微抬头，她便会不可避免地对上他。想到刚才的事，她的心仍隐隐作痛。

晚宴的气氛很微妙。三大合伙人看似其乐融融，笑声不断，实则各怀心思。

陆雨桐压根儿没有胃口。夏允风故意将她带来，一方面向宋子迁示威，一方面向父亲表明决心。他从不在乎旁人的眼光，席间体贴地照顾她。

"多吃点儿，看你瘦的，我心疼知不知道？"他亲手为她挑鱼刺。

"不用，我自己来。"陆雨桐轻声拒绝，感觉全桌人的视线再次聚拢过来。

“为心爱的女人服务，是种乐趣，也是种幸福。”夏允风笑得愉悦，将燕窝羹送到她面前，“喝这个，我特意为你点的。”

“允风……不要这样！”

“呵呵，你害羞啊？没关系，这里都是自己人。”

宋子迁放下筷子，直直地盯向他们。

姚立行假装不知情，颇感兴趣地问：“夏少爷跟陆小姐准备何时结婚？”

夏允风笑起来：“只要雨桐点头，随时都可以。到时候姚老大可要赏脸参加我们的婚礼。”

“呵呵，一定！姚某一定会准备个大红包，期待早日喝到你们的喜酒。”姚立行无视宋子迁和夏国宾的阴沉脸色，笑得开怀，“夏董，也恭喜你了。儿子出类拔萃，女婿是人中龙凤，未来儿媳妇都这么能干，您老日后只管坐享清福就好。”

夏国宾只是皮笑肉不笑地盯了陆雨桐一眼，转移话题：“青出于蓝而胜于蓝，姚大少的本事与令尊相比，有过之而无不及。这次能跟姚大少合作，我很放心。”

“哪里，夏董过奖。”姚立行举杯，气氛很快恢复和乐。

陆雨桐挤出一丝笑，感觉对面的视线有意无意地刺过来，顿时有些心浮气躁，端起手中的酒杯，一杯接一杯闷闷地喝下。

夏允风将她的点滴反应都看在眼里。送她回家时，两人坐在后座，他一只手牢牢地握住她的，另一只手悄然按住自己受伤的大腿。

伤，他不能白受，血不能白流——潜水时，青桐开心地跟着他游向礁石。海水清澈，风光无限，青桐拿着水下摄影机兴致勃勃地拍摄，他潜到青桐身后，悄悄伸手摸向气管的接口，拧开……

下车时，陆雨桐双腿发软，扶着车门差点儿倒下。

夏允风岂能放心？他让司机一起帮忙，亲自送陆雨桐进入家门。

“对不起……允风，今晚我好像失态了。”

“没有，今晚的你是我见过的最可爱的陆雨桐。”扶她上床，为她脱去外套后，他决定留下来照顾她。

陆雨桐强撑着爬起来，嗤笑道：“你还是先照顾好自己吧！你快点儿好起来，我就不用这么辛苦了。”

夏允风抚摸她的脸颊，道：“雨桐，我让你很辛苦吗？”

“是啊！好累……想睡觉……你先回去吧。老李……”她垂着脑袋，对外边客厅里的司机招手，“麻烦你送总经理回去……一定要安全送他到家喔！”

夏允风无奈地笑笑：“这么急着赶我走？我会伤心。”

“走……快走！”酒精开始发挥强烈的作用，深沉的倦意来袭。

“好，你亲我一下，我就走。”他俯下身。

陆雨桐在他的脸颊上胡乱亲了一口，像是完成重大任务般叹气：“可以了吧？”

“不够，还有这边。”夏允风难得见她如此配合，赶紧凑上另一边脸。

陆雨桐不满地嘀咕一声，攀着他的脖子，又亲了一下。

夏允风满意地笑起来，为她盖上被子。

“好吧，暂时放过你。今晚喝这么多，好在又立了一功。好好睡吧。”夏允风亲亲她的唇后，才不舍地跟司机一起离开。

屋子里恢复安静，陆雨桐翻了个身，陷入混沌。没过多久，感觉浑身热得难受，她踢掉被子，扯开衬衣的纽扣。

“叮咚——叮咚——”

谁这么不死心，一直按门铃？她迷迷糊糊地起身，眯着眼睛摸到大门，打开，看也不看来人，掉头返回卧室。

宋子迁在晚餐时已憋了一肚子火气，若不是后来被姚立行拉着单独聊了一会儿，他早就直接奔过来了。万万没想到见到她，会是这种情形。

她身上仅着一件衬衣，纽扣压根儿一颗都没系，半遮半掩地露出雪白的肌肤。虽然客厅没有开灯，但借由窗外的光线，他依然看得一清二楚。

空气中飘散着浓烈的酒味，这个女人刚才真是喝疯了。

卧室里留着一盏红色小夜灯。宋子迁阴郁地跟着她，不敢想象此刻来人若不是自己，换成其他男人，会引发什么后果。

陆雨桐浑然未觉自己做了什么，侧躺在床上，红扑扑的脸蛋贴着枕头，衬衣敞开一半，风光尽显。宋子迁倒吸一口凉气，走到床前，咬牙切齿地为她拉拢衣服。

“陆雨桐！你这个让人操心的家伙！”

“哦……”她皱眉，拍开他的手，一个翻身，衬衣再次打开。

宋子迁的喉结急速地滚动了一下。这个女人醉得不省人事，他实在不想对她做出非礼之事。偏偏她不知在做什么梦，睫毛闪动，美目半睁，还吐出一声娇软的呼喊：“迁……”

“是我！笨蛋！”她要是在别的男人面前露出这个样子，他非杀了那人不可！

“迁……”她痛苦地叹息，眼角忽然沁出了一滴泪，瞬间灼伤了他的心。他俯下身，爱怜地亲吻她的眼角。亲着亲着，他就被她的酒气与芬芳深深吸引，克制不住地吻了她的唇。

陆雨桐认出了熟悉的气息，自有意识地回应。一股热流如洪水般在血管里流窜，宋子迁额头上冒出汗珠，他抬起头自嘲地苦笑：“除了你，还有哪个女人能让我这样把持不住？”

陆雨桐咕哝一声，似乎舍不得他温暖的气息，伤心地抱着他。

“迁……我该怎么办？我不想失去你……”

宋子迁深深注视着她：“谁说你会失去我了？我是你的！”他轻轻地拉开她的衬衣。

红色的小夜灯发出温馨柔和的光，卧房里春意正浓。他温柔地吻遍她的全身，彼此交融，化为一体。她努力睁开眼睛，如置身梦境，分不清虚实……

她喊他的名字，渴望抓住什么，却又害怕得颤抖，终于忍不住哭泣起来：“迁，我好怕……”

宋子迁心痛不已，十指与她紧扣，心疼地安慰：“傻瓜，你在怕什么？”

阳光透过窗帘，映出淡淡的光芒。

陆雨桐做了一个很长很长的梦，梦里，她好像听到宋子迁说：雨桐，我们生个孩子吧……

进浴室洗澡时，她整个人都震住了，自己身上这些青紫的痕迹是什么？胸前，腹部，大腿也有……天，难道昨晚不是梦？

花洒哗哗地将水珠冲在身上，她努力回想。昨晚失控喝多了，是允风送自己回来的。还记得他将自己扶到床上，说了一些话，然后呢？越是急切地想要记起，脑子就越是一片空白。

一个可怕的念头浮现，她不禁打了个寒战。

不可能是子迁，晚餐后他跟姚老大一起走的。那么只有允风……

陆雨桐顿觉天旋地转，无力地靠在冰冷的墙壁上。

房间里，手机铃声响了许久，停了一会儿，继续响。她裹着浴巾回房，看到来电显示，呼吸瞬间急促起来：“允风……我今天上班可能要迟到了。”

“呵，我就是特意告诉你，昨晚你累坏了，今天放你一天假。”

累坏了？陆雨桐睁大了眼睛。

夏允风的声音听起来很愉悦："雨桐，昨晚你喝多了。不过，你喝醉的时候热情又可爱。以后，没有我在身边，绝对不能喝醉，听到没？"

"……"热情？她死死地咬着唇。

"那模样，要让别的男人看到，实在是太危险了。我还是早点儿把你娶进门比较放心。"

"允风……我们昨晚，没发生什么事吧？"她屏住呼吸等待回答。

夏允风笑得更愉悦："呵呵，你现在才问，会不会太迟了点儿？放心，你昨晚表现得很好，热情的一面也只有我看到。"他忽然压低了声音，带着几分暧昧道，"雨桐，说实话，我很喜欢你昨晚的样子。"

手机从手里滑落。怎么会发生这种事？怎么会！

手机叮咚一声，有短信进来。这次是宋子迁，他的话语里充满了关心和温暖。

——起床了没？记得吃早餐。

陆雨桐咬着手背，大颗的泪珠滚落。

而宋子迁此刻已坐在办公室，嘴角微扬。若不是因为不想引人注目，他一定会抱着她，等她醒来才走，可现在的情况不允许。

——女人不能太瘦，会让人心疼，抱起来也没那么舒服。

当然，只要是她，胖或瘦他都不会嫌弃，单纯为她的健康着想而已。经过昨晚，他忽然有了新的期盼，想尽快结束与夏家的恩怨，跟雨桐结婚，再共同孕育一个孩子。不，一个不够，属于他们的孩子，多几个才好……

或许，昨晚已经有了。

宋子迁觉得精神抖擞，如果计划顺利，扳倒夏国宾的时间足够了。他舒展胳膊，看向手机。手机很安静，没有任何回音。她可能正在害羞，说不定在气恼他情不自禁的破戒吧。

陆雨桐有时候就是爱钻牛角尖，有时又莫名地讲究原则。

宋子迁迅速发出第三条短信。

——我没在你身边时，你要照顾好自己。四十八天内，我给你惊喜。

陆雨桐抹着眼泪，如果他知道夏雪彤有了身孕，还能说出这样的话吗？他的惊喜就是击垮夏家吧？

在新酒店启动仪式上看到姚立行后，她多少猜到了他的计划。三方合资，十亿项目。宋子迁不遗余力地投身于前期宣传，甚至不惜夸大利益为项目造势，营造出空前火热的景象。

她跟在他身边这么多年，深刻明白，这绝非他的战略手段。他看中一桩生意，通常会低调地暗中进行，先将对方包括竞争对手在内做个彻底调查，知己知彼，而后开出最为有利的价码，一举取胜。也有少数首次谈不拢的案例，比如上次的Chenl，逼不得已使了点儿小手段，却让皮特先生反感。好在有她拼死一搏，才促使合作成功。

虚张声势、夸大市场更像是夏国宾的作风。凌夏集团每开发一处新楼盘，都会极力炒作，营造盛市之况，诱得市民高价哄抢。此刻，夏国宾想必对宋子迁的做法很满意，旁人也都认为宋子迁为自身利益如此卖力，只有她知道这只是他的计划。

市场越火热，估价便越高，风险也越大。

世兴集团连原计划对其他小超市、小商场的并购案都悄然取消，宋子迁表面上全盘投入新娱乐酒店，实则尽量保存了资金储备。而凌夏集团同时握有另外几个拓展项目，向银行贷了不少款。

姚立行的三亿资金一旦抽出，酒店项目便无法继续，银行也会追回贷款，到时候如果凌夏集团的资金不够偿还，该集团整个资金链将全盘断裂。再大的江山也经不起银行追债，到时夏家只能变卖不动产，面临破产。

退一步说，世兴集团牵涉其中，不能全身而退，也有姚家这棵大树在背后支撑。

无怪乎宋子迁如此运筹帷幄，信心满满。只是不知道夏国宾是否留有后招。

陆雨桐足足坐了半个小时，一动不动，一方面为子迁高兴，同时也倍感沉重。她拿起手机，一字一字发给他："你应该对夏雪彤多些关心，没事不要再找我了。"

宋子迁看后，无奈一笑。

一连几日，全市媒体都在报道宋夏两家的娱乐酒店项目，姚老大的加盟引发了新的热议。

凌夏、世兴两大集团的股票接连上涨，宋子迁心情颇佳。为了不让夏国宾起疑，他对夏雪彤增加了关注。可是约她出来吃饭遭到拒绝，他只好亲自到夏家探望，还特意带了玉珠炖好的补品。

——雨桐，我听你的。天下女人，恐怕只有你最大度，生怕情敌受了委屈。

陆雨桐心中五味杂陈，悲苦不已。

夏雪彤在房里闷了大半个月后，傍晚时分独自出门，悄悄到一家私人诊所做了个检查。孩子有两个月了，医生说，若是不要，得趁早准备手术。

夜色中，路灯光在树荫下显得昏暗。突然，肩头的包被一股大力拉扯，吓得她尖叫了一声。身边立刻出现一个高大的身影，随后是拳头重重击打的声音，伴随着陌生人的惨叫。

夏雪彤彻底愣住，直到胳膊被一只大手握住才回神。

“雪彤，你还好吧？”杜棠焦灼地检查她的胳膊，而后慌忙松开，“对不起，夏小姐……刚才那家伙想抢你的包，你没事吧？”

夏雪彤愣怔地望着他，一段时间不见，他似乎成熟了些，英俊的面容多了分冷静。这个男人，她不爱他，此刻腹中却怀有他的骨肉。这孩子她不会要，也永远不会告诉他真相！

她飞快地掉头，一言不发地往前走。

杜棠垂下暗淡的黑眸，亦步亦趋地跟在她后面。

走着走着，夏雪彤忽然停下，微微弯着腰难受地喘息。

“夏小姐，你没事吧？”

夏雪彤心烦地甩开他：“不用你管。”皮包顺势被甩落在地上。杜棠难堪地收回步子，弯腰为她捡起包。一份医院检验报告滑了出来，杜棠看着孕期、B超等字眼，震惊地一把抓住她。

“你怀孕了？”

夏雪彤忍住眩晕，道：“不关你的事！”

他眼眸灼亮，分不清是期待还是害怕：“真的与我无关吗？”

夏雪彤强硬地脱离他的掌握，脸上泛出嘲弄的冷笑：“你以为你是谁？孩子……当然是宋子迁的！”

闻言，杜棠颓然地放开她。夏雪彤攥紧了拳头。如果这个孩子真是子迁的，此时的她该是多么欢天喜地。

不，她不要离开子迁，死也不要！

她要放手一搏，这个孩子即便是错，也要错得有价值！

下午。世兴集团。

宋子迁从会议室出来，意外地发现夏雪彤正坐在办公室的沙发上等他。

孙秘书冲了杯热茶送进去，试图听点儿什么，结果总裁室的气氛僵得吓人，两人一句对白都没有。他只好退出来，冲着玻璃门摇摇头。

宋子迁端起热茶啜了一口，才道："你过来做什么？"

夏雪彤显得格外冷静："有件事，我想亲口告诉你。"

"什么事？"

"我怀孕了。"

宋子迁手中的杯子晃了晃，热茶泼了几滴。他震惊于她吐出的消息，更震惊于她的态度，她竟敢专门跑来告诉他这件事！

"所以呢？"他面无表情地问。

夏雪彤走到他面前，清晰地说："你是孩子的爸爸，你要负责。"

宋子迁哑口无言，锐利的双眸试图看穿她："你确定孩子是我的？"

夏雪彤顿时一副大受打击的样子："你……你怎么能这样问我？当然没人比我更清楚，你是我最爱的男人，也是我腹中孩子的爸爸啊！"

"夏雪彤，你明明知道……"

她激动地打断他："我明明知道你已经移情别恋，被陆雨桐那个女人勾走了魂，还是这么执迷不悟！子迁，因为我爱你，我不要跟你分开，尤其现在有了这孩子……"

宋子迁除了冷笑，竟无言以对。

夏雪彤抱住他，显得柔弱委屈："迁，不要对我这么残忍，不要抛弃我。看在孩子的分上……"

他抓起她的手腕，慢慢推开，厉声道："夏雪彤，你应该去看医生！"

"我刚看完医生回来，医生说宝宝很健康，已经两个月了。"她望着他，语气急促地哀求着，"迁，下次你陪我一起去检查，好不好？"

"你再胡说八道，马上给我滚！"

"你为了陆雨桐，真要对我这么残忍吗？你连孩子都不愿认吗？"

"夏雪彤！"宋子迁忍无可忍，冰冷地逼问，"你究竟想要怎样？"

"我希望继续跟你在一起，给宝宝一个温暖完整的家。"

"不可能！"他大力将她拖向门口。

"子迁，如果你不要这个孩子，那我也不要！"

"要不要是你的事，别来烦我！"

宋子迁一把拉开紧闭的玻璃门，一手将她拉出去。

“孙秘书，让司机送她回家！记住，一定要亲眼看到她回到夏家！”

夏雪彤甩开他的手，收起可怜的神色，眼底有抹得逞的笑意。

第二十章
我们谈谈

次日，各大媒体不约而同地报出相关新闻，连电视台都有了简讯。继娱乐酒店重大项目顺利启动之后，宋夏两家再次传出喜讯。世兴集团少总宋子迁的未婚妻、凌夏集团千金夏雪彤日前被证实怀有身孕，这意味着两大集团第三代继承人即将诞生……

夏雪彤打开电视机看新闻。新闻只播放了她跟宋子迁的照片，内容倒是一字不差。

当她再度踏进宋子迁办公室时，宋子迁听孙秘书汇报完这个消息，正快步往外冲。

“去哪里？莫不是想跟谁解释什么吧？”夏雪彤在门口挡住他。

宋子迁一把拽住她的手腕，丝毫不在乎自己强大的力道会弄疼她，怒道：“为什么把消息透露出去？你以为这样做，我就会跟你复合？”

夏雪彤只是笑了笑，抬起下巴迎视他。

宋子迁的眼睛几乎喷出吃人的火焰：“老实说，你在打什么主意？夏雪彤，不要一再挑战我的底线。”

夏雪彤睫毛颤动，抬头反问：“我什么时候说过，要把它生下来？”

宋子迁震住，她脸上竟然没有一丝为人母的温情。曾经娇柔甜美的容颜，此刻看起来如此可怕。

夏雪彤伸手抚摸他的脸：“迁，我多希望生个跟你长得一模一样的孩子，所以……你给我一次机会，我们重新开始，好不好？”

他手指发紧，在没有掐死她之前用力将她推开，压抑着愤怒背过身去：“夏雪彤，孩子是你自己的。你也应该尊重孩子的父亲，不要做出后悔的事！”

“孩子的父亲，呵呵！”夏雪彤仰着头笑起来，眼里泪光闪现，“现在所有人都知道，你才是孩子的父亲，你怎么否认？”

宋子迁双手握拳。他不在乎世人的看法，唯独在乎陆雨桐的反应。她看到新闻，一定很难受吧，说不定跟世人一样误会他……不行！他必须马上去解释清楚！

“你觉得陆雨桐会信你吗？”夏雪彤的问题将他拉回现实。

“她会！”宋子迁立刻道。

“呵呵，她不会。因为我是女人，女人最了解女人。天底下没有不多疑的女人，她不会信的。”

“她会！”宋子迁加重了语气，心中却因夏雪彤的笑而变得动摇。

“她凭什么信？信你我之前那么相爱，你却从没碰过我？宋子迁，你当初对我的体贴宠爱，她可是看得清清楚楚！”

“夏雪彤！”宋子迁用尽自制力才没有给她一巴掌。他从不打女人，可面前这个女人正在挑战他的极限。

夏雪彤不慌不忙地靠坐在沙发上，轻轻地抚摸着肚皮，无比肯定地宣告：“这个孩子是宋家的！”而她不会给任何人验证的机会！

宋子迁努力地调整着呼吸。他告诉自己，不用四十七天，最多一个月，他就能彻底结束跟夏家的恩怨！小不忍则乱大谋……

“雪彤，我不知道你何时变成了这样。我已经努力过了，努力在你身上寻找过去单纯美好的记忆，结果却越来越让人失望。我跟雨桐若是不能度过这一关，只怪彼此爱得不够深，以后我会加倍去爱她。而你，再执迷不悟下去，最终受伤的只会是你自己！”

不管与夏家的恩怨如何，他都想过要跟她好聚好散。可惜今日看来，再无可能。手落在门把上，他给她最后的忠告：“孩子是无辜的，孩子除了母亲，还有他的父亲和其他亲人，希望你考虑清楚。”

夏雪彤注视着他冷酷疏远的背影，搁在腹部的手指一点点紧握起来，眼泪滚落。

几天之后，夏允风的腿伤已基本康复，只需拆线了。

陆雨桐尽职尽责地照顾他，谁也没主动提那晚的事。

宋子迁被夏国宾约过来谈事情，经过经理室时，他有意地往里面瞥了一眼，正好看见夏允风揽着陆雨桐进入内间小套房，姿态甚是亲昵。

宋子迁心中的酸气直冒，故意踏进经理室，重重地哼了两声。

陆雨桐想起那个醉酒之夜，自己竟失身于夏允风，这会儿完全没有勇气抬头。

夏允风自然也听出了来人，不满地问：“一点儿礼貌都没有，进办公室都不会敲门。”

宋子迁扫过内间的床铺，视线停在陆雨桐脸上：“原来里面别有洞天。上班时间，夏少爷与女助理不坐在办公室里，反而进入这个房间，不怕招来流言蜚语吗？”

夏允风反唇相讥：“原来是妹夫啊！呵呵，你说错了，我跟雨桐可是光明正大的男女朋友。流言蜚语怕什么？大不了我早点儿把雨桐娶回家。”

一句话，让宋子迁和陆雨桐同时变了脸色。

“不过，我的好妹夫怎么突然跑这儿来了？有空不如多陪陪我妹妹，她最近有孕在身，你可是孩子的爸爸。”

陆雨桐心头刺痛，不想继续听这个伤人的话题，便道：“不是要拆线吗？我看，还是陪你去医院比较好。”

她正要起身，手忽然被夏允风拉住，他道：“别走，我就希望你来拆。”

宋子迁看向他大腿的位置，不自觉地绷直了身躯，嘲讽道：“陆秘书还真是全能，连缝针拆线这种事也能做！夏少爷不去医院，难道不怕有的人不懂装懂，耽误了你的伤情吗？”

陆雨桐听出了他在嫉妒。可她高兴不起来，更没法辩解。

夏允风笑得愉快：“不怕，我家雨桐是全能的。就算我的伤好不了，只要她能陪在身边，我也甘之如饴。”

陆雨桐走到柜子前准备拆线工具，宋子迁像是要把她的背盯出个大窟窿，似笑非笑地对夏允风道：“我祝大少爷顺利康复。”

陆雨桐心想，等夏允风的伤口拆了线，她会马上找机会说分手。哪怕今生跟子迁不可能在一起，她也不会跟允风继续了……

因为，爱情不能勉强。

因为，允风越好，她背负的便越沉重。

“允风，明晚有时间吗？”她拿起小剪刀，仔细地剪开缝合的黑线。

夏允风笑道：“难得你主动问我，明天就算总理请我参加国宴，我也不去，只把时间留给你。”

陆雨桐手指一僵，惭愧道：“好，明晚我们一起吃饭。”

“你有好消息？”

“嗯……庆祝你的伤势恢复，顺便还有些话想跟你说。”

“好啊！正好，我也有非常重要的话要跟你说。”

陆雨桐开始思索如何开口，才能将对他的伤害降到最低。

一个人在家吃晚餐，她心不在焉地随意吃了几口菜，毫无胃口。

手机传来熟悉的短信铃声，她心头泛过酸楚，以为是子迁，心情复杂地不想查看，顺手将手机丢进包里。未料过了一会儿，手机铃声直接响起，令她不得不叹息一声，无奈地接听。

闪烁的号码虽未存名字，但她记性太好，看一眼便知是夏雪彤。

“陆雨桐，我有话跟你说。”夏雪彤报出一家咖啡馆的名字，“你最好半小时内过来，我最近耐心很不好，没心情等太久。”

陆雨桐收拾碗筷走进厨房，忽然一只盘子摔在地上，裂成了碎片。她飞快地蹲下去捡。细微的疼痛从指尖传来，她愣怔地注视着那抹殷红的血丝，心惊肉跳。

只有半个小时的时间，她随手贴了个创可贴，飞奔出门。她一路上都在想，夏雪彤会不会因为怀孕之事找她？希望她离开子迁吗？

咖啡馆。

夏雪彤坐在不起眼的角落里，她素来喜欢白色，这晚却穿着黑色真丝上衣，衬得脸色苍白如纸。

两个女人面对面坐下。

“夏小姐。”陆雨桐清清嗓子，主动打破沉默，“请问找我什么事？”

夏雪彤从她进门起，便一直看着她。

“夏小姐……”陆雨桐见她还不开口，试探着询问。

夏雪彤咬咬唇，从包里摸出手机，不慌不忙地将耳线插上，递给她。

“我让你来，是想给你听听这个。”

陆雨桐心中顿时升起一种不祥的预感，好似戴上这耳机，便会听到一些可怕的事情。

夏雪彤幽幽地叹了一口气，道：“他们都夸赞你是聪明勇敢的女人，一段录音而已，你听了就会明白一些事情。”

陆雨桐迟疑地将耳机塞入耳内，立刻听到宋子迁冰冷愤怒的声音。

“你过来做什么？”他质问。

而后是夏雪彤颤巍巍的回答：“有件事，我想亲口告诉你。”

刚听了两句，陆雨桐就按下暂停键，直视夏雪彤：“你跟宋子迁的对话，我没兴趣！”夏雪彤望着她：“你不敢听吗？听完吧，算我拜托你。”

陆雨桐只好不安地继续听下去——

宋子迁的声音十分冷酷：“什么事？”

“我怀孕了。”

“所以呢？”

“你是孩子的爸爸，你要负责。”

“你确定孩子是我的？”

“你……你怎么能这样问我？当然没人比我更清楚，你是我最爱的男人，也是我腹中孩子的爸爸啊！”

……

“迁，不要对我这么残忍，不要抛弃我。”

“你为了陆雨桐，真要对我这么残忍吗？你连孩子都不愿认吗？”

“夏雪彤！”

“我希望继续跟你在一起，给宝宝一个温暖完整的家。”

“不可能！”

“子迁，如果你不要这个孩子，那我也不要！”

“要不要是你的事，别来烦我！”

最后一句绝情的话语，震得陆雨桐的耳朵嗡嗡作响。她简直不敢相信，这会是宋子迁说的，可这的确是他的声音。她喉咙干哑，一个字也吐不出来。子迁不愿承认这个孩子，也不想要这个孩子……

夏雪彤收回耳机，眼眶里盈满了泪：“陆雨桐，我已经不想多说什么。我承认我输了。即使你已经跟我大哥交往，子迁为了你，也不再关心我。但是这个孩子是无辜的啊！他现在连孩子都不想要……”

陆雨桐死死地攥紧了裙摆。此刻，她心乱如麻。她很想跟子迁一样质问夏雪彤，那孩子真的是他的吗？可是，高傲如这位大小姐，如果孩子不是子迁的，岂会在他面前这么理直气壮，又怎么会在自己面前如此软弱可怜？

“陆雨桐，我是个失败者。我始终不明白，为什么子迁和大哥都疯了似的为你着迷……今天，我让你听这些，不是为了我自己，而是为了我的孩子！我不能让孩子出世后没有爸爸……”

“夏小姐。”陆雨桐的指甲戳进掌心，借疼痛让自己冷静下来，“我想，子迁说那些话或许只是一时气愤，毕竟他不是真正狠心的人。你需要的是跟他好好沟通。至于我……不想插手你们之间的事，也帮不了你什么。”

说完，她抓起皮包，准备起身。

夏雪彤也慌忙站起，急道：“不要走，先听我说完……”她起身太急，一阵眩晕袭来。陆雨桐飞快地伸手扶住她。夏雪彤抓住她的手，泪眼汪汪地说：“陆雨桐，不到万不得已，我不会来找你。为了这个孩子，请你一定要帮我！”

陆雨桐只好重回座椅，灯光下，脸色亦是苍白一片：“我能帮你什么？帮你说服子迁，让你们复合吗？”说着，她摇头，同情地注视着夏雪彤。如果夏雪彤不是夏家的女儿，或许跟子迁还有可能，偏偏是夏家。

夏雪彤抹去眼泪，语气冷静了许多：“你只要做一件事，对所有人都好的事。”

“什么事？”

“嫁给我大哥。”

“……”陆雨桐想到今天念了不下十遍的分手腹稿，一时不知如何回应。

“虽然我讨厌你，但是我大哥偏偏对你死心塌地，嫁给他，你们会幸福的。而子迁也会对你死心，会接受我和孩子了。”

陆雨桐喉头干涩：“无论子迁最终做什么决定，我都会尊重他。但是我跟允风……”

“陆雨桐！”夏雪彤忽然变了语调，用力将手机放在桌上，美丽的脸蛋微微扭曲，“我劝你回去好好想一想。如果你不答应跟我大哥结婚，我就公开这段录音，让所有人都知道宋子迁是怎样对待他的妻儿的！这个后果，你能承担吗？”

陆雨桐睁大眼睛，胸口如同被插了一刀。

是！若是那样，后果不堪设想。届时夏雪彤会得到同情，没人会去追查她是否有过背叛，众人会聚焦于子迁，将他当成抛妻弃子的负心汉，声名扫地。而夏国宾必定震怒，两大集团的合作会破裂。子迁为父报仇的计划会功亏一篑……

夏雪彤见她大受打击的模样，心中有数，不慌不忙地将耳机收进包中。

“陆雨桐，你不要太自私了！我言尽于此，如果把我逼急了，这孩子……”她撑着桌面站起身，一只手抚摸尚未隆起的小腹，“我不会要，我要让孩子的爸爸负罪一辈子！”

陆雨桐脚底窜上寒意。这一刻她承认，自己被击败了。在夏雪彤面前，真正输的人是她啊！

陆雨桐浑浑噩噩地过了一天，工作时出了好几个小纰漏。

夏允风对此一笑置之，将她拥在怀里轻拍着，安慰道："最近雨桐一定是太累了，中午好好睡一觉，晚上我们还要一起用餐呢。"

陆雨桐心里空荡荡的。

晚上，本来说好庆祝夏允风康复，结果被他带到了"栖情岛"。

"栖情岛"热闹非凡，一对对情侣笑容满面，亲昵地进餐。当他们进门时，所有人的目光都聚拢了过来。

夏允风温柔地牵着她的手，走上二楼。

"看到这个包房名字没？风雨栖情，夏允风的风，陆雨桐的雨，是专属于我们的房间。"他笑道。

陆雨桐望着他深情的眼眸，蓦地想哭。如果她也爱他，那该多好。

可就在这时，全场的灯忽然熄灭，四周漆黑一片。

陆雨桐惊讶地抬头，只见对面的屏幕上出现了一张照片。

待看清照片上的人时，她倒吸了一口气。

那照片上的人是自己！不记得何时被人拍到，但不得不佩服摄影师的技术，她站在某个街头转身的瞬间，回眸的姿态正好被捕捉到。

"看到没？美吧！"她听到夏允风在耳边说。

而后，一束雪白的灯光照到她身上。楼下的情侣一齐起了身，纷纷抬头望着他们。陆雨桐收回目光，惊疑地望着夏允风。

夏允风不知从哪儿变出了一大捧玫瑰，娇艳欲滴，他单膝跪在她身前。

"嫁给我，雨桐。"他望着她说。

陆雨桐愣在当场。

"答应他！答应他……"客人们不约而同地拍手。

陆雨桐低下头，心底酸涩疼痛。

"答应我，雨桐。让我照顾你一辈子，我保证让你幸福快乐！"

她很想答应，喉咙却似被人扼住一般，无法开口。

夏允风一只手高举着玫瑰，另一只手从兜里掏出红色锦盒，拿出里面闪亮的钻戒。

"嫁给他！嫁给他……"楼下的呼声愈烈。

陆雨桐闭了闭眼睛，耳边响起了不同的声音，却说着相似的话语——

“陆雨桐，我大哥很爱你，会一辈子照顾你！”

“姐，夏大哥很爱你，嫁给他会幸福的。”

“嫁入夏家之日，就是母女相认之时。那时候，我也会告诉你，你的父亲是谁。”

……

嫁吧，嫁吧，这样做对每个人都好……

她睁开眼睛，轻轻地点头。

夏允风立刻抱住她，忙不迭地将戒指套入她纤细的手指。

好几架无人机从半空中滑过来，将这一幕拍下。

陆雨桐的眼泪涌出，分不清为谁而哭。夏允风亲吻她，牵着她进入房间。朦胧中，她看到房间里坐着一个熟悉的人影，忙用力眨去泪珠。

看清那人，她颤声道：“妈……”

金叶子缓步走向她，脸上露出她从未见过的温柔笑容。

“雨桐，你做得很好。允风是个值得托付的男人。”金叶子抚摸她的头发。

陆雨桐胸口的那团快要让人窒息的疼痛登时爆发。她抱住金叶子，眼泪簌簌而落。

各大报纸杂志、网络新闻纷纷报道，凌夏集团大少爷夏允风求婚成功，而未婚妻正是前段时间爆出的女友助理陆雨桐。

宋子迁听到新闻时，正好在开车，电台主持人用激昂的语气进行报道：

“下面我们一起关注一则娱乐新闻。凌夏集团夏少爷曾是有名的花花公子，能让他变成深情专一好男人的幸运女子是谁呢？对，就是之前传闻中名叫陆雨桐的女子，据说是夏少爷的特别助理。昨晚夏少爷已向她求婚成功……”

马路上响起尖锐的刹车声，汽车差点儿撞在前方的栏杆上。宋子迁死死地抓住方向盘，咬紧牙根。

不可能！

陆雨桐不可能答应！媒体记者最喜欢捕风捉影，胡说八道，说不定是夏允风单方面放出来的消息。那家伙跟他父亲一样，为达目的不择手段，他一定是想用舆论制造压力，迫使雨桐不得不服从。宋子迁胡乱地想着。

南方的六月，上午阳光炽热，宋子迁却浑身冰冷。他要去找雨桐问个明白，传闻究竟是虚是实。

陆雨桐答应了夏允风的求婚，消息一出来，凌夏集团整栋大楼里议论纷纷。

夏允风亲自接她上班，两人并排走进一楼的大门。认识的、不认识的职员们，一个个迫不及待地过来道贺。陆雨桐心中五味杂陈，挂着面具式的微笑闪进电梯。

上楼后，夏允风直接被请到了董事长室。可想而知，夏国宾知道此事后多么生气。

陆雨桐端起杯子准备去冲泡咖啡，却接到了宋子迁的电话。

他的嗓音压抑而急促："告诉我，新闻不是真的！"

"……"陆雨桐张了张嘴，连承认的勇气也没有。

此刻，宋子迁将车停在凌夏集团附近的一栋写字楼下。透过深色的车窗，他抬头看向对面的商业楼。蓝色大楼的顶端，巨幅广告牌上播放的竟然是她的画面。

是眼花了吗？宋子迁眯起冷幽的眼睛，真的是她！是她接受夏允风求婚时的画面。鲜艳的红玫瑰，闪亮的戒指，夏允风脸上满足而骄傲的笑容。他慢慢地将戒指套进她的手指，镜头转到她的脸上，只见她含泪望着夏允风，竟似喜极而泣。

宋子迁浑身的血液几乎逆流："说话啊！告诉我，那不是真的！"

陆雨桐屏住呼吸，艰难地吐出几个字："对不起……"

他暴躁地低声咒骂。

陆雨桐沉痛地闭上眼。她昨晚辗转难眠，不敢想象他知道后的反应。她的心何尝不是千疮百孔，如硬生生被人撕裂了一般。可是，有其他更好的办法吗？不是不信他，而是如果不答应，会破坏他所拥有的一切啊！

夏雪彤倔强到近乎偏执，万一孩子没了，那会成为他们一生的罪孽。而在那个醉酒的夜晚，她糊里糊涂地跟允风……她背叛了他们的誓言，也配不上他了……

宋子迁盯着矗立在烈日下的凌夏集团，用强硬的口吻道："我要见你！"

"你觉得……还有必要吗？"陆雨桐费尽力气挤出声音。

"你觉得一则新闻、一个电话，就可以抹杀我们之间的关系？"宋子迁盯着巨幅广告牌上的求婚画面，口气阴冷，"你别做梦！陆雨桐，我告诉你，没有我的允许，你我之间就算是死，也不可能断绝关系！你若是不见，信不信我立刻冲进凌夏集团去找你？"

"不……你不会那样做。"除非他疯了。

可此时此刻，宋子迁已濒临疯狂。什么身份、名誉，他都顾不得了，只想追求一个他想要的答案。如果没有听到她亲口承认，没有见到她的人，那么，他刚才听到的、见到的，都是假的！

“陆雨桐，你应该很清楚，我从来都是说到做到！”

陆雨桐打了个寒战。

“我的车停在凌夏集团侧面的路口，你马上出来！”他不容分说地挂断电话。

他想，他需要冷静，可惜他做不到。

陆雨桐放下咖啡杯，飞快地抓起包跑向楼下。她是该给他一个解释，一个让彼此都死心的理由，因为他们两个都被老天捉弄了，从一出生，他们恐怕就注定不能在一起……

夏允风回来时，经理室空无一人。咖啡杯温热，桌上留着一张便笺纸，字迹凌乱：允风，我有急事出去一趟，尽快回来。

黑色的车子停在写字楼的侧面，并不引人注目，陆雨桐却一眼认出了它。

她跑过去，快到车前时，却害怕地放缓了脚步。宋子迁尖锐的视线透过挡风玻璃，直射到她身上，比头顶的烈日更加可怕。他就是这样，越是愤怒，就越是压抑，只用目光便让人畏惧。她拉开车门，晒得微烫的门把竟让她手指冰凉，寒意传到心窝。

车子很快行驶在马路上。

宋子迁一踩油门，直朝美林花园开去。那栋房子里有属于他们的回忆，是他们的家。

他想带她回家。

陆雨桐咬着唇没说话。最后一次，就当是赎罪，不管他带她去哪里，哪怕是死，她都甘愿。可是，她的手机忽然震动起来。

“允风，嗯……突然想到有急事要处理，先离开一下。回去再跟你说。”

宋子迁将方向盘一转，加快速度，熟练地将车子驶入美林花园停车场。

电梯一路向上，她转头看着他，眼里写满愧疚和哀伤。而当他转头看她时，她却面无表情，将悲沉的情绪隐藏。

进入屋子，陆雨桐痛苦地想，这里，以后真的不会再来了！

宋子迁不耐烦地放开她：“告诉我，你这样做的理由！”一路开车，他没说一个字，只为了让自己冷静。

“是真的。”

“该死的，你再说一遍！”

“我是说，新闻是真的，传闻是真的，我真的已经答应了夏允风的求婚！”她一口气说完，就看到他高大的身躯骤然一晃，她的心再度碎裂。

陆雨桐在心里默默地道：对不起，子迁，今时今日，我无路可退。说出来的话或许伤人，但我们的人生不是只有爱情。你还要为你父亲报仇，我也做不到眼睁睁地看你背负骂名而不理。

宋子迁眼眸阴沉，没有一丝光亮，从齿缝里挤出两字：“理由！”

陆雨桐深呼吸一口气，不敢看他的眼睛：“嫁给他的理由实在太多……”

“我要一个一个全部听完！”

“何必呢？听与不听都改变不了结果。”

“你少废话！”他暴躁得像头狮子。

“子迁，不要再问了，好吗？这件事，是我对不起你，辜负了你的感情。我……”一句话未完，宋子迁猛地扳过了她的肩膀，他执拗道：“不！今天不解释清楚，你休想离开这里！”

陆雨桐被抓得生疼，抬起苍白的脸，道：“好，我说，请你听好。”

宋子迁放松了力道，看得出来，他一直在试图让自己冷静下来。

“因为我累了，而夏允风能为我遮风挡雨，是个让人依靠的好归宿。”

“好归宿？”他眼角跳动，讥诮地笑了两声，“那我在你眼里是什么？”

“你是……”陆雨桐眼睫湿润，“你是我自以为最爱的男人，可是，事实证明你不是我想嫁的男人。”

“什么见鬼的道理！你爱我就该嫁给我！我们彼此相爱，我会娶你！虽然现在不行，但很快就可以了，很快！”

“不……没有那一天了。简单地说，你的爱让我觉得很累，而允风的爱让我觉得轻松。当他向我求婚的时候，我觉得很轻松幸福，那种感觉在你身上根本找不到！”她说着违心的话语，真正的理由却一个都说不出来。

宋子迁难以置信地瞪着她：“你竟然说我的爱让你很累？”他那么努力地理解她，包容她，结果她连幸福的感觉都找不到？

陆雨桐垂下头，低声道：“累……我筋疲力尽，好多次都快倒下。是你，逼着我爱你，逼着我跟随你的脚步，不允许我停下来。可是，子迁，我很累了。”

允风、夏雪彤、妈妈，乃至青桐，每个人轮流拿着鞭子抽她，仿佛只有她才能让所有人的关系变得和谐。说出“累”字的这一瞬，她发现自己真的累了。

“子迁，我已经不想多说什么，爱情本身就是个不可靠的东西，不是吗？谢谢你这么在乎我，我会一辈子记得你的爱。请原谅我……”

宋子迁不假思索地摇头：“你说过，我的心眼儿只有针尖那么大，我是个很小气的男人，而且夏允风是夏国宾的儿子，如果你真敢嫁给他，我一辈子都不会原谅你！”

陆雨桐推开他的手，面向门口，道：“你实在不愿意原谅，就算了吧。我已经决定了，允风很快会准备婚礼，到时候……”

她蓦然被他压在窗户旁，疯狂的吻是惩罚，没有温柔怜惜，咬得她唇瓣发疼。她双手捶打他的肩膀，左右躲闪，害怕极了。

绝望与恐惧让她失了分寸，之前武装起来的冷静消失殆尽。她失声大喊：“宋子迁，你还不明白吗？无论哪个原因，我们之间都不可能了！不可能了……”

一连几个“不可能”，让宋子迁眼睛都红了。

天知道，他昨晚还在父亲的遗照面前发誓，等夏家垮台之后，会带着心爱的女人正式祭拜父亲。他开始为两人的未来筹划，半夜梦见了她，两人过着甜蜜的生活。早上起来，他甚至在想今天可以抽空去珠宝公司订一枚戒指，随时准备求婚。

她早已是他的唯一，是生命的寄托和依赖，她却猝不及防地给他沉重一击！

“为什么不可能？是不是有人逼你？”

“没有！”

“金叶子吗？你那个疯疯癫癫、诡计多端的妈妈，是她逼你了吗？”

“没有，我早说过没有！”

“夏允风？”

“没有！”陆雨桐挣扎起来。

宋子迁一个大力，将她的肩膀按在窗户上。两人在挣扎与压制间，呼吸都变得粗重。他低声道：“陆雨桐，你可知道我曾经发过誓，这辈子就算死，也不会对你放手！”

“那……”陆雨桐轻颤，闭上眼睛，“你让我死吧！”如果死了能跟他在一起，何尝不是一种解脱？

宋子迁僵了片刻，将手指移到她的脖子上，道：“好，这是你自找的！我不会放过你！”

手指稍微用力，她便无法呼吸。但是她没有挣扎，双手垂落着，睁大眼睛一瞬不瞬地注视着他，仿佛要将他的面容牢牢地刻在心上。意识慢慢涣散，她嘴角荡开了一抹虚弱的笑。长久以来，她一直顽强地活着，有青桐要照顾，有妈妈要等待，有梦想要去实现。今天，她第一次感觉到死也是一种解脱。

那种怆然的绝望化作了释然，她深深地注视他。

子迁，如果这就是你我之间的结局，很好，我愿意接受……

忽然，手指松开，一股新鲜的空气进入肺中。陆雨桐剧烈地咳嗽起来，身边同时传出震耳欲聋的清脆声响。

宋子迁冷硬的拳头击破了旁边的窗户，玻璃碎裂，落了一地。他的手指有殷红的血丝渗出来。

陆雨桐看到了，心疼地转开视线。她不能心软，两人再纠缠下去，下辈子都无法解开。

“刚才……你就当我死过一回，放了我吧！至于你跟夏家的任何仇怨，我都不会插手。”陆雨桐拖着虚浮的脚步走向门口，“夏雪彤虽然是夏家人，但她毕竟是你孩子的妈妈……请你善待她。”

宋子迁愣了好一会儿，猛然惊醒似的，在她刚跨出门口时，如旋风般追了过去。

“说清楚，谁告诉你的？夏雪彤找过你吗？你以为那孩子是我的，才会答应嫁给夏允风？”

陆雨桐惊异地回头。

房门打开，陆雨桐的脚步迟疑着没有跨出，仿佛在等待什么。

“太可笑了！那是杜棠的孩子，我根本没碰过她！”宋子迁大声道。

怎么可能？她的嘴唇动了一下，只觉得这是她听过的最让人难以置信的事情。

“我以前自以为很喜欢她，但那不是真爱，所以才兴不起冲动……雨桐，如果是这个理由，让你决定嫁给夏允风，你就是天底下最愚蠢的白痴！”

陆雨桐身子震动，一手扶住门框。这么说，夏雪彤故意欺骗自己？可是……哪怕孩子的父亲是杜棠，只要夏雪彤坚持说是子迁的，也没有办法。毕竟，人人都跟她一样，认为他们是一对恩爱夫妻。只能等孩子将来出世之后才能证明。

她忽然打了个冷战，意识到一个更可怕的问题——夏雪彤其实从未打算生下那孩子。因为那孩子是污点，是背叛的证据。而且孩子若不能出世，不做亲子鉴定，便没人能够证明这不是子迁的，子迁注定一生背负罪名。

陆雨桐痛楚地闭上眼，一切都没变，变的只是更加明白这个男人有多好，多值得珍惜，可惜她配不上……

她走出门，跨入电梯。

宋子迁追上来。

“不要再跟着我了。你该做的是早日解决和夏家的恩怨，而不是为了一个不值得的女人失去斗志。”

“陆雨桐！”

“如果你只顾儿女情长，那么……我更加确定嫁给允风才是最正确的选择！”陆雨桐看到他脸上痛苦的神色，狠心地将他推出电梯，按下关闭。

宋子迁攥紧拳头，被玻璃刮伤的手背濡湿一片。夏家过去欠他父亲的，现在欠他的，他都会连本带利讨回来！

接下来的日子，每个人都变得忙碌。

宋子迁跟陆雨桐再也没有单独见过，他们好像变成了毫不相干的两个人，互不关心，互不问候，没有短信，更没有电话。即使因公事偶尔碰到，两人也面不改色，该微笑时微笑，该严肃时严肃。

他们都是善于克制情绪的人，多年锻炼出来的处变不惊，在此刻发挥到极致。纵然夏允风百般留意，也看不出丝毫端倪。

夏大少爷即将迎娶平凡灰姑娘的故事，被八卦记者编成各种版本。对于陆雨桐曾是世兴集团首席秘书的身份，不知怎的，竟有好事者展开了丰富联想，将她与宋子迁也编了段子。

当有人半开玩笑地说给夏允风听时，夏允风表面无所谓地一笑置之，道：“什么叫流言蜚语？传言就是这样来的，可偏偏有些没脑子的人愿意相信。宋子迁是我妹夫，雨桐要是跟他有暧昧，我跟雪彤能接受吗？”

话虽如此，那晚他跟陆雨桐一起去婚纱店时，还是故作不经意地问：“雨桐，跟我结婚你会后悔吗？”

陆雨桐脸上挂着淡笑，最近她总是这副表情。

“允风，你不是不自信的人。在我眼里，你骄傲得有些自负。”她避重就轻道。

“呵呵。”夏允风摸摸鼻子，言谈举止间优越感自然流露。他拥住她，低声道：“我对其他人或事都充满自信，唯独你让我放心不下。”

“有什么不放心的？现在我在跟你一起选婚纱，你说如果我要反悔，来得及吗？”

“当然来不及！就算我这是条贼船，你后悔了，我也不允许你逃！”

陆雨桐又是一叹。他的心思，她多少懂一点儿，可是她的心又有谁懂？她对两个男人都有亏欠，且都是还不清的孽债……

这次挑婚纱，夏雪彤格外热心，帮忙联系法国的设计师朋友，定制了好几款婚纱空运过来，供陆雨桐挑选。

两个女人在店里见面，夏雪彤如脱胎换骨了一般，见到陆雨桐时笑容满面，主动拉着她进入试衣间。

“我很高兴你做出了正确的选择，这样对谁都好。”夏雪彤边笑边抚摸着腹部，“我的宝宝有疼爱他的爸爸和妈妈，会很幸福的。”

陆雨桐想起那日跟子迁最后的对话，他愤怒而肯定地说，这个孩子是杜棠的，他从来没有碰过夏雪彤。她定定地注视着夏雪彤：“是，将来宝宝出生，我相信他的爸爸一定很疼爱他。”

夏雪彤没听出异样，得意地笑：“你自己慢慢试，我让店员进来帮忙。”

陆雨桐放下婚纱，走过去，看着她道：“你很快要做妈妈了，希望你好好调养，让宝宝安全健康地诞生。”

“你什么意思？”夏雪彤敏感地竖起了尖刺。

“没什么意思，就是希望你善待生命，善待自己。我相信你以后会是个很好的妈妈。”

夏雪彤冷笑一声：“还用你说！”说完，离开了试衣间。陆雨桐愣怔地望着她。

夏允风在外面等待，坐在沙发上翻看男士礼服的样册，见夏雪彤出来，立刻合上样册，起身道：“怎么样？我的小公主现在开心了吧？”

夏雪彤笑道：“大哥订婚，做妹妹的自然为你开心了。”

“我是说你。你跟子迁提了吗？”他扶着她在沙发上坐下，“大哥不介意跟你一起举办婚礼。”

夏雪彤又笑了笑，道：“大哥放心，我在等合适的时机。好了，我有点儿不舒服，先回家了。”

夏允风将她送出门外，叮嘱司机要小心开车。

婚礼预计要筹备半个月，说仓促也不算仓促，主要是两位当事人满意便好。

白天，陆雨桐像提线木偶一样，她会笑也会说话，只是没有心。晚上，她呆呆地坐在沙发上，睁着眼睛到天明。

第二十一章
金叶子的阴谋

宋子迁将所有的精力都投到了新项目里，他表现得异常冷静，冷静到让每天跟在他身边的孙秘书心惊。孙秘书得知夏家大少爷的婚礼越来越近，连连叹气，他最近叹气的次数比之前宋子迁订婚时还多。

中午，总裁室。

“子迁，你当真那么爱雨桐吗？”孙秘书终于将憋在心中的话说了出来。

宋子迁埋首于文件，头也未抬地说：“现在是工作时间。”

“没错，我就是想谈谈这个比工作更重要的问题。”

宋子迁只好抬头，面上仍是一派冷静：“孙秘书，这是我的私事。”

“现在我不是孙秘书，我是看着你长大的长辈。如果失去雨桐让你这么痛苦，为什么当初要放她走？”

“我哪里痛苦了？”他自认为表现得非常完美，最近工作效率高得出奇。

孙秘书上前，指着他桌上堆积如山的文件，道：“这些就是证据。你每天加班到深夜，连三年前的老企划案都翻了出来。”

宋子迁不慌不忙地拿起一份文件，道：“你也说了，三年。堆积了三年的案子早该完成了。”

“那娱乐酒店的项目呢？有些工程我们原计划下个月才开始实施，你却提前到了现在。你这是在自虐，借用这种愚蠢的方式来消除失去雨桐的痛苦。”

宋子迁的眼角微微抽动起来：“娱乐酒店的问题，既然可以早点儿开工，何必拖到下个月？你知道，对一个商人而言，时间就是金钱，向银行贷款的利息可是按天来计算的。”

孙秘书恼道：“我说不过你，但我知道你想尽快让夏家倒台，你不会让夏允风跟雨桐的婚礼如期进行！”

“年纪大了就是啰唆，您老人家可以出去了吗？我要打个重要电话。”他开始赶人，准备给姚立行打个电话。

孙秘书无奈极了：“你已经病入膏肓了！也罢，我拼了这把老骨头陪你吧！”

宋子迁开始悄悄约见银行的高层，只有孙秘书知道，他所约见之人都来自参与酒店项目贷款的银行。他每天的工作安排得很满，同时要注意掩人耳目，尤其不能让夏家人发现。

夏雪彤不时地来家里找他，他懒得理会，看得玉珠和华叔很是怀疑。

玉珠好心劝道：“少爷，夏小姐毕竟有孕在身，你应该把工作放下一些，抽时间多陪陪她。”

“有些事，再过不久你们会明白的。总之，她再过来，你们像以前一样好好招待就是。”

这晚，宋子迁被拉到了“悦色”。周棣亲手为他调了一杯酒，推过去。

“兄弟，不过就是个女人而已，你放眼看看，我这店里环肥燕瘦，应有尽有，别执着地吊死在一棵树上。”

宋子迁接过酒杯一口饮尽，然后抹抹嘴角道：“别跟我提女人！我最近的目标只有一个，就是夏国宾！”

周棣拍拍他的肩，道：“很好，这才是你真正该做的事。有什么需要尽管开口。”

宋子迁抬起头，冷冷地看着他，道：“金叶子！密切留意她的动向。雨桐结婚，我不信她没有半点儿反应！”他很早之前几乎已经确定，雨桐之所以跟夏允风交往，是因为金叶子在背后推动。

亲口说出“雨桐结婚”几个字时，他心如刀割。

周棣关切地看着他，忽然听到酒吧某个角落里起了骚动。

“是姚家小公主。”周棣暗叫糟糕，迅速起身，“我非把经理立刻撤了不可！酒吧明令禁止未成年人进入，他倒好，把这丫头给放进来了。”

若兰不只是喝醉了，半趴在桌上，嘴上竟然还叼着一支女式香烟。几个打扮时尚的男女围着她，不停地喊着：“喝啊！想醉就再来一杯！”

宋子迁上前，不客气地扯掉她的烟，狠狠摁灭。她跟青桐闹分手的事情他听说了，但一个小女孩再怎么发泄，都不该来这种鱼龙混杂的地方。

“起来！”他喝道。

“姐姐？”若兰被他拎了起来，不满地摇头，“你是夏大哥？不不不……你是宋大哥。不对，我打电话找的……明明是姐姐。”

陆雨桐接到若兰口齿不清的电话，担心不已。“醉酒”二字，是她心中无法弥补的痛。凡是跟宋子迁相关的人和事，她都小心翼翼地避开，此刻若兰在周棣开的“悦色”，她却没办法不来。

陆雨桐快步进入，尚未找到若兰，就看到那抹熟悉的背影。

怎么会这么巧？陆雨桐心中有些不安。

若兰正被宋子迁拎着。他脸上有抹怒色，只有真正关心若兰的人，才会有这样的表情。若兰身边那群年轻人，显然被他一身的冷酷所慑，噤若寒蝉，慌忙推开，哪敢阻止他的“暴行”。

宋子迁冷声命令：“跟我回去见你大哥！”

若兰呵呵笑了起来：“我大哥？你是说……姚立行先生吗？他啊，从来没时间陪我，我只想见姐姐……”

她一口一句“姐姐”，提醒着宋子迁心底苦苦压抑的名字。脸色难看到极点，他道：“不听话的小孩，擅自来不该来的地方，还跟一群狐朋狗友学抽烟！走！”

门口，陆雨桐悄然退了出来。

夏日的夜晚有些闷热，她站在街道对面的公交站台旁，目不转睛地望着酒吧大门。她想亲眼看到若兰被带出来，亲眼看到子迁送她回家。若老实一点儿承认，她其实是想多看他一眼……

没过多久，宋子迁果然架着小丫头出来了。

若兰走得歪歪扭扭，嘟囔着：“我不要跟你走啦……不要回家……”

宋子迁扶住她不时下滑的身子，警告她闭嘴。

突然，若兰睁大眼睛指向对面：“姐姐……姐姐，你来啦！”

陆雨桐正要藏在广告牌后，被她如此高声一喊，根本来不及躲避。

宋子迁也看到了她。

原来她真的来了，她却故意避开自己！这个念头让他的心情更加不好。

隔着一条街道，陆雨桐清晰地感受到一道锐利的视线。若兰还在招手，她只好硬着头皮走过去。宋子迁从头到尾没转移过视线，就那样面无表情地冷冷地盯着她。

陆雨桐努力将目光放在若兰身上。

“若兰，你跟谁喝这么多酒？”

“姐姐……”若兰抓住雨桐，哇的一声哭起来，“为什么……为什么他没来？”

陆雨桐反应过来，她盼望着的是青桐。这对小冤家不知为了什么，非要分手。她劝过，但青桐似铁了心。他说他跟若兰是两个世界的人，价值观、爱情观，以及理想都不一样，如何还在一起？弟弟冷静地说出这些时，她无从反驳。

若兰抱着她，哭得惊天动地。

“青桐为什么没来……他真打算分手，然后跟我老死不相往来吗？”

“若兰，你先冷静点儿。”

“怎么可以这样？我们之前……明明很相爱，相爱的人怎么可以说分就分呢……”若兰委屈地抹着眼泪。

宋子迁冷声道：“有些人就是如此莫名其妙、冷血无情，前一分钟明明相爱，后一分钟却亲手将刀子插进你的心窝。”

“宋大哥……”若兰顿时找到了知音，转头望向他，“你说得很对……可是，他是怎样做到的？为什么我用尽了办法都放不下……”

“是啊！我也很想知道，她是怎样做到的！”宋子迁一字一句如冰珠般砸下来。

陆雨桐被他盯得全身发麻，艰涩地说：“若兰，走吧，我先送你回去。”

宋子迁的矛头终于对上她：“你是不是应该代为回答若兰的问题呢？”

陆雨桐抬头，路灯光下，对上他深不可测的眼睛。

若兰哪知他们之间的暗潮汹涌，催促道：“姐姐，青桐最听你的话，你最懂他，你告诉我，他是怎样做到的？”

“他……”陆雨桐闭了闭眼睛，缓慢地说出心声，“他其实很珍惜你，很舍不得你，只是……你的爱这样浓烈而纯粹，他自惭形秽。为了不让你们将来生出怨恨，最终连美丽的回忆都毁灭，他才如此待你。”

宋子迁静静地听完，嘲弄地问：“是这样的吗？”

陆雨桐点头：“是……就是这样。”

若兰却很迷茫：“青桐珍惜我……为什么要离开我？相爱的人不是应该在一起吗？”

宋子迁的目光锁住陆雨桐，不允许她逃避：“怪只怪你用情太深，怎么会懂那种薄情人的心思？对他们而言，嘴里说着爱你、珍惜你，转眼又可以为了其他人背弃你！爱上这样的人，注定会痛！”

“宋大哥……你说的，我怎么听不懂？”

“你不用懂，你只要记住，如果不能忘记这份感情，就学着勇敢承受这份痛苦。”

陆雨桐的嘴唇颤了颤，没再开口。

宋子迁扶起若兰，又道：“但是，你还要记住，即使再痛，一个女孩子也不能如此放纵，你要好好地对自己，活得精彩，活得更有价值！”

“我好像懂了……可是我的头好晕……”酒精发挥了效力，若兰软软地靠着他。

酒吧外面，宋子迁与陆雨桐默然对立，他们注视着彼此，世界如同静止了一般。

车子的声音从街边传来，周棣打开车窗，看到陆雨桐时吃了一惊。他简单地朝她点点头，就冲宋子迁道：“带小公主上车吧。”

宋子迁将若兰抱上车，朝身后丢下一句：“我会送她回姚家。”

车子绝尘而去，陆雨桐低下头，默默地拉紧衣领。

明明没有风，为何这样冷？

转眼半个月过去。

新娱乐酒店在宋子迁不遗余力的炒作下，越发火热。大楼才刚开始基建，各路相关的子项目已如火如荼地展开。生意红火，夏国宾自然满意。此外，夏雪彤怀孕，他快要升格做外公了，每每想到这里，他的心情喜忧参半。

“女儿啊，子迁还没有正式跟你求婚吗？我可不希望到时候受人非议，说我们夏家的千金未婚生子。”

“爸爸放心，子迁说过要给我惊喜，我猜他已经在悄悄筹划了。”夏雪彤挽着父亲的手臂，眼底闪过只有自己才懂的暗光。

“那就好。说实话，爸爸一直担心只是你对他一头热，日后会吃亏。但现在你们孩子也有了，他每天忙完工作都来陪你，我总算可以放心了。”说到这里，夏国宾叹了口气，狠狠拧眉，“如今最让我操心的就是那个不孝子！”

儿子大婚已近，日期就定在六月底。他这个父亲只要出门，就会遇到记者追踪采访，除了公司项目，记者们反复问的还有他对未来儿媳的看法。而关于陆雨桐的点滴，被一帮记者掘地三尺，蛛丝马迹也不放过。

她的成长环境、父母亲人等相关话题迅速席卷全城。

很快，有条独家八卦新闻出现。

有人发现一名打扮奇怪的中年女子陪同陆雨桐试婚纱，经知情者证实，那位女子正是陆雨桐的母亲。而据进一步考证，她母亲竟然是二十几年前凌江市赫赫有名的交际花金叶子。

一时间，杂志、网站纷纷挖出金叶子昔日旧照，将之与陆雨桐对比，两人的五官几乎一模一样。

金叶子不是早就被警方宣告死亡了吗？如果没死，如今的金叶子为何如此怪异？

紧接着，又一条让人震惊的消息出炉——金叶子由于车祸，遭遇毁容，美貌不再。她隐姓埋名，七年来不知所踪，才被误会身亡。无论过去还是今日，金叶子都如同一个谜团。她越是遮掩，记者们就越是好奇。

金叶子曾经美貌如花，还曾是夏国宾的特助，听说她当年还跟宋世兴、姚老大等人关系匪浅。想不到她现在要跟夏董成为亲家，委实缘分不浅……

铺天盖地的信息，严重影响到了陆雨桐的生活。身为准新娘，她忙着准备婚礼，暂不上班。金叶子住在教堂里，尚未被人发现。可是很快，记者就找到了她的住处，围堵采访。

夏家。

夏国宾气得几次血压升高，一见夏允风进门，便激动地指着他破口大骂。

“你这个逆子……你想把我给气死吗？”

“儿子结婚，应该是件高兴的事，您老人家还是想开点儿，我将来早点儿跟雨桐生个孩子，让您及时抱孙子吧！”

“不稀罕！我还是那句话，你要是真娶了她，我们就……”

“又要说断绝父子关系吗？”夏允风笑容满面地扶着父亲，“血缘关系是说断就能断的吗？我们真断了关系，您要是生病或者高血压发作什么的，谁来照顾您？”

夏国宾被气得说不出话来。

“爸，您不妨老实告诉我，您跟金叶子究竟有什么恩怨？为什么您坚决反对我娶雨桐？”

夏国宾攥着拳头，眼中冷光闪烁。

因为金叶子，他恨宋世兴，也厌恶陆雨桐。他当年对她那样痴迷，不惜为她抛妻弃子，愿意放弃一切，可金叶子假意接近他、利用他，最后却投入了宋世兴的怀抱。

而陆雨桐，他怀疑她就是金叶子和宋世兴的孽种。

所以，他怎能允许自己最爱的儿子跟那个孽种结婚呢？

“爸，其实您不说，我也能猜到一二。”夏允风走到书桌后，从父亲书桌的抽屉里拿出笔记本，取出两张照片。

夏国宾震惊，慌忙夺过照片，怒道：“你……你怎么知道？”

夏允风笑得无奈：“爸爸心中究竟藏着多少秘密？宋家和我们夏家是世交，金叶子让您迷恋，我很好奇后来发生了什么，才会变成今天这种局面。”

夏国宾捂着胸口，难受地喘气。他揉皱照片，然后毫不留情地撕得粉碎。

“爸……”

“好，你要结婚，我不会再阻止！但是别怪我没提醒你，姓陆的女人都不简单！她们可以让你痴迷发狂，最终也会让你恨不得……亲手杀了她们！”

夏允风不以为意地笑道：“谢谢父亲大人。婚礼没有您主婚，我还想着该怎么办呢，呵呵！”

夏国宾眯起深沉的眼睛，道：“总之，我刚才的警告，你最好牢牢记着！”

“放心，只要娶到那个女人，我就有把握牢牢绑住她！”

离开书房后，夏允风难掩兴奋，立刻给陆雨桐打电话。

“雨桐，我爸已经答应为我们主婚了。”

陆雨桐想笑，却笑不出来。

她把这消息告诉了母亲。金叶子听到后，在电话里笑出声来：“很好！下周就要举行婚礼，我终于可以报仇了！哈哈，女儿你放心，我答应过你的事，一定会做到！”

青桐知道后，也高兴地抱着她：“姐，恭喜你！夏大哥对你是真好，现在什么问题都解决了，你结婚后一定会很幸福很幸福的！”

陆雨桐看着青桐俊朗的脸庞，默默点头。所嫁之人不是相爱之人，真的会幸福吗？夏家的明日会如何？这条路越走越远，从此，路上再也没有一个叫“宋子迁”的人……

而她的弟弟，也让一个深爱着他的女孩伤了心。若兰那夜醉酒放纵的事，她始终没有告诉他。若兰被姚立行禁足了。姚立行亲自找了她，警告她以后再也不许青桐去找小七。这些话，若让青桐知道，除了徒增烦恼，还能如何？她想等事情过去了，再找合适的时机说吧。

宋家。

宋子迁最近很少出门，跟前段日子截然相反。

他大部分时间都待在书房，静静地翻阅着父亲写给自己的信，反复思考，有时候一整天都待在书房。

玉珠有些担心地道："少爷，您打算什么时候娶夏小姐进门？她有了身子，可等不得，我原本还以为您打算跟夏少爷一道办婚礼呢！"

他笑了笑，双眼布满疲惫的血丝，目光却很灼亮。

"快了，还有一个星期，所有的事情都会结束。玉珠婶，再帮我盛碗汤来，我得养足精神备战。"

"备战？"

"呵呵，一个星期后，你们就知道了。"宋子迁面带微笑，将父亲的信件一一整理好，寻思着等会儿去一趟夏家。既然夏雪彤喜欢演戏，他陪她多演几场又如何？

终于，婚礼如期而至。

教堂不远处的花园里有片宽阔的草坪，草坪上搭着气球环绕的主婚台，还有几十桌精心安排的宴席。

夏允风遵从陆雨桐的意见，让婚礼尽量低调。但是，该请的宾客一个都没少，媒体记者们也纷纷凭邀请函入场。

陆雨桐坐在休息室里，安静地闭上眼睛，任由化妆师在脸上涂抹。没想到，真的走到了这一步。所有的往事，与宋子迁相处的点点滴滴，终将彻底湮灭。

化妆师刚化到眼部时，陆雨桐忽然眼眶泛红，泪花闪动起来。化妆师只好停下。

"不好意思。"陆雨桐吸吸鼻子。

"没事，很多新娘都会这样，出嫁这天哭一哭才吉利呢！"化妆师表示理解道。

"是吗？"陆雨桐低下头，拿纸巾小心地印干眼角，"抱歉，我想一个人静一会儿。"

化妆师看看手表，笑道："时间还来得及。夏太太先休息，我半个小时后过来。"

偌大的休息室里，只剩陆雨桐一个人。想起这半个多月度日如年，她眼中布满哀戚。忽然，一股胃酸涌上，她飞快地深呼吸，试图将不适压下去，可是，越克制越难受，最后竟不得不站起身，捂着嘴干呕起来。

镜子中映出一张苍白的面孔，陆雨桐注视着自己，一个画面闪过脑海，浑身惊颤。

难道……

陆雨桐顿觉力气从四肢被抽走，跌坐在椅子上。

难道宿醉的那夜，自己跟允风有了……

算算日子已过去了差不多一个月，怪不得最近会嗜睡。难道上天注定要让她嫁给允风，断绝她所有的念想吗？

“姐姐，你在这里啊！”若兰推开门走进来，冲她笑。

陆雨桐愣怔地看过去，不知不觉若兰也变了这么多。眼前的女孩，长发披肩，穿着一条简单的公主裙，与昔日那个傲慢野性的丫头截然不同。

“若兰，你这样真好看。”

若兰不自在地抚弄蕾丝裙摆，道：“我可真穿不习惯。今天要不是姐姐的婚礼，我才不这样穿。”

这段时间被大哥禁足，她仍忍不住打电话给青桐，希望能够和好。她承认自己就是这么没骨气，明明发誓再也不会主动找他，可心里怎么都放不下。可自上次吵架提出分手之后，他软硬不吃，连见面都不愿意。

这些天，她哭也哭够了，想也想明白了。青桐如此绝情，两个人很难再有希望。若让哥哥们知道她如此低声下气地哀求青桐，一定会气得把他绑起来扔进海里……

陆雨桐拉起她的手，问道：“看到青桐了吗？”

若兰低下头，刚才在外面遇见他，一身正式西装衬得他英俊挺拔，也许是错觉，一个月没见，感觉他成熟了不少。

他们对上了视线，却没有打招呼。

“姐姐……其实我想不明白，为什么曾经在一起很快乐，也互相喜欢的两个人，某一天会忽然变得像陌生人一样，好似过去经历过的种种都不值一提。”

“若兰，别多想了。你跟青桐都还小，如果有缘分，将来……还有很多机会。”陆雨桐还想再说，一阵眩晕袭来，她强撑着没让若兰看出端倪，“去帮我请化妆师过来吧，一会儿婚礼要开始了……”

走廊里很安静，宾客们都集中在楼下。

化妆师没来，陆雨桐走出休息室，透过走廊的窗户，远远地看到夏允风站在草坪上跟夏国宾一起接待客人。

夏国宾脸上挂着笑，哪怕是刻意装出来的假笑，也让她大感意外。她以为，夏国宾一辈子都不可能接受自己。父子俩看起来很开心，正一起接受记者的采访。

陆雨桐收回视线，准备去洗手间。路过另一间休息室时，忽然听到重物落地的声音，她惊疑地走过去。

里面站着的两个人，让她屏住了呼吸。

宋子迁背对着门，看不到她的神色。而桌旁的女人正是妈妈金叶子，她一脸吃惊的模样，脚边是一盆打碎了的蝴蝶兰。

宋子迁冰冷的嗓音透出门缝。

“你敢否认吗？当日在我的订婚宴上，现场突然断电，电子屏幕上出现我跟雨桐的照片，难道不是你搞的鬼？不是你在暗中策划的吗？”

金叶子脸色苍白地摇头：“不……你不可能知道。我计划周全，监控全部被我切入控制，你不可能查得出来！”

陆雨桐睁大眼睛，不敢相信自己听到了什么。难道……当日所有的嘲讽、鄙夷，以及痛苦，都是妈妈赐予的？这怎么可能是真的？妈妈为什么要这样做？她既震惊，又迷茫。

宋子迁说出相同的疑惑：“再周详的计划也难免有漏洞。只是我想不明白，雨桐明明是你的亲生女儿，你为什么要害她？你知不知道她当时受了多少委屈？这样做，你有什么好处？”

金叶子盯了他半晌，接着笑了起来：“你是不会明白，那件事未必要对我有好处，只要对你、对宋家有坏处就值得！”

宋子迁逼上前一步，情绪有些激动地道：“针对宋家？七年前，难道不是你跟夏国宾串通策划了那场车祸，害死我父亲的吗？为什么你反过来，不惜牺牲自己的女儿来报复宋家？还有，你千方百计让雨桐嫁给夏允风，到底有什么阴谋？你说啊！”

陆雨桐咬着唇，抬起头泪眼婆娑地朝母亲看去，非常渴望听到答案。

金叶子的笑容冷得可怕：“想知道真相？放心，只要今天的婚礼顺利进行，我就会把大家感兴趣的问题，一次性全部解答！”

宋子迁的拳头发出了咔嚓的声响。

陆雨桐控制不住又泛起了胃酸，只好马上奔向洗手间。

走廊上，宋子迁站在窗户旁，阳光映着他冷漠的侧颜。他伫立不动，听见洗手间那边传来脚步声才回头，喊道："等一下！"

陆雨桐拎着裙摆经过他身边时，手腕被他轻轻握住。

她闭了闭眼睛，然后转头微笑："请问宋先生有什么事？"

宋子迁盯着她的眼睛说："我只问你一句话。"走廊上空空荡荡，他低沉的嗓音仿佛带着回声，一声声传入她的耳内。

"你当真不后悔吗？"

陆雨桐的眼底闪过泪光，她扬扬嘴角，没有回答。

她没有后悔的余地。

宋子迁拉近她："雨桐，你现在后悔，还来得及。"只要她点头，他仍会不顾一切带她离开，不在乎世人的指责。

陆雨桐眨眨眼，泪光被强逼了回去，而后坚定地摇头："我……不后悔。"

宋子迁的脸庞瞬间被冷色笼罩，他轻轻放开她的手腕。

"好，希望你永远不会后悔！祝你幸福！"他的话语清晰、冷静，字字像寒风一样从她耳边刮过。

陆雨桐扶住窗台，缓缓抬头，看着那个毅然离开的背影，泪水滚落。

傍晚，天公作美，阴云化去了夏日的炎热。

草坪的礼台旁，高朋满座。

婚礼进行曲奏响，陆雨桐挽着金叶子走向礼台。别人都是父亲送女儿出嫁，她没有父亲，金叶子偏要打破规矩，亲自陪女儿走向人生的另一头。

陆雨桐低着头，她不在乎世俗的形式，这天能有妈妈陪在身边，已是梦想。只是，她没法不去想刚才听到的对话，子迁订婚那日，妈妈为什么要那样做？难道她的仇人是宋家？那她嫁给允风，岂不是在帮妈妈对付子迁？

脚步变得沉重而迟疑，每个人都在留意她，她也敏感地留意着每个人。

正前方，夏允风站在礼台中央，意气风发，目不转睛地看着美丽的新娘。

沿着铺满鲜花的红地毯一步步走过，众人的视线全落在她身上，而她的余光，看到了很多张熟悉的面孔。

孙秘书朝她点头，青桐在开心地笑，而若兰和姚立行坐在一起，不停地对她招手，大家都表现出最热情的祝福。

夏雪彤坐在最前桌，是那样引人注目。

陆雨桐抬头看向她，她笑得那样美丽，轻轻鼓掌，一脸真心祝福的样子。

可是，就在昨天，夏雪彤给她送婚纱时，还特意威胁她："大哥为了你，差点儿跟爸爸断绝父子关系。现在我爸好不容易接受了你，你绝不能反悔！你要是敢对不起我大哥，我也不会对你的家人客气！"

陆雨桐收回视线，人群里没有宋子迁，他去哪里了？她的心空荡又沉重，不知该不该松口气……

而此刻的宋子迁，站在教堂的长廊下，正在打电话。他锐利的眼睛一刻都不曾离开礼台，目光牢牢地锁定新娘。

"好，时间差不多了，该你们现身了。非常感谢。"他交代完最后一句，嘴角扬起，从容不迫地回到礼台边，不着痕迹地与姚立行对了个眼色。姚立行环着手臂，难掩霸气，对他微笑颔首。

"迁，刚才去哪儿了？差点儿就错过了最精彩的画面。"夏雪彤亲昵地拉他入座，旁若无人地将头靠在他的肩上。

陆雨桐已站在礼台中央，金叶子将她的手交给了夏允风。

夏允风脸上的笑，任何人见了都毫不怀疑他对新娘的爱。

台上，牧师开始为新人念结婚词。陆雨桐的头垂得更低了，好在有头纱遮住半张脸，让人瞧不真切。

夏雪彤眉眼含笑，小声地对宋子迁说："迁，你应该高兴才对。你能给陆雨桐的，我大哥都能给；而我大哥能给的，你却给不起。知道为什么吗？"

宋子迁盯着礼台上的人，胸膛起伏。他不想知道为什么，也不稀罕跟夏允风对比，因为他有绝对的自信和骄傲，只要雨桐跟自己在一起，任何男人能给的，他都能给。可这个愚蠢而固执的女人，竟然死活不选他！

说不恼怒是骗人的。

他手臂上的肌肉悄然紧绷，眼眸危险地眯起。

牧师问："夏允风先生，你愿意娶陆雨桐小姐为妻吗？"

夏允风执起陆雨桐的手，深情地回答："是，我愿意。"

"陆雨桐小姐，你愿意嫁给夏允风先生为妻吗？"

"嗯……"陆雨桐含糊应答。

夏允风笑着提醒："不是'嗯'，你应该说'我愿意'。"

陆雨桐抬起头，透过薄薄的头纱，看到一张神情温柔的脸。这个男人，会成为她的丈夫，然后与她一起白头偕老吗？她问自己。

牧师等不到回答，只好再问一遍："陆雨桐小姐，请问你愿意嫁给夏允风先生吗？"

陆雨桐忍住眩晕，僵硬地点头："我愿……"

"对不起，夏国宾先生，有一桩商业犯罪案需要你协助调查。"

第三个字还没出口，另一句铿锵有力的话打断了她。三名西装革履的男子突然出现，戴着警局商业调查科的工作牌，面孔冷静严肃，瞬间吸引了所有媒体的关注。

"犯罪"二字犹如重磅炸弹，现场顿时炸开了锅。闪光灯啪啪作响，记者忙不迭地开问。

"请问，几位突然找夏国宾先生，发生了什么事情？什么商业调查？"

"请问本次调查跟凌夏集团新项目有关吗？"

"今天是夏少爷的婚礼，你们是故意挑选这个时机来的吗？"

"……"

各种提问不绝于耳，夏国宾保持着威严道："三位朋友就算有事需要在下配合，也先让犬子的婚礼完成！"

一名检察官公式化地否决："抱歉，夏先生，事关重大，请即刻跟我们走一趟！"

夏国宾的商业帝国掌控着凌江市房地产的半壁江山，连市长都要给他三分薄面，此刻却被不知从哪儿冒出来的家伙逼迫，他不禁怒从心来。

宋子迁不客气地拉开夏雪彤，已无兴致陪她在大庭广众之下扮恩爱。相较之下，她父亲的大戏才叫精彩。姚立行依然含笑环臂，一副等着看好戏的姿态。

若兰毕竟年轻，吓得站起来惊呼："天哪！为什么姐姐每次在婚礼上都会遇到麻烦？上次是宋大哥的，这次是她跟夏大哥……"

夏允风只得暂时停下婚礼，走向警察，道："什么商业调查？我父亲的声望，你们应该很清楚。今日是在下大婚的日子，暂请高抬贵手，让他老人家参加完婚礼再说。"

检察官道："是的，我们也很钦佩夏先生的声名威望，可惜很抱歉，此案事关重大，我们奉上级之命不能延误，请夏先生配合。请！”

夏国宾冷冷地拍拍衣角，起身对儿子叮嘱道：“婚礼继续！他们让我协助调查而已。”说罢，对台下各媒体记者大声道，“我知道你们很好奇，但是请大家放心，我夏国宾行得正，坐得端，从没干过什么商业诈骗之事，我问心无愧！”

金叶子立在台侧，眼中似有嘲弄的火焰。她朝夏国宾笑道：“夏董不但行得正，坐得端，还是个大善人呢，哪里有需要，就出现在哪里。”

检察官一左一右拉住夏国宾，摆明了不会多给一分钟。

夏允风见状，强忍怒火道：“爸，我们等着你，早点儿回家喝儿媳妇茶吧！”

陆雨桐望着眼前的一幕，混沌的思路逐渐清晰——在媒体记者都在的时间和地点，突然杀出“商业调查”事件，夏国宾一定会措手不及。这想必就是子迁的计划吧。

她朝宋子迁看去，见他目光灼亮，显然是胜券在握。

夏雪彤急得变了脸色，抱着他的胳膊，求道：“迁，你一定要帮我父亲！”

宋子迁隐藏笑意，道：“为人不做亏心事，半夜不怕鬼敲门。你父亲善良正义，从来只有他帮人，没有人可以帮他。”

夏雪彤听出他话里的嘲讽，脸色更白：“迁……你从来不是刻薄小气的人，我知道最近我做错了很多事，但是我爸没错，他一直把你当亲生儿子一样……”

“别说了！如果他没有做错事，就不需要承担后果，也不需要别人帮忙！”宋子迁不着痕迹地将她的手推开。

这时，金叶子一句高亢的话语再次夺走众人的注意。

她噙着笑走近夏国宾，注视着三位正义凛然的检察官，道：“我也想协助调查。”

夏国宾原本镇定的面孔骤然发生了变化，深沉的老眼中有抹慌乱一闪而逝，道：“亲家该留下主持婚礼！”

金叶子了然地笑笑：“婚礼自然要继续，但是，发生了这么大的事，只怕年轻人也无法安心，不如我来说个人情。”

她转向为首的一名检察官，道：“我叫陆叶衿，大家可能有所不知，七年前，我曾是这位凌夏集团董事长的特助，对夏董可谓非常了解。我刚才说了，想协助你们调查，但在此之前，恳请你们让夏董亲自为儿子主持完婚礼，如何？”

夏国宾喘了口气，悄然捂住发痛的胸口。今天这一出，分明是有人事先设计好，故意针对他。难道是金叶子？他戒备地盯着她，扭头对检察官道："不用，我现在就走。"

金叶子快步上前阻止："夏董，您是新郎的家长，婚礼这么重要的仪式，怎么能缺了您呢？今天在座的贵宾们，大多都是冲您的面子而来，请上台对我们的儿女、对所有的亲朋好友说几句话吧。"她刻意加重"我们的儿女"，话中有话，意味深刻。

"检察官虽然公事公办，但不至于这么不通情达理吧？"

"是啊！让夏董为新人致辞后再走吧！"

众人纷纷说情，检察官们不动声色地看了宋子迁一眼，慢慢松开了手。

夏允风注视着父亲，心中百感交集。在商场上，父亲的手段太过狠厉，他预感父亲再不收手，这一天迟早会到来。只是，千不该万不该发生在自己的婚礼上。他对这场婚礼期待太久，此刻，手上犹握着戒指，若无意外，戒指早该戴在雨桐的手上了。

陆雨桐被他拥着，担心地望着妈妈，妈妈突然出声，肯定不简单。

婚礼被打乱了，众人似乎忘记了新郎、新娘应该先交换戒指。在众目睽睽之下，夏国宾僵硬地迈上礼台，开始致辞。宾客、记者们十分配合，鼓起热烈的掌声。

陆雨桐脑中嗡嗡作响，一个字也没听清，下意识地寻找宋子迁的身影。他似乎也在看她，只是目光森冷漠然，嘴角的那抹笑意让人心惊。

"雨桐，我们该交换戒指了。"夏允风的话将她从混乱的思绪中拉回，她愣怔地接过对戒。

夏允风温柔地执起她的手，放在唇边亲了亲，郑重地将戒指套进她的手指。

陆雨桐眼眶泛红，低下头，缓缓握起他的手。

夏允风含笑等待着。此时此刻，他的眼里只有她。

而宋子迁和夏雪彤也一眨不眨地注视着他们，两人神色紧绷，似乎更紧张。青桐、若兰、孙秘书等人均是神色各异。记者们的镜头拉近，落在一对新人的手指上。唯有金叶子，她全神贯注地留意着夏国宾，在夏允风为陆雨桐戴上戒指的时候，忽然扬着笑走近他。

"夏董，有一句很重要的话，我想亲口告诉你。"她以只容两人听见的声音说。

夏国宾瞥了她一眼，神色讥讽而傲慢："若非允风坚决，我绝不会接受你女儿！”

“呵呵，你儿子可真是个痴情种。不过，有个秘密想告诉你呢。”

“秘密？看你将女儿嫁进来，就知道你一定不怀好意！”多年恩怨，只有他们自己最清楚。他制造过车祸，让宋世兴命丧黄泉，让金叶子容颜被毁，她怀恨在心，怎么可能让女儿给他做儿媳？

金叶子弯起嘴角，仿佛这是个相当令人愉悦的问题：“没错！我的目的自始至终只有一个，就是让你这个卑鄙小人痛不欲生！”

夏国宾垂下嘴角，神情阴骘得像头猛兽，似要一口吞掉她。金叶子不以为然，笑着回视：“收起你那可怕的样子，很多人瞧着呢！他们已经交换完戒指，算是法定夫妻了。那句重要的话，现在可以说了。”她靠近他，轻轻吐出了几个字。

闻言，夏国宾猛然变了脸色，身子晃动，然后捂着胸口慢慢弯下腰：“你……你……”

“我说的可是实话，信不信由你。呵呵。”

夏国宾死死地瞪着她，大口喘息，忽然用尽力气发出一声大吼，惊动了全场。

“停！婚礼不准……再继续！”

宋子迁坐在一旁，暗中将他们的一举一动尽收眼底，想着金叶子究竟说了什么，能让这只老狐狸猛然变色。而此刻，陆雨桐拿着戒指的手本就微微颤抖，被夏国宾的话一惊，手指一松，戒指发出细微的声响，沿着礼台滚落下去。她再也抵不住胃里翻搅，本能地捂住嘴，背过身去干呕。

戒指滚到宋子迁的脚边，停下。他弯腰捡起那枚戒指，嘲弄地捏在指间。

夏允风的笑容冻结，难以置信地看向陆雨桐。陆雨桐遮掩在头纱下的脸颊，血色尽失。他慢慢拧紧了眉，委实不愿胡乱猜测，可她的异常反应如此眼熟，连日来就发生在雪彤身上。

“你……”他按住她纤瘦的肩膀，想要大声质问：你怀孕了？宋子迁的孽种是不是？你怎么可以背叛我？怎么可以！可惜，在这样的场合，他无法问出来，手指大力得快要捏碎她的肩胛骨。

陆雨桐痛得摇摇欲坠。

夏国宾拼着一口气，冲过来拖住夏允风：“我说……婚礼不准继续！”

“为什么？”夏允风的全部心思都在陆雨桐身上，难以接受父亲莫名横插一脚。

“因为……因为……”夏国宾盯着儿子，再定定地注视着陆雨桐，高大的身躯抖得更厉害了，耳边回荡着金叶子的话——

雨桐是你的女儿！

这个让儿子迷失心智、神魂颠倒的女人，竟然是自己的女儿？

金叶子会不会说谎？会不会是她因为恨自己而编出的谎言？

不……不能冒险，哪怕是谎言也不可不信！

陆雨桐难受极了，额头上冒出冷汗，好不容易才缓缓站直身子。她看到夏允风变幻莫测的表情，心里苦涩地退后一步，却立刻被他抓紧。她的举动更加证实了夏允风心中的猜测，他眼底交织着怒火，推开极力劝阻的父亲，咬牙道："不！不管任何理由，我都要让这场婚礼继续下去！"

陆雨桐不明白他为何发怒，可那怒气明显是针对自己，难道因为她有了身孕没告诉他吗？

宋子迁将戒指死死地攥在掌心里，神色阴郁，欣赏好戏的心情彻底消失。

夏雪彤却突然变得欣喜："怪不得大哥这么急着娶陆雨桐，原来是他要做爸爸了。我真是小瞧了陆雨桐。迁，你看出来了吗？陆雨桐她……"

"闭嘴！"宋子迁低吼出声。她跟夏雪彤一样怀孕了？她执意要嫁给夏允风，是因为孩子是夏允风的吗？所以刚才婚礼前，他给她最后一次机会，她也不愿改变主意……

不，他不接受这种可能！她不是那样的女人！

想到这里，宋子迁猛地起身离座，走向礼台。

"迁，你要做什么？"夏雪彤抓住他的衣角。他推开她，走向陆雨桐。

礼台上的几人僵持着，夏家父子死死对视。

这又是什么状况？宾客和记者们纷纷观望，一时间现场竟然鸦雀无声。奇怪，夏家千金订婚、夏少爷大婚，不闹出点儿动静，似乎不会结束。

宋子迁微笑着站在他们面前，将戒指送到陆雨桐眼前，道："婚礼如果要继续，怎么少得了这枚戒指呢？"可是他含笑的眼眸透出寒意。如果她怀了自己的孩子却嫁给夏允风，那么他不惜毁天灭地，也要夺回她！

隔着头纱，陆雨桐望着他，轻颤地接过戒指。这几日，她什么都不想，可只要看到他，苦苦压抑的感情便如潮水般自动涌现。刚才害喜的反应，他一定猜到了吧。她辜负了他的深情，背叛了两人的誓言。时至今日，任何解释都没有意义。她早已不再奢望什么……

“谢谢……”她低声道。

宋子迁嘴角一勾，故意用掌心滑过她冰冷的指尖，试探道：“祝福你，陆秘书。祝你们早生贵子！”

陆雨桐的头垂得更低，心里默道：对不起，子迁。对不起……

宋子迁眼角抽搐，心脏几乎痛裂。他多希望她能抬起头来，对他反唇相讥，或是一个对视的眼神，让他有迹可循，让他能从她的话里、眼神里推断出真相。

可她只是低着头，那是心虚到难以面对的反应。

他太了解她，没想到，最残酷的猜测竟然是真的。

夏允风紧盯宋子迁，拳头犹如一根绷紧的弦，一触即发。这是他费尽心思得到的婚礼，就算打着错误和耻辱的烙印，也非要进行到底！无论是父亲，还是其他人，都休得阻止！

夏国宾费力地喘息着，额头青筋跳动：“婚礼马上取消……回家！立刻……马上！”

“父亲大人，您还是先保重身体吧。”夏允风搂住陆雨桐，冷眼扫过宋子迁。

夏国宾气急地抓住他的手，粗声厉吼：“不准！她……这个女人……”他激动地指着陆雨桐，她是自己的亲生女儿这种话怎么都说不出口。

金叶子笑得面孔扭曲。这一天，她盼了许久，等于等到了。只不过，这画面没有想象中的激烈，还不足以消除她多年忍受的屈辱和折磨。

夏国宾面如死灰，夏雪彤终于按捺不住冲过去，担心地扶住他：“爸，您是不是心脏病犯了？有话好好说，大哥的婚礼当然得继续啊，您没看到陆雨桐已经怀孕了吗？”

她一句最直白的话，让几人筑在心底的高墙同时倒塌。

“你……你这个畜生！”夏国宾嘴角抽搐，用尽全身力气甩出一巴掌，重重地落在夏允风的脸上。

夏雪彤惊叫：“爸！你为什么要打大哥？”

夏允风被突如其来的巴掌打得耳朵嗡嗡作响，来不及避让，硬生生地退了一步。而陆雨桐也被惯性冲击，踉跄地退后，黑暗和眩晕强烈袭来，几乎要跌落在地。

“姐，你没事吧？”青桐不知何时也冲上了礼台。想起宋子迁那场订婚宴，屈辱可怕的画面记忆犹新。他生怕姐姐再遭受同样的羞辱，不顾夏允风的脸色，坚定地把她扶到旁边。

陆雨桐两眼发黑，绝望地看向母亲，所有的答案恐怕只有母亲知道吧……

第二十二章
离开

众人的目光聚焦在夏国宾身上，他那一巴掌耗尽力气，正睁大眼睛按着胸口，庞大的身躯慢慢往后倒下。

“爸爸……”夏雪彤乱了分寸，赶紧扶住他，“我帮你叫救护车！”

所有宾客都起了身，记者们立即反应过来，冲到台前，将镜头对准夏国宾噼里啪啦地抢拍头条。

孙秘书喃喃道：“怎么转眼就变成夏家父子内讧了？”宋子迁的计划才进行到一半，检察官们应该在喜庆婚礼中带走夏国宾，可眼下的情况，局内人都摸不着头脑。

宋子迁也想不到事态竟发展至此，立刻上前扶住夏国宾。夏国宾气息虚弱，强撑着不愿在众人面前倒下。他交代宋子迁：“……把他们都赶走！快……一个都不留！”

宋子迁笑了笑，慢慢抓住他的胳膊。在旁人眼里，他像是在扶着夏国宾，可夏国宾和夏雪彤都震惊了，因为他脸上浮现出一股强烈的仇恨。

“夏国宾，很多事情大家还不知道，你自己也没亲耳听见，怎么可以提前清场呢？”

夏国宾嗅出了不对劲儿：“你……”

“第一件事，我跟你的宝贝女儿早已解除婚约！”

“你说什么？”夏国宾揪住他的衣袖。

夏雪彤失声道：“没有！爸爸，他骗你的！”

宋子迁嘲弄地看着她：“呵呵，那要不要告诉大家，你腹中的骨肉根本不是我的？”

夏雪彤倒吸一口凉气，惊恐地摇头。夏国宾的眼睛睁得更大，看到女儿仓皇的反应，气得簌簌发抖：“这……不是真的！一定不是真的！”

“爸，你不要激动，我马上打电话帮你喊救护车！”夏雪彤手忙脚乱地退开。

夏国宾朝她伸出手，手指因愤怒而握紧。

宋子迁托住他随时要倒下的庞大身躯，不慌不忙地继续扔出炸弹般的话语：“第二件事，听好，今天的调查人员是我请来的！”

“你……你……”

“我好心帮他们搜集了凌夏集团非法交易的资料，想让市民们都知道，首富之家迅速崛起的内幕！”

夏国宾脸上的血色散尽，强撑着最后一口气：“你为什么……要这样做？”

宋子迁的目光越发狠戾，暗藏痛苦：“记得七年前那场车祸吗？我要为被你害死的父亲讨回公道！”

“你竟然……知道……”

“是！我早就知道！你这个杀人凶手！”宋子迁克制着，很想亲手掐死他。

夏国宾生平第一次被人几句话就打败。他死死地抓着宋子迁，张了张嘴，却一个字也说不出来。夏允风抹去嘴角的血丝，推开围观的记者，冲到里面，前一刻对父亲的怨恨转为对宋子迁的愤怒：“宋子迁，你在打什么主意？”

宋子迁的视线冰冷地扫过这对父子：“大少爷过来得正好，还有最后一件事要说，你们听清楚。”说着，他转头，朝早已等待出场的姚立行看过去。

姚立行抖了抖笔挺的西装，威风凛凛地走到记者中间。

“各位，在下姚立行，想跟夏董说几句。”

记者们的镜头立刻对准这个赫赫有名的大人物，夏国宾也目不转睛地瞪着他。

姚立行抱歉地摊开手，话语坚定：“夏董，大喜之日，没想到会变成这样。很遗憾，本人不得不在此宣布，关于凌夏集团娱乐酒店的项目，即日起，姚家退出合作，三亿资金全部撤回。”

他的话如同平地一声惊雷，直接炸在夏国宾的头上。稍微了解情况的人都清楚，姚家真金白银地投入合作，一旦撤资，项目将立刻停止。夏家已向银行贷款，若项目无法继续，银行方面会立刻追债。而凌夏集团的资金根本难以周转，届时就算夏家变卖家产，也不知能否补上空缺……

“姚……”夏国宾费力挤出一个字，气便接不上来了。

“对不起了，夏董。希望我们下次还有合作的机会。”姚立行慢条斯理地摘下胸前的礼花，放在夏允风的手中，“夏少爷，也祝你一切顺利。”他对宋子迁笑笑，带着几名手下潇洒地离开了。

夏允风已然明白，凶狠地指向宋子迁："这是你跟他联手搞的鬼！"

宋子迁不置一词，将目光落在夏国宾如死灰的脸上，一直托着他的双手骤然松开。夏国宾支撑不住，直直地往后倒去，发出扑通巨响。

宋子迁闭了闭眼睛，然后道："爸，你泉下有灵，应该都看到了吧，儿子总算为你报仇了！"

夏允风愤怒地一拳挥向他的下巴，而后急切地蹲下，焦急地看着夏国宾道："爸，你醒醒啊！爸！"

夏雪彤正在拨打急救电话，回头见到台上混乱不堪，顿时跌坐在地，对着手机嘶喊："快点啊！你们快点来……这里是……"说完已泪流满面。

礼台旁，陆雨桐掀开头纱，她看到宋子迁如释重负的表情，但傲然的身影在人群中那样孤独。

宋子迁转头，准确无误地对上了她的眼睛。

两人心中怦然一震，均是疼痛难忍。

"姐，你好点没？"青桐关心地道。

陆雨桐虚弱地笑笑，脸色仍是惨白。

金叶子走过来，皱着眉打量她："你真的怀了夏允风的孩子？"

青桐惊讶地低喊："姐，你怀孕了？"

陆雨桐低头，一声不吭。

金叶子抑制不住地笑起来："哈哈，怪不得夏国宾那个老家伙一副饱受打击的样子！"

陆雨桐抬起脸，抓住金叶子的手："妈，婚礼算是结束了，你当初的承诺还作数吗？"

金叶子抚摸她的脸颊，眯起美目，道："这张脸蛋太像我年轻时候，走到哪里，别人都能认出你是我的女儿，还用得着母女相认吗？"

"夏家很快会破产，再无能力帮你对付仇家。当初害你的人，真的是宋世兴吗？"陆雨桐快要窒息，害怕母亲点头说是。

金叶子的语气变得凌厉："是宋家！宋世兴负我在先，如果不是他，我也不会……"

陆雨桐听到答案，难受得喘不过气来。

“但是，比宋世兴更该死的是他！”金叶子话锋一转，抬手指向轰然倒下的夏国宾，眼中闪动着报复的快感，“姓夏的老家伙才是罪魁祸首，害得我七年来人不像人，苟且偷生！我让你嫁给夏允风，就是对这老家伙的报应，报应！呵呵！”

青桐不明所以，听得心潮起伏。害妈妈的人竟然是宋家和夏家人？

陆雨桐生出不祥的预感，颤声问：“那……我的生身父亲是谁？你告诉我！”她害怕地朝夏国宾看去。母亲近乎疯狂的恨意，没有什么事情做不出来。她恨夏国宾，非要自己嫁给允风，是因为自己的身世吗？

夏国宾被人抬了下去，金叶子随着他的方向，只是一个劲儿地笑。

“妈，你告诉我真相……我的父亲究竟是谁？”陆雨桐追问道。

“不要再问了！有的事情，不知道比知道好得多！”金叶子似乎打定主意不说。

音箱里突然传来宋子迁低沉的声音。原来，面对宾客们的质疑，在一片七嘴八舌的采访中，他主动拿起了麦克风：“各位，我能说的只有几句。第一，今日起宋夏两家再无关系，所有生意上的合作也将结束。第二，你们可以骂我忘恩负义，但我宋子迁所做一切无愧于心，而夏董的所作所为，相信有关部门自有定论。第三……”

他深吸一口气，走向金叶子。陆雨桐望着他，心跳加速，不知道他想做什么。

“金叶子女士，您没有话想对众人说吗？”

金叶子扬起嘴角笑了起来，接过麦克风大声道：“是的，我有话说。我就是七年前车祸的受害者，我会尽力协助警察调查当年的案件！”

陆雨桐呆呆地望着母亲，一颗心撕裂成了碎片。刚才虽然没有得到回答，可她的眼神和别具深意的话语，无不指向一个残酷的事实。

她已无法思考，脑海中响起混乱交杂的声音——你是夏国宾的女儿，你是夏国宾的女儿！你是妈妈报仇的棋子，你差点儿跟你的亲哥哥结婚……

她整个人坠入了无底深渊，抬头想再看宋子迁一眼，黑暗却猛地袭来……

陆雨桐这一倒下，足足昏睡了一整天。醒来时已是次日傍晚，房间里光线暗淡，她望着花纹精致的天花板吊顶，意识一点点复苏。

她忍住头痛坐起来，环顾这间宽敞而奢华的卧室，认出这是允风跟自己的新房。他说结婚后肯定不会住在夏家，所以早就购买了这栋豪宅。

屋子里安静极了。

陆雨桐掀开被子，准备下床。

房门突然打开，夏允风的脸在昏暗的光线里有些模糊。

“去哪里？”他的语气没有往日的温柔。

“允风……”

“躺回去！”

“允风，我们不能结婚！”情急之下，她脱口而出。

夏允风阴沉地抓住她，冷笑：“为什么？”

陆雨桐急切地反抓住他的手，痛苦道：“不要问我为什么，真的不能……我们这辈子注定不能做夫妻！”

“让我替你回答，真正的理由是你背叛了我，怀了宋子迁的野种！”

“你说什么？”

“难道不是吗？大家都以为孩子是我的，可你跟我都清楚！早知道你是这么放荡的女人，我就不该谨守规矩，忍着不碰你！”

陆雨桐震惊地张张嘴，努力理清思绪。孩子不是允风的，而是子迁的？难道说酒醉的那晚不是梦，子迁真真实实来过，跟自己彻夜缠绵？

天啊，怎么会有这样的误会？

孩子是子迁的！

是子迁的……

她分不清是喜是悲，激动得眼泪簌簌滚落。

夏允风按住她的肩膀，狠狠地往后推，把她压在床上。

“允风……你要做什么？”

“做什么？就算婚礼没有完成，你也已经是我夏允风名正言顺的老婆，你说我要做什么？”昏暗的光线隐藏了他发红的眼睛，他高大结实的身躯用力压住她。

“不可以！你不能这样对我……你放开！”

“我不能，姓宋的就能？我为你做了那么多，明知你跟他藕断丝连，仍然选择忍耐，没想到最终你还是选择了背叛我！”他发疯般扯开她的衣服，唇落在她的颈上。

陆雨桐眼眸睁大，不顾一切地挣扎。

“允风，求你别这样……你冷静一点儿好不好？你听我说……”

“我什么都不要听！”夏允风试图堵住她的嘴，她拼命转开脸逃避。他一只大手扳正她的下巴，粗声道：“你最好不要再反抗，陆雨桐，我现在就要得到你，你逃不掉的！”

“不！不……”雨桐再也无法忍受，仓皇地喊出声，“你这样做会遭到天打雷劈的！因为……因为我是你妹妹啊！”

夏允风的身躯骤然僵住，难以置信地盯着她。

“你说什么？再说一遍！”

“我……我们是同父异母的兄妹啊！”

“不可能！”他断然否决，捏紧她的下巴，“为了离开我，你连这种可笑的理由都编出来了吗？”

陆雨桐推不开他，失声大喊：“不是理由，是真的！是真的！”

夏允风胸口狂震，额上的青筋抽动着：“不可能！我不信！”

陆雨桐的神色苦楚而哀戚：“不信的话，你可以去问你爸。昨天婚礼上，他应该也知道了。所以，允风……我们这辈子注定不可能做夫妻。”

夏允风望进她的眼底，一颗心坠落在黑暗中。他的双手紧了紧，舍不得放开，可她那样严肃认真，让他不敢直视，最后咬咬牙，慢慢放开她。

妹妹？太可笑了！陆雨桐怎么会变成自己的妹妹？金叶子难道不知道吗？身为母亲，她不可能不知道，又为何让雨桐嫁给他？

一定是什么地方搞错了，或者这根本只是陆雨桐的谎言。

“我会查明一切！在此之前，你给我老实待在这里，哪儿都不许去！否则，别怪我狠心不放过你！”夏允风走到门边时，一只手死死地撑住门框，而后大步离开。

陆雨桐望着他的背影，心中悲喜交加。她抚着小腹，泪水簌簌滚落，心里默念孩子竟然是子迁的，是子迁的……泪水滚到嘴角，不禁微笑起来。

孩子是子迁的！上天赐给她的礼物，不，是子迁赐给她的！若非允风刚才在情急之下说出来，这个天大的误会将延续到何时？她会痛苦终生，羞愧得无法活下去。

“宝宝，妈妈好高兴，好爱好爱你……”身体里奇迹般生出一股力量，为了孩子，她要照顾好自己，把他健健康康地生下来。

子迁昨天显然也误会了，才会讽刺地说出伤人之语。她要去告诉他。

她迅速擦干眼泪，激动地站起来。柜子里，都是夏允风给她买的新衣服，她随意挑了一件换上，快步走向门口。可是，脚步忽然迟疑了下来。

夏允风临走前的威胁字字响在耳畔，他狠起来绝非良善之辈，不能惹怒他。

她矛盾地咬咬牙，毅然打开了大门。

世兴集团大厦。

这里曾经是她最熟悉的地方，如今陆雨桐却不敢轻易走近。她坐在大厦对面的咖啡馆，拨通了孙秘书的电话。孙秘书听到她的声音，特别惊讶："小桐？你还好吧？"

"谢谢孙伯伯，我还好。"

"那我就放心了，毕竟昨天发生了那么多事……"孙秘书意识到不该多说，话语戛然而止，"小桐找我有事？"

陆雨桐低声道："没有……只是问候一下你们。"据她的了解，若非周末，宋子迁每天都准时到公司，她希望能等到他。

孙秘书道："哎呀，你可真别说。今天公司外面围了一大堆记者，水泄不通的。我早早地通知少总别来上班。为了老董事长，少总咬牙忍了七年，如今终于让夏家人得到报应，他正好给自己放个大假。"

"嗯……"

"抱歉，小桐，孙伯伯老糊涂了，不该跟你说夏家的不是。不过，昨天的婚礼被打断，做不得准，你跟夏允风还没去民政局领证吧？"

"没有。"

"那就好，那就好。反正没领证就不算真正结婚。呵呵，小桐要想找少总，就勇敢地去找他。他说今天会去教堂做祷告，你快去吧。孙伯伯希望你们还能像以前那样……不，要比以前更幸福地在一起！"

陆雨桐望着窗外，她该去找他吗？子迁曾经可以为她放过妈妈，但他对夏国宾的恨意那样强烈，若知道她也姓夏，他还会接受自己吗？

教堂，后院。

宋子迁祷告完，找到坐在长椅上发呆的金叶子。

"想问什么就问吧。"亲眼看到夏国宾倒下，她身上的戾气消散了大半。

长椅旁是红色的梁柱，宋子迁站在柱子旁望着她："想听你跟我父亲、夏国宾三个人的故事。"

金叶子悄然抓紧了衣袍："就知道你会追问这个。但是，你确定你要听？有些事，不知道比知道要好得多。"

宋子迁答得铿锵有力："我要听！"

"好，故事很长，对我而言每一段都是血淋淋的伤口，我没有耐心跟你讲细节。"她望着面前的灌木丛，美目异常灼亮。

宋子迁注视着她枯瘦的身子，道："你讲多少，我都听。"

金叶子闭上眼睛，靠着椅子，徐徐道出。

"我结识宋世兴时，他跟夏国宾情同兄弟，都在一家超市打工。"

金叶子陷入回忆，宋子迁静默地没有打断她。

"我对世兴一见钟情，不在乎他的身份地位，不顾一切跟了他，他也喜欢我。可我父亲极力反对，因此世兴很快娶了一个平凡的女人，也就是你的母亲。"金叶子回头看着他，眼中有些不甘，"我承认你母亲是个贤良淑德的好女人，但是，宋世兴背信弃义抛弃了我！你父亲抛弃了我，知道吗？"

宋子迁靠在廊柱上，抿着唇一言不发。头一次听父母的故事，心底震撼。他不愿相信父亲曾经如此，但金叶子眼神中的愤怒，是那样真实而直接。

金叶子逐渐激动起来："不仅如此，他知道夏国宾对我有意之后，为了所谓的兄弟情深，把我硬生生地推给了夏国宾！夏国宾是个狼子野心之人，他为达目的不择手段，先是百般讨好我父亲，而后威胁我帮他打探商业信息，让他在短短的几年里迅速发展起来。可是……他知道我心里始终有宋世兴后，竟然强暴了我！"

她的双肩愤怒地抖动着，后院忽然一片沉寂，空气透出冰冷的味道。

宋子迁感觉到浓烈的恨意从她身上散发出来，她每句话都像是从牙缝中挤出来的一样："你说，这笔债，你父亲是不是也该一并偿还？"

"你对我父亲做了什么？"

"不，是他！他知道夏国宾对我的所作所为后，心虚了，主动来找我道歉，还说虽然娶了你母亲，但那几年他心中一直只有我，没有人可以取代我的位置。"

宋子迁猛地站起来，黑眸眯起："我父母恩爱，相敬如宾，你不要以为他不在了，就可以诋毁他！"

"我知道，宋世兴在你心目中是位仁慈伟大的父亲，但是人在做，天在看，他死了，他做过的那些事就可以假装没发生吗？你父亲就是个伪君子！没有我的协助，世兴百货怎么可能越做越大？他一方面跟你母亲假装恩爱，一方面跟我情意绵绵……”

“够了！我不想再听！”

“听到自己父亲原来是个道貌岸然的卑鄙小人，不能接受吗？那我呢？我这几十年来所受的冤屈折磨，又算什么？”金叶子站了起来，爱恨交织，恨意越来越强烈，“我为他取悦高官名流，为他扩展生意穿针引线，为他卑躬屈膝忍受一切。夏国宾知道你父亲的真面目后，暗中威胁他，为了保全你们宋家的声名地位，我挺身而出承担了一切！夏国宾是个睚眦必报的阴险之徒，他试图搞垮世兴集团，我假装臣服，成为他的特助，甚至委身做他的情妇，只为帮你父亲解除危机，探查夏国宾多年来商业犯罪的证据！七年前，我把证据都拿到手了……”

宋子迁嗓子干哑：“所以，夏国宾精心制造了那场车祸，想置你和我父亲于死地？”

金叶子眼中满是悲怆，尖锐地冷笑：“是夏国宾所为。他收买了你父亲身边所有的人，联手编织谎言陷害我！而你父亲，关键时刻竟然选择听信他们，认为我背叛了他！那一天，我主动约他去见夏国宾，要当面对质，却没想到夏国宾让人在车子里做了手脚……夏国宾知道我一定会把犯罪证据交给警察，所以一心要置我于死地。后来，我从医院里逃走，却阴错阳差被你们找到。我索性将计就计装疯卖傻……”她摸着自己凹凸不平的脸颊，残酷的往事依然让人恐惧得颤抖。

“那些证据呢？”

“证据在车祸中被烧毁了……”

宋子迁一只手按在椅背上，指关节发白。良久，他一字一句地道：“夏国宾，我不会就这么便宜他！”

金叶子抬起头来，眼中闪动着光亮：“雨桐呢？倘若她回头找你，你还会接受她吗？”

宋子迁似被人打了一拳。她已经怀了别人的孩子，这个事实就像她亲手拿着一把利刃，狠狠地插进他的心脏，那样猝不及防，又快又狠。他极力将伤痛收拾得一干二净，沉声吐出两个字：“不会！”

教堂后院的门侧，陆雨桐悄悄站着。她没想到，刚来就听到母亲跟他的一问一答。他只是说了两个字，就足以让她的世界崩塌。

宋子迁背对着院门，声音因为太过低沉而听不出感情。

金叶子道："真的毫无可能了？如果，她没有那个孩子呢？"

宋子迁心中震动，目光闪了又闪："没有孩子是什么意思？没有孩子……"他咬紧牙关，不愿承认昨天的婚礼切切实实地刺伤了他。

"她曾经跟我山盟海誓，承诺一辈子不离开，明知道我最痛恨欺骗和背叛，结果她全部做了，而且死不悔改！没有孩子，就能否认她曾经背弃我们的感情吗？"

陆雨桐咬着手背，不让哭声流泻。他被伤到了，真的被她伤到了。

对不起，子迁……

真的对不起……

她在心中默念，然后张开嘴大口地吸气，慢慢地挪动身子。

金叶子幽幽哀叹："这可能就是她的命，命中注定她是我的女儿，注定要背负起夏家人的恩怨！如果不是我，不是我……"她垂下眼眸，嘴唇动了动，一脸懊悔。

宋子迁眼中藏着深刻的疼痛，他不忍继续听下去，咬牙道："这是她自找的！从此以后，凡是跟夏家有关的女人，我都不想再见到！"

后院的门边突然传来异样的声响，像是有人踢到了什么。

宋子迁走到门边，看到一抹仓皇消失的背影，瞬间无法动弹。

是她，她都听到了……

心里这样说着，他却抬不起脚步去追。

也罢，听到也好，以后再见不需要他多费唇舌。她若是知道后悔，还想要珍惜他，那么就算有一个别人的孩子……他也仍然会等她。

是的。爱她早已深入骨髓，失去就会痛不欲生。但是这一次，他不会再主动去找她，不会强求她的承诺，只会等她认清现实，认清谁才是真正爱护她的人。

金叶子垂着头，喃喃地将最后一句话说完："如果不是我为了报复夏家，故意谎称雨桐是夏国宾的女儿，她可能会少受些伤……有生之年，我都不配再做她的母亲……"

……

倘若这日的宋子迁能预料到一个月后的事情，倘若宋子迁知道了金叶子是在骗他，他一定会不顾一切地追回陆雨桐。

可惜，在一次次愤怒伤痛中，强行武装的自尊不允许他低头。

所以他错过了。

一个星期后。夏国宾从重症监护病房转出，接踵而来的是警局不徇私情的严密调查。商业犯罪与七年前的谋杀案，足够他一辈子不能脱身，老死在监狱。

夏允风整个人颓废下来，一天到晚沉默不语，一边尽力挽救公司，一边聘请律师打官司。

所有的新闻媒体都聚焦凌夏集团，股票狂跌，董事会其他成员纷纷撤离。公司包括娱乐酒店在内的几个项目，向银行贷款加起来超过十亿。夏允风变卖夏家名下所有的动产不动产，才勉强还了债务。

夏雪彤遭此巨变，患了抑郁症，一次下楼时不慎摔倒，肚子里三个月的胎儿无缘于世。杜棠知道真相后，痛苦自责，租了一套小房子，坚持陪伴夏雪彤。

宋子迁每天听孙秘书的报告，眼中却再也没有笑意。

他最想听到的仅是陆雨桐的消息，可所有消息中，关于她的动向只有一句——陆雨桐在夏家闭门不出，大约是在安心养胎。

一个月后，凌夏集团遣散员工，宣告破产。经济媒体对该帝国的崛起与崩塌做出巨幅报道后，各版面相关消息开始渐渐减少。

宋子迁再接到汇报时，听到的是陆雨桐离开了凌江，去向不明。

这座城市千帆驶过，不再有她，空洞的心如同笼罩在迷蒙雨雾中，何时再见晴天……